Karl Olsberg

DAS KALA EXPERIMENT

Thriller

W0355406

PIPER

Mehr über unsere Autoren und Bücher:
www.piper.de

Von Karl Olsberg liegen im Piper Verlag vor:
Delete
Enter
Das KALA-Experiment

MIX
Papier aus verantwortungsvollen Quellen
FSC® C083411

Originalausgabe
ISBN 978-3-492-31270-7
August 2018
© Piper Verlag GmbH, München 2018
Umschlaggestaltung: zero-media.net, München
Umschlagabbildung: FinePic®, München
Satz: Satz für Satz, Wangen im Allgäu
Gesetzt aus der Athelas
Druck und Bindung: CPI books GmbH, Leck
Printed in the EU

Zeit bin ich, Zerstörerin der Welten.

Aus dem Bhagavad-Gita

Für Jan-Philip, Jörg, Lars und Olaf,
die meinen Experimenten viel Zeit geopfert haben.

1

T-31:09:03 Hauptkommissar Detlev Jürgensen atmete tief durch. Erneut sah er auf den Ausdruck in seiner Hand, auf dem die Namen der Opfer und eine kurze Beschreibung des Unfallhergangs standen. Viel war es nicht, was man ihm mitgeteilt hatte. Offenbar hatte die zuständige Dienststelle noch nicht alle Details des Unfallhergangs ermittelt. Sollten die Angehörigen Fragen haben, würde er nicht viel sagen können.

Er schluckte und zwang sich, den Klingelknopf zu drücken. Eine Todesnachricht zu überbringen, war auch nach zweiundzwanzig Dienstjahren noch keine leichte Sache. Fünf Mal hatte er das bisher tun müssen, und jedes Mal war er sich vorgekommen, als sei er schuld am Leid der Angehörigen, ihrer Trauer und Verzweiflung.

»Ja bitte?«, kam es aus der Gegensprechanlage. Eine Männerstimme.

»Polizei«, sagte Jürgensen. »Sind Sie der Halter des Fahrzeugs mit dem Kennzeichen LG-PY 2351?«

»Ja. Was ist denn? Bin ich zu schnell gefahren?«

»Darf ich bitte hereinkommen?«

Der Türsummer ertönte. Jürgensen betrat das Mehrfamilienhaus. Ein Fahrrad mit Kindersitz stand im Hausflur. Der Anblick sandte einen Stich in sein Herz. Nervös fuhr er sich durchs Haar und stieg die Treppe hinauf in den ersten Stock.

»Herr Willmers?«, fragte er den etwa fünfzigjährigen Mann, der ihm hinter der halb geöffneten Wohnungstür misstrauisch entgegenblickte. »Mein Name ist Hauptkommissar Jürgensen.«

»Was ist denn?«, fragte Willmers irritiert. »Ist etwas passiert?«

»Können wir das bitte in Ihrer Wohnung besprechen?«

Ein Schatten fiel über Willmers' Gesicht, als er die Tragweite des Besuchs zu ahnen begann. Er öffnete wortlos und führte Jürgensen ins Wohnzimmer. Kinderspielzeug lag auf dem Teppichboden.

Jürgensen trat der Schweiß auf die Stirn. »Können ... können wir uns bitte setzen?«

»Natürlich. Aber sagen Sie mir bitte, was passiert ist. Ist etwas mit meiner Mutter?«

»Es ... gab einen Unfall«, brachte der Hauptkommissar heraus. »Ich ... ich muss Ihnen leider mitteilen, dass Ihre Frau und Ihr Sohn ... sie sind leider verstorben.«

Der Mann starrte ihn mit offenem Mund an. Dann verzog sich sein Gesicht. Doch nicht Trauer oder Schock zeigte seine Miene, sondern Zorn.

»Soll das ein Witz sein? Sind Sie von irgend so einer beschissenen Agentur, die Leute verarscht? Hat meine Schwester Sie beauftragt? Oder ist das hier eine versteckte Kamera?«

Einen Augenblick war Jürgensen zu verblüfft, um zu antworten. Noch nie hatte der Empfänger einer Todesnachricht so reagiert. Es musste eine Art von Verdrängung sein. Er bemühte sich um einen freundlichen, verständnisvollen Ton.

»Herr Willmers, ich weiß, es ist nicht leicht, aber Sie müssen jetzt stark sein. Ich ... ich muss Ihnen noch ein paar Fragen stellen ...«

»So etwas Geschmackloses hab ich noch nie erlebt!«, brauste Willmers auf. »Was fällt Ihnen ein?«

Aus dem Nebenraum war nun das Weinen eines Kindes zu hören.

»Da sehen Sie's!«, brüllte der Mann. »Jetzt ist Ihretwegen auch noch der Kleine wach geworden! So eine Unverschämtheit!«

Die Tür öffnete sich, und eine Frau trat ein. Sie war mindestens zehn Jahre jünger als Willmers.

»Was ist los?«, fragte sie.

Willmers zeigte auf den Hauptkommissar. »Irgend so eine makabre Verarschungsscheiße. Der Typ da sagt, er sei von der Polizei, und erzählt was von einem Unfall. Eine Frechheit!«

»Was denn für ein Unfall?«

»Kommt hier rein und behauptet, Nikki und du, ihr wärt tot! Ich rufe jetzt die richtige Polizei. So was kann doch nicht erlaubt sein!«

Jürgensen sah verwirrt zwischen den beiden hin und her. Was zum Teufel war hier los?

»Sie … Sie sind Julia Willmers?«

»Ja. Warum?«

Der Hauptkommissar kramte den Zettel hervor. *Schwerer Auffahrunfall mit Personenschaden auf der A7 in Höhe Abfahrt Kassel-Wilhelmshöhe. Wahrscheinliche Verursacherin die Fahrerin des Wagens mit amtl. Kz. LG-PY 2351, am Unfallort verstorben, identifiziert anhand Personalausweis Nr. T220001293 als Julia Willmers, geb. 31.8.1985. Weiteres Opfer ist ein etwa dreijähriger, blonder Junge, der mit im Fahrzeug saß, vermtl. der Sohn der Fahrerin.*

»Ich … es tut mir leid, aber hier liegt möglicherweise eine

Falschinformation vor.« Er wandte sich an Willmers. »Haben Sie Ihr Fahrzeug verliehen?«

»Was? Nein! Können Sie jetzt mit diesem Mist aufhören und endlich gehen? Richten Sie demjenigen, der Sie geschickt hat, aus, dass das eine richtig miese Idee war!«

Jürgensen holte seinen Dienstausweis hervor. »Sie sind im Irrtum, Herr Willmers. Ich bin wirklich Hauptkommissar. Es scheint, als hätte ich falsche Informationen bekommen. Es tut mir sehr leid.«

Willmers nahm den Dienstausweis in die Hand und gab ihn dann mit einem kritischen Blick zurück. »Was ist denn passiert?«

»Ein schwerer Unfall auf der A7 bei Kassel. Eine Frau und ein dreijähriger Junge sind dabei zu Tode gekommen. In solchen Fällen ist es üblich, dass ein Beamter der zuständigen Dienststelle die Angehörigen informiert. Deshalb bin ich hier. Jemand ... muss einen Fehler gemacht haben.«

»Einen Fehler? Sie meinen eine Verwechselung? Wie ist das möglich?«

»Das weiß ich leider nicht. Aber ich werde es herausfinden. Frau Willmers, darf ich bitte Ihren Personalausweis sehen?«

»Ja, natürlich. Moment.«

Sie verschwand kurz und kehrte mit ihrer Handtasche zurück, aus der sie den Ausweis kramte. Name, Geburtsdatum und Ausweisnummer stimmten mit den Angaben der dienstlichen Mitteilung überein. Doch die Frau auf dem Foto des Ausweises stand eindeutig quicklebendig vor ihm. Wahrscheinlich irgendein Computerfehler. Trotzdem beschloss Jürgensen, auf Nummer sicher zu gehen.

»Kann ich bitte mal Ihr Fahrzeug sehen?«

»Wenn es sein muss«, sagte Willmers.

Er führte Jürgensen in die Tiefgarage des Mietshauses. Der Hauptkommissar war nicht mehr überrascht, dort einen schmutzigen, aber offenbar unbeschädigten VW Touran mit dem betreffenden Kennzeichen vorzufinden. Er machte ein Foto, das er später den Kollegen in Kassel schicken würde, die diesen Mist verbockt hatten.

»Es tut mir wirklich sehr leid«, sagte er. »Hier ist offenbar ein Irrtum passiert. Bitte entschuldigen Sie den Vorfall.«

»Ach, schon gut«, grummelte Willmers. »Fehler machen wir alle.«

2

T-28:22:04 John Sparrow sah sich beeindruckt um. Der runde, etwa zwanzig Meter weite Saal hatte sechs symmetrische Auswölbungen, hinter denen halbrunde Balkone lagen. Die gebogenen, mit Stuck verzierten Wände verjüngten sich nach oben zu einer Spitze wie Blätter eines geschlossenen Blütenkelchs. Ovale Fenster ließen warmes Licht herein und gaben den Blick auf eine bewaldete Ebene tief unten frei. In der Mitte erhob sich auf einem marmornen Podest ein großer Thron aus Elfenbein. Links und rechts davon standen zwei Wachen in goldenen Rüstungen, reglos wie Statuen. Doch der Sitzplatz zwischen ihnen war leer.

Er sah an sich herab. Statt Jeans und T-Shirt trug er ein weites, dunkelblaues Gewand, das mit goldenen Symbolen bestickt war. Ein langer, weißer Bart hing von seinem normalerweise glatt rasierten Gesicht herab. Er sah aus wie ein Zauberer aus einem Disney-Film.

Sparrow hörte Schwingen rauschen und drehte sich um. Auf einem der Balkone landete ein rosafarbenes Pferd mit weißen Flügeln und einem Horn auf der Stirn, das in allen Regenbogenfarben schillerte. Auf seinem Rücken saß eine Prinzessin mit langem, blondem Haar in einem prächtigen weißen Kleid. Sie sprang von ihrem geflügelten Reittier und rannte auf ihn zu.

»Dad!«, rief sie erfreut.

»Hallo, Prinzessin!«

»Ich bin keine Prinzessin«, korrigierte sie ihn ernst. »Ich bin die Kindliche Kaiserin!«

»Entschuldigt, Eure Majestät! Aber ich fürchte, für mich werdet Ihr immer meine Prinzessin bleiben.«

Sie lachte. »Möchtest du mit mir einen kleinen Ausflug machen? Wir könnten zusammen auf Fred reiten.«

»Wer ist Fred?«

Sie zeigte auf den Balkon. »Mein Einhornpegasus.«

»Danke, aber ich fürchte, ich habe nicht so viel Zeit.«

»Ja, ich weiß. Schön, dass du trotzdem vorbeigekommen bist.« Es klang ein bisschen traurig.

»Als ich das letzte Mal hier war, sah es noch ganz anders aus«, sagte er, um das Thema zu wechseln. Er deutete mit einem virtuellen Arm auf seinen Bart. »Danke, dass du mich nicht noch älter hast aussehen lassen.«

»Wenn dir dein Avatar nicht gefällt, mache ich dir gern einen neuen.«

»Schon gut, nicht nötig. Hast du das alles ganz allein gebaut?«

»Natürlich, Dad. Das ist doch gar nicht schwer.«

Sie machte ein paar Gesten mit den Armen, und plötzlich stand eine lange Tafel vor ihnen, mit sechs silbernen Gedecken auf jeder Seite, zwischen denen sich köstlich aussehende Speisen türmten.

»Wow!«, rief er aus. »Ich glaube, ich bleibe doch noch zum Essen!«

Sie lächelte ein makelloses, künstliches Lächeln, und er versuchte, sich das echte Lächeln vorzustellen, die schmalen Lippen in ihrem blassen Gesicht, beleuchtet von kaltem Neonlicht. Das Bild des Thronsaals verschwamm, und in diesem

Moment war er froh, dass sie nur seinen Avatar sah. In der virtuellen Realität gab es keine Tränen.

Er schluckte. »Wie … wie geht es dir?«

»Gut!«, sagte sie. »Mir geht es prima. Ehrlich.«

»Ich komme dich bald besuchen. In echt.«

»Das musst du nicht, Dad. Hier ist es doch viel schöner.« Sie drehte sich einmal um die eigene Achse, wie um ihm zu zeigen, was sie meinte.

»Ich … ich würde dich so gern in den Arm nehmen, Liebes!«

»Du weißt doch, dass das nicht geht, Dad.«

Er nickte. Einen Augenblick schwiegen sie beide, während er verzweifelt versuchte, ein unverfängliches Gesprächsthema zu finden.

»Wie geht es Mom?«, fragte er schließlich. »Triffst du dich auch manchmal hier mit ihr?«

»Nein. Sie sagt, sie verträgt die Brille nicht. Ihr wird schlecht davon.«

Wahrscheinlicher war, dass ihr schlecht wurde, weil sie wieder Alkohol und Tabletten gleichzeitig genommen hatte.

»Hast du sie in letzter Zeit gesehen?«

»Nein. Aber manchmal chatte ich mit ihr.«

»Ah, okay. Geht es ihr gut?«

»Sie hat mit diesem … Typ Schluss gemacht.« Wahrscheinlicher wohl er mit ihr. »Du solltest sie mal anrufen. Ehrlich. Sie freut sich bestimmt.«

Die Hoffnung, die in dieser Aufforderung mitschwang, schnürte Sparrow die Kehle zu. Sarah hatte ihn vor drei Jahren verlassen, nur ein paar Monate nachdem Alexandras Diagnose feststand. Sie war schon vorher eine labile Persönlichkeit gewesen. Aber dass man ihr die einzige Tochter wegnahm, um diese für den Rest ihres wahrscheinlich nicht mehr langen Lebens im Krankenhaus hinter Glasscheiben wegzusperren, dass sie sie nie wieder küssen, umarmen, ihr durchs Haar streicheln durfte, war zu viel gewesen. Sparrow hatte versucht, die Schmerzen im Stillen zu verarbeiten, wie er es immer tat. Sie hatte das Gegenteil getan, sich mit Alkohol und Tabletten betäubt, war auf Partys gegangen, hatte nach außen hin wie das blühende Leben gewirkt, um andere und sich selbst von ihrer inneren Leere abzulenken.

Irgendwann hatte sie einen Typen aufgegabelt, war mit ihm im Bett gelandet. Sparrow hatte ihr verziehen, obwohl er den Scheißkerl am liebsten umgebracht hätte. Auch die zweite und dritte Affäre hatte er ihr durchgehen lassen, weil er wusste, es war pure Verzweiflung, die sie dazu trieb. Doch dann hatte sie eines Tages einfach ihre Sachen gepackt und war aus dem gemeinsamen Bungalow am Stadtrand von Albuquerque ausgezogen. Dummerweise war der Mistkerl, der sie dazu überredet hatte, Anwalt, und die Scheidung war schmutzig und teuer geworden. Jetzt lebte sie in Boston. Doch offenbar hatte es ihr nicht viel genützt, mehrere tausend Meilen zwischen sich und ihr früheres Leben zu bringen.

»Ja klar, mach ich«, sagte er. Lügen war in der virtuellen Realität so viel einfacher. Er sah sich um. »Bist du hier immer ganz allein?«

»Das hier ist der Elfenbeinturm, Dad. Hier können nur die Bewohner Phantasiens hinkommen.«

Ihre Mutter hatte ihr *Die unendliche Geschichte* vorgelesen, damals, als die Welt noch heil gewesen war – offensichtlich immer noch Alexandras Lieblingsbuch. Sparrow hatte sich vorgenommen, es irgendwann zu lesen, um seine Tochter besser zu verstehen, war jedoch bisher nicht dazu gekommen. Überhaupt war es lange her, dass er ein Buch gelesen hatte. In seinem Metier kam es auf praktische Fähigkeiten an, nicht auf Bildung.

»Aber du kannst doch woanders hin, oder? Wo andere Kids sind, meine ich.«

»Klar, Dad. Aber nur inkognito. Keiner darf wissen, dass ich die Kindliche Kaiserin bin.«

»Okay. Ich werd's niemandem verraten. Hast du ... denn Freunde hier in der virtuellen Welt?«

Es war die Idee des Klinikpsychologen gewesen, Alexandra eine VR-Brille zu kaufen, zusammen mit einem leistungsstarken Computer. So würde sie sich in dem keimfreien Klinikraum nicht mehr so eingesperrt fühlen. Und es schien tatsächlich zu funktionieren – seit Alexandra sich in der virtuellen Welt bewegte, schien sie einen Teil ihrer früheren Lebensfreude zurückzugewinnen.

»Klar, jede Menge sogar. Mach dir keine Sorgen. Mir geht es gut, wirklich. Vielen Dank noch mal, dass du das alles für mich tust!«

Bevor Sparrow antworten konnte, klingelte sein Smartphone. Der Klingelton war für Layton Morris reserviert, seinen Chef, und Layton war kein Mann, den man warten ließ.

»Ich muss ans Telefon gehen. Wenn ich kann, komme ich gleich wieder.«

»Okay. War schön, dich zu sehen, Dad. Ich hab dich lieb!«

»Und ich dich noch mehr, mein Schatz!«

Er nahm die Brille ab, die Schaumgummipolsterung feucht von seinen Tränen, und kämpfte das Gefühl der Desorientierung nieder, als er sich unvermittelt in dem kleinen Bungalow in Rio Rancho nördlich von Albuquerque wiederfand, der ihm nach der Pracht der virtuellen Realität noch schäbiger vorkam. Mit dem Gefühl düsterer Vorahnung nahm er das Gespräch an.

»Sparrow?«

»Layton hier. Ich habe einen Spezialauftrag für dich. Maximale Priorität. Ich brauche deine Zusage jetzt sofort.«

Maximale Priorität bedeutete, dass der ungenannt bleibende Auftraggeber für Morris sehr wichtig war und dieser Auftrag auf keinen Fall schiefgehen durfte.

»Wie viel?«

»Ich kann dir fünftausend extra geben. Aber nur bei hundertprozentiger Missionserfüllung, klar? Ich habe dich als Ersten angerufen, John. Wir beide wissen, du bist mein bester Mann. Aber die Sache ist eilig. Bist du dabei?«

»Wo geht es hin?«

»Nirgendwohin. Das Ziel ist hier in Albuquerque.«

Fünftausend Dollar Bonus, das war verdammt viel, besonders für einen Einsatz ohne Reiseaufwand. Zu viel vielleicht. Es bedeutete, dass die Sache höchstwahrscheinlich gefährlich war und mit Sicherheit nicht ganz legal. Doch Sparrow war nicht in der Position, so ein Angebot abzulehnen, das wusste Morris genau. Das war es vermutlich, was sein Chef mit »bester Mann« gemeint hatte: Sparrow konnte sich Skrupel nicht leisten. Alexandras medizinische Versorgung kostete jeden Monat mehr, als er verdiente, und seine Ersparnisse reichten nicht mehr lange.

»Okay. Worum geht es?«

»Sei in zwanzig Minuten im Büro.«

Es passte zu Morris' Paranoia, dass er auch über die gesicherte Smartphone-Verbindung keine Einsatzdetails nannte. Allerdings war es tatsächlich nicht auszuschließen, dass irgendeine Bundesbehörde das Gespräch mitschnitt, obwohl

Morris alle erdenklichen Sicherheitsmaßnahmen getroffen hatte. Mit der heutigen Technik gab es absolute Sicherheit nicht mehr, was auch ein Grund dafür war, weshalb Morris Security Services eine hoch profitable Firma war.

Sparrow schrieb eine kurze Chatnachricht an Alexandra und machte sich auf den Weg.

3

T-28:08:14 Das kleine Büro war so nüchtern eingerichtet wie das eines Abteilungsleiters bei einer Versicherung: der schmucklose Schreibtisch vor einem Fenster mit Blick auf den Campus des DESY, gerahmte Urkunden über einem grauen Sideboard. Auf einem Whiteboard waren kryptische, halb verwischte Symbole und Formeln zu sehen. Ob es sich um geniale Einfälle oder sinnlose Schmierereien handelte, hätte Nina Bornholm nicht sagen können.

Der Mann hinter dem Schreibtisch wirkte zu jung für einen Professor. Er sah eher aus wie ein studentischer Mitarbeiter, der sich ins Büro seines Chefs eingeschlichen hatte. Eine große Brille und dunkelblondes Haar, das ihm ins Gesicht fiel, erinnerten Nina an ein Foto des jungen Bill Gates. Er sah nicht gerade aus wie ein Mann, der die Welt verändern konnte.

Professor Dr. Hans Ichting stand auf und gab ihr die Hand. Er deutete auf den Plastikstuhl vor seinem Schreibtisch.

»Ist nicht sehr bequem, sorry. Ich bekomme nicht oft Besuch.«

Sie setzte sich.

»Professor Ichting, sind Sie einverstanden, wenn ich das Interview aufzeichne und im Internet veröffentliche?«

Ichting lächelte. »Wäre ich nicht einverstanden, hätte ich Sie wohl kaum in mein Büro gelassen.«

Nina sah kurz in einen Handspiegel: Ihre halblangen blonden Haare hatten mal wieder einen Friseur nötig, die Wimpern ihrer hellblauen Augen waren verklebt, der Lippenstift nicht ganz perfekt aufgetragen und das Make-up konnte trotz aller Bemühungen nicht kaschieren, dass ihre gebogene Nase etwas zu groß war. Egal, es würde gehen. Sie tippte an ihre Kamerabrille. Am oberen Rand ihres Sichtfeldes erschien das Aufnahmesymbol. Sie hätte das Interview auch live streamen können, aber es war sicher besser, die Aussagen des Physikers später so zusammenzuschneiden, dass auch Leute ohne Physikdiplom verstanden, worum es ging.

»Willkommen bei Ninas Welt, dem Blog, das hinter die Kulissen schaut«, sagte sie, wobei sie sich den Spiegel vorhielt – die Kamerabrillenversion eines Selfies. »Heute sind wir bei Professor Dr. Hans Ichting, Leiter des Instituts für theoretische Physik am Hamburger Forschungsinstitut DESY. Er ist gerade mal zweiunddreißig Jahre alt und schon ein Forscher von Weltrang. Nach der Umfrage eines bekannten Wissenschaftsmagazins steht er auf Platz fünf der Liste der deutschen Forscher, die die größte Chance haben, irgendwann einen Anruf des Nobelpreiskomitees zu bekommen.« Sie legte den Spiegel beiseite. »Herr Professor, die Besucher meines Blogs interessieren sich für Menschen, die Außergewöhnliches leisten, ohne ständig im Zentrum der öffentlichen Aufmerksamkeit zu stehen. Erzählen Sie uns, womit Sie sich hier am DESY beschäftigen und warum das Ihre Physikerkollegen in aller Welt in Aufregung versetzt.«

»Nun, ich habe einige Beiträge zur Schleifenquantengravitation verfasst, die von den Kollegen teilweise positiv kommentiert wurden.«

»Können Sie das bitte für Laien verständlich erklären?«

»Das, äh, ist nicht ganz leicht. Wir haben es hier mit recht komplexer Mathematik zu tun. Vereinfacht gesagt geht es darum, die Quantenmechanik und die allgemeine Relativitätstheorie zu einer übergeordneten Theorie zu vereinen.«

»Wenn ich es richtig verstehe, dann funktioniert Einsteins Relativitätstheorie im Großen«, versuchte Nina das zusammenzufassen, was sie im Internet über Ichtings Arbeit gelesen hatte. »Sie erklärt, wie sich Himmelskörper bewegen und dass die Zeit an Bord eines Raumschiffs, das mit annähernd Lichtgeschwindigkeit fliegt, langsamer vergeht. Die Quantenmechanik dagegen erklärt die Dinge im Kleinen. Beide Theorien sind experimentell bestätigt worden, passen aber nicht zusammen – Einsteins Relativitätstheorie versagt, wenn sie die Bewegungen von kleinsten Teilchen beschreiben soll, es kommt dann zu Widersprüchen mit der Quantenmechanik.«

»Das ist korrekt.« Ichting nickte anerkennend.

»Wie genau funktionieren denn nun diese Schleifen ... Ihre Theorie?«

»Es ist nicht meine Theorie, ich habe nur ein paar Aufsätze über mögliche mathematische Lösungsansätze geschrieben. Dabei geht es im Wesentlichen um die Entropie als Grundlage für die Emergenz der Raumzeit.«

»Bitte erklären Sie uns das so, dass es meine Zuschauer verstehen.«

»Ich versuche es. Sehen Sie, es ist für uns Physiker ziemlich offensichtlich, dass Raum und Zeit nicht die absoluten Größen sind, als die sie uns im normalen Leben erscheinen. Vermutlich handelt es sich um sogenannte emergente Eigenschaften, die aus bestimmten Zusammenhängen der Quantenmechanik folgen. Basis dafür ist der zweite Hauptsatz der Thermodynamik, demzufolge die Entropie, also quasi die

Unordnung, in einem geschlossenen System immer zunimmt. Jeder Student weiß, dass das Zimmer aufzuräumen mühsam ist, während es quasi von selbst wieder unordentlich wird. Wenn man eine Vase auf den Boden wirft, zersplittert sie in Scherben, aber es passiert nie, dass sich aus Scherben spontan eine Vase formt. Diese Tendenz zur Unordnung ist eine fundamentale Kraft im Universum, die zum Beispiel auch dafür sorgt, dass ein gespanntes Gummiband zurückfedert, wenn Sie es loslassen. Ich beschäftige mich mit der Hypothese, dass diese Kraft auch für das Entstehen von Raum, Zeit und Gravitation verantwortlich sein könnte. Im Prinzip wären Raum und Zeit dann eine Form von Unordnung.«

»Das erklärt einiges«, sagte Nina in der Hoffnung, diese Bemerkung würde später bei ihren Zuschauern einen Lacher auslösen.

Ichting lächelte nicht. »Mir ist bewusst, dass diese Bilder absolut unzureichend und wahrscheinlich bloß verwirrend sind. Von Einstein soll der Ausspruch stammen, man solle alles so einfach wie möglich machen, aber nicht einfacher. Er hat das zwar so nie gesagt, aber es stimmt trotzdem. Ich habe den Gegenstand meiner Arbeit zwangsläufig viel zu einfach beschrieben, weil ich weiß, wenn ich Ihnen die Zusammenhänge so erklären würde, wie sie sich mir darstellen, würden Sie nur noch Bahnhof verstehen. Ohne Grundkenntnisse höherer Mathematik kann man nicht einmal ansatzweise erfassen, worum es hier wirklich geht. Aber das ist okay, es wäre völliger Quatsch, wenn jeder Bäckermeister versuchen würde, Schleifenquantengravitation zu begreifen. Dafür gibt es ja uns theoretische Physiker. Es gibt vielleicht weltweit ein paar Dutzend Menschen, die meine Aufsätze wirklich verstehen. Aber das genügt mir vollkommen.«

Das klang in Ninas Ohren ziemlich arrogant. Andererseits stimmte es wahrscheinlich.

»Ich finde, es ist für die Förderung der Wissenschaft notwendig, dass normale Menschen wie ich verstehen, woran Sie arbeiten und warum das wichtig ist«, erwiderte sie. »Wir leben in einer postfaktischen Zeit, in der sich immer mehr Leute in Aberglaube und Verschwörungstheorien flüchten, in der kaum noch jemand unterscheiden kann, ob eine Nachricht auf Facebook oder Twitter wahr ist oder nicht. Das ist einer der Gründe, warum ich Sie um ein Interview gebeten habe: Ich möchte meinen Zuschauern zeigen, dass nicht alles beliebig interpretiert und zurechtgebogen werden kann, dass es eine absolute Wahrheit gibt und Leute wie Sie, die sich darum bemühen, dieser auf die Spur zu kommen.«

Ichting nickte. »Sie haben recht, es gibt eine absolute Wahrheit. Deshalb bin ich Mathematiker geworden: Weil nur die Mathematik wirklich wahr ist. Alles, was Sie um sich herum sehen – der Tisch, dieser Raum, ich, Sie selbst –, sind nur Illusionen, geistige Interpretationen Ihrer Sinneseindrücke. Selbst Raum und Zeit sind nur Konstrukte unseres Gehirns, ohne die wir nicht in der Lage wären, unsere Empfindungen zu ordnen. Nehmen Sie diesen Stift.« Er hielt einen Kugelschreiber mit dem Aufdruck einer IT-Firma hoch. »Er fühlt sich massiv an, er ist undurchsichtig und hat ein Gewicht. Doch im Grunde besteht er nur aus Schwingungen in Quantenfeldern, die mit den anderen Feldern der Umgebung interagieren. Ein Wesen mit anderen Sinnesorganen, eine Fledermaus zum Beispiel oder eine Fliege, würde diesen Kugelschreiber völlig anders wahrnehmen. Die Realität ist nicht das, was wir sehen. Die einzig wahre Realität sind die mathematischen Gesetze, die dazu führen, dass dieser Gegenstand für uns so aussieht und sich so anfühlt wie ein Kugelschreiber. Es ist wie in einem Computerspiel: Sie sehen Objekte auf dem Bildschirm, und wenn die Simulation gut ist, dann verhalten sich diese wie Dinge in der Wirklichkeit. Aber tatsächlich verarbeitet der Computer nur Zustände, die Informatiker als Nullen und Einsen interpretieren, und die ›Realität‹ ist das Programm des Computers.«

»Sie meinen, unsere Welt ist eine Simulation, so wie in dem Film *Matrix*?«

»Nein, nein, das ist es nicht, was ich damit sagen will. Wenn wir in einer Computersimulation wären, würde das überhaupt nichts ändern, denn irgendwer müsste diese Simulation ja entworfen und den Computer gebaut haben, auf dem sie läuft. Und selbst wenn diejenigen auch wiederum nur in einer Simulation lebten oder in einer Simulation innerhalb einer Simulation – irgendwo hinter allem müsste es eine letzte Wirklichkeit geben. Und diese sogenannte Realität wäre dann die physikalische Abbildung der zugrundeliegenden Mathematik, der einzigen echten Realität.«

»Das heißt, Sie sind der Ansicht, nur Zahlen und Formeln seien real?«

»Zahlen und Formeln sind nur geistige Konstruktionen, mit denen wir die Zusammenhänge und Zustände eines Systems zu beschreiben versuchen. Real sind nur die mathematischen Gesetzmäßigkeiten dahinter.«

»Aber ist denn dann nicht alles, was Sie tun, nur graue Theorie, ohne jede praktische Anwendung?«

»Es gibt genügend Mathematiker, die sich mit rein abstrakten Problemen beschäftigen, ohne erkennbare praktische Relevanz. Aber das gilt nicht für uns Physiker. Die Mathematik hinter den physikalischen Zusammenhängen ermöglicht es uns, in die Zukunft zu sehen.«

»Wie bitte? Wie soll das gehen?«

»Ganz einfach: Was passiert, wenn ich diesen Kugelschreiber loslasse?«

»Er fällt runter.«

Ichting ließ den Kugelschreiber auf die Tastatur seines Computers fallen.

»Sie haben recht. Aber woher wussten Sie das?«

»Weil ... na ja, weil Dinge eben runterfallen, wenn man sie loslässt. Wegen der Schwerkraft.«

»Wegen der Schwerkraft, richtig. Aber wie genau fällt so ein Kugelschreiber? Wie lange dauert es, bis er aufprallt? Reicht seine Energie aus, um eine der Tasten meiner Tastatur herunterzudrücken? Oder ist sie sogar stark genug, dass er die Schreibtischplatte durchschlägt? Nein, werden Sie sagen, weil Sie schon hundertmal in Ihrem Leben gesehen haben, wie leichte Dinge ein paar Zentimeter herunterfallen. Sie haben aus Beobachtung gelernt, Ihr Gehirn hat Regeln abgeleitet, die es Ihnen ermöglichen, vorauszusagen, was passieren wird, wenn Sie zum Beispiel eine Vase auf einen Steinfußboden fallen lassen. Aber diese Regeln gelten nur in Ihrem eng begrenzten Erfahrungsbereich, weil Ihnen die dahinterliegenden mathematischen Gesetzmäßigkeiten fehlen. Ihr Erfahrungswissen nützt Ihnen zum Beispiel nichts, wenn Sie einschätzen sollen, wie sich der Kugelschreiber auf der Oberfläche des Jupiters verhält.«

»Ich komme eben nicht so oft zum Jupiter«, versuchte Nina einen Scherz.

Ichting blieb ernst.

»Erst Newton fand heraus, welche mathematischen Gesetzmäßigkeiten den Fall des Kugelschreibers bestimmen, egal ob hier oder auf dem Jupiter. Bis dahin glaubten die meisten Leute, schwere Dinge fielen schneller als leichte.«

»Stimmt das denn nicht?«

»Nein. Eine Feder fällt langsamer zu Boden als ein Stein, aber das hat nichts mit ihrem Gewicht zu tun, sondern mit dem Luftwiderstand. Ein tonnenschweres Objekt, das wie eine sehr große Feder geformt ist, würde viel langsamer zu Boden fallen als eine Stecknadel.«

»Klingt plausibel.«

»Newton hat gezeigt, warum das so ist. Mit seinen Formeln kann man viele Dinge vorhersagen, zum Beispiel, wie sich eine Raumkapsel bei der Annäherung an den Mond verhält. Aber Newtons Gravitationsgesetze waren unvollständig. Sie gelten nur innerhalb bestimmter Grenzen, sind quasi Spezialfälle einer übergeordneten Theorie. Deshalb sind die Voraussagen, die sie treffen, nicht immer exakt. Unter extremen Bedingungen stimmen die Bewegungen von Körpern nicht mehr mit Newtons Gesetzen überein.«

»Wegen Einsteins Relativitätstheorie?«

»Wegen der physikalischen Zusammenhänge, die Einsteins Allgemeine Relativitätstheorie beschreibt, um genau zu sein.«

»Aber Einsteins Voraussagen treffen auch nicht immer zu?«, vermutete Nina.

»Die Theorie ist nicht falsch, aber unvollständig. Sie sagt korrekt die Bewegungen von Himmelskörpern und die Existenz schwarzer Löcher voraus, aber sie steht teilweise im Widerspruch zur Quantenmechanik, die auf subatomarer Ebene korrekte Voraussagen trifft. Aber auch unser Wissen über die Quantenmechanik ist ja unvollständig. Deshalb ist unser Blick in die Zukunft quasi getrübt. Bevor wir nicht das übergeordnete mathematische Gebilde kennen, das die Quantenmechanik und die Allgemeine Relativitätstheorie jeweils als Spezialfälle enthält, sind wir nicht in der Lage, sichere Voraussagen über das Verhalten physikalischer Systeme unter allen möglichen Bedingungen zu machen.«

»Nehmen wir an, Sie hätten Ihre Theorie von Allem gefunden. Könnten Sie dann beliebig weit in die Zukunft sehen? Das Universum exakt vorausberechnen?«

»Nein. Und zwar aus zwei Gründen. Einerseits sind die Zusammenhänge viel zu komplex. Vielleicht haben Sie schon mal von der Chaostheorie gehört?«

»Sie meinen den Schmetterlingseffekt? Dass ein Schmetterling im Prinzip mit einem Flügelschlag einen Wirbelsturm auslösen kann?«

»So ungefähr. Die Chaostheorie zeigt, dass ein komplexes System wie etwa das Wetter unter bestimmten Bedingungen praktisch unberechenbar ist.«

»Außer ich plane ein Picknick oder wasche meinen Wagen«, versuchte Nina erneut einen Scherz. »Dann regnet es garantiert.«

Ichting ging nicht darauf ein. »Der zweite Grund ist die prinzipielle Unvorhersagbarkeit bestimmter quantenmechanischer Ereignisse.«

»So wie bei Schrödingers Katze, die gleichzeitig tot und lebendig ist, solange niemand nachguckt?«

»Das ist ein schiefes Bild. In Wahrheit gibt es zwei Katzen in zwei verschiedenen Wirklichkeiten, die eine tot, die andere lebendig. Wir wissen nur nicht, in welcher dieser Wirklichkeiten wir sind, solange wir nicht nachschauen.«

»Wie bitte?«

Ichting seufzte. »Ich glaube, wenn ich jetzt versuchen würde, Ihnen die Viele-Welten-Interpretation der Quantenmechanik zu erklären, würden Ihre Zuschauer in Scharen weglaufen, falls das nicht schon passiert ist.«

»Aber wenn Sie das Universum sowieso nicht berechnen können, welchen Sinn hat es dann, die Genauigkeit der physikalischen Modelle weiter zu verbessern?«

»Wir können nicht das ganze Universum berechnen, aber sehr wohl bestimmte Ereignisse. Sie haben doch ein Smartphone?«

»Natürlich.«

»Sehen Sie, die GPS-Navigation darin würde zum Beispiel nicht richtig funktionieren, wenn die Effekte der Relativitätstheorie nicht berücksichtigt würden. Und ohne Kenntnis der quantenmechanischen Zusammenhänge könnte man auch moderne Mikrochips nicht herstellen. Die nächste oder übernächste Generation von Computern wird vielleicht vollständig auf quantenmechanischen Effekten basieren. Quantencomputer gibt es bereits in der Realität, auch wenn sie noch nicht sehr leistungsfähig sind. All das wäre ohne die Arbeit, die Physiker und Mathematiker in den letzten hundert Jahren geleistet haben, nicht möglich.«

»Und welche neuen Geräte und Anwendungen werden durch Ihre Arbeiten möglich, Herr Professor?«

»Ich bin wie gesagt theoretischer Physiker. Mir geht es in erster Linie darum, die mathematischen Grundlagen zu schaffen, auf deren Basis dann andere konkrete Anwendungen entwickeln können. Aber ich kann mir schon ein paar praktische Anwendungen vorstellen. Wenn es uns gelingt, die Schleifenquantengravitation als vollständige Theorie auszuformulieren, wissen wir höchstwahrscheinlich, woraus die übrigen sechsundneunzig Prozent des Universums bestehen, die nicht aus den uns bekannten Elementarteilchen und Energieformen zusammengesetzt sind. Wir werden dann vermutlich neue, saubere und sichere Energiequellen erschließen können. Vielleicht wird es eines Tages sogar möglich sein, Wurmlöcher zu erzeugen.«

»Wurmlöcher?«

»Ein Wurmloch ist ein theoretisches Gebilde, quasi ein Tunnel durch Raum und Zeit. Im Prinzip könnte man damit sehr große Entfernungen quasi in Nullzeit zurücklegen, also teleportieren, wenn Sie wollen, und sogar in der Zeit rückwärts reisen.«

»Das heißt, Sie glauben, es wird eines Tages Zeitmaschinen geben?«

»Das weiß ich nicht. Aber es gibt kein uns bekanntes Naturgesetz, das Zeitmaschinen prinzipiell verbietet. Die Zeit ist keine absolute Größe, sondern, wie gesagt, eine emergente Eigenschaft quantenmechanischer Prozesse. Dementsprechend gibt es auch keine absolute, vorgeschriebene Zeitrichtung. Wie herum die Zeit fließt, hängt von der Entropie des Systems ab, denn die Zunahme der Unordnung bestimmt die Richtung des Zeitstrahls.«

»Das heißt, wenn ich mein Zimmer aufräume, drehe ich quasi die Zeit zurück?«, fragte Nina verwirrt.

»Na ja, nicht ganz, denn beim Aufräumen führen Sie Ihrem Zimmer Energie zu und erhöhen damit die Entropie, obwohl es so aussieht, als würden Sie sie reduzieren. Aber um bei Ihrem Beispiel zu bleiben: Wenn sich die Unordnung in Ihrem Zimmer spontan in Ordnung verwandeln würde, dann würde das bedeuten, dass die Zeit rückwärts läuft. So, wie eine zerbrochene Vase plötzlich von selbst wieder heil wird, wenn Sie das Video ihres Zersplitterns rückwärtslaufen lassen.«

Nina bekam allmählich Kopfschmerzen von den vielen verwirrenden Bildern.

»Was ist mit Waffen? Könnten Ihre Erkenntnisse nicht auch dazu führen, dass neue Formen der Massenvernichtung entwickelt werden?«

»Natürlich. Wie gesagt, ich bin Theoretiker. Wie meine Erkenntnisse genutzt werden, kann ich nicht voraussagen.«

»Aber was, wenn jemand, sagen wir, ein Terrorist, Ihre Arbeit als Basis nimmt, um die nächste Hyperatombombe zu bauen, und damit dann die Welt zerstört?«

»Die meisten Terroristen haben zum Glück keine Ahnung von höherer Mathematik. Aber selbst wenn: So leicht ist es auch wieder nicht. Um zum Beispiel Antimaterie herzustellen, mit der man theoretisch eine sehr starke Bombe bauen könnte, bräuchte man extrem viel Energie und sehr komplizierte Apparaturen, und man könnte sie auch nicht einfach in einem Aktenkoffer mit sich herumtragen. Außerdem haben wir bereits mehr als genug Atombomben, um die Welt ein paar Dutzend Mal in die Luft zu sprengen.«

»Das heißt, Sie glauben nicht, dass Ihre Forschung gefährlich ist?«

»Wissen ist immer gefährlich«, sagte Ichting lächelnd. »Aber Nichtwissen ist in der Regel gefährlicher.«

4

T-25:01:44 Reverend Victor Kessler ließ den Blick über die Gemeinde schweifen. Es war ein trauriger Haufen, der sich in der kleinen Kirche versammelt hatte: überwiegend alte Menschen, für die das gemeinsame Kaffeetrinken im Anschluss an den Gottesdienst der soziale Höhepunkt der Woche war. Nur wenige Familien mit Kindern fanden noch den Weg in die Albuquerque Church of the Holy Revelation. In der dritten Reihe sah er ein Mädchen, dreizehn oder vierzehn Jahre alt, das auf seinem Smartphone herumtippte, während der entrückte Blick ihrer Mutter auf Victor ruhte. Er konnte es dem Mädchen nicht verübeln: Es war wahrscheinlicher, dass Jesus ihr eine Botschaft per WhatsApp schickte, als dass ihr aus Victors Mund Erleuchtung zuteilwerden würde.

Er wusste nicht, wann genau er seinen Glauben verloren hatte. Es war ein schleichender Prozess gewesen, kein einmaliges Ereignis. Die Zweifel hatten seinen Geist befallen wie Bakterien. Zu Anfang hatte sein religiöses Immunsystem sie noch bekämpft, doch sie hatten sich ausgebreitet, waren gediehen in der Nährlösung von Fernsehnachrichten und Zeitungsberichten, wurden gestärkt vom Anblick all des Leids und der Ungerechtigkeit auf der Welt. Seine eigenen Worte waren ihm immer öfter leer und verlogen erschienen. Da war kein Heiliger Geist in ihm, der zu diesen Menschen sprach. Es war bloß bedrucktes Papier, das ihm Inspiration lieferte und Grundlage für seine Predigten war, jahrtausendealte Märchen, die er den Leuten erzählte, so plausibel wie die Geschichten von Drachen, Elfen und Hobbits in *Der Herr der Ringe*.

Victor wünschte sich, es wäre anders. Er wünschte, er hätte seinen Glauben noch, diese wunderbare Blume, die ihm Hoffnung gegeben hatte, Zuversicht, das Gefühl, geliebt zu werden, Teil eines größeren Ganzen zu sein. Doch diese Blume war verwelkt, und höchstens Gott selbst, falls es ihn tatsächlich gab, war in der Lage, sie wieder zum Erblühen zu bringen. Schon längst hätte er sein Amt niederlegen sollen. Er lebte eine Lüge, und das konnte wohl kaum im Sinne Christi sein. Doch er wusste, dass dies das Ende der kleinen Kirche bedeutet hätte. Schlimmer noch, er würde die Menschen enttäuschen, die ihn nun erwartungsvoll ansahen, würde die Bakterien des Zweifels auf sie übertragen, sodass auch ihre Blumen der Hoffnung und des Gottvertrauens abstarben.

Sein Blick fiel auf das Blumengesteck neben dem Altar, das schon halb verwelkt war, und ihm wurde klar, dass er einer gefährlichen Hybris erlag, wenn er glaubte, dass seine Worte einen großen Unterschied machten. Viele der Anwesenden waren wohl eher aus Gewohnheit hier, da durfte er sich keine Illusionen machen. Wenn er ihnen die Wahrheit sagte, wenn er das Priestergewand ablegte, das mittlerweile ebenso fadenscheinig war wie seine Überzeugungen, würden sie einfach in eine andere Kirche gehen, von denen es in Albuquerque Dutzende gab. Niemand brauchte diesen alten, staubigen Bau. Niemand brauchte seine leeren Worte.

Er rang mit sich, suchte nach dem richtigen Satz, nach etwas, das wahr und tröstlich zugleich klang. Doch seine Kehle war zugeschnürt, als drücke ihm der Heilige Geist selbst die Luft ab.

Die Stille zog sich in die Länge. Irritiert begannen die Leute sich umzusehen. Sogar das Mädchen in der dritten Reihe blickte von seinem Smartphone auf.

Die alte Consuela Messante, eines seiner treuesten Gemeindemitglieder, die wie immer in der zweiten Reihe direkt links vom Mittelgang saß, lächelte ihn aufmunternd an. Sie musste weit über achtzig sein, doch die braunen Augen in ihrem runzligen Gesicht waren immer noch hellwach. Wie lange kam sie schon hierher? Ihr ganzes Leben vermutlich. Auf jeden Fall war sie bereits bei seinem Einführungsgottesdienst dabei gewesen, als sein Vorgänger, der alte Reverend Spades, ihn vorgestellt hatte und er noch voller Selbstvertrauen gewesen war, überzeugt von seiner Mission und dem Wert, den er für die Heilige Christliche Kirche darstellte. Zwölf Jahre war das her. Was immer er sagte, sie würde enttäuscht sein, wenn sie nicht mehr herkommen konnte.

Er schluckte den Kloß in seinem Hals herunter, breitete die Arme aus und sagte mit aller Inbrunst, die er aufbringen konnte: »Lasset uns beten!«

Nach dem Gottesdienst ging er wie immer von einem der Tische, die in dem kleinen Nebenraum mit Kaffee, Limonade und Sandwiches gedeckt waren, zum nächsten und unterhielt sich mit den wenigen Gemeindemitgliedern, die er zum »harten Kern« zählte, über ihre Sorgen und Nöte. Dabei stellte er wieder einmal fest, dass diese Menschen, von denen keiner unter sechzig war, trotz all ihrer offensichtlichen Probleme einen unerschütterlichen Lebensmut ausstrahlten. Ob sich dieser auf ihren Glauben gründete oder auf eine positive

Lebenseinstellung, konnte er nicht sagen. Womöglich war Letzteres die Voraussetzung für das Erste.

Und keiner brachte diese Lebensfreude so zum Ausdruck wie Consuela Messante. Sie lachte, erzählte anzügliche Witze und tat, als sei sie erschrocken, wenn Victor sie hörte. Sie hatte immer einen guten Rat für alle, die zu ihr kamen, und man sah ihr an, dass es nicht mehr viel im Leben gab, das sie überraschte.

»Sie wirken so nachdenklich, Reverend«, sagte sie, als Victor sich zu ihr setzte. »Haben Sie etwa Liebeskummer?« Sie lachte keckernd.

»Was redest du denn da, Consuela!«, sagte Angela Smith, die etwa siebzig Jahre alt war und einen besonders inbrünstigen Glauben besaß. »Wenn der Reverend nachdenklich wirkt, dann nur, weil du wieder mal gottlose Dinge sagst!«

Victor bemühte sich um ein Lächeln. »Ich glaube, ich bin heute einfach mit dem falschen Fuß zuerst aufgestanden.«

Die alte Dame legte Victor eine runzlige Hand auf den Arm, musterte ihn mit wachen Augen, und er hatte plötzlich das Gefühl, als könne sie in ihn hineinsehen.

»Ich war drei Mal verheiratet, Reverend. Mein erster Mann, Marco, ist im Zweiten Weltkrieg gefallen. Der zweite, Rafael, war Polizist. Er wurde von Drogenhändlern erschossen. Mein dritter, Paolo, ist in meinen Armen an Lungenkrebs gestorben. Hat geraucht wie ein Schlot, der Dummkopf. Gott hat mir drei Mal meinen Liebsten genommen. Aber er hat mir auch immer wieder neue Freude geschenkt, auch wenn es mir nie vergönnt war, Kinder zu bekommen. Ich werde bald diesen Planeten verlassen, und ich gehe mit dem guten Gefühl, dass das Leben auch ohne mich weitergeht.« Sie lächelte. »Es ist ein gutes Leben, das der Herr mir geschenkt hat, auch wenn es nicht immer so aussah.«

Victor musste schlucken. »Haben ... haben Sie jemals an Ihm gezweifelt?«

»Jemals? Ich zweifle andauernd!«

Angela Smith sog scharf die Luft ein. »Consuela! Wie kannst du so etwas sagen! Noch dazu vor dem Reverend!«

»Ich kann es sagen, weil es stimmt, meine Liebe. Selbst die heilige Mutter Teresa hat an Gott gezweifelt, wie ihr Tagebuch zeigt. Aus ihrem Beispiel habe ich gelernt, dass es nicht so entscheidend ist, woran man glaubt, sondern was man daraus macht. Selbst ein Ungläubiger kann Gott gefallen, wenn er Gutes tut!«

»Das meinst du doch nicht ernst!« Smith rümpfte die Nase. »Du wirst noch in der Hölle enden, wenn du so weitermachst! Na, ich habe auf jeden Fall keine Zweifel.«

»Das bezweifle ich nicht«, sagte Consuela lächelnd.

Victor empfand tiefe Zuneigung und Dankbarkeit für die alte Dame. Er lächelte ebenfalls. »Ich danke Ihnen, Consuela. Sie haben meine Laune schlagartig gebessert.«

»Hmpf!«, machte Smith.

5

T-23:11:42 Wie üblich checkte Nina bei einem Morgenkaffee die Zahlen. Gestern war ein eher schwacher Tag gewesen – insgesamt nur etwa fünfhundert Blogbesucher und knapp dreitausend YouTube-Views. Das Ichting-Video war innerhalb einer Woche gerade elftausend Mal angeklickt worden, weit weniger als der Durchschnitt ihrer Videos. Auch das Verhältnis von Likes zu Dislikes war nicht berauschend. Sie scrollte durch die Kommentare. Begriffe wie *langweilig* und *theoretisches Gelaber* gehörten noch zu den harmloseren Bemerkungen. Mit dem theoretischen Physiker hatte sie ihre Follower offensichtlich hoffnungslos überfordert. Das Gespräch war auch deswegen weniger gut angekommen, weil Ichting kaum persönliche Details über sich preisgegeben hatte. Der Physiker war im zweiten Teil des Gesprächs, als sie ihn nach seinem Privatleben befragt hatte, sehr zurückhaltend gewesen. Nina hatte gehofft, dass ihre eigene Faszination für die Seltsamkeit des Universums im Video rüberkäme, aber die meisten Zuschauer teilten diese Begeisterung offensichtlich nicht. Hinzu kam, dass etliche Kommentatoren ihre religiösen oder esoterischen Anschauungen durch die moderne Physik verletzt sahen.

Die Physiker kommen auf immer bescheuertere Ideen, um an ihrer absurden Urknalltheorie festzuhalten, hatte jemand geschrieben. *Strings, die in sieben winzigen, aufgewickelten Dimensionen schwingen – was für ein Quatsch! Statt endlich zu akzeptieren, dass die Schöpfung eben nicht rein mathematisch erklärbar ist, versuchen diese Theoretiker krampfhaft, durch abenteuerliche Konstruktionen ihre materialistische Weltanschauung zu retten.*

Natürlich erzeugten solche Meinungen gehässige Gegenreaktionen von Atheisten und Anhängern der modernen Physik, die allen Kreationisten einen Besuch beim Psychiater empfahlen. Doch insgesamt waren es deutlich weniger Kommentare als bei den meisten anderen Beiträgen. Nina nahm sich vor, in Zukunft um Naturwissenschaftler einen Bogen zu machen und sich doch wieder auf B-Promis aus der Riege der Modeschöpfer und Schriftsteller zu konzentrieren, die bisher die positivste Resonanz hervorgerufen hatten. Zwar widerstrebte es ihr, sich nur nach dem Publikumsgeschmack zu richten, aber sie war nun mal auf die YouTube-Werbeeinnahmen angewiesen, die auch so schon spärlich genug waren.

Sie war gerade im Begriff, den Browser zu schließen, als ihr Blick auf einen Eintrag fiel, der erst ein paar Minuten alt war: *Dieser Ichting hat sich offenbar umgebracht. Hoffe, das lag nicht an den Kommentaren zu diesem Video.* Ein Link zu einem Online-Nachrichtenmagazin war angegeben.

Erschrocken klickte sie auf den Link und las den kurzen Bericht:

Physiker tot in Badewanne gefunden

Am Montagmorgen wurde Professor Hans Ichting, Leiter des Instituts für theoretische Physik am DESY in Hamburg, von einer Reinigungskraft leblos in seiner Badewanne aufgefunden. Der Notarzt konnte nur noch den Tod feststellen. Nach Angaben eines Sprechers geht die Polizei von einem Suizid aus.

Ichting gehörte zu den international renommiertesten theoretischen Physikern, war jedoch in der Öffentlichkeit nahezu unbekannt. »Wir verlieren mit ihm einen hochgeachteten und geschätzten Wissenschaftler, Kollegen und Freund«, sagte ein Sprecher des Hamburger Forschungsinstituts. »Sein tragischer Tod ist ein großer Verlust für die Physik und macht uns alle sehr betroffen. Den Angehörigen drücken wir unser tiefstes Mitgefühl aus.«

Die Beerdigung findet im engsten Familienkreis statt. Von Beileidsbekundungen bitten die Angehörigen abzusehen. Spenden werden an die Organisation Ärzte ohne Grenzen erbeten, die auch Ichting unterstützt habe.

Nina starrte ungläubig auf die Meldung. Ihr erster Gedanke war, dass es sich um Fake News handeln müsse, vielleicht gar um einen üblen Scherz. Doch eine Google-Suche bestätigte die Tatsache: Ichting war nur fünf Tage nach der Aufzeichnung des Interviews gestorben.

Das konnte doch nicht sein! Der Physiker mochte ja etwas spröde gewesen sein, aber er hatte alles andere als depressiv gewirkt. Natürlich konnte sie nicht wissen, was in seinem Inneren vorgegangen war, und es gab schließlich manisch-depressive Menschen, die von einem Extrem ins andere fielen. Ein Genie wie Ichting mochte durchaus psychische Probleme haben. Aber Selbstmord?

Sie starrte auf die Überschrift des Artikels. *Physiker tot in Badewanne gefunden.* Die Titelseite der Bild-Zeitung vor über dreißig Jahren erschien vor ihrem geistigen Auge: *Barschel tot im Hotel. Er lag in der Badewanne.* Sie hatte ihre Masterarbeit in Journalistik über den Umgang der Medien mit dem Tod des Politikers geschrieben.

Ein Gefühl der Unwirklichkeit überkam sie. Erschüttert stand sie auf, kramte den Ausdruck ihrer Arbeit aus einem Regal und blätterte die Seite mit dem Foto der Zeitung vom 12. Oktober 1987 auf. Über der Schlagzeile stand etwas kleiner: *Selbstmord? Mord? Unfall?*

Bis heute war nicht endgültig geklärt, was damals im Hotel Beau-Rivage in Genf wirklich geschehen war. Die offizielle Erklärung lautete weiterhin, dass Uwe Barschel sich das Leben genommen hatte, um der Schmach zu entgehen, die eine Untersuchung der kurz zuvor aufgedeckten Manipulationen im Wahlkampf um das Amt des Ministerpräsidenten Schleswig-Holsteins mit sich gebracht hätten. Auch Nina hielt diese These für am wahrscheinlichsten, doch es hatte eine Menge Ungereimtheiten gegeben: eine verschwundene Weinflasche, einen abgerissenen Hemdknopf, die seltsame Lage eines Schuhs und diverse andere Auffälligkeiten deuteten viele, darunter auch Barschels Witwe, bis heute als Indizien eines Mordes.

Hatte Ichting sich wirklich umgebracht? Wenn ja, warum? Und was, wenn nicht? Wer sollte einen international renommierten Wissenschaftler wie ihn ermorden wollen? Religiöse Eiferer vielleicht? Hatte Ichting mit einer seiner Bemerkungen radikale Islamisten gegen sich aufgebracht? Aber solche Fanatiker hätten ihn einfach erschossen oder in die Luft gesprengt, statt zu versuchen, den Mord wie einen Selbstmord aussehen zu lassen.

Ihr fiel ein Satz aus dem Interview ein: *Mir geht es in erster Linie darum, die mathematischen Grundlagen zu schaffen, auf deren Basis dann andere konkrete Anwendungen entwickeln können.*

War es denkbar, dass Ichting hatte sterben müssen, weil er etwas herausgefunden hatte, von dem jemand nicht wollte, dass es bekannt wurde? Er hatte davon gesprochen, dass mithilfe seiner Theorien vielleicht neue, sichere und saubere Energiequellen entdeckt werden könnten. Oder auch neuartige Waffen …

Aber das waren paranoide Verschwörungstheorien. Außerdem ging sie das alles gar nichts an. Es war ein tragischer Zufall, dass sie Ichting nur wenige Tage vor seinem Tod interviewt hatte.

Doch als sie versuchte, sich wieder anderen Themen zuzuwenden, stellte sie fest, dass die Nachricht sie nicht mehr losließ. Ein Bauchgefühl sagte ihr, dass Ichting nie und nimmer Selbstmord begangen hatte. So oft sie sich auch einredete, es sei Sache der Polizei, die Umstände seines Todes aufzuklären, das nagende Gefühl blieb.

Schon als Kind hatte Nina gern Detektiv gespielt. Sie hatte eine Zeit lang mit dem Gedanken gespielt, zur Polizei zu gehen und Verbrecher zu jagen, doch ihr Vater, der bei der Würzburger Stadtverwaltung arbeitete, hatte ihr davon abgeraten – sie sei viel zu ambitioniert für den Staatsdienst, hatte er gemeint, wobei »ambitioniert« wohl eine freundliche Umschreibung für »dickköpfig« gewesen war. Schließlich hatte Nina in Hamburg Journalistik studiert mit dem Ziel, eines Tages in der Redaktion eines großen Nachrichtenmagazins zu arbeiten und Skandale aufzudecken. Doch der Niedergang des Printjournalismus hatte ihr einen Strich durch die Rechnung gemacht.

Eine Zeit lang hatte sie es als freie Journalistin versucht, doch die Honorare waren erbärmlich, und es gab kaum interessante Aufträge. Als sie gesehen hatte, dass manche YouTuber Millionäre geworden waren, indem sie allerlei Ungereimtheiten in die Kamera quatschten, hatte sie beschlossen, ihr Glück als Videobloggerin zu versuchen. Es hatte lange gedauert, aber mittlerweile hatte sie eine treue Gemeinde von etwa dreißigtausend Followern, erzielte bescheidene Werbeeinnahmen und bekam regelmäßig Anfragen für bezahlte Produktrezensionen. Der große Durchbruch war bisher allerdings ausgeblieben.

War der vermeintliche Selbstmord des Hans Ichting vielleicht ihre große Chance?

Noch während sie den Gedanken hatte, schämte sie sich dafür. Wie konnte sie das Leid dieses bedauernswerten Genies als Erfolgschance betrachten? Außerdem war das mehr als unrealistisch. Sie neigte zu Tagträumen, das war schon immer ihr Problem gewesen. »Du siehst zu viel in den Wolken«, hatte ihr Vater einmal gesagt. »Das sind bloß Dampfschwaden am Himmel.« Er war stets der Realist gewesen, der nüchterne Analytiker, sie dagegen die Romantikerin. Das war ihr auch bei ihrer letzten Liebesbeziehung zum Verhängnis geworden: dass sie sich so sehr für etwas oder jemanden begeistern konnte und dabei alle negativen Vorzeichen ausblendete, bis ihr die Sache schließlich um die Ohren flog.

Und dennoch … Was, wenn niemand außer ihr Zweifel an der Selbstmordgeschichte hatte? Die Schweizer Polizei hatte schließlich im Fall Uwe Barschel auch fürchterlich geschlampt und wichtige Spuren verwischt. Was, wenn doch irgendjemand Interesse an Ichtings Tod gehabt hatte?

Schließlich gab sie ihren Widerstand auf und scrollte noch einmal durch die Kommentare. Dabei stieß sie auf einen Eintrag, den sie bisher nur überflogen und nicht ernst genommen hatte:

Die moderne Physik hat uns Hiroshima gebracht, Nagasaki, Sellafield, Tschernobyl, Fukushima. Ein paar Mal schon sind wir ganz knapp an einem globalen Atomkrieg vorbeigeschrammt, und die Idioten in Washington, Moskau und Peking haben offensichtlich kein bisschen daraus gelernt, von den Hitzköpfen in Pjöngjang, Tel Aviv, Teheran und Riad ganz zu schweigen. Als Nächstes statten wir diese Bomben mit künstlicher Intelligenz aus. Und dann? Wann begreifen wir endlich, dass jeder vermeintliche Fortschritt der Wissenschaft in Wahrheit ein weiterer Schritt in Richtung Abgrund ist? Ted Kaczynski hat es als Erster erkannt. Doch einer allein kann den Wahnsinn nicht stoppen ...

Ted Kaczynski, war das nicht der Unabomber? Wikipedia bestätigte ihre Vermutung: Kaczynski hatte während eines Zeitraums von fast siebzehn Jahren insgesamt sechzehn Briefbomben an Wissenschaftler und Vorstände von Fluggesellschaften verschickt und dabei drei Menschen getötet und dreiundzwanzig verletzt. Nach einer jahrelangen Jagd mit beispiellosem Polizeiaufgebot war er schließlich 1995 gefasst worden. Er hatte seine Taten mit einem Manifest begründet, in dem er vor der Versklavung der Menschheit durch Maschinen oder eine industrielle Elite warnte.

War es denkbar, dass Kaczynski einen Nachahmer in Deutschland hatte, der versuchte, bedeutende Wissenschaftler auszuschalten, dabei jedoch subtiler vorging als der Unabomber? Der Beitrag war von jemandem mit dem Usernamen *Fünfnachzwölf* erstellt worden. Was, wenn der Absender ...

Sie schüttelte über sich selbst den Kopf. *Du siehst zu viel in den Wolken, Nina.*

6

T-21:12:05 Sparrow schraubte den Schalldämpfer auf seine Smith & Wesson-M & P-Pro-Pistole. Dann zog er die schwarzen Lederhandschuhe an und setzte sich auf die abgewetzte Wohnzimmercouch.

Er musste nicht lange warten, bis er den Haustürschlüssel hörte. Schlurfende Schritte im Flur. Sparrow knipste die Stehlampe neben dem Sofa an, sodass die Zielperson den Lichtschein durch die halb geöffnete Wohnzimmertür sehen konnte.

»Schatz, bist du noch wach?« Die Stimme war schwer von Alkohol.

Die Zielperson wankte ins Wohnzimmer. Als er Sparrow sah, erstarrte er und wurde kreidebleich.

»Guten Abend, Mr Hagrow«, sagte Sparrow ruhig.

»Was ... wer ... wer sind Sie?«

Nach Sparrows Erfahrung reichte der Anblick eines fremden Mannes im dunklen Anzug mit schwarzen Lederhandschuhen und einer schallgedämpften Pistole in der Hand, um auch den hartgesottensten Schurken einzuschüchtern, und dieser Hagrow war alles andere als hartgesotten. Er war Manager bei Kobalt Electronics, einer Hightech-Firma im Süden Albuquerques. Morris Layton zufolge hatte er ein Verhältnis mit seiner Sekretärin, doch solcherart Fehltritte interessierten Sparrow nicht. Der Grund für seinen Einsatz waren geheime Daten aus der Entwicklungsabteilung, die Hagrow auf einem USB-Stick aus der Firma geschmuggelt hatte.

Die meisten Firmen hätten ihn in so einer Situation entweder gleich gefeuert oder zum Personalgespräch zitiert und ihm mit Rausschmiss gedroht. Doch hier lag der Fall etwas anders, denn die gestohlenen Daten betrafen kritische Schwachstellen im wichtigsten Produkt der Firma, einer Steuerungseinheit für Industrieanlagen, die in Hunderten von Fabriken überall auf der Welt eingesetzt wurde. Wenn diese Schwachstellen bekannt wurden, war Kobalt Electronics ruiniert. Deshalb war Morris Security Services engagiert worden, eine Firma, die den Ruf hatte, auch verzwickte Probleme diskret zu lösen. Sparrows Job war es, Hagrow einzuschüchtern, und zwar so gründlich, dass er nie wieder auf die Idee kommen würde, seinen Chef zu erpressen.

Sparrows Stimme blieb ruhig, professionell, fast gelangweilt. Auch das half meistens, um Zielpersonen den Ernst ihrer Lage zu verdeutlichen. »Sie wissen, weshalb ich hier bin.«

»Ich ... ich habe keine Ahnung, wirklich!« Hagrows schuldbewusste Miene strafte seine Worte Lügen.

»Der Stick, Mr Hagrow. Ich hätte ihn gern.«

»Stick? Was ... was für ein Stick?« Hagrow fuhr sich nervös durchs Haar.

»Mr Hagrow, ich glaube, Ihnen ist nicht ganz klar, in welcher Lage Sie sind. Sie wollen doch sicher nicht, dass Ihrer Frau etwas passiert oder Ihrer kleinen Tochter, die oben im Bett liegt und sich im Schlaf an ihr Plüschtier klammert?«

Sparrow hasste sich selbst für diese Worte. Doch sie hatten die beabsichtigte Wirkung.

»Bitte!«, stammelte Hagrow. »Bitte, ich ... ich tue alles, was Sie sagen! Aber tun Sie bitte meiner Julia nichts!«

»Das hängt ganz von Ihnen ab«, sagte Sparrow ruhig. »Und jetzt geben Sie mir bitte den Stick.«

»Ja, ja, natürlich. Er ist in meinem Aktenkoffer. Warten Sie, ich hole ihn.«

Sparrow stand auf und folgte dem Mann, der mit zittrigen Fingern die Schlösser des Aktenkoffers öffnete.

»Hier ist ...«

Etwas traf Sparrow an der Schulter, sodass er zur Seite taumelte. Im selben Moment hörte er einen ohrenbetäubenden Knall. Sein Arm wurde taub, und die Pistole fiel ihm aus der Hand.

Er dachte nicht nach, machte einen Hechtsprung zurück ins Wohnzimmer. Ein heißer Schmerz ging von seiner Schulter aus, als er ungelenk auf dem Teppichboden landete. Ein zweiter Schuss krachte. Etwas zersplitterte im Flur.

»Liebling!«, rief Hagrow. »Was ... was machst du denn?«

»Dieser Wichser!«, erklang eine wütende Stimme. »Den mach ich fertig!« Schritte polterten die Treppe herunter.

Sparrow hatte keine Zeit, sich für seine Unachtsamkeit Vorwürfe zu machen. Hagrows Frau tauchte im Flur auf, im Nachthemd, aber mit einer großkalibrigen Pistole in der Hand. Blondierte Haare hingen ihr in Strähnen ins wutverzerrte Gesicht. Ein Tattoo am Hals deutete auf eine eher bewegte Vergangenheit hin. Sparrows eigene Waffe war außer Reichweite – ihm blieb nur die Flucht.

Er sprang auf in Richtung der Verandatür, doch bevor er sie erreichte, rief eine scharfe Stimme: »Stehen bleiben oder ich knall dir die Birne weg! Und schön die Hände hoch!«

Sparrow blieb stehen, nahm die Hände hinter den Kopf und drehte sich langsam um.

»Hören Sie, Mrs Hagrow«, sagte er. »Ich bin im Auftrag

von Kobalt Electronics hier. Ihr Mann hat vertrauliche Daten gestohlen, und man hat mich beauftragt, sie wiederzubeschaffen.«

»Schnauze, Wichser! Das kannst du der Polizei erzählen. Ruf die Bullen, Robert!«

»Ich … ich fürchte, er hat recht«, sagte Hagrow. »Wir sollten die Polizei da rauslassen.«

Seine Frau sah zwischen beiden Männern hin und her. Ihre Augen verengten sich. »Heißt das, du hast wirklich Daten gestohlen?«

»Ja.«

»Was für Daten?«

»Untersuchungsergebnisse, die zeigen, dass die EMC-7 unter bestimmten Bedingungen störanfällig und angreifbar ist. Wenn das rauskommt, müssen wir eine gigantische Rückrufaktion machen. Das kostet Millionen, und unser Ruf ist ruiniert. Die EMC-7 ist unser meistverkauftes Produkt. Das verkraftet Kobalt Electronics nicht. Ich … ich habe Dan Corley bloß klargemacht, dass langsam mal eine Gehaltserhöhung fällig ist.«

»Du hast ihn erpresst?«

»Na ja, ich …«

»Hören Sie«, sagte Sparrow. »Wir können aus der ganzen Sache alle unbeschadet rauskommen. Geben Sie mir einfach den Datenstick, und wir verbuchen meine Verletzung als Unfall.«

»Einverstanden«, stimmte Hagrow zu. »Ich …«

»Schnauze!«, kommandierte seine Frau. »Wenn wir ihm die Daten geben, bist du geliefert, du Idiot! Glaubst du etwa, Corley ist dir dankbar und vertraut dir, dass du die Klappe hältst? Er wird dich kaltstellen. Er wird dafür sorgen, dass du diskreditiert wirst. Er wird dich feuern, und niemand wird dir mehr einen Job geben. Wenn du dann an die Öffentlichkeit gehst, sieht es aus, als wolltest du dich bloß rächen. Niemand wird dir glauben. Und was soll dann aus mir und Julia werden?«

»Aber Schatz ...« Hagrow zuckte mit den Schultern und wandte sich an Sparrow. »Hören Sie, Mr ... sagen Sie Corley, ich ...«

»Du willst ihn laufen lassen?«, fragte seine Frau ungläubig. »Dann kommt er doch bloß wieder, und nächstes Mal geht die Sache anders aus. Ich lasse nicht zu, dass der Mistkerl meiner Tochter oder mir ein Haar krümmt!«

»Was sollen wir denn dann mit ihm machen?«, fragte Hagrow.

Sparrow las die Antwort in den kalten, berechnenden Augen der Frau. Er hatte diesen Ausdruck schon einmal gesehen – im Gesicht eines Anführers der Taliban. Der Mann hatte überlegt, ob er seine Gefangenen am Leben lassen sollte, als Tauschpfand, zur Erpressung von Lösegeld oder einfach, um sie noch ein wenig zu foltern. Da war kein Mitgefühl in diesen Augen gewesen, kein Skrupel, nur diese unmenschliche Gewissheit, dass alles, was er tat, egal wie grausam es war, Allahs Wille und durch den Dschihad gerechtfertigt war. Damals hatte Sparrow gewusst, dass sein Leben keinen Cent mehr wert war, ebenso wie das seiner Kameraden. Dann war eine Rakete in die Stellung der Taliban eingeschlagen und hatte den Anführer getötet, ebenso wie drei der fünf Mitglieder von Sparrows Spähtrupp. Er selbst war nur mit knapper Not entkommen.

Doch diesmal würde ihn keine Explosion in letzter Sekunde retten. Hagrows Frau würde ihn kaltblütig erschießen.

Die Polizei würde von Notwehr ausgehen – immerhin hatte Sparrow eine Pistole mit Schalldämpfer hergebracht, sodass alles auf einen Mordanschlag hindeutete. Danach würde es Corley nicht noch einmal wagen, jemanden herzuschicken. Mit dem Mord an Sparrow würden die Hagrows ihre Verhandlungsposition gegenüber Kobalt Electronics deutlich verbessern.

»Mama?«, erklang eine Stimme von oben. »Mama, was ist passiert? Was war das für ein Knall?«

Hagrows Frau war nur für einen Sekundenbruchteil abgelenkt, aber es reichte. Sparrow griff nach der Stehlampe und schlug mit dem schweren Lampenfuß nach ihr. Er erwischte sie an den Knien und schickte sie zu Boden. Die Pistole fiel ihr aus der Hand, doch sofort bückte sich Hagrow danach. Sparrow nutzte die Sekunde, die ihm blieb, riss mit der unverletzten linken Hand die Verandatür auf und rannte in die Dunkelheit. Ein Schuss krachte und ließ die Glastür hinter ihm zersplittern, verfehlte ihn jedoch.

Er sprang an einem Lattenzaun hoch, zog sich mit dem heilen Arm empor und schaffte es mit Mühe, ein Bein über den Zaun zu hieven und sich schließlich hinüberzuwälzen. Auf der anderen Seite blieb er einen Moment keuchend liegen. Bunte Lichter tanzten vor seinen Augen, und seine Schulter fühlte sich an, als würde sie mit einem Vorschlaghammer bearbeitet. Doch er rappelte sich auf und rannte in die Nacht davon, verfolgt von Hundegebell und wütenden Verwünschungen.

7

T-22:03:45 Nina klingelte an der Wohnungstür im dritten Stock eines unauffälligen Mietshauses in Hamburg-Altona. Ein hagerer Mittvierziger mit schütterem Haar und einer runden Brille öffnete. Er trug eine ausgeleierte Strickjacke, verwaschene Jeans und Sandalen. Aus der Wohnung drang der leicht muffige Geruch eines allein lebenden Mannes.

»Gerd Bussmann?«, fragte sie überflüssigerweise.

»Ja. Hallo, Frau Bornholm. Danke, dass Sie sich herbemüht haben.« Seine Stimme war überraschend tief und passte nicht zu seiner schmächtigen Gestalt.

Er führte sie in einen Raum, der Wohn-, Schlaf- und Esszimmer zugleich zu sein schien und Nina an ihre Studentenbude erinnerte. Ein Schlafsofa stand vor einem riesigen Flachbildfernseher. Auf dem Esstisch war ein Laptop aufgeklappt. Dafür, dass Bussmann moderne Technik angeblich verabscheute, hatte er eine Menge davon.

Er bat sie, auf dem Sofa Platz zu nehmen, und schenkte ihr aus einer wie selbstgetöpfert wirkenden Kanne ungefragt grünen Tee ein.

»Ich habe leider nichts anderes, das ich Ihnen anbieten kann. Außer Leitungswasser natürlich. Ich bekomme nicht so oft Besuch.«

»Danke, Tee ist perfekt.«

Bussmann setzte sich auf einen Sessel.

»Ich freue mich, dass Sie hier sind«, sagte er. »Ich versuche schon eine ganze Weile, die Öffentlichkeit auf das Problem aufmerksam zu machen. Dass mir nun endlich jemand zuhört, der so bekannt ist wie Sie, bedeutet mir einiges.«

Nina war sich nicht mehr so sicher, ob es eine gute Idee war, hergekommen zu sein. Die Nachricht von Ichtings Tod hatte sie aus der Bahn geworfen. Doch mit einem Tag Abstand sah sie die Sache wesentlich nüchterner.

Die perverse Logik der sozialen Medien hatte dazu geführt, dass ihr Video mit Ichting inzwischen über dreihunderttausend Views hatte und damit das bei Weitem meistgesehene ihres Channels war. Der Physiker hatte offensichtlich noch nie zuvor ein öffentliches Interview gegeben, und so war ihres, abgesehen von einigen Streams von Vorträgen auf Fachkonferenzen, das einzige im Internet verfügbare Video über ihn. Der Ton der Kommentare hatte sich ebenfalls verändert. Etliche Zuschauer äußerten Zweifel an der Selbstmordthese und hatten Dutzende von Verschwörungstheorien entworfen, eine absurder als die nächste. Andere fragten schlicht nach dem Warum.

Sie hatte eine Weile mit sich gerungen und schließlich die Entscheidung getroffen, der Sache auf den Grund zu gehen. Sie hatte das unbestimmte Gefühl, es Ichting schuldig zu sein, und sei es nur, um die haltlosen Spekulationen über seinen Tod zu beenden. Sie hatte versucht, Ichtings Eltern zu kontaktieren, die in Koblenz lebten, bisher jedoch keine Antwort erhalten. Die Pressestelle des DESY hatte ihr lediglich mitgeteilt, dass die Ermittlungen der Todesumstände durch die Polizei noch nicht abgeschlossen seien und man deshalb keine weiteren Informationen geben könne. Da Nina keinen Presseausweis besaß, konnte sie bei der Polizei nicht direkt nachfragen. Sie hätte vermutlich ohnehin nur eine nichtssagende Antwort bekommen. Gegen Mittag bekam sie eine persönliche Nachricht von *Fünfnachzwölf*, jenem Kommentator, der den Unabomber erwähnt hatte: *Mein Name ist Gerd Bussmann. Ich kenne Hans Ichting von meiner Zeit am DESY. Ich habe eine Theorie zu seinem Tod. Wenn Sie mehr erfahren wollen, kontaktieren Sie mich.* Sie hatte ihm geantwortet und nach Einzelheiten gefragt, doch er hatte auf einem persönlichen Treffen bestanden. Da er in Hamburg wohnte, hatte sie schließlich zugestimmt. Doch nun, da sie hier war, wuchsen ihre Zweifel. Höchstwahrscheinlich wollte sich dieser Bussmann bloß wichtigmachen.

»Was für ein Problem?«, fragte sie, obwohl sie ahnte, dass die Antwort viel über Bussmann und wenig über Ichting aussagen würde.

»Haben Sie sich je gefragt, warum wir noch nie Außerirdischen begegnet sind?«

Nina unterdrückte ein Aufstöhnen. »Wollen Sie mir jetzt erzählen, dass Außerirdische an Ichtings Tod schuld sind?«

Bussmann hob abwehrend die Hände. »Um Gottes willen, nein, natürlich nicht! Jetzt halten Sie mich wahrscheinlich für irgendeinen Spinner. Aber das bin ich nicht. Die Frage ist durchaus ernst gemeint gewesen. Der Physik-Nobelpreisträger Enrico Fermi hat sie schon 1950 gestellt. Sehen Sie, wenn Sie mal nachrechnen, dann kommen Sie schnell darauf, dass da was nicht stimmt. Die Milchstraße ist ungefähr drei Mal so alt wie unser Sonnensystem und enthält mindestens hundert Milliarden Sterne. Wenn nur jeder Zehnte von ihnen Planeten hat und sich in jedem Hundertsten dieser Sonnensysteme ein Planet in der habitablen Zone befindet, in der flüssiges Wasser vorkommt, dann reden wir immer noch von hundert

Millionen Planeten, auf denen Leben theoretisch möglich ist. Und das nur in unserer eigenen Galaxis, einer von mindestens einer Billion Sternenhaufen im sichtbaren Universum!«

Er machte eine Pause, um die Wirkung seiner Worte auf Nina abzuschätzen, die gegen ihren Willen neugierig geworden war.

»Das Leben ist auf der Erde, schon kurz nachdem es überhaupt möglich war, entstanden«, fuhr er fort. »Das spricht dafür, dass das kein sehr ungewöhnlicher Vorgang ist. Die nötigen Voraussetzungen – Energie, chemische Elemente, Wasser – sind überall in unserer Galaxis vorhanden. Demzufolge müsste es in unserer näheren kosmischen Umgebung Tausende von Planeten mit Leben geben, viele davon wesentlich älter als die Erde. Es liegt in der Natur der Evolution, dass sich jede Spezies in möglichst viele Lebensräume ausbreitet. Sobald eine Zivilisation die Grenzen ihres Heimatplaneten überwunden hat, ist sie quasi unsterblich: Selbst wenn sie ihre eigene Welt durch einen globalen Krieg zerstören würde, würden Kolonien auf anderen Welten oder autarke Raumstationen überleben. Rechnen Sie mal nach: Wenn in den letzten hundert bis zweihundert Millionen Jahren – das ist ungefähr ein Prozent des Alters der Milchstraße – irgendwo eine Zivilisation entstanden wäre, die es geschafft hätte, Kolonien auf anderen Planeten zu errichten, dann hätte diese Zivilisation längst die gesamte Galaxis kolonisiert. Auch die Erde. Doch wir sind ihnen oder ihren Artefakten noch nie begegnet und haben trotz jahrzehntelanger Suche auch noch keine Signale einer außerirdischen Zivilisation empfangen. Es scheint, als seien wir die einzige intelligente Lebensform in weitem Umkreis. Finden Sie das nicht seltsam? Enrico Fermi jedenfalls hat sich darüber gewundert. Daher nennt man diese Frage heute das Fermi-Paradoxon.«

»Vielleicht ist die Entstehung des Lebens häufig, aber Intelligenz bildet sich nur selten«, spekulierte Nina. »Dann wären wir eine Art statistischer Ausreißer.«

Bussmann nickte. »Durchaus möglich, aber nicht sehr wahrscheinlich. Immerhin hat sich Intelligenz auf der Erde mehrfach unabhängig gebildet, in so unterschiedlichen Lebensformen wie Menschenaffen, Delphinen, Vögeln und Oktopoden. Krähen zum Beispiel können Aufgaben lösen, die Kleinkinder überfordern, und sogar Tintenfische benutzen Werkzeuge. Wenn wir Menschen nicht die Ersten gewesen wären, dann hätte es höchstens noch ein paar Millionen Jahre gedauert, bis eine andere Spezies Technik entwickelt und die Herrschaft über die Erde angetreten hätte.«

Nina dachte darüber nach. Die Argumentation erschien ihr plausibel, wenngleich sie zu wenig davon verstand, um zu beurteilen, wie stichhaltig Bussmanns Gedankenkette war.

»Vielleicht sind sie schon längst hier und wollen nur nicht, dass wir sie bemerken«, wandte sie ein, merkte aber im selben Moment, wie albern das klang.

»Möglich, aber wiederum äußerst unwahrscheinlich. Warum sollte sich eine überlegene außerirdische Zivilisation vor uns verstecken? Wir verheimlichen unsere Existenz doch auch nicht vor Affen oder Tauben. Dafür gibt es ja auch gar keinen Grund.«

»Also schön, ich gebe mich geschlagen. Was ist Ihre Theorie, warum wir noch nie Außerirdischen begegnet sind?«

»Wenn es um uns herum viele Planeten gibt, auf denen Leben existiert, und die Entwicklung von Intelligenz mehr oder weniger unvermeidlich ist, dann gibt es nur eine plausible Erklärung dafür: Die Lebensdauer technischer Zivilisationen muss, kosmisch gesehen, sehr kurz sein.«

»Sie meinen, all diese Zivilisationen da draußen haben sich selbst zerstört?«

»Ja. Das halte ich für sehr wahrscheinlich. Zumindest die Zivilisationen, die expansiv sind. Ich teile intelligente Spezies in drei Klassen ein: Kategorie A ist expansiv-aggressiv und nutzt Technologie, um sich auszubreiten, so wie wir Menschen. Kategorie B ist harmonieorientiert und nutzt Technologie nur nachhaltig. Sie hat ihre Vermehrung unter Kontrolle, lebt im Einklang mit ihrer Umwelt und verzichtet auf interstellare Expansion. Ob es solche Zivilisationen vor dem Hintergrund der Evolution überhaupt geben kann, ist fraglich, aber man wird ja noch hoffen dürfen. Kategorie C sind intelligente Zivilisationen, die aus verschiedenen Gründen nie eine Hochtechnologie entwickeln, zum Beispiel, weil ihnen die Gliedmaßen oder die Rohstoffe dafür fehlen. Delphine wären vielleicht ein Beispiel dafür. Eine Zivilisation der Kategorie A, die es geschafft hat, die Grenze ihres Sternensystems zu überwinden, müssten wir längst bemerkt haben. Kategorie B und C dagegen würden nie Raumschiffe bauen und wohl auch keine Signale ins All senden, denn dazu bräuchten sie Hochenergie-Technologie, die die einen ablehnen und die anderen gar nicht entwickeln können. Es besteht also noch Hoffnung, dass es eine zweite Erklärung für das Fermi-Paradoxon gibt. Zivilisationen der Kategorie A dagegen haben ihre Selbstzerstörung quasi in den Genen.«

»Sie glauben also, dass Zivilisationen der Kategorie A wie wir Menschen sich selbst zerstören, weil sie zu aggressiv sind?«

»Nicht unbedingt. Aber einen fremden Planeten zu besiedeln oder autarke Raumstationen zu bauen erfordert wie gesagt eine Menge Energie. Und genau hier liegt das Problem. Ich nenne es ›die physikalische Falle‹: Vereinfacht gesagt entdeckt jede Zivilisation, bevor sie die Möglichkeit zu interstellarer Raumfahrt entwickelt, zwangsläufig ein physikalisches Prinzip, das unweigerlich zu ihrer Zerstörung führt. Stellen Sie sich einen Affen vor, der im Urwald eine Handgranate findet. Solange er den Sicherungsstift nicht löst, ist sie harmlos. Er kann damit herumspielen, wie er will, es passiert nichts. Wehe ihm aber, wenn er herausfindet, wie man die Granate entsichert!«

»Das verstehe ich nicht.«

»Schauen Sie sich doch nur die Entwicklung der Technik an. Jahrtausendelang ging alles gut: Wir haben zwar immer effektivere Waffen entwickelt, aber sie waren nicht verheerend genug, um die ganze Spezies auszulöschen oder gar die Erde zu zerstören. Doch dann, vor hundert Jahren, entdeckten wir den inneren Aufbau der Atome und die Kernspaltung. Nur ein paar Jahrzehnte später hatten wir schon genug Atombomben, um die Menschheit ein Dutzend Mal auszurotten. Aber ich rede gar nicht von Atomkriegen. Ich rede von einer zufälligen Entdeckung, einem Experiment, das schiefgeht. Irgendein physikalisches Prinzip, über das wir stolpern, das eine Katastrophe auslöst, wie das Ziehen des Sicherungsstifts bei der Handgranate.«

»Was könnte das für ein Prinzip sein?«

»Wir bauen gigantische Teilchenbeschleuniger und schaffen dort Bedingungen wie kurz nach dem Urknall. Wissen wir, ob wir dabei vielleicht eine unkontrollierbare Kettenreaktion auslösen könnten oder eine Singularität herbeiführen, ein schwarzes Loch zum Beispiel, das die ganze Erde verschlingt? Unsere Physiker sagen, das sei unmöglich, aber Tatsache ist, dass wir überhaupt keine widerspruchsfreie Theorie über den Aufbau des Universums haben. Als die erste Atombombe getestet wurde, machten sich die Physiker Gedanken, dass dadurch vielleicht die ganze Atmosphäre in Brand geraten könnte. Sie haben Berechnungen angestellt und kamen zu dem Schluss, dass das höchstwahrscheinlich nicht passieren würde, aber ganz ausschließen konnten sie es nicht. Sie haben die Bombe trotzdem gezündet. Wir haben Glück gehabt, würde ich sagen. Doch das nächste Experiment am CERN könnte schon unser letztes sein.«

Nina erinnerte sich, dass es gegen den Bau des großen Teilchenbeschleunigers am CERN Proteste gegeben hatte, weil Gegner befürchteten, dass dort schwarze Löcher entstehen könnten. Die Physiker des CERN hatten dagegengehalten und am Ende recht behalten. War Bussmann einer dieser fanatischen Gegner, der es bloß nicht verwinden konnte, dass er sich nicht hatte durchsetzen können? Aber er wirkte eigentlich ganz vernünftig.

»Glauben Sie nicht, dass die Physiker, die diese Experimente durchführen, vorher die Möglichkeit in Erwägung ziehen, dass sie eine Katastrophe auslösen könnten?«

»Wahrscheinlich tun sie das. Vermutlich gibt es einige dort, die sagen: ›Hört mal, wir sollten das vielleicht etwas langsamer angehen lassen.‹ Aber für Langsamkeit und Vorsicht gibt es nun mal keinen Nobelpreis. Also setzen sich diejenigen durch, die ›mutig‹ sind. Und weil man immer mehr Energie braucht, um neue Erkenntnisse zu gewinnen, bauen wir immer größere Anlagen und steigern die Leistungsfähigkeit. Das geht so lange gut, bis wir irgendwann etwas entdecken, das nicht in das bestehende Modell der Physik passt. Wenn wir Pech haben, lösen wir damit aus Versehen eine Katastrophe aus.«

»Aber die Beschleuniger werden doch gebaut, um Theorien zu beweisen. Zum Beispiel hat man am CERN das Higgs-Teilchen nachgewiesen, das die Theoretiker schon lange prognostiziert hatten. Man wusste also schon vorher, was bei den Experimenten herauskommt.«

»Wenn man das vorher wüsste, bräuchte man die Beschleuniger ja nicht«, widersprach Bussmann. »Sie werden gebaut, um die Voraussagen des vorherrschenden physikalischen Modells zu überprüfen, das stimmt. Aber nicht immer bekommt man das, was man erwartet hat. Michelson wollte Ende des neunzehnten Jahrhunderts den Äther nachweisen, von dem damals alle Physiker annahmen, dass sich darin Licht ausbreitete. Doch er bewies stattdessen, dass es keinen Äther gibt und sich Licht im Vakuum immer gleich schnell ausbreitet. So lieferte er die Vorlage für Einsteins Relativitätstheorie und damit ein völlig neues Verständnis von Zeit und Raum. Als 1936 das Myon entdeckt wurde, passte es ebenfalls nicht in das damals vorherrschende Modell der Physik. Der Physiker Isidor Rabi kommentierte die Entdeckung deshalb mit den berühmten Worten: ›Wer hat das denn bestellt?‹ Dies führte letztlich zum heutigen Standardmodell der Physik. Die damaligen Experimente waren aber alle harmlos. Doch um heute neue Erkenntnisse zu gewinnen, braucht man wie gesagt immer mehr Energie. Und ich befürchte, irgendwann werden wir eine kritische Energieschwelle überschreiten und eine Katastrophe auslösen – so wie vielleicht schon etliche Zivilisationen vor uns.«

Nina musste zugeben, dass Bussmanns Gedanken plausibel klangen und bei ihr ein mulmiges Gefühl auslösten. Raste die Menschheit tatsächlich ungebremst auf den Abgrund zu? Sprachen nicht Überbevölkerung, Klimawandel und zunehmende internationale Spannungen eine deutliche Sprache? Was, wenn die Wissenschaft tatsächlich alles nur noch schlimmer machte? Doch dann erinnerte sie sich an etwas, das Ichting zu ihr gesagt hatte: *Wissen ist immer gefährlich. Aber Nichtwissen ist in der Regel gefährlicher.* Das brachte sie zurück zum eigentlichen Grund ihres Hierseins.

»Was hat das alles mit Ichtings Tod zu tun?«

Bussmann senkte den Kopf. »Nun, äh ... ich ... es könnte sein, dass ich daran schuld bin.«

Nina lief ein Schauer über den Rücken. War er etwa im Begriff, einen Mord zu gestehen? Sollte sie die Polizei anrufen? Doch wie ein Mörder erschien ihr Bussmann wirklich nicht.

»Wie meinen Sie das?«

»Nachdem ich das Interview gesehen hatte, habe ich ihm eine E-Mail geschickt. Im Anhang war ein Essay von mir, der ungefähr das enthält, was ich Ihnen eben erklärt habe, nur ein bisschen wissenschaftlicher formuliert.« Er schluckte. »Ich fürchte, das könnte ihn bewogen haben ...«

»Sie glauben, er hat sich wegen Ihres Essays umgebracht?«

Bussmann wich ihrem Blick aus. »Ich ... ich kann es nicht ausschließen. Er hat ihn wenige Tage vor seinem Tod bekommen. Das wäre doch sonst ein seltsamer Zufall, oder?«

»Haben Sie ihn in dem Essay persönlich angegriffen?«

»Nein. Nicht direkt jedenfalls. Mein Text erklärt wie gesagt, dass die Wissenschaft, insbesondere die Hochenergiephysik, die Existenz der Menschheit akut bedroht. Er ist nicht auf ihn als Person bezogen, aber er könnte sich natürlich persönlich angesprochen gefühlt haben. Immerhin arbeitet er an vorderster Front der theoretischen Physik und liefert die

Grundlagen für genau die Experimente, die das Ende der Welt auslösen könnten, sollte ich recht haben.«

Nina schüttelte den Kopf. »Das ergibt keinen Sinn! Jemand wie Ichting würde sich doch nicht umbringen, weil er ein paar theoretische Erkenntnisse geliefert hat, die missbraucht werden könnten. Er war sich dieser Gefahr durchaus bewusst, aber er meinte, Nichtwissen sei gefährlicher als Wissen.«

»Das sehe ich anders.«

»Mag sein. Aber ich kann mir beim besten Willen nicht vorstellen, dass er seine Meinung in so kurzer Zeit so grundlegend geändert hat, dass er sich deswegen umbrachte.«

Bussmann wirkte sehr erleichtert. Er schien sich wirklich Sorgen gemacht zu haben, am Tod des Physikers schuld zu sein.

»Ich hoffe, Sie haben recht.«

»Sie haben mir geschrieben, dass Sie Ichting vom DESY her kannten. Sind Sie dort ebenfalls Physiker?«

»Nein. Ich habe mal ein Physikstudium begonnen, aber mein IQ reichte wohl nicht aus für die höhere Mathematik, die man heute braucht. Ich bin dann in die Informatik gewechselt und war eine Zeit lang Systemadministrator am Rechenzentrum des DESY. Dort habe ich Ichting kennengelernt, als er noch Student war und an seiner Masterarbeit schrieb. Ein beeindruckender Mensch. Auch wenn ich seine theoretischen Ansätze nie verstanden habe, war auch für mich erkennbar, dass er außergewöhnliche Fähigkeiten hatte. Ich habe ihm ein paar Mal geholfen, wenn er komplexe Simulationen auf unserem Parallelrechner-Cluster laufen lassen wollte. Ich hatte noch nie zuvor einen Studenten, der auf Anhieb alles verstanden hat, was ich ihm sagte. Glauben Sie mir, ich mochte ihn. Als ich ihm die Mail schrieb, konnte ich doch nicht wissen ...«

Nina überlegte. Bussmann hatte sicher nichts mit Ichtings Tod zu tun. Aber vielleicht war er nicht der Einzige, der große Angst vor dem hatte, was die Physiker mit ihren Teilchenbeschleunigern taten.

»Sie erwähnten in Ihrem Kommentar Ted Kaczynski, den Unabomber.«

Bussmann nickte schuldbewusst. »Das hätte ich wohl besser lassen sollen. Kaczynski ist in meinen Augen eine tragische Figur. Er war ein brillanter Mathematiker, genau wie Ichting, hatte einen IQ von fast hundertsiebzig. In den Sechzigerjahren wurde er von der CIA für Menschenversuche mit LSD missbraucht. Vermutlich hat das eine paranoide Schizophrenie bei ihm ausgelöst. Briefbomben zu verschicken und unschuldige Menschen zu töten war die Tat eines Geisteskranken, auch wenn er selbst stets darauf bestanden hat, voll schuldfähig zu sein. Das Tragische daran ist, dass die Logik seines Manifests, mit dem er seine Handlungen begründete, in ihrer Klarheit und Konsequenz bestechend ist. Er weist darauf hin, dass sich die Menschheit in eine verhängnisvolle Abhängigkeit von Maschinen begibt, und einige seiner Argumente sind in meinen Augen nicht zu widerlegen. Doch leider hat er sich durch die Mordanschläge ins Abseits gestellt, sodass ihm niemand mehr zuhört. Das ändert aber nichts daran, dass er recht hat.«

»Könnte es Ihrer Meinung nach sein, dass jemand anderes, eine Art zweiter Kaczynski, Ichting umgebracht hat?«

»Aber Ichting hat sich doch selbst umgebracht, oder etwa nicht?«

Nina bereute ihre Frage. Statt für Aufklärung zu sorgen,

heizte sie die wilden Spekulationen jetzt auch noch selber an.

»Ich habe keinen Grund, etwas anderes zu glauben«, ruderte sie zurück. »Das war nur eine theoretische Überlegung.«

»Nun ja, man munkelt, dass es eine Organisation abtrünniger Wissenschaftler gibt, die wie ich Zweifel haben, ob der Wettlauf um Wissen, der zurzeit stattfindet, eine gute Idee ist. Sie nennen sich angeblich die *Wächter der Zukunft*.«

»Haben Sie Kontakt zu denen? Oder kennen Sie eines ihrer Mitglieder?«

»Nein. Ich bin nicht mal sicher, ob es die überhaupt gibt. Aber um Ihre Frage zu beantworten: Natürlich gibt es noch andere, die sich Sorgen machen. Stephen Hawking zum Beispiel hat in einem BBC-Interview gesagt, er gibt der Menschheit noch höchstens hundert Jahre. Doch der würde natürlich niemandem etwas tun und ich selbstverständlich auch nicht, zumal das ja ohnehin überhaupt nichts ändern würde. Aber ob es irgendwo jemanden gibt, der wie Kaczynski vor Mord nicht zurückschreckt? Keine Ahnung.«

»Wie gesagt, das war nur eine theoretische Überlegung. Ich bin sicher, es gibt einen ganz anderen Grund dafür, dass sich Hans Ichting umgebracht hat. Vielleicht hatte er Liebeskummer.«

Bussmann zuckte mit den Schultern. »Ich … ich leite Ihnen die Mail weiter, die ich an ihn geschickt habe. Dann können Sie sich Ihr eigenes Urteil bilden.«

Nina nickte. Das Gespräch hatte sie kein bisschen weitergebracht. Ob Bussmanns Sorgen nun berechtigt waren oder nicht, konnte sie nicht beurteilen, aber mit Ichtings Tod hatten sie nichts zu tun. Eine mysteriöse Geheimorganisation dahinter zu vermuten, war noch absurder. Doch sein Tod blieb rätselhaft.

»Tun Sie das. Ich fürchte, ich muss jetzt weiter. Danke für den Tee!«

Er begleitete sie zur Tür. Als sie sich verabschiedete, fiel ihr noch etwas ein.

»Kennen Sie jemanden, der Ichting nahestand? Einen Freund vielleicht?«

»Er hat damals mit einem englischen Austauschstudenten zusammengearbeitet. Paul Breaker hieß der, glaube ich. Soweit ich mich erinnere, haben sich die beiden gut verstanden.«

»Danke.«

»Gern geschehen. Falls Sie ein Video mit mir machen wollen über das Problem, das ich Ihnen geschildert habe, stehe ich Ihnen jederzeit zur Verfügung.«

Bloß nicht.

»Ich denke darüber nach.«

8

T-21:22:40 Das Regenwasser tropfte von Emmas Kapuze, rann ihr über Wange und Kinn in den Kragen. Sie hatte längst aufgegeben, das zu verhindern. Ihre Füße waren wund, ihre Beine schmerzten, und der Rucksack lastete auf ihren schmalen Schultern, als wöge er Tonnen.

Sie fragte sich nicht zum ersten Mal, was sie da geritten hatte, ins Flugzeug zu steigen und Stefan ans Ende der Welt zu folgen. Der ganze Trip war von Anfang an ein Fehler gewesen. Mit dem sündhaft teuren Flugticket von Hannover nach Auckland fing es an, für das sie sich bei ihren Eltern verschuldet hatte, die ihr ohnehin schon ständig aushelfen mussten. Und dann die Reise hierher: Mehr als zwei Tage hatte es gedauert, bis sie völlig erschöpft in Queenstown auf der Südinsel Neuseelands aus dem kleinen Flieger gestiegen war. Dann noch mal fünf Stunden Busfahrt, und seitdem trottete sie hinter Stefan her durch den Regen, der mittlerweile seit vier Tagen fast ununterbrochen fiel. Sie hatte nicht ein einziges trockenes Kleidungsstück mehr.

Stefan schien all das nichts auszumachen – er hatte eine unerschütterlich gute Laune. Zumindest tat er so. Es widersprach seinem männlichen Stolz, zuzugeben, dass das Ganze eine Scheißidee gewesen war.

Den schönsten Wanderweg der Welt hatte er ihr versprochen. *Der Herr der Ringe* live, nur noch besser. Alles, was

Emma bisher davon gesehen hatte, waren Bäume, Mücken, Nebelschwaden und Regenwolken. Sie verstand jedenfalls, warum sie noch keine anderen Rucksacktouristen gesehen hatten. Jetzt, Ende September, war in Neuseeland Frühling, doch für Emma fühlte es sich an, als sei es noch immer Winter, auf den Berggipfeln lag noch der Schnee.

Stefan drehte sich zu ihr um. »Wir sind bald da. Soll ich dir den Rucksack abnehmen?«

Er trug bereits jetzt mindestens das doppelte Gewicht. Nein, sie wollte vor ihm nicht schwach dastehen, sosehr sie sich auch wünschte, einmal für ein paar hundert Meter gerade gehen und ihre verspannten Rückenmuskeln entlasten zu können. Sie schüttelte den Kopf und stapfte tapfer weiter.

Als es dämmerte, erreichten sie endlich den Rand des dichten Waldes, durch den sie die letzten Stunden gewandert waren, ständig bergauf natürlich. Die Hütte lag am Fuß eines felsigen, von gelblichem Gras bewachsenen Berghangs. Emma wusste von ihren bisherigen Übernachtungen, dass sie keinerlei Komfort erwarten konnte. Jetzt, in der Wintersaison, gab es in den Hütten entlang des Routeburn Tracks nicht einmal fließend Wasser oder Gas, ganz zu schweigen von Strom, und ihre Notdurft mussten sie über einem Plumpsklo verrichten. Aber dafür brauchte man keinen Platz vorzureservieren, wie Stefan ihr mehrfach versichert hatte. Wozu auch? Wer war schon so bescheuert, hier um diese Jahreszeit im Regen herumzustapfen?

Doch Komfort war Emma mittlerweile vollkommen egal. Sie wollte nur noch den Rucksack abwerfen, die Schuhe ausziehen, sich in eine der engen Kojen mit den muffigen Matratzen legen, die Augen schließen und diesen Höllentrip für ein paar selige Stunden vergessen.

Stefan war vor ihr stehen geblieben und blickte talwärts. »Sieh mal!«, sagte er mit glänzenden Augen.

Emma drehte sich um. Von hier oben konnte man das von steilen Bergflanken gesäumte Flusstal überblicken, durch das sie den Morgen über gewandert waren. Hätte es nicht geregnet, der Anblick wäre tatsächlich ganz hübsch gewesen.

»Stell dir vor, wie es sein muss, wenn man von hier aus dahinten die Sonne untergehen sieht!«, sagte Stefan.

»Ich stelle mir gerade vor, wie ich zu Hause gemütlich vor dem Fernseher sitze«, gab sie giftig zurück.

»Du hättest ja nicht mitkommen müssen«, erwiderte er beleidigt.

Schweigend wandte sie sich um, um weiterzugehen. Sie spürte, dass ihre jetzt anderthalbjährige Beziehung am seidenen Faden hing. Ein unbedachtes Wort reichte, und sie würde sich allein auf den Rückweg durch diese beschissene Wildnis machen müssen, wozu sie noch weniger Lust hatte.

Stefan stellte sich ihr in den Weg. »Hör mal, Emma, es tut mir leid. Ich konnte nicht ahnen, dass wir so schlechtes Wetter haben würden!«

Er gab das erste Mal zu, dass etwas an diesem Trip nicht perfekt war. Trotz ihrer Erschöpfung lächelte sie. »Ach was, das bisschen Regen!«

Er grinste. »Ich bewundere dich dafür, dass du bis hierhin durchgehalten hast«, sagte er. »Meine Ex hätte schon längst den Rucksack in die Büsche geworfen und sich geweigert, auch nur einen Schritt weiter zu gehen.«

Emmas gerade wiedergewonnene gute Laune verschwand schlagartig. Dass er immer wieder mit seiner früheren Freundin anfing, ging ihr gehörig auf die Nerven.

»Ich bin nicht deine Ex!«

»Ich weiß. Entschuldige, ich …«

Es gab einen gewaltigen Knall. Emma sah ungläubig an Stefan vorbei, den Hang hinauf. Dort, wo vor einer Sekunde noch dichte Regenwolken über den Bergen gehangen hatten, wölbte sich plötzlich ein klarer, orangefarbener Himmel, vor dem Schäfchenwolken rosa und lilafarben leuchteten.

»Was zur Hölle …«, sagte Stefan, drehte sich um und starrte mit offenem Mund auf die Szene.

Emma hatte noch nie einen derart plötzlichen Wetterumschwung erlebt. Es war, als hätte jemand abrupt einen Vorhang beiseitegezogen und den Blick auf eine andere Welt freigegeben. Aber sie war ja auch noch nie zuvor in Neuseeland gewesen; vielleicht passierte so was hier öfter. Jedenfalls musste sie zugeben, dass der Anblick spektakulär war.

»Sieht aus, als bekämen wir doch noch unseren Sonnenuntergang zu sehen«, sagte sie.

Stefan allerdings schien den Anblick nicht zu genießen. Er starrte mit aufgerissenen Augen in den Himmel. »Aber … aber das da ist Osten!«, stieß er hervor. »Das … das kann doch nicht …«

Weiter kam er nicht, denn in diesem Moment erlosch das Glühen des Himmels ebenso schlagartig, wie es erschienen war, und es waren wieder nur trübe, graue Wolken zu sehen, die jetzt, wo die Sonne wieder verschwunden war, umso finsterer wirkten.

Emma bekam eine Gänsehaut. »Was … war das?«

»Ich weiß es nicht«, erwiderte Stefan. Es kam selten vor, dass er für irgendetwas keine Erklärung parat hatte.

Etwas klatschte neben Emma auf den Boden. Sie beugte sich darüber. Ein toter Vogel! Er sah aus wie eine bunte Taube mit weißem Bauch und grün, grau und rot leuchtendem Gefieder. Er zuckte nicht, lag einfach nur leblos da.

Ein zweiter Vogel stürzte zu Boden, dann ein dritter.

Emmas Unterlippe zitterte. »Ich … ich will nach Hause!«

9

T-21:18:15 Die Saint-Jerome-Privatklinik lag inmitten einer weitläufigen Grünanlage im Nordwesten Albuquerques unweit des Petroglyph National Monuments, eines kleinen Naturschutzgebietes am Stadtrand. Wer hier ein Bett belegte, hatte keine finanziellen Sorgen. Deshalb plagte Victor immer der Anflug eines schlechten Gewissens, wenn er herkam, um seine Visite zu machen. Sollte er sich nicht lieber um die wirklich Hilfsbedürftigen kümmern, alleinerziehende Mütter mit einem halben Dutzend Kindern, Junkies und Alkoholiker oder die vielen immer noch illegal im Land lebenden Mexikaner, die sich vor der Einwanderungsbehörde versteckten und ohne deren Bereitschaft, zu Hungerlöhnen zu arbeiten, Albuquerques Wirtschaft in kurzer Zeit kollabieren würde? Doch alles Geld schützte nicht vor seelischer Not, und auch reiche Menschen brauchten hin und wieder geistlichen Beistand. Außerdem war seine kleine Gemeinde dringend auf die Spenden angewiesen, die er manchmal von ihnen erhielt und die er einsetzen konnte, um den wahrhaft Bedürftigen zu helfen.

Es war die Begegnung mit dem Tod, jenem großen Mysterium, die seine Besuche hier jedes Mal zu einer besonderen Erfahrung machten. Denn die Klinik war auf unheilbare Fälle spezialisiert – Krebs im Endstadium und chronische Krankheiten, die einen permanenten Krankenhausaufenthalt erforderten. Für einen stattlichen Tagessatz erhielten die Patienten modernste medizinische Versorgung und ein verhältnismäßig angenehmes Ambiente. Es gab auch einen Klinikpsychologen, der Victors Besuche argwöhnisch betrachtete, weil sie seiner Ansicht nach die eigenen Therapiebemühungen untergruben. Doch alle Versuche, Victor vom Klinikgelände zu verbannen, waren am energischen Widerstand der Patienten gescheitert, die immerhin die zahlenden Kunden waren.

Die meisten von ihnen kannte Victor schon lange – Mrs Holcutter zum Beispiel, der die Ärzte nur noch wenige Monate gegeben hatten, als bei ihr Knochenmarkkrebs im Endstadium diagnostiziert worden war. Doch sie klammerte sich nun schon seit vier Jahren verbissen ans Leben, wobei kein Tag verging, an dem sie nicht lautstark ihr Schicksal beklagte. »Warum ich, Reverend?«, fragte sie jedes Mal. »Womit habe ich das verdient? Ich habe doch nie etwas verbrochen! Habe mich immer an Gottes Gebote gehalten.«

Victor wusste keine Antwort auf diese Fragen. Alles, was er tun konnte, war zu versuchen, der armen Frau die Angst vor dem Sterben zu nehmen. Doch das war ein hoffnungsloses Unterfangen, und so war er jedes Mal froh, wenn er Mrs Holcutters luxuriös eingerichtetes Krankenzimmer wieder verließ. Einmal hatte er sich sogar bei dem Gedanken ertappt, der Herrgott möge die alte Dame doch von ihrem Selbstmitleid erlösen und sie endlich in Würde sterben lassen. Er hatte sich selbst zur Buße für diesen Gedanken drei Stunden Meditation auferlegt.

Ganz anders der alte Mr Fallon. Victor wusste, dass er unter starken Schmerzen litt – sein Lungenkrebs hatte mittlerweile trotz Chemotherapie im ganzen Körper Metastasen gebildet –, doch er ließ sich nie etwas anmerken. Jedes Mal, wenn Victor ihn besuchte, machte er einen Scherz und erzählte in fröhlichem Plauderton von seinen Kindern und Enkeln, auf die er stolz war. Er erinnerte Victor ein bisschen an die alte Consuela Messante.

Einmal hatte Victor ihn gefragt, ob er Angst vor dem Tod habe.

»Warum sollte ich?«, fragte Mr Fallon zurück.

»Die meisten Menschen haben Angst vor dem Tod. Es liegt in unseren Genen. Vielleicht ist es gut, sich dieser Angst zu stellen, anstatt sie zu verdrängen.«

»Sie denken, ich verdränge die Angst bloß?« Mr Fallon lachte. »Glauben Sie mir, wenn man solche Schmerzen hat wie ich, sehnt man den Tod irgendwann herbei. Ich weiß, das ist in Ihren Augen eine Sünde – man muss das Los tragen, das Gott einem auferlegt, so wie Jesus sein Kreuz getragen hat. Aber ich bin nun mal nur ein Mensch. Ich glaube ehrlich gesagt nicht an die Auferstehung. Aber tot zu sein ist doch kein unangenehmer Zustand. Es ist dasselbe, wie noch nicht geboren zu sein, oder?«

Victor war beschämt gewesen, weil er an Mr Fallons Aufrichtigkeit gezweifelt hatte. Gleichzeitig hatte er sich inbrünstig gewünscht, dieselbe Gelassenheit zu besitzen, wenn er eines Tages am Ende seines Lebens stand. Doch er bezweifelte insgeheim, dass seine Willenskraft und innere Stärke an die von Mr Fallon heranreichten. Patienten wie er brauchten Victors Beistand eigentlich nicht, obwohl Mr Fallon jedes Mal betonte, wie dankbar er für die Besuche war.

Und dann gab es noch die Fälle zwischen diesen Extremen – Menschen, die mal tief verzweifelt und dann wieder tapfer und zuversichtlich waren. Besonders berührten ihn die

Schicksale derjenigen, die viel zu früh mit dem Tod konfrontiert wurden. Sie hatten kein langes, erfülltes Leben, auf das sie zurückblicken konnten. Sie hatten noch so vieles vorgehabt und mussten nun damit fertigwerden, dass sie all die Dinge, von denen sie geträumt hatten, nie erleben würden. Diesen Menschen konnte er manchmal helfen.

Eine dieser Patientinnen, deren Leiden ihm besonders nah ging, war die elfjährige Alexandra Sparrow. Sie war in einem speziellen Raum mit Glaswänden untergebracht, der absolut keimfrei war und den man nur in Schutzkleidung durch eine Schleuse betreten durfte. Sie litt unter einer seltenen Erkrankung des Immunsystems, die dazu führte, dass sie ein harmloser Schnupfen bereits töten konnte. Trotzdem kam Victor ihre Unterbringung irgendwie unwürdig vor. Vielleicht lag es an dem Glaskasten, der in der Mitte eines größeren Raums aufgestellt war wie ein Terrarium, in dem ein seltenes, höchst gefährliches Tier ausgestellt wurde.

Dank unauffällig angebrachter Lautsprecher und Mikrofone konnte man sich mit ihr fast so unterhalten, als sei die Glaswand nicht vorhanden. Doch als Victor den Krankenraum heute betrat, nahm ihn Alexandra gar nicht wahr. Sie hatte einen Apparat vor dem Gesicht, der aussah wie eine schwarz verklebte Taucherbrille, und fuchtelte mit den Händen in der Luft herum. Mit ihrem Virtual-Reality-Headset konnte sie sich in einer virtuellen Welt bewegen. Victor war sich nicht schlüssig, ob das etwas Gutes war. Einerseits gab es dem Mädchen ein Gefühl der Bewegungsfreiheit, das sie in der Realität nie erreichen würde. Andererseits erschien es ihm wie eine Lüge. Virtual Reality war der Versuch der Menschen, eine bessere Welt zu erschaffen als die, die ihnen Gott geschenkt hatte, und das kam Victor trotz aller Zweifel an der

Existenz eines Schöpfers vermessen vor. War nicht eine einzelne Blume mit ihrer filigranen Schönheit, ihrem betörenden Duft, ihrer Vergänglichkeit tausend Mal wertvoller als jedes virtuelle Abbild?

Vielleicht war es aber auch nur eine Art Eifersucht, die ihm diese Gedanken eingab. Es erschien ihm offensichtlich, dass Alexandra ihn nicht mehr brauchte. Wahrscheinlich hatte sie in der virtuellen Realität neue Freunde gefunden, Gleichaltrige, die nichts von ihrer Krankheit wussten und unter denen sie ein ganz normales elfjähriges Mädchen sein konnte.

Er überlegte noch, ob er sie ansprechen oder in ihrem computergenerierten Paradies ungestört lassen sollte, als sie von selbst die Brille abnahm und ihn anlächelte.

»Oh, Reverend! Wie schön!«

»Hallo, Alexandra. Wie geht es dir?«

»Gut, danke!« Sie lächelte, doch in ihren Augen las er Trauer.

Er setzte sich auf einen der Besucherstühle.

»Wie ich sehe, macht dir die virtuelle Welt noch immer Spaß.«

»Ja, es ist toll. Nur schade, dass es nicht echt ist.«

Victor nickte und wünschte, er könnte ihr beruhigend über das schulterlange, braune Haar streichen.

»Hast du denn Freunde gefunden in der virtuellen Welt?«

Sie nickte. »Ja, es ist wirklich toll. Die anderen gehen alle in eine richtige Schule. Und ins Kino und so. Aber ich bin die Kindliche Kaiserin, und ich kann Dinge tun, die die anderen nicht können. Außerdem habe ich ein fliegendes Einhorn.«

»Ein fliegendes Einhorn. Wow! Das hätte ich auch gern.«

»Es heißt Fred. Wenn du willst, kannst du auch mal darauf reiten! Es gibt noch ein zweites Headset.«

»Ich fürchte, für so was habe ich kein Talent. Wahrscheinlich würde ich runterfallen und mir ein Bein brechen oder so etwas.«

Alexandra lachte. »So ein Quatsch! In Fantasien kann man sich nicht wehtun!«

»Wie geht es deinen Eltern? Siehst du sie oft?«

Sie schüttelte den Kopf. »Dad kommt manchmal her, und manchmal besucht er mich auch im Elfenbeinturm. Aber er ist viel unterwegs und hat meist wenig Zeit. Und Mom ist dauernd krank.«

Victor hatte Alexandras Eltern noch nicht kennengelernt, aber nach allem, was er gehört hatte, war die Mutter schwere Alkoholikerin. Vielleicht sollte er versuchen, mit ihr zu reden. Es war offensichtlich, dass ihre Tochter in diesem Glaskasten einsam war, trotz oder vielleicht gerade wegen der vielen virtuellen Freunde. Andererseits hatte er die Erfahrung gemacht, dass Alkoholiker nur extrem schwer zu beeinflussen waren. Sie hörten zu, gaben einem in allem recht, schworen Besserung und änderten sich dann doch kein bisschen. Vielleicht hatte er bei ihrem Vater eine bessere Chance, auch wenn der nur schwer greifbar war.

»Wie ist es eigentlich, zu sterben?«, fragte das Mädchen unvermittelt.

Victor erschrak. »Warum fragst du das?«

»Nur so. Ich stelle mir das Paradies ein bisschen so vor wie Fantasien, nur dass alles echt ist und man die Sachen richtig anfassen und schmecken und riechen kann. Ich hoffe nur, Fred ist auch dort und kann richtig sprechen.«

Er rang sich ein Lächeln ab. »Es ist dort sogar noch viel

schöner als in Fantasien. Es gibt Engel, wunderschöne gütige Wesen, die … die …« Er konnte nicht weitersprechen.

»Was ist? Bist du traurig?«

Er schüttelte den Kopf. »Nein. Nein, ist schon gut. Ich glaube, ich muss noch mal nach Mrs Holcutter sehen.«

»Schade. Auf Wiedersehen, Reverend!«

»Auf Wiedersehen, Alexandra«, sagte er, doch sie hatte ihr Headset bereits wieder aufgesetzt.

Draußen auf dem Gang konnte er die Tränen nicht mehr zurückhalten. Er wusste, er hatte in seiner Aufgabe, dem Mädchen Zuversicht und Gottvertrauen zu vermitteln, fürchterlich versagt. Doch er konnte einfach nicht mehr lügen.

10

T-21:10:15 Nina nippte an ihrem Caramel Macchiato, als Christin das Starbucks betrat. Sie sprang auf und umarmte ihre Freundin, die als Redakteurin für ein Nachrichtenmagazin arbeitete und damit Ninas lang ersehnten Traumjob ergattert hatte – auch wenn das, was sie von ihrer Arbeit erzählte, nicht immer so traumhaft klang. Nachdem sich Christin einen Americano und einen Triple Choc Cookie geholt hatte, erzählte ihr Nina von dem Ichting-Video, das inzwischen fast eine Million Views hatte.

»Wow. Ich hätte nicht gedacht, dass ein theoretischer Physiker so populär sein könnte.«

»Ich fürchte, die Zuschauer interessieren sich mehr für seinen Selbstmord als für seine Arbeit. Inzwischen gibt es die wildesten Verschwörungstheorien. Ich habe sogar mit einem Typen gesprochen, der glaubte, er hätte Ichting mit einem Essay in den Tod getrieben.«

Sie erzählte von dem Gespräch mit Bussmann.

»Klingt ziemlich wirr, wenn du mich fragst«, kommentierte die Freundin.

»Ich weiß nicht. Eigentlich fand ich's gar nicht so unplausibel, was dieser Bussmann erzählt hat. Wenn man die Zeitung aufschlägt, kann man sich gut vorstellen, dass das Haltbarkeitsdatum der Menschheit bald abläuft.«

»Wem sagst du das.«

»Jedenfalls glaube ich nicht, dass es mit Ichtings Tod zu tun hat.«

»Offensichtlich nicht.« Christin zog eine Augenbraue hoch. Sie kannte Nina zu gut. »Aber?«

»Aber ... ich kann mir irgendwie auch nicht vorstellen, dass Ichting Selbstmord begangen hat.«

»Das kann man sich in den wenigsten Fällen vorstellen. Man steckt nun mal nicht in den Menschen drin. Ich habe mal einen Artikel über eine Frau geschrieben, die ihren Sohn über Jahre absichtlich krank gemacht hat. Kann man sich auch nicht vorstellen, aber so was passiert.«

»Ich erinnere mich an den Artikel. Die Frau hatte das Münchhausen-Stellvertreter-Syndrom, richtig?«

»Richtig. Vielleicht hatte dieser Ichting auch eine psychische Erkrankung. Es heißt doch, Wahnsinn und Genie gehen Hand in Hand.«

»Kann sein. Aber er wirkte völlig klar und kein bisschen depressiv.«

»Soweit du das beurteilen kannst.«

»Du hast recht. Trotzdem möchte ich wissen, warum er sich umgebracht hat. Wenn das so war. Und wenn nicht ...«

»Ich glaube, du verrennst dich da, Nina. Ich kann das verstehen: Fast eine Million Views ist ein Riesenerfolg. Ich würde an deiner Stelle auch darauf aufbauen wollen und ein Folgevideo drehen. Aber lass dich nicht von Spekulationen leiten. Konzentrier dich auf die Fakten. Sonst läufst du Gefahr, deine Glaubwürdigkeit zu verlieren.«

Nina verschränkte die Arme. Dass Christin ihr unterstellte, aus Ichtings Tod Kapital schlagen zu wollen, verletzte sie. Und dass sie ihr nicht zutraute, zwischen Fakten und Spekulationen zu unterscheiden, wurmte sie noch mehr.

»Danke für den Tipp«, sagte sie kühl.

»Hey, tut mir leid. Ich weiß, du wärst eine gute investigative Journalistin. Aber nicht jeder Tod ist ein großes Mysterium, auch wenn er auf den ersten Blick rätselhaft erscheint. Ich will ja nur nicht, dass du dir deine Karriere versaust.«

Nina nickte. »Schon okay. Vielleicht hast du recht und ich verrenne mich da wirklich. Aber irgendwie lässt die Sache mich nicht los.«

»Ich mach dir einen Vorschlag: Stell deine Nachforschungen an, aber sprich mit mir, bevor du sie veröffentlichst. Ich werde die Rolle des Chefredakteurs spielen und alles kritisch hinterfragen. Okay?«

»Das … ist nett von dir!« Nina lächelte dankbar. »Aber eine Bitte hätte ich noch. Meinst du, ihr könntet mit euren Kontakten zur Polizei mehr über die genauen Umstände von Ichtings Tod erfahren?«

Nun war es Christin, die empört reagierte.

»Wie stellst du dir das vor? Verlangst du ernsthaft, dass ich meine Stellung beim *Reflektor* missbrauche, um Informationen zu sammeln und an dich weiterzugeben? Das wär eine eklatante Verletzung meines Arbeitsvertrags. So was kann mich den Job kosten!«

Nina hob erschrocken die Hände. »So hab ich's nicht gemeint. Ich dachte, vielleicht … vielleicht interessiert euch die Sache ja auch, und ihr bringt was darüber.«

»Wenn wir das tun, wirst du es in der nächsten Ausgabe lesen.«

Nina rührte betreten in ihrem nur noch lauwarmen Latte.

»Hey, mach nicht so ein Gesicht«, sagte Christin nach einer Weile. »Keine Angst, ich bin nicht sauer. Es ist nur, dauernd wollen Leute von mir, dass ich ihnen irgendwelche Informationen gebe oder was über sie schreibe. Das nervt einfach.«

»Entschuldige. Ich wollte wirklich nicht …«

»Schon gut. Lass uns einfach über was anderes reden.«

Das taten sie. Doch Nina war nicht bei der Sache, als sich ihr Gespräch um gemeinsame Freundinnen und deren Beziehungsprobleme drehte. Hatte Christin am Ende recht? Interessierte sie Ichtings Fall nur deshalb, weil sie sich insgeheim mehr Views und damit auch mehr Werbeeinnahmen und Follower für ihre anderen Beiträge erhoffte? Oder war es doch journalistischer Instinkt, der sie antrieb? Als sie sich schließlich von der Freundin verabschiedete, kannte sie die Antwort auf diese Frage immer noch nicht.

Wieder zu Hause, zögerte sie, die aktuellen Zugriffszahlen zu checken, aus Angst, es könnte sie als quotengierig entlarven. Doch schließlich gab sie den inneren Widerstand auf. Das hier war schließlich ihr Job, und lebte nicht auch Christin davon, aus dem Leid anderer Kapital zu schlagen, so wie alle Journalisten dieser Welt?

Das Video hatte inzwischen die Millionenmarke geknackt, auch wenn die Zuwächse langsamer wurden. Doch Nina war nicht nach Feiern zumute. Als Nächstes checkte sie die Mails. Zu ihrer Überraschung hatten sowohl Ichtings Eltern als auch Paul Breaker, der inzwischen am CERN arbeitete, auf ihre Anfragen geantwortet.

Sie rief zuerst Ichtings Mutter an. Die Frau wirkte gefasst, obwohl sie während des Telefongesprächs manchmal stockte.

»Unser Sohn hat nie und nimmer Selbstmord begangen«, behauptete sie, nachdem Nina ihr so gefühlvoll, wie sie konnte, ihr Beileid ausgedrückt hatte. »Das haben wir auch der Polizei gesagt. Er war ein fröhliches Kind, und auch als Erwachsener war er immer gut gelaunt. Jemand hat ihn umgebracht, daran gibt es keinen Zweifel.«

»Hatte er zuletzt eine Beziehung?«, fragte Nina.

»Nein. Für so was hat er sich nie interessiert. Die Mathematik war seine Geliebte, das hat er selbst gesagt. Früher haben wir uns deshalb Sorgen gemacht. Eine Zeit lang dachten wir sogar, er wäre vielleicht schwul. Aber die Liebe hat ihn einfach nicht interessiert. Er war trotzdem glücklich.«

»Wann haben Sie ihn zuletzt gesehen?«

»Vor ungefähr sechs Monaten hat er uns besucht, gleich nachdem er aus Amerika zurück war.«

Nina horchte auf. »Er war in Amerika?«

»Ja. Er hat da an irgendeinem Projekt gearbeitet.«

»Wissen Sie, was das für ein Projekt war?«

»Keine Ahnung. Irgendein physikalisches Experiment, glaube ich.«

Ichting hatte ihr nichts davon erzählt. Aber der Physiker war ohnehin kurz angebunden gewesen, wenn es um ihn selbst ging.

Sie redeten noch eine Weile darüber, was für ein toller Junge Hans Ichting gewesen war, aber es wurde immer deutlicher, dass seine Mutter nicht viel über sein Leben der letzten Jahre wusste. Sie hatten sich in dieser Zeit nur ein paar Mal gesehen, zu Weihnachten, zum siebzigsten Geburtstag seines Vaters, zur Hochzeit seiner Schwester, die in Italien lebte. Wenn es ein Motiv für einen Selbstmord gab, dann lag es vermutlich nicht in der Familie, auch wenn die Mutter eine resolute Persönlichkeit zu sein schien. Falls Ichting eine Beziehung gehabt hatte, so hatte er sie vor ihr geheim gehalten.

Nach einer halben Stunde beendete sie das Gespräch mit dem halbherzigen Versprechen, alles zu tun, um den vermeintlichen Mord aufzuklären. Dann wählte sie Paul Breakers Nummer und hinterließ eine Nachricht auf seiner Mailbox.

Der Physiker meldete sich eine halbe Stunde später.

»Haben Sie eine Ahnung, warum Hans Ichting sich umgebracht haben könnte?«, fragte Nina, nachdem sie sich kurz vorgestellt hatte.

»Nein«, sagte Breaker. Er sprach fließend Deutsch mit leichtem englischem Akzent. »Um ehrlich zu sein, ich kann das immer noch nicht ganz glauben. Hans war manchmal ein wenig, wie sagt man, eigenwillig. Aber depressiv habe ich ihn nie erlebt.«

»Hatten Sie in letzter Zeit Kontakt?«

»Ja. Erst letzte Woche haben wir telefoniert. Wenn ich mit einem Problem nicht weiterkam, habe ich ihn immer angerufen. Meistens musste er mir nur ein oder zwei Fragen stellen, und ich wusste, wie ich weitermachen muss.«

»Was für einen Eindruck machte er?«

»Er war so wie immer: konzentriert, hilfsbereit, brillant. Wie gesagt, ich kenne ihn nicht anders. Es ist wirklich ein tragischer Verlust für die Wissenschaft.«

»Hatte er eine private Beziehung?«

»Nicht dass ich wüsste. Ich kann mich nicht erinnern, dass er sich jemals für Frauen interessiert hätte.«

»War er womöglich homosexuell?«

»Wenn ja, hat er sich mir gegenüber nie geoutet.«

»Seine Mutter erwähnte, dass er bis vor einem halben Jahr in den USA gearbeitet hat.«

»Das stimmt, er war eine Weile drüben.«

»Wissen Sie, woran er dort gearbeitet hat?«

»Er hat nicht darüber gesprochen. Ich glaube, er war Consultant für irgendeine Firma. Wahrscheinlich hat er ein NDA unterschrieben.«

»Ein was?«

»Ein Non-Disclosure Agreement. Eine Vertraulichkeitsvereinbarung. Das bedeutet, man zahlt eine hohe Strafe, falls man etwas ausplaudert.«

»Ist das bei theoretischer Physik üblich?«

»Nicht im wissenschaftlichen Bereich, nein. Wir Physiker leben ja davon, dass wir uns untereinander austauschen. Aber mit privaten Aufträgen ist es was anderes. Wenn Firmen Geld bezahlen, wollen sie in der Regel die Arbeitsergebnisse für sich allein haben.«

»Was könnte eine Firma von einem theoretischen Physiker wollen?«

»Es muss nicht unbedingt etwas mit Physik zu tun gehabt haben. Hans war ein brillanter Mathematiker. Vielleicht hat er geholfen, einen neuen Trading-Algorithmus zu entwickeln.«

»Einen was?«

»Regeln für ein automatisches Börsenhandelssystem. Sie wissen doch, dass heute die weitaus meisten Transaktionen an der Börse von Maschinen automatisch untereinander ausgehandelt werden? Wer da die besseren Strategien hat, verdient eine Menge Geld. Deshalb gehen die besten Mathematiker an die Wall Street.«

»Und Sie glauben, Ichting hat an so etwas gearbeitet?«

»Wie gesagt, ich weiß es nicht. Aber ich könnte jemanden fragen, einen gemeinsamen Bekannten vom MIT. Sie wissen schon, das Massachusetts Institute of Technology, eine der angesehensten Unis für Physik weltweit. Gut möglich, dass Hans Kontakt mit ihm hatte, während er drüben war.«

»Das wäre sehr nett.« Dieser Paul Breaker schien sehr freundlich und hilfsbereit zu sein. Das brachte Nina auf eine Idee. »Mr Breaker, wären Sie unter Umständen bereit, für ein Videointerview zur Verfügung zu stehen?«

»Ein Interview? Mit mir?«

»Wie Sie vielleicht wissen, mache ich Videointerviews mit herausragenden Persönlichkeiten, die nicht so in der Öffentlichkeit stehen.«

»Ja. Ich habe Ihr Video mit Hans gesehen. Gute Arbeit.«

»Danke. Wie gesagt, wenn Sie Interesse hätten, würde ich auch Sie gern interviewen. Sie könnten über Ihre Arbeit erzählen und vielleicht auch von Ihrer Zeit mit Hans Ichting.«

»Ich fürchte, im Vergleich zu Hans bin ich als Physiker unbedeutend. Aber ich erzähle gern ein wenig über ihn. Die Welt sollte mehr über seine Arbeit erfahren. Also ja, gern. Allerdings kann ich hier momentan nicht weg.«

»Kein Problem, ich komme zu Ihnen nach Genf.«

11

T-21:01:34 »Was ist nur mit dir los, John?« Layton Morris schüttelte den Kopf mit dem militärisch kurzen Haarschnitt. »Den Einsatz vermasselt, dabei auch noch die Waffe verloren und einen meiner wichtigsten Kunden vergrault. Warum sollte ich dir jemals wieder einen Auftrag geben? Kannst du mir das verraten?«

Sparrows Auftraggeber war Mitte vierzig, von Natur aus eher schmächtig, doch sein Körper war durchtrainiert. Obwohl er nie beim Militär gewesen war, versuchte er, wie ein Soldat zu wirken, um bei seinen Kunden den Eindruck von Zuverlässigkeit, Belastbarkeit und Härte zu wecken.

Sparrow sagte nichts. Sein verletzter Arm hing in einer Schlinge und seine Schulter schmerzte trotz der Spritze, die ihm der Arzt gegeben hatte – ein pensionierter, versoffener alter Sack, dessen wesentliche Qualifikation darin bestand, dass er keine Fragen stellte und die Meldepflicht für Schussverletzungen ignorierte. Er hatte Sparrows Wunde versorgt und von Glück gesprochen, dass das Schultergelenk nicht zerstört worden sei; nach ein paar Tagen würde er kaum noch etwas spüren. Doch Sparrow traute ihm nicht allzu viel medizinisches Urteilsvermögen zu.

»Im Ernst, John! Ich dachte, du warst in Afghanistan, hast die Gefangenschaft bei den Taliban überlebt, und dann lässt du dich von einer Hausfrau im Bademantel fertigmachen?«

Sparrow konnte nicht verhindern, dass Wut in ihm aufstieg. »Was weißt du schon von Afghanistan!«

»Nichts. Aber ich weiß, dass solche Stümpereien über Nacht den Ruf meiner Firma ruinieren, den ich in den letzten zehn Jahren mühsam aufgebaut habe.«

»Es … es tut mir leid.«

»Es tut dir leid? *Es tut dir leid?*«, brüllte Morris unvermittelt. »Verdammt, John! Eine Hausfrau! Im Bademantel!«

»Eine Hausfrau im Bademantel mit einem Revolver, die ohne Vorwarnung auf mich geschossen hat«, rechtfertigte sich Sparrow, obwohl er wusste, dass es nutzlos war.

Morris hatte recht: Er hatte es verbockt. So unwahrscheinlich es ihm auch erschienen war, er hätte damit rechnen müssen, dass Hagrow eine Waffe im Schlafzimmer hatte und dass seine Frau nicht zögern würde, sie gegen Einbrecher zu benutzen.

»Und dann noch deine Waffe zurückgelassen! Mit aufgeschraubtem Schalldämpfer! Was hast du dir dabei bloß gedacht?«

»Ich hatte gehofft, ich könne Hagrow einschüchtern. Und das hat auch funktioniert.«

»Ja, bei Hagrow vielleicht. Aber offensichtlich nicht bei seiner Frau. Dir ist doch klar, dass es jetzt so aussieht, als hätte Morris Security einen Auftragskiller geschickt?«

»Sie wissen nicht, dass ich für Morris Security arbeite.«

»Hagrow und seine Frau wissen das vielleicht nicht, aber Dan Corley weiß es. Der denkt jetzt, wir sind ein Haufen Stümper. Ich kenne Dan seit Jahren. Aber ich mache mir keine Illusionen, dass uns das was nützt. Von dem kriege ich nicht mal mehr den Auftrag, ein Schloss an der Klotür auszuwechseln.«

»Es tut mir wirklich leid, Layton. Mehr kann ich nicht sagen.«

Morris nickte. »Ja, schon gut. Ich weiß, so was kann den Besten passieren. Jeder macht mal einen Fehler. Meine erste Frau zu heiraten war zum Beispiel einer von meinen.«

Sparrow zuckte innerlich zusammen. Er kannte Layton Morris lange genug, um zu wissen, dass Milde und Vergebung nicht zu seinem Verhaltensrepertoire gehörten. Dass er nun Verständnis für den Fehlschlag heuchelte, verhieß nichts Gutes.

»Wie geht es eigentlich Alexandra?«

Das Geheul der Alarmsirenen in Sparrows Kopf wurde lauter. »Alexandra?«

»So heißt doch deine Kleine, oder? Ich hab gehört, sie muss die ganze Zeit in so einem keimfreien Raum verbringen. Stell ich mir nicht gerade aufregend vor.«

»Wir kommen klar, danke.«

»Muss 'ne Menge Geld kosten, die ganze medizinische Versorgung.«

Sparrow schwieg.

»Hör zu, John. Ich kann dich nicht feuern, du bist ja Freelancer und nicht mein Angestellter, aber eigentlich müsste ich dich von meiner Liste mit zuverlässigen Leuten streichen. Und du weißt, was das bedeutet: Wenn ich dich nicht mehr will, will dich keiner mehr. Du kannst natürlich einen ganz normalen Job annehmen, Wachpersonal in einem Einkaufszentrum oder so was, vielleicht sogar Leibwächter für einen B-Promi oder irgendeinen reichen alten Sack werden. Hier in Albuquerque laufen nicht allzu viele davon rum, aber vielleicht hast du Glück, oder du gehst nach Denver oder Dallas. Rauer Markt dort, aber wenn du den Gürtel enger schnallst und deine Tochter zu Hause pflegst, schaffst du es schon irgendwie, da bin ich sicher.«

Sparrow wartete.

»Also, es ist ja nicht so, als wäre es das Ende der Welt, wenn du nie wieder einen Job von Morris Security Services bekommen würdest, richtig?« Morris machte eine Pause, um Sparrow die Gelegenheit für eine Erwiderung zu geben. Als dieser nichts sagte, fuhr er fort: »Aber es wäre sicher nicht leicht für dich. Und wie gesagt, wir machen alle Fehler.«

Sparrow wurde langsam ungeduldig. »Worauf willst du hinaus, Layton?«

»Auf gar nichts. Ich möchte dir bloß sagen, dass ich dir noch eine Chance gebe, John.«

»Okay. Was muss ich tun?«

Morris blickte ihn verletzt an. »Nichts. Du musst gar nichts tun. Ich will nur eines von dir, John: unbedingte Loyalität.«

Sparrow zog die Augenbrauen zusammen. »Loyalität? Was meinst du damit? Denkst du, ich bin irgendwann nicht loyal gewesen, Layton?«

Morris hob abwehrend die Arme. »Nein. Nein, so meinte ich das nicht.«

»Wie dann?«

Er seufzte. »Die Zeiten werden rauer, John. Du weißt ja, was da draußen los ist mit all diesen linken Protesten gegen die Regierung.«

Sparrow hatte nicht die geringste Ahnung, worauf sein Auftraggeber anspielte. Er interessierte sich nicht für Politik und hatte auch Morris nie so reden hören. Das trieb ihm die Sorgenfalten auf die Stirn.

»Ich verstehe immer noch nicht, was ich tun soll, um den Schnitzer wiedergutzumachen, Layton.«

»Den Schnitzer? Interessante Ausdrucksweise. Egal. Wie gesagt, du sollst nichts tun. Aber ich muss wissen, dass ich mich in Zukunft auf dich verlassen kann, John. Ich meine, hundertprozentig verlassen.«

»Ich kann dir versichern, dass mir so was wie bei den Hagrows nicht noch mal passiert, wenn es das ist, was du meinst.«

»Ja, ja, natürlich, glaub ich dir. Nur ein Vollidiot macht denselben Fehler zweimal, und ein Vollidiot bist du nicht, sonst würde ich jetzt gar nicht mit dir reden. Aber es geht um mehr als das. Wenn ich sage, ich muss mich auf dich verlassen können, dann meine ich es in jeder Hinsicht. In wirklich jeder.«

Allmählich dämmerte es Sparrow.

»Du willst ein uneingeschränktes Ja für meinen nächsten Auftrag, ohne dass ich vorher erfahre, worum es geht. Einen Blankoscheck.«

Morris musterte ihn schweigend. Dann nickte er.

»Nenn es, wie du willst. Aber ja, ich erwarte ein uneingeschränktes Ja von dir. Und nicht nur für den nächsten Auftrag, sondern für alle Aufträge, die ich dir in Zukunft geben werde. *Falls* ich dir in Zukunft noch Aufträge geben kann. Denn wenn ich das tue, sage ich auch uneingeschränkt Ja zu dir trotz dieses Bockmists, den du gebaut hast. Ich gehe dasselbe Risiko ein wie du. Das ist doch wohl nur fair, oder?«

»Wir reden hier über Illegales, richtig?«

»John, komm mir jetzt bitte nicht mit Moral. Ins Haus der Hagrows einzudringen und sie mit einer schallgedämpften Pistole zu bedrohen, war ja wohl nicht unbedingt das, was ein gesetzestreuer Bürger tun würde.«

»Layton, ich hab dir schon gesagt, dass ich nicht für das

Kartell arbeite oder irgendeine andere kriminelle Organisation.«

Morris sah ihn finster an. Im Unterschied zu seinen bisherigen Gesichtsausdrücken schien die Entrüstung diesmal nur teilweise gespielt. »Sehe ich etwa aus wie ein Drogenhändler? Glaubst du wirklich, ich bin so bescheuert, mich in deren Territorialkriege einzumischen? Oder in den Menschenhandel? John, ich bin Patriot, genau wie du. Ich gebe dir mein Wort, dass das, was ich von dir verlangen werde, niemals gegen die Interessen unserer Nation gerichtet sein wird. Ob das irgendwelche linken Richter genauso sehen, mag eine andere Frage sein. Klar gehst du ein Risiko ein, das ist nun mal so in unserem Job. Aber wenn du an Bord bist, wirst du für die Zukunft Amerikas kämpfen und damit auch für die Zukunft deiner Kleinen. Und wer weiß, es wäre durchaus möglich, dass sogar noch ein höheres Tageshonorar für dich rausspringt. Also, was ist? Kann ich mich auf dich verlassen?«

Sparrow starrte auf Morris' ausgestreckte Hand wie auf eine Giftschlange. Wenn er sie ergriff und damit den Deal bestätigte, würde er seine Seele verkaufen, das war ihm klar. Doch welche Wahl blieb ihm? Morris hatte es auf seine Weise deutlich gemacht: Wenn er nicht mitspielte, würde er seinen Job verlieren, und sein bisheriger Auftraggeber würde dafür sorgen, dass er so schnell kein Bein mehr auf den Boden bekam. Dann konnte er den Platz in der Privatklinik für Alexandra vergessen. Morris wusste ebenso gut wie er, dass er sie nicht zu Hause pflegen konnte. Sie würde sterben, so simpel war das.

Dass Layton Morris ihn auf diese Weise unter Druck setzte, erfüllte Sparrow mit abgrundtiefer Abneigung. Keine gute Basis für eine langfristige Zusammenarbeit. Doch andererseits hatte Morris recht: Es war seine eigene Dummheit, die ihn in diese Situation gebracht hatte.

Er hatte schon vorher schmutzige Aufträge erledigt; es war nun mal sein Job, anderer Leute Drecksarbeit zu machen. Wenn er dabei das eine oder andere Gesetz übertrat, gehörte das zum Berufsrisiko. Doch bisher hatte es für ihn immer Grenzen gegeben: Zum Beispiel hatte er noch nie jemanden ernsthaft verletzt oder gar getötet. Zwar wusste er immer noch nicht, was Morris mit ihm vorhatte, doch er ahnte, dass er diesmal seine bisherige Grenze würde überschreiten müssen.

Sein Bauchgefühl sagte ihm, dass dieser Deal keine gute Idee war. Auf den Bauch zu hören, hatte ihm schon mehrmals den Hintern gerettet, nicht nur in Afghanistan. Doch dann dachte er an Alexandra, die Kindliche Kaiserin auf ihrem fliegenden Einhorn, und er wusste, dass er für sie jedes Risiko in Kauf nehmen würde.

Also ergriff er Morris' Hand. »Okay. Ich bin dabei.«

Morris grinste und klopfte Sparrow auf die Schulter. »Ich wusste es! Willkommen zurück im Team, John!«

12

T-17:09:23 Am folgenden Montag holte Paul Breaker Nina wie vereinbart an der Anmeldung des CERN-Besucherzentrums ab. Im Unterschied zu Hans Ichting hatte er nichts Nerdiges an sich: Mit seinem krausen braunen Haar und dem sommersprossigen Gesicht, auf dem ein spitzbübisches Lächeln die Lippen umspielte, war er überraschend attraktiv. Im dunkelgrünen Poloshirt, mit eng sitzender Jeans und modernen Sneakers erinnerte er eher an einen Tennisprofi als an einen Physiker. Er begrüßte sie mit einem kraftvollen, aber nicht zu festen Händedruck.

»Leider kann ich Ihnen heute die spannendsten Orte wie etwa den Atlas-Detektor nicht zeigen, da die Anlage gerade in Betrieb ist. Aber wenn Sie mögen, können wir in den Globe gehen. Da gibt es eine Multimediaausstellung, die vielleicht gut als Hintergrund für unser Interview geeignet ist.« Er zeigte auf ein kugelförmiges Gebäude gegenüber dem Besucherzentrum, das mit Holzrippen verkleidet war.

Die Ausstellung sah in der Tat eindrucksvoll aus. Bunte Lichteffekte und eine modern anmutende, kugelförmige Gestaltung der Ausstellungsobjekte verliehen dem Ort eine futuristische Aura. Nina fand eine Stelle, an der der Hintergrund nicht zu unruhig wirkte und wo das Licht trotz der insgesamt schwachen Beleuchtung ausreichte.

Sie begann mit ihrer üblichen Begrüßungsfloskel, verzichtete diesmal jedoch auf den Selfie-Spiegel. »Willkommen bei Ninas Welt, dem Blog, das hinter die Kulissen schaut. Heute sind wir im CERN, dem europäischen Kernforschungszentrum in der Nähe von Genf. Wie Ihr wisst, ist mein letzter Interviewpartner, der international angesehene Physiker Professor Hans Ichting, leider kurz nach der Aufzeichnung gestorben. Bei mir ist jetzt der Physiker Dr. Paul Breaker, ein langjähriger Weggefährte. Dr. Breaker, können Sie meinen Zuschauern kurz erzählen, wie Sie Hans Ichting kennengelernt haben?«

»Das war in Hamburg, am DESY. Ich habe dort im Rahmen eines Auslandssemesters als Praktikant gearbeitet. Hans schrieb seine Masterarbeit über Plasmawellen. Er brauchte dafür ein komplexes Computersimulationsmodell, und ich habe ihm geholfen, es zu programmieren. Ich werde nie vergessen, wie wir uns das erste Mal trafen. Er erklärte mir in ein paar Sätzen, was er vorhatte. Ich habe ihn mit großen Augen angeschaut. Daraufhin hat er noch einmal alles auf Englisch wiederholt, was er gesagt hatte. Ich erklärte ihm auf Deutsch, dass ich kein Wort verstanden hätte, dass es aber nicht an seiner Sprache liege. Daraufhin mussten wir beide lachen. Er war mir sofort sympathisch, weil er zweifellos brillant war, aber kein bisschen eingebildet oder überheblich. Er hat sich dann viel Zeit genommen, mir zu erklären, worum es ihm ging, und am Ende habe ich es kapiert, wenn mir auch manchmal der Kopf brummte.«

»Wie lange ist das jetzt her?«

»Zehn Jahre ungefähr. Er war damals Anfang zwanzig. Ein Whizkid, würde man auf Englisch sagen. Ein Genie der Mathematik.«

»Haben Sie ihn jemals depressiv erlebt?«

»Nein. Er hat eine enorme positive Energie ausgestrahlt, war immer gut drauf, immer hilfsbereit. Wenn man ihm eine Frage stellte, nahm er sich die Zeit, sie so zu erklären, dass es auch ein Normalsterblicher wie ich verstand.«

»Haben Sie eine Erklärung, warum er sich umgebracht haben könnte?«

»Nein. Natürlich steckt man nicht drin in einem Menschen. Aber wenn Sie mich vorher gefragt hätten, hätte ich Ihnen geantwortet, dass Hans Ichting der letzte Mensch wäre, dem ich einen Selbstmord zutraute.«

»Wäre es möglich, dass er an einem mathematischen Problem verzweifelt ist? Dass er es bei all seiner Genialität nicht ertragen konnte, die Lösung auf eine Frage nicht zu kennen?«

Breaker schüttelte den Kopf. »Nein, nicht Hans. Er hat immer gerne Newton zitiert, der gesagt haben soll: ›Was wir wissen, ist ein Tropfen, was wir nicht wissen, ein Ozean‹. Ein ungelöstes Problem hat ihn nur angespornt. Er fiel dann oft in eine Art Trance, war manchmal tagelang nicht ansprechbar. Aber verzweifelt war er deswegen nie, auch wenn er keine Lösung fand.«

Nina lenkte das Interview weg von Ichtings Selbstmord und hin zu Breaker und seiner Aufgabe am CERN. Obwohl er beteuerte, nur ein unbedeutendes Rädchen im gigantischen Getriebe des Wissenschaftsapparats zu sein, konnte er sehr lebendig und anschaulich erzählen. Er arbeitete daran, bessere Auswertungsroutinen für die gigantischen Datenmengen zu entwickeln, die die Detektoren des Large Hadron Colliders, des größten Beschleunigungsrings der Anlage, generierten.

»Stellen Sie sich eine Digitalkamera von siebzig Megapixeln Auflösung vor, die in jeder Sekunde vierzig Millionen

Bilder schießt. Solch einen Datenstrom bewältigt keine Datenverarbeitungsanlage der Welt. Deshalb wird schon im Moment der Entstehung der Daten über sogenannte Trigger gefiltert, was gespeichert werden soll und was nicht. Ereignisse, deren Signaturen bereits bekannt sind, also Teilchen, die wir mit hoher Sicherheit schon kennen, werden dabei verworfen. Sie können sich das wie eine Überwachungskamera an der Autobahn vorstellen, die vorbeifahrende Autos ignoriert, aber automatisch eine Aufzeichnung startet, wenn ein Unfall passiert. Damit das funktioniert, braucht man hoch performante und intelligente Software. Das ist mein Spezialgebiet.«

Er erzählte ihr vom beschaulichen Leben am CERN, das weit weniger dramatisch verlief, als man es sich als Laie vielleicht vorstellte.

»Sie glauben vielleicht, wir lassen den Beschleuniger laufen und plötzlich zeigt jemand auf einen Monitor und ruft: ›Oh, seht mal, ein Higgs-Boson‹. Aber so funktioniert das nicht. Die Anlage generiert trotz der Filter in Sekunden Unmengen von Daten. Dann beginnt eine langwierige und zähe Detektivarbeit, bei der wir die Daten mit Computerhilfe nach verräterischen Spuren durchsuchen – Merkwürdigkeiten, die nicht zu den bekannten Teilchen passen. Wenn wir etwas finden, wird es genauer analysiert, und wenn man den Verdacht hat, dass es sich um etwas Ungewöhnliches handelt, dann wird es von verschiedenen Teams unabhängig voneinander untersucht. Das kann Monate dauern. Erst wenn es aus mehreren unabhängigen Quellen bestätigt wird, können wir uns wirklich sicher sein, dass das Experiment vor ein paar Monaten tatsächlich etwas Neues gebracht hat. Auf diese Weise konnten wir vor einigen Jahren die Existenz der von Peter

Higgs vorausgesagten und nach ihm benannten Teilchen bestätigen. So funktioniert Wissenschaft nun mal: gründlich, systematisch und für Laien stinklangweilig.«

»Wenn ich es richtig verstehe, war es eine der Hauptaufgaben des neuen Beschleunigers, das Higgs-Teilchen zu suchen.«

»Es stimmt, das war eine wichtige Motivation dafür, den LHC zu bauen.«

»Ist die ganze Anlage dann nicht jetzt, wo sie es gefunden haben, im Grunde überflüssig?«

»Durchaus nicht. Wie Hans sagte: Es gibt da draußen noch einen ganzen Ozean des Nichtwissens.«

Nina musste an Bussmann denken. »Und Sie brauchen immer größere Energien, um neue Erkenntnisse zu gewinnen, richtig?«

»Im Prinzip ja.«

»Könnte es nicht sein, dass Sie eines Tages etwas entdecken, mit dem keiner gerechnet hat, und dadurch eine Katastrophe auslösen?«

Breaker lächelte milde. »Sie beziehen sich auf Befürchtungen, wir könnten hier winzige schwarze Löcher erzeugen, die rasch heranwachsen und die Erde verschlingen, nehme ich an. Glauben Sie mir, diese Möglichkeit wurde ausgiebig theoretisch analysiert, bevor die Anlage überhaupt gebaut wurde. Der LHC ist völlig ungefährlich.«

Sie sprachen noch ein wenig über das Leben am CERN, die erstaunlich gute Kantine, Skilaufen in den Alpen, die zu niedrige Frauenquote in der Physik und Wissenschaft in postfaktischen Zeiten, in denen immer mehr populistische Politiker damit durchkamen, wissenschaftlich erwiesene Tatsachen zu ignorieren und Lügen und Unwahrheiten zu verbreiten.

»Manche Menschen scheinen sich ins Mittelalter zurückzusehnen«, meinte Breaker dazu, »als die Welt noch viel einfacher erschien. Aber sie war damals eben auch viel schlimmer, bestimmt von der Willkür der Herrschenden, von Ungerechtigkeit und bitterer Armut. Leider vergessen die Menschen viel zu schnell das Leid, das durch Unwissen, Aberglaube und Unwahrheit entsteht.«

Schließlich entschied Nina, dass sie genug Material hatte, bedankte sich für das Interview und beendete die Aufzeichnung.

»Haben Sie hier noch etwas vor, wo Sie schon einmal in Genf sind«, fragte Breaker, »oder geht es direkt zurück zum Flughafen?«

»Ich habe noch ungefähr zwei Stunden, bevor ich wieder losmuss.«

»Perfekt. Das reicht gerade für ein Mittagessen. Darf ich Sie in mein Lieblingsrestaurant einladen?«

»Ich sollte wohl eher Sie einladen als Dank für das Interview.«

»Unsinn! Sie sind extra hergekommen, um sich einen langweiligen Vortrag eines drittklassigen Wissenschaftlers anzuhören. Da ist etwas Wiedergutmachung durchaus angebracht.«

»Unser Gespräch war weder langweilig noch drittklassig. Ehrlich gesagt hatte ich mir nach dem Video mit Hans Ichting vorgenommen, nie wieder einen Physiker zu interviewen. Doch ich habe meine Meinung geändert. Sie haben mir und den Zuschauern gezeigt, wie lebendig und spannend Wissenschaft sein kann.«

»Nach diesem Kompliment lassen Sie mir gar keine andere Wahl mehr, als Sie zum Essen einzuladen.«

Nina erwiderte sein Lächeln. »Na schön.«

Er holte sie am Besucherzentrum mit seinem Wagen ab, einem klapprigen Renault. Gemeinsam fuhren sie über die Grenze nach Frankreich.

»Das CERN liegt zum Teil auf Schweizer Territorium, zum Teil in Frankreich«, erklärte er unterwegs. »Tatsächlich ist es als überstaatliche wissenschaftliche Institution ein rechtlich unabhängiges Gebilde, so ähnlich wie der Vatikan, und hat sogar den Status eines Beobachters bei den Vereinten Nationen. Menschen aus fünfundachtzig Nationen arbeiten hier. Manchmal denke ich, jeder Politiker sollte bei uns ein vierwöchiges Pflichtpraktikum absolvieren. Dann würden die begreifen, wie viel man mit internationaler Zusammenarbeit erreichen kann, und wir hätten vielleicht weniger Kleinstaaterei auf der Welt.«

»Den Vorschlag unterstütze ich«, stimmte Nina zu.

Sie erreichten ein kleines, modern eingerichtetes Restaurant im französischen Ort Saint Genis Pouilly. Die Karte wirkte unspektakulär, aber das Lachstatar mit Wasabi, das Nina bestellte, war sehr gut.

»Sie haben doch nicht wirklich Angst, dass wir mit dem LHC die Welt in die Luft jagen, oder?«, fragte Breaker beim Essen.

»Nein. Ich sehe es wie Sie: Nichtwissen ist gefährlicher als Wissen.«

»Das hat Hans immer gesagt.«

»Ich weiß. Von ihm hab ich den Spruch.«

»Warum haben Sie dann vorhin diese Frage gestellt?«

»Unter meinen Zuschauern gibt es einige, die technikkritisch sind. Einer von ihnen hat sogar behauptet zu wissen, warum Ichting sich umgebracht hat.«

Sie erzählte ihm von Bussmanns Theorie.

»Das ist ausgemachter Blödsinn«, sagte Breaker. »Es gibt Dutzende Theorien, warum wir noch nie Aliens begegnet sind. Meiner Ansicht nach ist Leben im Universum einfach sehr selten, und die Entfernungen zwischen den Sternen sind unvorstellbar groß, von den technischen Problemen interstellarer Reisen mal ganz abgesehen. Aber selbst wenn dieser Bussmann recht hätte: Nie und nimmer würde sich Hans deswegen umbringen. Wenn er wirklich geglaubt hätte, dass seine Theorien gefährlich sind, hätte er sich dafür eingesetzt, dass kein Unsinn damit geschieht.«

»Wäre es denn denkbar, dass Bussmann recht hat?«

»Na ja, völlig ausgeschlossen ist es ja nicht, dass wir uns irgendwann selbst in die Luft jagen. Man muss sich nur anschauen, wer momentan die Kontrolle über die Atombombenarsenale der Welt hat. Aber wenn die Welt untergeht, dann bestimmt nicht durch ein Experiment am CERN. Es sind nie die Wissenschaftler gewesen, die der Menschheit Krieg und Zerstörung gebracht haben.«

»Aber ihre Erkenntnisse wurden doch benutzt, um schreckliche Vernichtungswaffen zu entwickeln. Hat nicht Einstein selbst einen Brief an Präsident Roosevelt unterzeichnet, in dem gefordert wurde, die Atombombe zu bauen?«

»Er plädierte dafür, weil er berechtigte Sorge hatte, dass Hitler die Bombe zuerst bauen würde. Aber später wurde er ein entschiedener Gegner ihres Einsatzes und setzte sich bis zu seinem Tod für Frieden und Völkerverständigung ein.«

»Glauben Sie nicht, er hat es bereut, zur Erfindung der Atombombe beigetragen zu haben?«

»Angeblich hat er gesagt, nur das Universum und die menschliche Dummheit seien unendlich, aber beim Universum sei er sich nicht ganz sicher. Bei solchen gut klingenden Zitaten muss man immer skeptisch sein. Aber ich glaube, es gibt seine tatsächliche Haltung gut wieder: Er hat geglaubt, dass menschliche Ignoranz und Dummheit für das Leid der Welt verantwortlich sind. Dagegen hat er gekämpft und für Aufklärung und Freiheit der Wissenschaft. Denn was wäre die Alternative? Das Wissen künstlich zu begrenzen, wie es die Kirche jahrtausendelang versucht hat?«

»Nein. Wie gesagt bin ich Ihrer Meinung. Ich suche nur immer noch nach einem Grund, warum sich Hans Ichting umgebracht haben könnte.«

»Wenn er das wirklich getan hat, dann liegt der Grund ganz sicher nicht in seiner wissenschaftlichen Arbeit.«

Nina musterte den Engländer, der sie mit seinen hellblauen Augen ruhig ansah. Ein Schauer lief über ihren Rücken.

»Halten Sie es für möglich, dass er umgebracht wurde?«

»Ich wüsste nicht, wer ein Motiv haben sollte, jemanden wie Hans umzubringen«, sagte er. »Außer vielleicht einer von der Sorte Mensch, die glaubt, dass Wissen gefährlich ist und dass Wissenschaftler deshalb auf den Scheiterhaufen gehören. So wie dieser Unabomber.«

»Gerd Bussmann hat den Unabomber in einem Kommentar zum Video mit Ichting erwähnt«, sagte Nina.

Breakers Augen verengten sich. »Vielleicht hat er ja was mit Hans' Tod zu tun.«

»Das kann ich mir nicht vorstellen. Er wirkte erschüttert, gab sich selbst die Schuld, weil er ihm das Essay geschickt hatte.«

»Das könnte ein Ablenkungsmanöver gewesen sein.«

»Unwahrscheinlich. Ich bin keine Kriminalistin, aber wenn

Bussmann Ichting wirklich umgebracht hätte, würde er doch nicht extra auf sich aufmerksam machen, oder?«

»Bei solchen Verrückten weiß man nie. Aber wahrscheinlich haben Sie recht.« Er seufzte. »Hans hätte den Fall wahrscheinlich mit ein paar simplen logischen Schlussfolgerungen in fünf Minuten aufgeklärt. Er war wie Sherlock Holmes in den Geschichten. Und in gewisser Hinsicht war ich sein Watson. Eine Zeit lang jedenfalls.«

Sie schwiegen eine Weile. Nina spürte, dass die Realität von Ichtings Tod erst jetzt voll bis zu Breaker durchdrang. Die gut gelaunte Redseligkeit war verschwunden. Als er sie schließlich zum Flughafen brachte, entschuldigte er sich dafür.

»Da gibt es nichts zu entschuldigen«, sagte sie. »Ich habe die Zeit mit Ihnen sehr genossen.«

»So was dürfen Sie einem Physiker nie sagen«, meinte Breaker. »Er könnte es für bare Münze nehmen.«

»Das soll er ja auch.«

»In dem Fall lasse ich Sie nur äußert ungern in Ihren Flieger steigen.«

Da war ein Ernst in seinen Augen, der Nina die flapsige Bemerkung, die ihr auf der Zunge lag, herunterschlucken ließ. Auch sie bedauerte es plötzlich, dass sie sich von ihm verabschieden musste.

»Ich werde Sie auf dem Laufenden halten, falls ich etwas Neues über Ichtings Tod erfahre«, versprach sie.

»Bitte tun Sie das.«

»Auf Wiedersehen, Dr. Breaker.«

»Nennen Sie mich Paul, bitte. Dann habe ich nicht so sehr das Gefühl, dass unser nettes Gespräch nur meinem Status als Hans' früherer Bekannter zu verdanken ist.«

»Gern. Auf Wiedersehen, Paul.«

»Auf Wiedersehen, Nina. Und denken Sie daran: Physiker meinen alles wörtlich.« Er lächelte spitzbübisch.

»Tun Sie das?«, fragte Nina und erwiderte sein Lächeln.

Er antwortete nicht, doch sein Lächeln verbreiterte sich.

Sie hob die Hand zum Abschied, wandte sich um und betrat das Terminal.

13

T-15:12:30 Victor saß an dem kleinen Schreibtisch im Nebenraum der Kirche, der gleichzeitig als Vorratsraum, Sakristei und ihm hin und wieder auch als Küche und Schlafzimmer diente, wenn seine Mission ihn lange wachhielt und er keine Lust mehr hatte, in das etwa eine halbe Meile entfernte Einzimmerapartment zu laufen. Die Heilige Schrift lag aufgeschlagen vor ihm; der zweite Brief des Paulus an Timotheus klang ihm wie eine eindringliche Mahnung:

So bezeuge ich nun vor Gott und dem Herrn Jesus Christus, der da zukünftig ist, zu richten die Lebendigen und die Toten mit seiner Erscheinung und mit seinem Reich: Predige das Wort, halte an, es sei zu rechter Zeit oder zur Unzeit; strafe, drohe, ermahne mit aller Geduld und Lehre. Denn es wird eine Zeit sein, da sie die heilsame Lehre nicht leiden werden; sondern nach ihren eigenen Lüsten werden sie sich selbst Lehrer aufladen, nach dem ihnen die Ohren jucken, und werden die Ohren von der Wahrheit wenden und sich zu Fabeln kehren. Du aber sei nüchtern allenthalben, sei willig, zu leiden, tue das Werk eines evangelischen Predigers, richte dein Amt redlich aus.

Die Botschaft war eindeutig, und sie hatte in zwei Jahrtausenden nichts von ihrer Kraft verloren: Tue das Werk eines evangelischen Predigers, auch wenn du dabei leiden musst. Doch da stand auch etwas von redlich, von aufrichtig. Wie sollte er seinen Beruf weiter ausüben, wenn ihm das Wichtigste fehlte – die innere Einstellung, der wahre Glaube?

Mit einem Seufzen klappte Victor das abgegriffene, alte Buch zu, das vor ihm schon durch ein Dutzend Priesterhände gegangen war. Sosehr er sich auch bemühte, eine Stelle aus der Bibel herauszusuchen, die sein Ausscheiden aus dem Priesteramt gerechtfertigt oder auch nur in ein mildes Licht getaucht hätte, er fand nur das Gegenteil: eindringliche Beschwörungen zu glauben, das Wort Gottes über alles andere zu stellen, alle Zweifel abzulegen. Durchhalteparolen für die geistig Schwachen.

Er rieb sich die Schläfen. Vielleicht war es doch besser, ins Bett zu gehen. Bis zur Predigt hatte er ja noch ein paar Tage Zeit. Ihm würden schon noch die richtigen Worte einfallen. Gleich morgen würde er ...

Ein gewaltiger Knall ließ ihn zusammenfahren. Erschrocken sprang er auf, der Stuhl hinter ihm fiel polternd um. Er stürzte durch den schmalen Seitenausgang ins Freie. Der Himmel war sternenklar. Eine Ursache für die Explosion – denn um eine solche konnte es sich nur gehandelt haben – war nicht zu sehen. Nirgendwo stieg Rauch auf. Auch als er die Kirche umrundete, war nichts zu erkennen, nicht mal eine gesprungene Fensterscheibe.

Es hatte nach einem Knall in unmittelbarer Nähe geklungen. Doch vielleicht hatte er sich getäuscht und die Explosion war weiter entfernt geschehen. Ein Terroranschlag in der Stadt? Oder ein Unfall in einer Fabrik? Er blickte in den Himmel. Vielleicht war es bloß das Überschallknallen eines Flugzeugs gewesen. Doch es waren nur die entfernten Positionslichter einer gewöhnlichen Passagiermaschine zu erkennen, die gemächlich den Flughafen im Süden der Stadt ansteuerte.

Victor lauschte. Keine Polizei- oder Feuerwehrsirenen. Die

Zikaden zirpten, als sei nichts geschehen. Er schüttelte den Kopf und ging wieder in sein Arbeitszimmer, stellte den Stuhl auf und packte die Bibel in seine abgegriffene Umhängetasche. Natürlich hatte er zu Hause mehrere Ausgaben des Alten und Neuen Testaments, doch in diesem Exemplar steckte ein Dutzend gelber Klebezettel, mit denen er Stellen markiert hatte, die ihn vielleicht weiterbrachten. Er würde vor dem Schlafengehen noch einmal darüber meditieren und – wie immer vergeblich – auf die göttliche Eingebung warten.

Einem Impuls folgend beschloss er, noch einmal im Hauptsaal der kleinen Kirche nachzusehen. Er betätigte den Lichtschalter. Es dauerte einen Moment, bis die alten Neonröhren ansprangen und die Kirche in fahles, kaltes Licht tauchten. Er stutzte, als er bemerkte, dass er nicht allein war. Eine einsame Gestalt saß in der zweiten Reihe, den Kopf in stiller Andacht gesenkt. Wie kam sie hierher? Der Haupteingang war nachts abgeschlossen, und wenn sie durch den Seiteneingang gekommen war, hätte er sie bemerken müssen.

Als er sich der Gestalt näherte, erkannte er, dass es sich um Consuela Messante handelte.

»Mrs Messante?«, sprach er sie an. »Consuela?«

Sie reagierte nicht. Offenbar war sie eingeschlafen. Auch als er sie sanft an der Schulter rüttelte, blickte sie nicht auf.

Er beugte sich vor. »Mrs Messante, es ist bereits nach elf, und …« Er stockte, als er sah, dass ihre Augen geöffnet waren, der Blick ins Leere gerichtet.

Hastig kramte er sein Smartphone aus der Aktentasche und wählte den Notruf, obwohl er wusste, dass jede Hilfe zu spät kam. Gott hatte sein treuestes Gemeindemitglied zu sich gerufen. Dennoch versuchte er, was er konnte: Herzmassage und Beatmung, bis draußen das Geheul eines Rettungswagens zu hören war. Er eilte zum Hauptportal und schloss es mit zitternden Händen auf.

Der Notarzt beugte sich über die Alte, die Victor in den Gang zwischen den Stuhlreihen gelegt hatte. Er untersuchte sie flüchtig, unternahm jedoch keinen Versuch, sie wiederzubeleben.

»Ist sie ... tot?«, fragte Victor überflüssigerweise.

»Da ist nichts mehr zu machen.« Der Mann klang ungerührt, fast gelangweilt, so als hätte Mrs Messante gar kein Recht auf eine Notarztbehandlung, bloß weil sie schon alt war. Er holte ein Klemmbrett und einen Stift hervor. »Um wen handelt es sich?«

Victor nannte ihm ihren Namen und die Adresse der kleinen Wohnung, wo er sie einmal besucht hatte, als sie krank gewesen war.

»Hat sie Verwandte?«

»Eine Schwester in Mexiko, glaube ich. Aber ich habe dazu keine weiteren Angaben.«

»Gut. Danke erst mal, Reverend.« Damit verabschiedete er sich und lud zusammen mit einem Kollegen die Bahre mit den sterblichen Überresten der Alten in den Krankenwagen, als habe er bloß eine Lieferung abgeholt.

Victor sah ihm nach. Er empfand eine tiefe Leere. Es war, als habe mit Consuela Messante der letzte Rest des Heiligen Geistes die Albuquerque Church of the Holy Revelation für immer verlassen.

14

T-13:20:09 Aus dem Lautsprecher des rostigen GMC Pick-up-Trucks plärrte ein alter Johnny-Cash-Song. Sparrow machte sich nichts aus Countrymusic, doch sie passte zu der eintönigen Landschaft, durch die ihn die schnurgerade Straße führte: gelbes Gras, hin und wieder ein paar vertrocknete Büsche, flache, graue Hügel in der Ferne. Er hatte Flagstaff vor etwa einer Stunde passiert und fuhr auf der Interstate 40 Richtung Westen.

Während der gut sechs Stunden, die er mittlerweile unterwegs war, hatte er versucht, aus den Umständen seines aktuellen Auftrags schlau zu werden. Doch je länger er darüber nachdachte, desto mehr Fragen blieben offen.

Nach ihrem Gespräch hatte Layton Morris ihn gestern Abend angerufen und ihm die Anweisung gegeben, einen gebrauchten Pick-up zu kaufen und damit in die Wüste Nevadas zu fahren.

Er hatte ihm GPS-Koordinaten genannt, an denen ein Flugzeug abgestürzt war, eine viersitzige Piper Cherokee. Sparrow sollte die Absturzstelle inspizieren und eventuelle Gegenstände, die aus der Maschine geschleudert worden waren, sicherstellen. Dann sollte er in Erfahrung bringen, ob Menschen aus der Umgebung den Absturz beobachtet und eventuell das Wrack aufgesucht hatten. Falls dabei Gegenstände entwendet worden waren, sollte Sparrow diese »unter allen Umständen« an sich bringen und unverzüglich damit nach Albuquerque zurückkehren.

»Was denn für Gegenstände?«, hatte Sparrow gefragt.

»Keine Ahnung«, hatte Morris geantwortet. »Mein Auftraggeber hat sich in dieser Hinsicht nur sehr vage ausgedrückt.«

»Wie soll ich etwas suchen, von dem ich nicht weiß, was es ist?«

»Halt einfach die Augen offen. Frag in der Gegend rum. Es ist anzunehmen, dass irgendwer vor den Cops und der Feuerwehr an der Absturzstelle war. Falls derjenige etwas hat mitgehen lassen, müssen wir es wiederbeschaffen.«

»Ist das nicht Unterschlagung von Beweismitteln?«

»Ob unser Auftraggeber die fraglichen Gegenstände an die Behörden weitergibt oder nicht, ist nicht unser Problem. Wir sollen sie nur beschaffen.«

Sparrow gefiel die Sache nicht. Bei den »fraglichen Gegenständen« konnte es sich nur um Schmuggelware handeln, Drogen vermutlich, Morris' gegenteiligen Beteuerungen zum Trotz. Aber warum sagte ihr Auftraggeber ihnen nicht, wonach sie Ausschau halten sollten? Wenn er wenigstens gewusst hätte, auf welche Weise die Drogen verpackt waren oder um welche Menge es sich handelte, wäre es einfacher gewesen, danach zu suchen.

Die zweite Merkwürdigkeit betraf die Tarnidentität, die Morris Sparrow verordnet hatte: »Wenn dich jemand fragt, sagst du, du bist Ufologe.«

»Bitte was?«

»Die Absturzstelle liegt in der Nähe der berühmten ›Area 51‹, einem geheimen Testgelände der Air Force, um das sich schon seit den Fünfzigerjahren Legenden und Verschwörungstheorien ranken. Angeblich sollen dort Außerirdische gelandet sein.«

»Das meinst du doch wohl nicht ernst!«

»Ich sag nicht, dass ich daran glaube, sondern dass du so tun sollst, als ob du es glaubst. In der Gegend gibt es jede Menge Spinner, die nach Ufos suchen. Also wird es weniger auffallen, wenn du nach dem Absturz fragst. Du kannst ja sagen, du seist sicher, es seien Außerirdische, die da abgestürzt wären.«

Für Sparrow war es mehr als zweifelhaft, dass er im Ernstfall mit dieser Tarnung durchkommen würde. Er hatte sich noch nie für Ufos oder irgendwelchen Weltraumkram interessiert. Um die Geschichte glaubwürdiger zu machen, lagen auf dem Beifahrersitz zwei alte Science-Fiction-Romane und eine Zeitschrift, die einen Alien auf dem Cover zeigte. Doch sollte ihn jemand danach fragen, was darinstand, konnte er nur mit den Schultern zucken.

Alexandra hätte die Tarnung sicher gefallen. Sie liebte Geschichten von Außerirdischen genauso wie ihre romantischen Fantasien von schönen Prinzessinnen, tapferen Prinzen und fliegenden Einhörnern. Er hatte sie kurz im Krankenhaus besucht und ihr gesagt, dass er »geschäftlich« für ein paar Tage verreisen müsse. Wie üblich hatte sie keine Fragen gestellt, sondern ihn nur tapfer angelächelt und viel Erfolg gewünscht.

Beim Anblick seiner Tochter, so nah und doch unerreichbar auf der anderen Seite der Glasbarriere des Reinraums, hatte sich ihm wie immer das Herz verkrampft. Doch gleichzeitig hatte der Besuch seine Entschlossenheit gestärkt, zu tun, was immer nötig war, um ihr das Leben so lang und angenehm wie möglich zu machen. Wenn das bedeutete, dass er ein paar Drogen für das Kartell wiederbeschaffen musste, dann war es eben so.

An der Kleinstadt Kingman verließ er die Interstate und bog nach Nordwesten ab, Richtung Las Vegas. Als er die Glücksspielmetropole erreichte, ging gerade die Sonne unter. Doch von den schillernden Lichtfassaden der Casinos sah er kaum etwas. Stattdessen bog er im Stadtzentrum nach Nordosten auf die Interstate fünfzehn und kurz darauf auf eine weitere Landstraße, die ihn schnurstracks nach Norden durch die Wüste führte. Anderthalb Stunden später erreichte er ein einsames Motel, in dem er ein Zimmer auf den Namen Fred Eisman gebucht hatte.

Nach einem herzhaften Frühstück machte er sich früh am nächsten Morgen wieder auf den Weg. Seine Schulter spürte er kaum noch; es schien fast, als verstünde der alte Arzt doch etwas von seinem Fach. Nach ein paar Meilen erreichte er die Crystal Springs, einen Ort, der im Wesentlichen aus einer Straßenkreuzung, einem Dutzend flacher Holzhäuser und einem Laden namens *Alien Research Center* bestand, vor dem eine alberne, überlebensgroße Statue eines Außerirdischen aufgebaut war. Sparrow überlegte, ob er dort anhalten und sich ein T-Shirt oder eine Basecap mit Alien-Aufdruck kaufen sollte, um seine Tarnung zu unterstreichen, entschied dann aber, dass ein echter Ufologe wohl auf derlei Touristenschnickschnack verzichten würde.

Er bog auf eine Landstraße ein, die einem Schild zufolge offiziell den Namen *Extraterrestrial Highway* trug. Etwa eine halbe Stunde später wies ihn das Navi an, auf einen Sandweg Richtung Norden abzubiegen. Er folgte der Piste etwa zwei Meilen weit, bis er in der Ferne die Flugzeugtrümmer erkannte. Nachdem er den Pick-up so nah wie möglich herangesteuert hatte, ohne sich im unebenen Gelände festzufahren, ging er die restliche halbe Meile zu Fuß. Bald sah er, dass das Wrack beim Aufprall gegen den flachen Hang in mehrere Teile zerbrochen war, die über einen Umkreis von etwa hundert Metern verstreut lagen, so als sei die Maschine mit großer Wucht zerschellt. Sparrow verstand nicht viel vom Fliegen, aber wie eine schiefgegangene Notlandung sah das nicht aus – eher so, als hätte der Pilot die Maschine absichtlich abstürzen lassen. Vielleicht war er auch bewusstlos geworden oder bereits vor dem Aufprall gestorben. Jedenfalls war offensichtlich, dass niemand den Absturz überlebt haben konnte.

Bevor er sich dem Wrack näherte und es genauer untersuchte, machte er ein paar Fotos mit dem Smartphone. Beide Tragflächen waren abgebrochen und der Treibstoff hatte sich entzündet, doch nur ein Teil der Trümmer war verkohlt. Die Kabine war ebenfalls zerborsten, jedoch nicht vom Feuer betroffen gewesen. Der Pilotensitz lag neben einem Teil der Armaturen, auf denen Blutspuren zu sehen waren. Der Rest der Kabine und ein Teil des Rumpfs lagen mehrere Meter entfernt, wiesen jedoch keine Blutspuren auf. Der Pilot war also offenbar allein gewesen.

Ein Selbstmord? Aber warum war Sparrow dann hergeschickt worden? Und welche Gegenstände waren an Bord des Flugzeugs gewesen, die dem Auftraggeber die horrenden Tagessätze wert waren, die Morris Security Services berechnete? Oder handelte es sich um Sabotage? Hatte eine rivalisierende Schmugglerbande das Flugzeug eines Drogenkuriers manipuliert und dann versucht, in den Besitz der Ware zu gelangen? Oder war es einfach nur Mord?

Diese Fragen würde das FBI sich sicher stellen. Reifenspuren eines schweren Allradfahrzeugs zeigten, dass die Bundesbehörde bereits vor Ort gewesen war. Nein, bei näherer Betrachtung wiesen die Spuren und der breite Radstand eher auf ein Militärfahrzeug hin, einen Hummer wahrscheinlich. Gut möglich, dass ein Rettungstrupp des nahe gelegenen Militärstützpunkts als Erstes hier eingetroffen war. Vermutlich hatten sie die Leiche des Piloten geborgen.

Sparrow durchsuchte die Trümmer, fand jedoch weder Gepäckstücke noch irgendwelche Dokumente oder andere Gegenstände, die seinen unbekannten Auftraggeber hätten interessieren können. Sollte es eine Fracht gegeben haben, hatte sie jemand mitgenommen.

Noch einmal nahm er die Reifenspuren in Augenschein. Dabei entdeckte er neben den tiefen Eindrücken des schweren Geländewagens eine schmalere Spur, die von einem Geländemotorrad stammen musste. An einer Stelle überlagerte die Spur des Hummers die des Motorrads. Morris hatte recht gehabt: Jemand war vor den Rettungskräften hier gewesen.

Google Maps zeigte ihm, dass die nächste Siedlung ein kleiner Ort namens Rachel war, ungefähr vier Meilen westlich gelegen. Nah genug, dass die Bewohner den Absturz bemerkt haben und sich auf den Weg zur Unglücksstelle gemacht haben konnten, bevor das Militär eingetroffen war. Also marschierte er zu seinem Truck zurück und fuhr dorthin.

Rachel bestand aus ein paar Farmen, die dem kargen Wüstenboden künstlich bewässerte, exakt kreisförmige Felder abtrotzten, einem kleinen Trailerpark und einem Lokal namens Little A'le'Inn. Erst als Sparrow die Graffitis an den Wänden des kleinen Gebäudes genauer betrachtete, begriff er, dass das eine Anspielung auf Aliens sein sollte. Vermutlich war dies eine Art Treffpunkt für Ufologen. Auf jeden Fall war es der beste Ausgangspunkt für seine Befragung.

Das Innere des kleinen Lokals sah aus wie eine Mischung aus Bar, Rumpelkammer, Antiquitätenladen und Souvenirshop. Ein halbes Dutzend Tische standen auf dem gefliesten Boden. Hinter der Bar hingen gerahmte Militärabzeichen. Die Wände waren voll von Plakaten mit Ufos, großäugigen Aliens sowie Schildern aller Art, die auf die Verbotszone Area 51 hinwiesen. Auf Kleiderständern hingen T-Shirts und Jacken mit entsprechenden Aufdrucken. Regale enthielten bedruckte Kaffeebecher, Mützen, Spielzeug und weitere Ufo-Devotionalien.

An einem der Tische saßen zwei Männer mit Cowboyhüten über einem Frühstück aus Rührei, Speck und Toast. Ein zweiter Tisch war von einer Familie belegt – die Eltern korpulent, ihre etwa drei- und fünfjährigen Töchter quengelnd. Hinter der Bar stand eine langhaarige Brünette mit großer runder Brille, die ihrem Gesicht etwas Eulenhaftes verlieh.

»Hi!«, sagte sie freundlich und lächelte Sparrow zu.

Er erwiderte den Gruß, setzte sich auf einen der Barhocker und bestellte einen Kaffee.

Als die Bedienung das Getränk hinstellte, beschloss Sparrow, seine Rolle als Ufologe zu testen.

»Hab gehört, hier soll kürzlich etwas Seltsames geschehen sein.«

»Hier passieren ständig seltsame Dinge«, gab sie zurück. »Die Area 51 ist ganz in der Nähe. Aber das wissen Sie sicher.«

Sparrow nickte bedächtig. »Klar weiß ich das. Ist ja nicht zu übersehen.« Er deutete auf die unzähligen Hinweisschilder und Plakate an den Wänden. Dann beugte er sich vor und sagte leise, als wolle er vermeiden, dass die anderen Gäste es mithörten: »Mir ist natürlich klar, dass diese ganzen Touristengimmicks hier bloß die Tatsache verschleiern sollen, dass da draußen tatsächlich Dinge passieren, von denen die Regierung nicht will, dass wir sie erfahren.«

Sie zog eine Augenbraue hoch. »Sie sehen nicht aus wie einer der typischen Ufo-Jäger hier.«

»Und Sie sehen nicht aus wie eine typische Geheimdienst-Mitarbeiterin«, konterte er.

Sie grinste breit. »Wow! Sie halten mich tatsächlich für eine CIA-Agentin?«

»CIA?« Er lachte gekünstelt. »Die CIA weiß doch gar nicht, dass es Ihre Einheit überhaupt gibt, hab ich recht?«

Sie nickte und machte ein gespielt ernstes Gesicht. »Ich bin Alice.«

»Fred. Arbeitest du schon lange hier?«

»Mir gehört der Laden, zusammen mit meiner Freundin. Wir haben ihn vor zehn Jahren übernommen.«

»Und läuft's gut?«

»Ein bisschen ab vom Schuss hier draußen. Aber wir bekommen regelmäßig Besuch von Leuten wie dir, die sich von der Regierung nichts vormachen lassen wollen.« Sie grinste verschwörerisch.

»Im Ernst, Alice, ich habe gehört, hier soll vorgestern ein Flugobjekt abgestürzt sein. Strenggeheime Verschlusssache. Weißt du was davon?«

Sie runzelte die Stirn. »Wie hast du davon erfahren?«

Jetzt war es an ihm, verschwörerisch zu grinsen. »Ich habe meine Quellen.«

»Ja, es gab einen Absturz, ungefähr fünf Meilen östlich. Ich hab die Explosion gehört.«

»Explosion?«

»Ja. Ein Knall wie ein Donnerschlag. Zuerst dachte ich an

Überschall – kommt manchmal vor, wenn die hier mit ihren Experimentalfliegern unterwegs sind. Ein paar Leute sind sofort raus. Kurz darauf dann ein weiterer Knall, leiser und dumpfer. Dann stieg Rauch auf. Wahrscheinlich eine unbemannte Drohne, die sich verflogen hat und per Fernzündung gesprengt wurde.«

»Eine Drohne? Ist es das, was sie euch erzählt haben?«

Sie blickte ihn irritiert an, wusste offenbar nicht, ob er die Frage ernst meinte. »Nein. Die Air Force kommentiert solche Dinge nie. Terry hat das gesagt.«

»Terry?«

»Er wohnt in einem der Trailer draußen. Hat früher bei der Air Force gearbeitet. Er kennt sich ganz gut aus. Ist rübergefahren und hat sich die Sache angesehen.«

»Ich würde gern mal mit diesem Terry sprechen.«

»Okay, kein Problem. Ich zeig dir, wo er wohnt.«

15

T-13:15:15 Ein Knall riss Gisbert Korndrescher aus dem Schlaf. Verwirrt sah er sich um. Der Wecker zeigte halb fünf morgens.

»Hast du das gehört?«, fragte er.

»Hm-was?«, fragte seine Frau Elisabeth schlaftrunken.

»Da war ein Knall. Hast du den nicht auch gehört?«

»Nein.«

»Aber da war ein Knall. Ganz sicher.«

»Wie spät ist es?«

»Halb fünf.«

Er machte das Licht an. Der Wecker würde ohnehin in einer halben Stunde klingeln, da konnte er ebenso gut gleich aufstehen. Elisabeth seufzte und drehte sich auf die andere Seite.

Gisbert zog sich an und sah aus dem Fenster. Von hier oben am Hang des Hüstenbergs konnte er das Dorf Westerwollen im Hochsauerland gut überblicken. Nirgendwo war Blaulicht zu sehen oder gar der flackernde Schein von Flammen. Die Fenster waren dunkel. Nur die Straßenlaternen tauchten die schiefergedeckten Häuser in kaltes Licht.

Hatte er den Knall bloß geträumt? Er setzte Kaffee auf. Während die altmodische Maschine gurgelte und zischte, trat er vor die Haustür. Es war eine sternklare Nacht. Ein fahler Halbmond beleuchtete die Weiden, auf denen Rinder reglos im Stehen schliefen.

Nein, nicht alle von ihnen standen. Trotz der bereits einsetzenden Herbstkälte hatten sich einige von ihnen auf die Wiese gelegt. Das war ungewöhnlich.

Milde beunruhigt ging Gisbert zur Weide nördlich des Hauses. Als er näher kam, schnürte sich ihm die Kehle zusammen. Nein, die Tiere hatten sich nicht zum Schlafen ins Gras gelegt. Fünf der schwarzbunten Holsteiner lagen auf der Seite, die Beine von sich gestreckt – entweder krank oder bereits tot. Ein Schaden von mehreren tausend Euro!

Was zum Teufel war passiert? Ein Blitzschlag? Es würde den Knall erklären. Aber der Himmel war wolkenlos.

Er öffnete das Gatter und trat auf die Wiese. Ein paar von den gesunden Tieren drehten die Köpfe. Sie standen in einer Ecke der Weide zusammengedrängt, hielten sich wohl instinktiv von den liegenden Artgenossen fern.

Vorsichtig trat er näher. Kranke Kühe konnten unter Umständen aggressiv werden. Doch die Tiere rührten sich nicht. Ihre schwarzen Augen starrten leer in den Himmel.

Gisbert traten Tränen in die Augen. So eine Scheiße! Als Milchbauer konnte man sich heutzutage keine Sentimentalität leisten, doch er liebte seine Tiere. Gleich fünf davon auf einmal zu verlieren, war wie ein Schlag in die Magengrube. Wie war das passiert?

Er kniete nieder und legte die Hand auf einen der Kadaver. Noch warm. Das Tier konnte noch keine Stunde tot sein. Also hatte es vermutlich doch etwas mit dem Knall zu tun. Hatte jemand die Tiere erschossen? Aber er hatte nur einen Knall gehört, nicht fünf, und der Kadaver wies weder eine Schusswunde noch Blutspuren auf.

Zuerst hatte er an das Überschallknallen einer Militärmaschine gedacht, doch er hatte noch nie davon gehört, dass das eine Kuh getötet hätte. Dazu hätte der Jet praktisch direkt über sein Haus fliegen müssen, und das hätte er mit Sicherheit mitbekommen.

Aber was sonst konnte die Erklärung sein? Gab es so etwas wie den sprichwörtlichen Blitz aus heiterem Himmel wirklich? Oder war es doch irgendeine Krankheit? Wenn sie fünf Rinder nahezu gleichzeitig getötet hatte, musste sie hoch infektiös sein. Womöglich würde sein gesamter Bestand notgeschlachtet, ein Schaden, der nicht durch die Versicherung gedeckt wäre. Das würde ihn endgültig ruinieren.

»Was ist denn, Gisbert?«, rief Elisabeth vom Zaun her.

Er zuckte mit den Schultern. »Fünf hat es erwischt. Ich glaube, das hier ist Rita.«

Wider besseres Wissen hatte er sich angewöhnt, seinen besten Kühen Namen zu geben. Sein Nachbar Olaf Kallewinkel hatte ihn schon oft davor gewarnt, eine zu enge emotionale Beziehung zu den Tieren aufzubauen. Er mache es sich nur unnötig schwer. Es seien nun mal Nutztiere.

»Aber Rita steht doch da drüben«, sagte Elisabeth und deutete in die Ecke, in der sich die Herde zusammendrängte.

Verwirrt blickte er in die Richtung. Tatsächlich, da stand sie: eine besonders kräftige Kuh mit einer Milchleistung von mehr als acht Tonnen pro Jahr, erkennbar am charakteristischen schwarzen Fleck, der an die Umrisse Afrikas erinnerte.

Er betrachtete das tote Tier vor sich. Der Fleck sah sehr ähnlich aus. Seltsam, er konnte sich nicht erinnern, dass eines der anderen Tiere einen vergleichbaren Fleck aufwies. Aber er wusste aus Erfahrung, dass man sich täuschen konnte, und das schwache Mondlicht tat ein Übriges.

Wieder sah er zu der Herde am anderen Ende der Weide

hinüber, stutzte. Er zählte die Tiere, dann zählte er sie ein zweites Mal.

»Elisabeth, wie viele Tiere siehst du dahinten?«, fragte er.

»Was?«

Er wiederholte die Frage.

Sie zählte, wobei sie den Finger bewegte.

»Dreiundzwanzig«, sagte sie.

Dreiundzwanzig. Genauso viele hatte er auch gezählt, und genauso viele waren es, die den ganzen Sommer über hier auf der Weide gestanden hatten. Dreiundzwanzig, nicht achtundzwanzig! Aber woher zum Teufel kamen dann die fünf Kadaver?

Er starrte verwirrt auf die toten Kühe, bevor ihm die Erklärung einfiel. Zorn stieg in ihm auf.

»Diese Arschlöcher!«, rief er. »Diese gottverdammten Arschlöcher!«

»Gisbert!«, ermahnte ihn seine Frau.

»Ist doch wahr! Was für eine unglaubliche Sauerei.«

»Was denn?«

»Bloß weil wir nicht verkaufen, versuchen sie, uns fertigzumachen!«

»Wer denn?«

»Na, diese Typen von dieser Landwirtschaftlichen Betriebsgesellschaft Dingsda, was weiß ich, wie die noch mal hieß. Waren vor einem halben Jahr hier, erinnerst du dich? Wollten uns das Land abkaufen, den Betrieb modernisieren. Alles Halsabschneider.«

»Stimmt, ich erinnere mich. Und du glaubst, die haben ein paar tote Kühe auf unserer Weide abgelegt? Aber warum?«

»Was weiß ich? Um uns einzuschüchtern vielleicht. So wie dieser Pferdekopf in *Der Pate*, erinnerst du dich? Mafiamethoden sind das! Oder …« Ein erschreckender Gedanke kam ihm. »Hilf mir, einen Elektrozaun um die Kadaver zu machen! Schnell!«

»Warum denn das?«

»Vielleicht sind die Tiere mit einem Virus infiziert oder mit Rinderwahnsinn oder was weiß ich. Wenn wir Glück haben, haben sich unsere eigenen Kühe noch nicht angesteckt. Wir müssen uns beeilen!«

Hastig rannte er in die Scheune, wo immer ein paar Eisenstäbe mit isolierten Drahtführungen und eine Rolle Draht lagen, für den Fall, dass irgendwo ein Zaun repariert werden musste. Elisabeth sorgte dafür, dass sich keine der gesunden Kühe den Kadavern näherte, während Gisbert einen provisorischen Zaun quer über die Weide führte. Nach einer guten Stunde war die Wiese in zwei Hälften getrennt, und zwischen dem Zaun und dem nächstliegenden Kadaver lagen gut zehn Meter. Er konnte nur hoffen, dass das reichte.

Bis ins Mark erschüttert kehrte er in die Küche zurück und trank einen Kaffee. Danach würde er den Tierarzt anrufen, damit er die toten Tiere untersuchte. Zum Glück kannte er Dr. Weiß gut genug, um zu wissen, dass dieser keine große Sache draus machen würde, wenn er feststellte, dass Gisberts Tiere gesund waren. Er war nicht einer dieser hysterischen Amtstierärzte, die sofort eine ganze Region unter Quarantäne stellten, sobald mal eine Kuh Verdauungsprobleme hatte, und damit auf einen bloßen Verdacht hin riesigen wirtschaftlichen Schaden anrichteten.

Trotzdem hatte er einen Kloß im Magen. Mit ein bisschen Glück hatte sein rasches Handeln das Schlimmste verhindert, aber ebenso gut konnte es bereits zu spät sein.

Elisabeth, die ihm gegenübersaß, streckte eine Hand nach

seiner aus. »Mach dir nicht so viele Sorgen«, sagte sie. »Dat wird schon.«

Er nickte. Sie hatte immer zu ihm gehalten, auch als sie während der Milchpreiskrise fast pleitegegangen waren. Er war froh, sie jetzt an seiner Seite zu haben. Ihr Optimismus, der auf ihr unerschütterliches Gottvertrauen aufbaute, gab ihm Kraft, und er spürte, wie die Last seiner Sorgen leichter wurde. Nachdem der Tierarzt da war, würde er die Polizei einschalten. Wer immer das getan hatte, würde dafür bezahlen! Und es würde ihn schon sehr wundern, wenn nicht diese Halsabschneider von der Landwirtschaftlichen Betriebsgesellschaft dahintersteckten.

Nur eines passte nicht so ganz ins Bild: Was hatte es mit dem Knall auf sich, den er gehört hatte? Und wieso war er nicht von den Geräuschen des Lkws wach geworden, der mitten in der Nacht die Tiere abgeladen haben musste?

Gisbert seufzte und nahm noch einen Schluck Kaffee. Irgendwie würde sich schon alles aufklären.

16

T-13:05:55 Nina sah sich das fertige Video noch einmal an. Sie war stolz auf das Ergebnis ihrer stundenlangen Arbeit. Ein Interview so zu schneiden, dass es nicht zusammengestutzt wirkte, war eine Kunst, die ihr inzwischen Spaß machte. Bei Paul Breaker hatte es keine Stellen gegeben, die sie löschen musste, weil er sich verhaspelt hätte oder sie langweilig gewesen wären. Es ging eher darum, die Länge im Blick zu behalten. Der Erfahrung nach nahm mit zunehmender Zeitdauer die Zahl der Zuschauer ab, und die, die bis zum Ende dabei blieben, hatten großen Einfluss auf die Bewertung und die weitere Streuung des Links in den sozialen Kanälen. Am Ende war sie auf fünfundvierzig Minuten gekommen, womit dieses mit Abstand ihr bislang längstes Video geworden war. Dabei hatte sie bereits viel herausgeschnitten, das sie eigentlich gern behalten hätte.

Der Hintergrund des Besucherzentrums wirkte, als hätte sie ein teures Studio gemietet. Selbst die etwas harte Beleuchtung durch einen Deckenstrahler erschien ihr im Nachhinein kunstvoll. Doch es war Breaker selbst, der aus dem Video etwas Besonderes machte: sein trockener britischer Humor, sein Charme, sein ungekünsteltes Lachen. Dazu sah er verdammt gut aus, was bei ihren weiblichen Zuschauern trotz des eher trockenen Themas für Interesse sorgen würde.

Im Hinterkopf hörte sie Christins Stimme: *Na, verlieren wir da etwa unsere journalistische Objektivität?*

Nina horchte in sich hinein. Tatsächlich, da war ein beschleunigter Puls, wenn sie an ihn dachte. Ihre Begegnung hatte sie nachhaltig beeindruckt, und das hatte nicht nur an seiner offensichtlichen Intelligenz gelegen. Redete sie es sich nur ein, oder hatte es auf Gegenseitigkeit beruht? Wahrscheinlich war es nur seine charmante Art gewesen, die ihr das Gefühl gegeben hatte, etwas Besonderes zu sein. Bestimmt war er am CERN umschwärmt. Außerdem war es unwahrscheinlich, dass sie in absehbarer Zeit wieder nach Genf fliegen würde. Der kurzfristig gebuchte Flug hatte sie eine Stange Geld gekostet, und es war mehr als fraglich, ob das Video die Kosten wieder einspielen würde, obwohl sich die Zugriffe auf ihren Kanal seit Ichtings Tod verdreifacht hatten. Trotzdem, man durfte doch wohl noch träumen …

Ihr Smartphone klingelte. Sie stoppte das Video und nahm das Gespräch an, ohne auf das Display zu achten.

»Hier ist Paul.«

Sie war so perplex, dass sie nur ein zaghaftes »Oh« herausbrachte.

»Störe ich?«

»Nein. Nein, überhaupt nicht. Es ist nur … ich habe nicht damit gerechnet, so schnell wieder von … dir zu hören.«

Ihr wurde bewusst, dass sie ihn spontan geduzt hatte. Doch er schien sich daran nicht zu stören. Für einen Engländer war das Du vermutlich ohnehin natürlicher.

»Ich kann dich gern später noch mal anrufen.«

»Nein! So hab ich es nicht gemeint. Ich freue mich, dass du anrufst.«

»Echt?«

»Ich seh mir gerade das Video an. Ist toll geworden.«

»Die Zuschauer werden in Scharen weglaufen.«

»Werden sie nicht. Im Gegenteil. Ich wette, ich kriege lauter begeisterte Kommentare, besonders von Frauen.«

»Höre ich da etwa einen sexistischen Unterton?«, fragte er mit gespieltem Ernst.

Sie lachte. »Da siehst du, was du bei mir anrichtest. Meine Freundin würde sagen, ich bin dabei, meine journalistische Objektivität zu verlieren.«

»Deine Freundin? Ihr seid ein Paar?«

»Nein, nicht so. Einfach nur *eine* Freundin. Sie arbeitet beim *Reflektor*.«

»Und ich hatte kurz befürchtet, ich müsste Frauenkleider anziehen, um dich zu beeindrucken.«

Die Vorstellung brachte sie erneut zum Lachen. »Rufst du an, um mit mir zu flirten?«

»Hätt ich denn Chancen?«

»Das verrate ich dir, wenn wir uns das nächste Mal sehen.«

»Okay. Moment, lass mich eben mal die Flüge nach Hamburg checken.«

Es war lange her, dass ein Mann Nina so zum Lachen gebracht hatte.

»Im Ernst, ich hatte tatsächlich vor, nächste Woche nach Hamburg zu kommen. Meetings am DESY. Vielleicht können wir einen Kaffee trinken oder so?«

Ninas Herz machte einen Sprung. »Das wäre schön.«

»Dann also abgemacht! Ich schick dir eine Mail, sobald ich die genauen Termine weiß. Aber es gibt noch einen anderen Grund, weshalb ich dich anrufe. Was nicht heißen soll, dass unser Date nicht Grund genug wäre.«

»Was denn? Hast du etwas herausgefunden?«

»Ja und nein. Ich hab dir doch von meinem Bekannten am MIT erzählt.«

»Ja, ich erinnere mich. Hat er gesagt, woran Hans Ichting während seiner Zeit in den USA gearbeitet hat?«

»Nein, das wusste er auch nicht. Aber er war sehr erschrocken, als er hörte, dass Hans tot ist.«

»Kann ich mir vorstellen.«

»Auch er hat Zweifel an der Selbstmordthese wie du und ich. Und er hat mir den Namen eines anderen Physikers genannt, mit dem Hans in seiner Zeit dort drüben Kontakt hatte. Er heißt Ralph Bernardino und ist Professor an der University of New Mexico in Albuquerque. Ich hab ihn angerufen, und jetzt wird's wirklich seltsam: Er sagte mir, er kenne Hans überhaupt nicht. Dabei hat mir John, also der Typ vom MIT, erzählt, dass sie sich alle drei auf einer Konferenz in Dallas getroffen hätten und dass Hans ihm diesen Ralph Bernardino dort vorgestellt hat.«

»Kann es sein, dass das eine Verwechselung ist?«

»Möglich. Aber der Typ wirkte echt seltsam am Telefon. Er war sehr kurz angebunden.«

»Vielleicht war's Stress.«

»Schon möglich. Ich dachte nur, ich erzähl es dir einfach. Hab dir eine Mail mit seinen Kontaktdaten geschickt, die mir John gegeben hat. Wenn du willst, kannst du John gerne auch noch mal anrufen.«

»Danke, das ist wirklich sehr nett von dir. Aber ich weiß nicht, wie viel ich damit anfangen kann. Ich bin Videobloggerin, keine investigative Journalistin.«

»Einstein war auch kein Professor. Er war einfacher Angestellter beim Patentamt. Aber er hat Dinge gesehen, die allen anderen verborgen blieben.«

»Ach, hör auf, Einstein bin ich erst recht nicht.«

»Okay, whatever. Vielleicht brauchte ich ja bloß einen Vorwand, um dich anzurufen.«

Nina wusste nicht recht, was sie darauf antworten sollte. Das ging alles ein bisschen schnell, oder nicht? Sie lief Gefahr, sich wieder in ein Abenteuer mit ungewissem Ausgang zu stürzen, das höchstwahrscheinlich am Ende nur Enttäuschungen und Tränen mit sich bringen würde, genau wie beim letzten Mal. Vielleicht war das mit dem Kaffeetrinken doch keine so gute Idee.

»Jetzt hab ich dich, wie sagt man, überfahren, oder?«, fragte er nach einer Sekunde.

»Nein. Nein, ehrlich. Ich freue mich, dass du angerufen hast.«

»Okay. Schön. Ich melde mich, sobald ich weiß, wann ich in Hamburg bin.«

Es klang, als sei er sich nicht mehr sicher, ob er überhaupt herkommen würde. Ihr Magen verkrampfte sich. Sie spürte einen enormen Drang, ihm zu sagen, wie sehr sie sich auf ihn freute. Doch gleichzeitig warnte die vorsichtige, die immer noch verletzte Nina in ihrem Inneren sie davor, sich diese Blöße zu geben, sich dem Risiko einer weiteren Zurückweisung auszusetzen.

»Okay«, sagte sie schließlich. »Und vielen Dank für den Kontakt. Du hast mir wirklich sehr geholfen.«

»Gern geschehen. Bis bald!«

»Bis bald!«

Er legte auf. Auf einmal hatte sie das Gefühl, gerade einen Schalter umgelegt, eine Weiche gestellt zu haben – eine Weiche, die den Zug ihres Lebens geradeaus weiterfahren ließ. Eine Abzweigung hatte vor ihr gelegen, doch sie war daran vorbeigerauscht, würde nie erfahren, wohin sie jenes andere Gleis geführt hätte. Sie war sicher, dass er in ein paar Tagen anrufen und ihr sagen würde, dass ihm leider etwas dazwischengekommen sei. Danach würde sie nie wieder von ihm hören.

Sätze aus dem Gespräch mit Hans Ichting kamen ihr in den Sinn. Sie erinnerte sich nur noch an den ungefähren Wortlaut: *In Wahrheit gibt es verschiedene Wirklichkeiten. In einer ist die Katze tot, in einer anderen lebendig. Wir wissen nur nicht, in welcher Wirklichkeit wir sind.*

Gab es tatsächlich ein anderes Universum, in dem eine Parallel-Nina Paul Breaker etwas anderes gesagt hatte und sich jetzt auf ein Wiedersehen mit ihm freute, statt dieses bedrückende Gefühl einer verpassten Chance wie einen Kloß im Bauch zu spüren? Sie beneidete diese andere Version ihres Selbst. Sie streckte die Hand nach dem Smartphone aus, zog sie jedoch wieder zurück.

Sei vernünftig, Nina. Dein Leben ist auch so schon kompliziert genug.

Oh, wie sie diese innere Stimme hasste!

Nur weil ich recht habe.

Nina seufzte. Um sich abzulenken, googelte sie den Namen Ralph Bernardino. Ein Linkedin-Profil erschien: Ein schwarzhaariger Krauskopf Mitte vierzig mit sonnengebräunter Haut und Hornbrille. Er war Professor für Physik an der University of New Mexico, wie Paul gesagt hatte. Ein paar Veröffentlichungen mit Titeln, die Nina nichts sagten, waren aufgelistet. Einer Eingebung folgend gab sie *Ralph Bernardino Hans Ichting* in die Google-Bildersuche ein. Unter den angezeigten Bildern fand sie ein Gruppenfoto, offenbar von einer Konferenz. Sechs Männer grinsten in die Kamera. Einer war

Hans Ichting, der Mann links neben ihm eindeutig Bernardino.

Sie schickte den Link an Paul. Ihre Hand griff zum Smartphone. Sie zögerte kurz, dann wählte sie seine Nummer.

»Wow!«, sagte er. »Ich hätte nicht gedacht, so schnell wieder von dir zu hören.« Es klang wie ein Echo ihrer eigenen Worte vorhin.

»Du hattest recht. Bernardino und Ichting kannten sich. Ich hab dir einen Link zu einem Foto geschickt, auf dem beide nebeneinanderstehen.«

»Scheint, als steckte doch eine investigative Journalistin in dir.«

»Einmal die Google-Bildersuche anwerfen ist noch kein investigativer Journalismus.«

»Doch, ist es. Es ist ein erster Schritt.«

»Vielleicht.«

Sie schwiegen beide für einen Moment. Nina sah das Bild eines Zuges, der dem starren, eingefahrenen Gleis ihres Lebens folgte. Eine Weiche war weit und breit nicht zu sehen. Aber wer sagte, dass man nicht einfach eine einbauen konnte?

»Paul?«

»Ja?«

»Ich wollte nur sagen, ich freue mich darauf, wenn du nach Hamburg kommst.«

Eine kurze Pause, als sei er überrascht.

»Ich mich auch. Sehr sogar.«

Sie verabschiedete sich und legte auf, ehe sie irgendetwas sagen konnte, das ihre Aussage relativiert hätte. Ihr vorsichtiges Ich rollte bloß mit den Augen.

Sie sah auf die Uhr: zehn nach zwei mittags. Laut Google

war es in New Mexico kurz nach sechs morgens. Also beschäftigte sie sich noch eine Weile damit, das fertig geschnittene Video mit Paul hochzuladen und ein wenig Werbung dafür in ihren Social-Media-Kanälen zu machen.

Um kurz nach fünf wählte sie die Nummer des Instituts für Physik an der Universität von New Mexico. Eine freundliche Assistentin fragte sie nach dem Grund ihres Anrufs. Nina erzählte die Lüge, die sie sich vorher zurechtgelegt hatte: Sie arbeite für ein deutsches Wissenschaftsmagazin, das gerade ein Ranking ausländischer Universitäten erstelle, und hätte in diesem Zusammenhang ein paar Fragen an den Professor. Wie sie gehofft hatte, verlieh das magische Wort Ranking ihrem Anruf die nötige Priorität, um auch ohne Termin durchgestellt zu werden.

»Bernardino hier?«

»Mein Name ist Nina Bornholm aus Hamburg, Deutschland«, sagte sie auf Englisch. »Sie haben sicher schon gehört, dass Professor Hans Ichting vor Kurzem gestorben ist. Ich bin Videobloggerin und habe kurz vor seinem Tod noch ein Interview mit ihm gedreht. Ich bin nun auf der Suche nach früheren Weggefährten, die mir etwas über sein Leben erzählen können.«

»Hans wie?«

»Professor Hans Ichting. Er war Leiter des Instituts für theoretische Physik am Hamburger DESY.«

»Tut mir leid, aber der Name sagt mir nichts.«

»Sind Sie sicher? Ichting galt immerhin als einer der führenden theoretischen Physiker weltweit.«

»Mag sein. Aber ich bin kein theoretischer Physiker. Ich bin Experte für Strömungsmechanik und befasse mich mit praktischen Anwendungen, zum Beispiel dem Design von energieeffizienten Kühlaggregaten. Ich kann Ihnen da wirklich überhaupt nicht weiterhelfen.«

»Aber Sie waren doch auf der Conference for Advanced Physics in New York im letzten Jahr, richtig?«

»Was soll die Frage?«

»Professor Ichting hat dort einen Vortrag gehalten.«

»Kann sein. Dann habe ich ihn wahrscheinlich verpasst. Hören Sie, ich hab jetzt wirklich keine Zeit. Wie ich schon sagte, ich kann Ihnen nicht weiterhelfen. Auf Wiederhören.«

Damit legte er den Hörer auf und ließ Nina ratlos zurück.

17

T-13:01:42 Victor ließ den Blick über die Trauergemeinde schweifen. Ein Dutzend Menschen waren gekommen, um Abschied von Consuela Messante zu nehmen, ausnahmslos Mitglieder seiner Gemeinde. Im Wesentlichen war es der »harte Kern«, der sich regelmäßig nach dem Gottesdienst zu Gesprächen traf. Allen voran die strenggläubige Angela Smith, die sich oft mit der Verstorbenen gestritten hatte, nun jedoch mit geröteten Augen und tränennassem Gesicht am offenen Sarg stand, als habe sie ihre beste Freundin verloren. Wahrscheinlich war das auch so.

Wenn es der Polizei gelungen war, Familienangehörige zu ermitteln, so waren diese nicht zur Trauerfeier erschienen. Zwei Beamte waren am Tag nach ihrem Tod in der Kirche aufgetaucht, um noch einmal die Personalien der Verstorbenen aufzunehmen, doch Victor hatte ihnen nichts anderes sagen können als dem Notarzt. Er hatte nach der Todesursache gefragt, doch zur Antwort erhalten, da er kein Angehöriger sei, dürfe man keine Auskunft geben.

Da es niemanden sonst gegeben hatte, der die Beerdigung hatte ausrichten wollen, hatte Victor das auf Gemeindekosten veranlasst. Wenn jemand einen würdigen Abschied aus diesem Leben verdient hatte, dann war es Consuela Messante. Der Bestatter hatte ihm aus alter Verbundenheit einen Sonderpreis gemacht, sich aber dennoch alle Mühe gegeben, die Alte kunstvoll herzurichten, sodass sie so lebendig wirkte, als könnte sie im nächsten Moment aufstehen und aus der Kirche spazieren. Der Sarg war ein einfaches Modell, doch aufwendige Verzierungen und goldene Beschläge hätten ohnehin nicht zu ihrer genügsamen Lebenseinstellung gepasst. Die Gestecke – weiße Lilien – waren von einer Blumenhändlerin gespendet worden, die ebenfalls zum harten Gemeindekern gehörte.

Victor ließ den Versammelten Zeit, Abschied zu nehmen. Zum Schluss beugte er sich selbst über den Sarg. Wie friedlich sie aussah! Er erinnerte sich daran, was ihm Mr Fallon gesagt hatte: *Tot zu sein ist doch kein unangenehmer Zustand. Es ist dasselbe, wie noch nicht geboren zu sein, oder?* Es war ein ungemein tröstlicher Gedanke für jemanden, der nicht mehr an die Auferstehung glaubte.

Victor spürte plötzlich einen Kloß im Hals. Er würde die alte Frau vermissen. Sehr sogar. Er wischte sich eine Träne aus dem Augenwinkel, betete eine Minute schweigend und ging dann zurück zum Altar.

»Liebe Trauernde, die ihr hier versammelt seid, um gemeinsam Abschied zu nehmen von unserer geliebten Gemeindeschwester Consuela …«

Er wurde unterbrochen, als sich das Kirchenportal öffnete und gleißendes Sonnenlicht hereinfiel. Er sah nur die Silhouette der Person, die sich nun in die Kirche schob. Erst als sich die Tür wieder schloss, erkannte er sie. Seine Kinnlade klappte herunter.

Für Sekunden herrschte Totenstille in der Kirche, als alle Anwesenden zum Eingang starrten. Dann ertönte ein spitzer Schrei, und Angela Smith sackte in sich zusammen.

»Bin ich zu spät?«, fragte Consuela Messante.

18

T-13:01:50 Sparrow bezahlte den Kaffee mit einem großzügigen Trinkgeld und ließ sich von Alice den Trailer zeigen, der am Rand des kleinen, umzäunten Areals stand. Neben dem Eingang parkte eine Suzuki-Geländemaschine.

Er klopfte. Nach einer Weile öffnete ein untersetzter Mann mit Glatze und langem, krausem Bart. Er trug ein verwaschenes T-Shirt mit der Aufschrift *United States Air Force 188th Fighter Squadron*.

»Ja?«

»Hi. Ich bin Fred Eisman. Alice hat mir gesagt, dass du dir vorgestern die Absturzstelle angesehen hast.«

»Und?«

»Ich wollte wissen, ob dir irgendetwas ... Ungewöhnliches ... aufgefallen ist.«

Terry kniff die Augen zusammen. »Ungewöhnlich?«

»Na ja ... Alice sagte, du hättest gesagt, es sei wahrscheinlich eine Drohne gewesen ...«

»Ist es auch.«

»Aber woher willst du das so genau wissen? Ich meine, wenn sie das Ding abgeschossen haben ...«

»Abgeschossen? Quatsch! Sie haben die Drohne gesprengt. Die kam drüben vom Nellis Testgelände. Wahrscheinlich haben sie die Kontrolle verloren. Das kommt öfter vor. Dann sprengen sie sie, damit sie nicht in ein Wohngebiet kracht.«

»Du scheinst dich auszukennen.«

»Ich hab früher mal auf der Basis gearbeitet.«

»Du warst bei der Air Force?«

Terry klopfte sich auf seine Wampe. »Ich war dort Koch.«

»Dann … dann hast du sie gesehen?«

»Wen?«

»Na, die Besucher!«

Terry kniff die Augen zusammen und musterte Sparrow argwöhnisch. Dann verzog sich sein Mund zu einem Grinsen. »Klar hab ich sie gesehen. Natürlich nicht offiziell, keiner darf in die unterirdischen Bunker, wo sie untergebracht sind. Aber einmal haben sie einen in so einem großen, gläsernen Kasten transportiert. Der war vielleicht krank oder so. Er war nicht größer als ein Kind, aber sein Kopf war riesig, und seine Augen waren irgendwie … traurig.«

Sparrow gab sich Mühe, beeindruckt auszusehen. »Wow! Ich wusste es! Kannst du mir mehr darüber erzählen?«

Terry sah auf die Uhr. »Tut mir leid, ich hab jetzt eigentlich keine Zeit. Muss arbeiten.«

Sparrow holte sein Portemonnaie hervor und drückte ihm zwanzig Dollar in die Hand. »Bitte!«

Terry betrachtete den Schein kritisch. »Das reicht gerade für die Einführung«, sagte er. »Wenn du die ganze Geschichte hören willst, musst du noch ein paar drauflegen.«

Erst als Sparrow ihm einen weiteren Fünfziger und noch einen Zehner gegeben hatte, ließ Terry ihn in den engen Trailer. Es stank nach Schweiß und vergammeltem Essen. Terry räumte einen schmutzigen Teller vom schmalen Tisch und warf die Schmutzwäsche vom Fußboden auf das ungemachte Doppelbett im hinteren Teil des mobilen Hauses. Dann setzte er sich zu Sparrow auf das fleckige Sofa und erzählte ihm eine halbe Stunde lang eine hanebüchene Geschichte über die Aliens von Gliese 144 b, die bereits seit Jahrhunderten die Erde besuchten, und von ihrer Fähigkeit, sich unsichtbar zu machen und die Gedanken der Menschen zu lesen und zu steuern.

Sparrow tat sein Bestes, um nicht aus seiner Rolle zu fallen. Er bemühte sich, interessiert zu wirken, stellte hin und wieder aber auch skeptische Zwischenfragen, so als passe die Geschichte nicht ganz zu den Informationen, die er aus anderen Quellen erhalten hatte. In der Zwischenzeit sah er sich unauffällig im Trailer um. Ihm fiel nichts auf, das darauf hingedeutet hätte, dass Terry etwas aus dem Flugzeugwrack mitgenommen hatte. Doch in dieser Unordnung hätte man einen ganzen Koffer voller Drogen verstecken können.

»Noch mal zurück zu dem Absturz vorgestern«, sagte Sparrow, nachdem der ehemalige Air-Force-Koch andeutete, dass er mit seiner Räuberpistole am Ende angelangt sei, zumindest für das bisherige Honorar.

Sofort verfinsterte sich Terrys Miene. »Was ist damit?«

»Bist du sicher, dass es nicht doch eines von ihren Raumfahrzeugen war, das dort abgestürzt ist? So wie damals in Roswell?«

»Schwachsinn! Glaubst du, die fliegen mehr als zehn Lichtjahre vom Gliese-144-System bis hierher und stürzen dann auf der Erde ab? Das in Roswell war bloß ein Wetterballon!«

»Ach, echt? Aber woher willst du wissen, dass diese ... Drohne ... nicht doch Alien-Technologie enthält?«

»Natürlich tut sie das!« Er zeigte auf den Fernseher. »Da drin ist auch Alien-Technologie. Was glaubst du denn, wo die ganzen Computerchips herkommen? Meinst du im Ernst, so was hätten ein paar Tüftler im Silicon Valley selber erfunden?

Ohne die Hilfe der Aliens hätten wir den Krieg gegen Nazideutschland nie gewonnen. Oder was denkst du, wer damals die Enigma geknackt hat? Das war mit irdischer Technologie überhaupt nicht möglich. Und Einsteins Relativitätstheorie – glaubst du wirklich, ein Mensch hätte sich so was ausdenken können?«

Sparrow nickte bedächtig. »Interessanter Gedanke. Aber dann könnte die Drohne doch auch etwas ganz Neues enthalten haben. Eine dieser Tarnvorrichtungen vielleicht, von denen du erzählt hast.«

»Nein, die verbrauchen viel zu viel Energie. Glaub mir, das war eine ganz normale Drohne. Nichts Besonderes.«

»Ich würde mir das trotzdem gern mal aus der Nähe ansehen.« Sparrow musterte aufmerksam Terrys Reaktion. »Ich meine, vielleicht finde ich an der Absturzstelle doch irgendwas Interessantes. Kannst du mir die Stelle vielleicht zeigen?« Er holte demonstrativ sein Portemonnaie hervor.

Terry wirkte erschrocken. »Auf keinen Fall! Die Absturzstelle ist militärisches Sperrgebiet. Wenn sie dich auch nur in der Nähe erwischen, nehmen sie dich fest und verhören dich stundenlang. Glaub mir, das ist kein Spaß. Halt dich von der Absturzstelle fern.«

Dass er nicht wollte, dass Sparrow sich der Absturzstelle näherte, lag sicher nicht nur daran, dass er seine Geschichte vom Drohnenabsturz aufrechterhalten wollte. Terry lebte offensichtlich davon, Touristen und leichtgläubigen Ufojägern Märchen zu erzählen. Aber hinter dieser Lüge steckte mehr: Er musste dort tatsächlich etwas Interessantes gefunden haben. Jetzt musste Sparrow nur noch einen Weg finden, den Trailer zu durchsuchen, ohne dass Terry oder jemand anderes es mitbekam.

Ihm kam ein perfider Gedanke. Noch vor Kurzem wäre er vor solchen Maßnahmen zurückgeschreckt, doch Layton Morris hatte ihm unmissverständlich klargemacht, dass er nicht mit leeren Händen nach Albuquerque zurückkehren konnte.

»Schon okay«, sagte er betont desinteressiert. »Ich bin vorsichtig. War selbst mal beim Militär. Zweiunddreißigstes Infanterieregiment. Ich komm schon mit den Jungs klar.«

Terry schluckte den Köder. »Hör mal, vielleicht begleite ich dich doch lieber. Ist nicht ganz leicht, das Wrack zu finden.«

»Okay. Das ist nett von dir.«

»Jedenfalls könnte ich das tun. Falls du noch auf meine Hilfe Wert legst.«

Sparrow nickte und drückte dem gierigen Fettsack seine letzten fünfzig Dollar in die Hand.

Terry schnappte sich einen Cowboyhut und folgte Sparrow ins Freie, der froh war, dem engen, stickigen Raum zu entkommen.

Demonstrativ räumte Sparrow die Romane und das ungelesene Heft beiseite, um seinem Führer Platz zu machen. Sie fuhren ein Stück die Straße Richtung Südosten an der Sandpiste vorbei, die zu dem Flugzeugwrack führte. Ungefähr drei Meilen später führte ein weiterer unbefestigter Weg nach Norden in die Wüste.

»Da vorne links«, sagte Terry.

Sparrow bog ab. Der Pick-up rumpelte über die unebene Piste zwischen dürren Gräsern, niedrigen Kakteen und vereinzelten Josuabäumen hindurch. Rechts, im Osten, erhob sich eine flache, von horizontalen graubraunen Felsstreifen durchzogene Hügelkette. Nach einer halben Stunde sagte Terry: »Halt mal an.«

Sparrow befolgte die Anweisung. Er wusste, was jetzt kam.

»Na, so was!«, rief Terry und tat erstaunt. »Das … das gibt's doch nicht!«

»Was ist denn?«, fragte Sparrow mit gespielter Ahnungslosigkeit.

»Ich … ich bin ganz sicher!«

»Worin bist du dir sicher?«

»Das hier ist die Stelle. Siehst du da drüben, der flache Felsen? An den erinnere ich mich ganz genau. Da lag vorgestern noch ein Trümmerteil drauf. Es war genau hier!«

»Das hier soll die Stelle sein, an der die sogenannte Drohne abgestürzt ist?«

»Ja. Glaub mir, es war exakt an dieser Stelle!«

»Aber hier sind nirgends Trümmerteile.«

»Das ist es ja gerade. Die haben alles weggeräumt. Nicht das kleinste Fitzelchen ist mehr da. Unfassbar.«

»Erzähl keinen Scheiß! Hier ist niemals etwas abgestürzt. Man müsste doch Einschlagstellen sehen oder wenigstens ein paar verbrannte Büsche oder so.«

»Normalerweise schon …« Terry kratzte sich am Kopf. »Ich frage mich, ob du nicht recht hattest. Vielleicht war das doch keine gewöhnliche Drohne. Ich meine, es sah aus wie eine Drohne, aber …«

Sparrow war Terry fast dankbar für sein Theater. So fiel ihm das, was als Nächstes kam, deutlich leichter.

»Ich seh mir das mal genauer an«, sagte er, zog den Zündschlüssel ab, holte eine Werkzeugtasche unter seinem Sitz hervor und stieg aus dem Wagen.

Als Terry keine Anstalten machte, ihm zu folgen, rief er: »Komm, hilf mir suchen. Es muss hier irgendwelche Spuren geben.«

»Also schön. Aber ich hab nicht den ganzen Tag Zeit, weißt du?«

Er stieg aus und tat, als ob er den Boden absuche.

Sparrow tat ebenfalls so. Als sie sich etwa fünfzig Meter von dem Pick-up entfernt hatten, beschloss er, dass es an der Zeit sei, die Scharade zu beenden. Er zog seinen nagelneuen Smith & Wesson-Model-686-Revolver, den er sich nach der Pleite mit den Hagrows gekauft hatte, aus der Werkzeugtasche und richtete ihn auf Terry.

Der Koch erbleichte. »He ... Moment mal, was soll das, Mann?«

»Nimm die Hände über den Kopf. So ist's brav.«

»He, Mann, es tut mir leid! Ehrlich! Ich führe dich zur echten Absturzstelle ...«

»Schnauze! Wenn du nicht willst, dass die Cops irgendwann deine Leiche finden, hältst du jetzt endlich die Klappe und rührst dich nicht von der Stelle!«

»Was ... was hast du vor?«

»Gar nichts. Aber du hast was vor. Einen kleinen Spaziergang. Wenn du dich beeilst, bist du zu Hause, bevor die Klapperschlangen auf der Jagd sind.«

»Das ... das kannst du doch nicht machen!«

»Komm schon, ein bisschen Bewegung tut dir gut. Und unterwegs kannst du dir ein paar neue Märchen für die leichtgläubigen Spinner ausdenken, die auf deine Masche reinfallen.«

»He, Mann, ich wusste doch nicht ... ich meine, ich geb dir dein Geld zurück. Mit Zinsen!«

Sparrow grinste. »Behalt es ruhig. Ich hatte meinen Spaß.«

Damit wandte er sich um. Als er Schritte hinter sich hörte,

wandte er sich blitzschnell um und hielt den Revolver in Augenhöhe. »Hab ich mich unklar ausgedrückt?«

Terry blieb stehen und hob die Arme. »Schon gut!«

Sparrow stieg in den Pick-up, wendete und fuhr davon, während ein wild brüllender und mit den Armen fuchtelnder Terry hinter ihm herrannte. Nach ungefähr hundert Metern warf er eine Wasserflasche aus dem Fenster. Dann beschleunigte er, sodass der unglückliche Ex-Koch in einer Staubwolke verschwand.

Als er kurz darauf Rachel erreichte, parkte er den Wagen und ging lässig zu Terrys Trailer, ohne den Versuch zu machen, seine Ankunft zu verbergen. Niemand beachtete ihn.

Das Schloss an der klapprigen Trailertür zu knacken war ungefähr so schwierig, wie eine Dose gesalzene Erdnüsse zu öffnen. Er schloss die Tür hinter sich und durchsuchte rasch, aber methodisch den Trailer. Unter dem Bett wurde er fündig: ein lederner Aktenkoffer mit Zahlenschloss, der sicher teurer gewesen war als der Ultra-HD-Fernseher in Terrys Schlafecke. Die Schlösser waren grob aufgehebelt worden, was ein weiterer Beleg dafür war, dass der Koffer nicht Terry gehörte. Eine Ecke war verbeult und das Leder wies Kratzspuren auf, doch er schien den Absturz weitgehend unbeschadet überstanden zu haben.

Sparrow legte den Koffer aufs Bett und öffnete ihn. Auf den ersten Blick war nichts Ungewöhnliches darin: ein Laptop, dessen Bildschirm einen Sprung bekommen hatte, ein paar ausgedruckte Unterlagen, offenbar Vertragsentwürfe, an deren Rand hin und wieder etwas in blauer Tinte gekritzelt stand, ein gelber Notizblock, eine Ausgabe des *Wall Street Journals*, ein teurer Füller, Visitenkarten eines gewissen Jacob

E. Fuller, S. J. D., Partner bei Lawrence, Fuller & Bloom, einer Anwaltskanzlei in Las Vegas.

War es der Koffer, für den Morris ihn hergeschickt hatte? Aber wenn es so war, warum hatte ihr Auftraggeber ihn nicht erwähnt? Auf den ersten Blick sah es nicht so aus, als wenn irgendetwas darin den Aufwand wert wäre. Vermutlich ging es um den Laptop. Probehalber versuchte Sparrow, das Gerät hochzufahren, doch als er den Schalter betätigte, tat sich nichts. Aber Spezialisten konnten vermutlich die Daten sichern, selbst wenn es schwer beschädigt war.

Kurz überlegte er, ob er noch weitersuchen sollte. Doch mit jeder Minute, die er in diesem Trailer verbrachte, stieg das Risiko, dass ihn jemand erwischte. Und es sah nicht so aus, als ob Terry etwas aus dem Koffer entfernt hatte. Selbst die Zeitung hatte er drin gelassen, obwohl sie mehrere Tage alt sein musste.

Sparrow warf einen Blick auf das Datum. Stutzte. Sah genau hin. Rieb sich die Augen. Doch er täuschte sich nicht: Das auf der Zeitung angegebene Datum lag zwei Wochen in der Zukunft.

19

T-13:01:15 »Lass es!«, sagte Christin am Telefon. »Du verschwendest nur deine Zeit und vor allem dein Geld.«

»Aber findest du es nicht auch seltsam, dass dieser Bernardino so tut, als habe er Ichting nie gekannt?«

»Du hast ein Foto, auf dem die beiden nebeneinanderstehen, und eine wachsweiche Aussage eines entfernten Bekannten von Ichting. Was beweist das schon?«

»John Vance, der Typ vom MIT, hat mir am Telefon gesagt, dass die beiden auf ihn einen vertrauten Eindruck machten, so als würden sie sich sehr gut kennen.«

»Vermutlich hat Bernardino einen Witz erzählt, Ichting hat gelacht und schon sieht es so aus, als wären sie befreundet.«

»Du denkst wirklich, er erinnert sich nicht mehr an Ichting? Das kann ich mir kaum vorstellen. Ich habe ihn erlebt – den Typ vergisst man nicht so schnell.«

»Was weiß ich, vielleicht hatte er bloß den Namen wieder vergessen und erinnert sich, wenn du ihm das Bild der beiden schickst. Hast du nicht gesagt, dass er auf einem völlig anderen Gebiet arbeitet?«

»Ja, schon. Trotzdem, er hat sich seltsam verhalten. Das fand Paul auch.«

»Dieser Paul hat es dir wohl angetan, was?«

Nina zuckte zusammen. War sie so leicht zu durchschauen, sogar am Telefon?

»Wie kommst du darauf?«

»War nur ein Schuss ins Blaue. Aber hab ich etwa getroffen? Nina, deine Begeisterungsfähigkeit in allen Ehren, aber du musst lernen, etwas realistischer zu sein.«

Ein hässlicher Gedanke durchzuckte Nina: War Christin womöglich bloß neidisch? Missgönnte sie ihr das private Glück, weil es bei ihr selbst momentan nicht gerade rundlief? War das vielleicht auch der Grund, warum sie Nina abriet, weiter über Ichtings Tod nachzuforschen?

Christin hatte sich schon oft bei ihr beschwert, dass die Arbeit beim *Reflektor* viel weniger aufregend oder gar glorreich war, als sie es sich vorgestellt hatte, bevor sie den Job dort antrat. Wenn sie nicht in politische Grabenkämpfe innerhalb der Redaktion verwickelt war, dominierte staubtrockene Recherche ihre Arbeit. Die wirklich wichtigen Artikel schrieben immer andere, und wenn sie mal versuchte, eine eigene Idee weiterzuverfolgen, wurde sie prompt zurückgepfiffen oder der Artikelentwurf verstaubte in der metaphorischen Schublade, weil der Ressortleiter keine Zeit hatte, sich damit zu beschäftigen.

Nein, wahrscheinlich tat sie ihrer Freundin unrecht. Christin wollte sie bloß vor einem Fehler bewahren. Vermutlich hatte sie sogar recht und es war wirklich ein Fehler. Aber ebenso gut konnte es einer sein, es nicht zu tun. Vielleicht war das sogar die schlimmere Kategorie von Fehlern, die Sorte, die man am Ende des Lebens am meisten bereute: Worte, die man nicht gesagt hatte, Reisen, die man nicht unternommen hatte, Risiken, die man nicht eingegangen war. Verpasste Chancen, entgangene Erlebnisse und Erfahrungen, versäumt aus Angst vor Misserfolg oder Enttäuschung.

Es war ein Risiko, ja. Sie würde wahrscheinlich einen beträchtlichen Teil ihrer Ersparnisse versenken. Aber was bedeutete schon Geld? Außerdem hatten sie ihre Nachforschungen bereits zu Paul geführt, und auch wenn sie nicht wusste, wie die Sache ausgehen würde, hatte sie das starke Gefühl, dass er das Risiko einer Enttäuschung wert war.

Sie traf eine Entscheidung: Sie würde diesen Weg bis zum Ende gehen, egal, wohin er führte.

»Nina? Bist du noch da?«

»Entschuldigung, ich hab bloß nachgedacht.«

»Darf ich raten? Du hast dich entschlossen, nach New Mexico zu fliegen und diesen Professor zur Rede zu stellen.«

»Ja, das hab ich.«

»Und was glaubst du damit zu erreichen? Meinst du, wenn er dich sieht, bricht er in Tränen aus und gesteht den Mord an Ichting?«

»Das nicht. Aber ich bin sicher, er weiß, woran Ichting in den USA gearbeitet hat, und ich werde rausfinden, was es war.«

»Nina, hast du mal auf die Karte geguckt, wo Albuquerque liegt? Mitten in der Wüste! Die nächste größere Stadt ist Phoenix in Arizona, siebenhundert Kilometer entfernt. Glaub mir, was immer dein toter Physiker in den USA gemacht hat, es war ganz bestimmt nicht in Albuquerque.«

»Warst du schon mal dort?«

»Nein. Aber tu mir wenigstens den Gefallen und google das, bevor du dein ganzes Erspartes in einen Flug dorthin versenkst.«

»Das werde ich. Danke für deinen Rat, Christin.«

»Den du natürlich in den Wind schlägst, wie immer. Aber es ist ja dein Geld.«

»Ich treffe unterwegs bestimmt ein paar interessante Menschen, mit denen ich Videos machen kann«, rechtfertigte sich Nina. »Menschen, die mir erzählen, wie sich ihr Leben durch diese bekloppte Mauer zu Mexiko verändert hat. Das wär doch mal was Neues. Vielleicht ist das genau die Abwechselung, die meine Zuschauer wollen.«

»Wie, jetzt willst du auf einmal politische Videos drehen?«

»Nein. Ich versuche nur, den Trip dorthin möglichst nutzbringend zu gestalten.«

»Du rechtfertigst die Entscheidung, dort hinzufliegen, weil du selber nicht daran glaubst, dass das einen Sinn ergibt. Aber dein Dickkopf lässt nicht zu, diesen Irrtum einzugestehen, schon gar nicht mir gegenüber.«

In Christins Stimme lag Triumph, was Ninas Entschlossenheit nur stärkte.

»Mag sein. So bin ich eben.«

»Dann viel Spaß in Albuquerque, New Mexico. Halt mich auf dem Laufenden!«

Nina beendete das Gespräch, beantragte ein Visum auf der Website der amerikanischen Botschaft und buchte einen Flug für den kommenden Dienstag. Den Rückflug legte sie auf Samstagabend, das gab ihr mehr als drei Tage Zeit. Dann rief sie Paul an und erzählte ihm von dem Trip.

»Okay, dann versuche ich, meine Hamburg-Reise auf Montag zu legen.«

»Schön. Aber sei mir nur nicht böse, wenn ich dann nicht allzu unternehmungslustig bin. Du weißt schon, der Jetlag.«

»Und du glaubst wirklich, so ein Kurztrip lohnt sich? Das ist doch ziemlich anstrengend, und teuer ist es auch.«

»Ich weiß es nicht«, sagte Nina etwas pikiert. Warum mussten ihr alle immer erklären, dass das, was sie tat, Blödsinn war?

»Überleg dir schon mal, was du dem Beamten bei der Einreise erzählen willst, warum du dorthin fliegst. Glaub mir, niemand reist freiwillig nach Albuquerque, schon gar nicht, um dort Urlaub zu machen.«

»Ich werde sagen, ich möchte Videos über die Navajo-Indianer drehen. In der Nähe von Albuquerque gibt es ein Reservat. Vielleicht mache ich das ja wirklich, wenn ich Zeit habe. Ich hab noch nie einen echten Indianer interviewt.«

»Okay. Ich wünsch dir viel Erfolg. Und Nina?«

»Ja?«

»Bitte sei vorsichtig!«

»Das bin ich. Wenn du mir versprichst, dass ihr am CERN nicht in der Zwischenzeit die Welt in die Luft jagt.«

»Ich weiß nicht, ob ich das versprechen kann.«

Sie lachte. »Dann muss ich dieses Gespräch jetzt leider beenden!«

»Ich …«, begann Paul, stockte, setzte erneut an: »Ich freue mich auf dich!«

»Ich mich auch!«

Am Dienstagmorgen stand sie um sechs Uhr auf, um rechtzeitig am Hamburger Flughafen zu sein und den Zubringer nach Frankfurt nicht zu verpassen. Sie verbrachte zehn endlose Stunden eingezwängt auf dem Mittelplatz eines Airbusses, einen schwitzenden Dicken und ein quengelndes Kleinkind als Sitznachbarn.

Als sie endlich den Denver International Airport erreichte, wurde sie durch eine Art Tunnelsystem mit automatischen Schranken geleitet, die sie ohne erkennbares System mal nach links, mal nach rechts steuerten. Am liebsten hätte sie ein Video über diese in ihren Augen sinnlose Prozedur gedreht, doch große Schilder wiesen darauf hin, dass Kameraaufzeichnungen und Fotos streng verboten waren.

Schließlich wurde sie in eine enge, schmucklose Kabine gelotst, die dem Inneren eines Passbildautomaten glich. Eine rechteckige schwarze Fläche in der gegenüberliegenden Wand, vielleicht ein ausgeschalteter Monitor, reflektierte ihr vom langen Flug zerknittertes Gesicht und die in alle Richtungen abstehenden Haare. Sie strich sich notdürftig die Frisur glatt, als sie von einer anonymen Stimme über Lautsprecher auf Englisch begrüßt wurde.

»Willkommen in den Vereinigten Staaten von Amerika. Bitte nennen Sie Ihren Namen.«

»Nina Bornholm.«

»Waren Sie schon einmal in den USA?«

»Nein.«

»Ist Denver das endgültige Ziel Ihres Aufenthalts in den USA?«

»Nein. Ich reise weiter nach Albuquerque.«

»Was ist der Zweck Ihres Besuchs?«

»Ich bin Videobloggerin. Ich möchte Interviews mit den Menschen in Albuquerque führen.«

»Ist Ihr Aufenthalt in den USA hauptsächlich privater oder geschäftlicher Natur?«

»Privat.«

»Haben Sie Verwandte oder Freunde in den USA, die Sie besuchen möchten? Falls ja, nennen Sie bitte deren Namen und Anschrift.«

»Nein.«

»Planen Sie, ein Attentat auf öffentliche Einrichtungen in den USA zu begehen, oder planen Sie eine sonstige Straftat auf dem Territorium der USA?«

Nina fragte sich, wer auf diese Frage wohl mit »Ja« antworten würde und was dann mit demjenigen geschah.

»Nein.«

Eine kurze Pause.

»Gehören Sie einer muslimischen Religionsgemeinschaft an?«

Nina riss der Geduldsfaden.

»Was soll die Frage? Herrscht in den USA nicht Religionsfreiheit?«

»Beantworten Sie bitte die Frage mit ›Ja‹ oder ›Nein‹. Gehören Sie einer muslimischen Religionsgemeinschaft an?«

Nina stutzte, als ihr auffiel, dass der zweite Satz in Bezug auf Wortwahl, Betonung und Tempo exakt genauso klang wie beim ersten Mal.

»Spreche ich hier etwa die ganze Zeit mit einer Maschine?«

»Ich fordere Sie ein letztes Mal auf: Beantworten Sie die folgende Frage ausschließlich mit ›Ja‹ oder ›Nein‹: Gehören Sie einer muslimischen Religionsgemeinschaft an?«

»Nein.«

Das Verhör dauerte noch weitere zehn Minuten, in denen die Maschine ihr scheinbar zusammenhanglose Fragen stellte, bis sich endlich die Tür auf der gegenüberliegenden Seite öffnete und sie die mit weißen Zeltbahnen überspannte Flughafenhalle betreten durfte. Nina kam sich vor wie in einem Roman von George Orwell. Sie rief Paul an und erzählte ihm von ihrem Erlebnis.

»Cool!«, kommentierte er.

»Cool?«

»Ja. Du bist eine der Ersten, die das neue ISIS in der Praxis erleben durfte. Ich wünschte, ich wäre dabei gewesen.«

»ISIS? Ist das nicht eine Terrororganisation?«

»ISIS steht für Intelligent Secure Immigration System. Eine künstliche Intelligenz.«

»Die Fragen kamen mir aber nicht sehr intelligent vor. Das Ding hat mich direkt gefragt, ob ich einen Anschlag in den USA plane. Wer sagt denn auf so was ›Ja‹?«

»Niemand. Das ist ja gerade der Trick. Kennst du die Serie *Lie to me*? Da gibt es diesen Typen, Lightman, der winzige Veränderungen in einem Gesicht erkennen kann, sogenannte Mikroexpressionen. Daran kann er sehen, ob jemand lügt. Das ISIS kann das auch, nur viel besser. An deinen Reaktionen auf bestimmte Fragen kann es nicht nur ablesen, ob du lügst, sondern auch, wie deine Meinung dazu ist. Wenn es dich fragen würde, was du vom US-Präsidenten hältst und du dich verstellst, würde es allein an deinem Gesichtsausdruck erkennen, was du in Wahrheit denkst.«

»Mann, bin ich froh, dass es das nicht gefragt hat.«

Er lachte. »Das kannst du auch sein. Dein Stimmprofil, deine Reaktionen, dein Gesicht und sogar dein Irismuster werden nämlich von den US-Behörden ohne Zeitbegrenzung gespeichert. Es gab weltweit Proteste gegen das System, aber wie du ja weißt, kümmert das dort niemanden. Du hast noch Glück gehabt, dass du nach einer Viertelstunde draußen warst. Ich habe gehört, dass einige Leute zwei Stunden in so einer Box verbringen mussten und anschließend noch vom FBI verhört wurden, obwohl sie völlig unverdächtig sind.«

Nina hatte von den Protesten vor einem halben Jahr gehört, sich jedoch nicht näher damit befasst, da sie damals nicht damit gerechnet hatte, in absehbarer Zeit in die USA zu fliegen.

»Und du findest das cool?«

»Natürlich ist das abscheulich. Aber trotzdem hätte ich es gern erlebt. Aus Sicht eines Programmierers ist das System ein Wunderwerk der Technik.«

»Wenn du so viel darüber weißt, hättest du mich warnen können.«

»Sorry, aber ich hätte nicht erwartet, dass du da durch musst. Das System ist erst testweise im Einsatz. Ich wusste nicht mal, dass sie in Denver solche Boxen haben.«

Sie plauderten noch eine Weile, bis Ninas Smartphone keinen Strom mehr hatte. Nach vier Stunden Aufenthalt ging endlich ihr Anschlussflug in die Hauptstadt New Mexicos.

Als sie die Empfangshalle des Flughafens von Albuquerque verließ, prallte sie auf die Hitze wie auf eine unsichtbare Wand, obwohl die Sonne bereits untergegangen war. Die Klimaanlage ihres Hotelzimmers am Airport röhrte wie ein alter Flugzeugmotor, trotzdem blieb es unangenehm warm. Erschöpft sank sie aufs Bett und fragte sich nicht zum ersten Mal, ob sie nicht besser auf Christin gehört hätte. Sie konnte kaum glauben, dass es immer noch derselbe Tag war, an dem sie diese endlos erscheinende Reise begonnen hatte.

Trotz ihrer Erschöpfung fiel es ihr schwer einzuschlafen. Vielleicht lag es daran, dass es in Deutschland bereits früher Mittwochmorgen war. Als sie schließlich doch in einen unruhigen Schlaf fiel, wurde sie von düsteren Träumen geplagt, in denen sie durch ein endloses Labyrinth irrte, verfolgt von Roboterstimmen, die sie übelster Vergehen beschuldigten.

20

T-13:01:30 Victor stand da wie vom Donner gerührt. War dies ein besonders realistischer Albtraum? Halluzinierte er?

»Was ist denn los?«, fragte die Alte. »Wer ist denn eigentlich gestorben?«

Nun kam Bewegung in die Gemeinde. Einer nach dem anderen traten sie auf den Gang, berührten Consuela Messante, wie um sicherzugehen, dass sie kein Geist war. Eine ältere schwarze Frau namens Phyllis Morrison warf sich schluchzend vor ihr auf den Boden. Auch die anderen knieten nun vor ihr nieder.

Nein, dachte Victor. Nein, das kann nicht wahr sein! Nicht jetzt, nicht hier! Und vor allem: nicht ich!

Sein Blick fiel auf Angela Smith, die bewusstlos am Boden lag. Er verdrängte seine selbstbezogenen Gedanken und lief zu ihr, fühlte ihren Puls, gab ihr einen leichten Klaps auf die Wange.

Sie schlug die Augen auf. »Was ... was ist passiert?«

»Ganz ruhig«, sagte Victor. »Sie sind ohnmächtig geworden. Setzen Sie sich, ich hole Ihnen ein Glas ...«

Sie rappelte sich auf, blickte zu den anderen, die immer noch die verdutzte Mrs Messante umringten. Langsam, wie in Trance, ging sie auf ihre Freundin zu. Die anderen machten ihr Platz, sodass sie ihr weinend um den Hals fallen konnte.

Nun erlaubte sich auch Victor, auf die Alte zuzugehen, die immer noch perplex im Gang stand und offensichtlich keine Ahnung hatte, warum alle so aufgeregt waren.

»Reverend!«, rief sie. »Können Sie mir sagen, was hier los ist?«

Victor rang um Worte. Schließlich erlangte sein analytischer Verstand die Oberhand über das Chaos in seinem Kopf. »Sie ... Ihre Schwester ...«

»Was ist mit meiner Schwester?«

»Sind Sie ... Zwillinge?«

»Nein.« Mrs Messante schüttelte energisch den Kopf. »Sie ist sechs Jahre jünger als ich, und außerdem ist sie bloß meine Halbschwester. Sie sieht mir auch kein bisschen ähnlich. Warum?«

Victor schluckte. Er hatte plötzlich schreckliche Angst davor, dass Mrs Messante beim Anblick ihrer eigenen Leiche im Sarg tot umfallen würde.

»Vielleicht ... sollten wir alle ...«, begann er, wurde jedoch von einem lauten »Halleluja!« aus dem Mund von Angela Smith unterbrochen.

»Gelobt sei Jesus Christus!«, rief sie aus. »Ein Wunder ist heute geschehen! Ein Wunder!«

»Halleluja! Ein Wunder! Ein Wunder!«, stimmten die anderen Gemeindemitglieder ein. Ihre Gesichter waren entrückt.

Consuela Messante blickte sich mit gerunzelter Stirn um. »Verzeihen Sie, Reverend, aber was bitte ist so wunderbar an mir?«

Victor wusste nicht, was er tun oder sagen sollte. Er wusste gar nichts mehr. Also machte er einfach einen Schritt zur Seite, sodass sie an ihm vorbei zum Sarg gehen konnte.

Sie blickte hinein. Einige Sekunden schwieg sie. Dann entfuhr ihr ein schlichtes »Oh«.

Behutsam trat er neben sie. Er konnte immer noch nicht glauben, was er sah. Es war eindeutig Consuela Messante, die tot im Sarg lag und gleichzeitig quicklebendig danebenstand.

Erst jetzt wurde Victor klar, dass er noch nie in seinem Leben an Wunder geglaubt hatte. Nicht in dem Sinn jedenfalls, wie die Kirche sie propagierte. Natürlich kannte er die zahllosen Bibelgeschichten, etwa wie Moses das Rote Meer geteilt hatte, wie Jesus über das Wasser gewandelt war oder wie er auf der Hochzeit in Kana Wasser in Wein verwandelt hatte, und die zahllosen Berichte von Heiligen, die angeblich Todkranke nur durch Handauflegen oder ein freundliches Wort geheilt hatten. Doch er hatte das immer für Legenden gehalten, für Übertreibungen, teilweise schlicht für Märchen, frei erfunden, um Ungläubige zu bekehren. In Victors Augen hatte Gott es nicht nötig, auf diese Weise in die Naturgesetze einzugreifen. Wenn er wollte, dass etwas geschah, sorgte er vielmehr subtil dafür, nicht durch spektakuläre Erscheinungen oder physikalische Unmöglichkeiten. Sonst hätte er viel stärker in den Lauf der Welt eingreifen müssen, um all das Elend zu verhindern, oder etwa nicht?

Doch jetzt stand Victor hier und sah mit eigenen Augen etwas, das unmöglich war und dennoch real. Wie sonst sollte man es erklären, wenn nicht durch ein Wunder Gottes?

Herr, was immer Du mir damit sagen willst, betete er, *ich bin zu dumm und kleingläubig, um Deine Botschaft zu verstehen. Bitte erleuchte mich!*

»Wer immer das da ist, jedenfalls bin das nicht ich«, stellte Mrs Messante fest.

Ihre schlichte Aussage setzte Victors Verstand wieder in Gang. Vielleicht gab es ja doch eine natürliche Erklärung. Die Tote konnte eine Doppelgängerin sein, vielleicht eine Zwillingsschwester, von der Mrs Messante nichts wusste, oder einfach jemand, die ihr zufällig sehr ähnlich sah. Möglicherweise war diese frappierende Ähnlichkeit auch darauf zurückzuführen, dass derjenige, der den Leichnam hergerichtet hatte ...

Warum wehrst du dich so sehr gegen die Erkenntnis?, unterbrach er seine eigenen Gedanken. *Ist es denn wirklich so unvorstellbar, dass Gott an Mrs Messante ein Wunder gewirkt haben könnte, hier in deiner Kirche?*

Ihm fiel eine Stelle aus der Bibel ein: *Und Jesus sprach zu ihm: Wenn ihr nicht Zeichen und Wunder seht, so glaubet ihr nicht.* War das aus dem Evangelium des Lukas? Nein, es war Johannes, der von der Heilung des Sohnes eines königlichen Beamten berichtete, soweit er sich erinnerte. Wie auch immer, es stimmte: Wenn auch nur ein winziger Rest Glaube in ihm war, musste er das, was er sah, als Zeichen Gottes akzeptieren.

»Wir müssen es allen sagen!«, rief Angela Smith. »Alle müssen es sehen! Wir, die wir heute hier versammelt sind, wurden Zeugen eines Wunders. Gott, der Herr, hat unsere geliebte Schwester Consuela von den Toten auferstehen lassen! Es ist ein Zeichen!«

»He, Moment mal«, wandte Mrs Messante ein. »Ich war doch gar nicht tot.«

Doch die anderen redeten wild durcheinander und niemand hörte ihr zu. Alle waren sich einig, dass Gott in seiner Weisheit und Gnade seinen Blick auf diese kleine Gemeinde in Albuquerque, New Mexico, gerichtet hatte. Dass sie alle auserwählt waren, Sein Wunder zu bezeugen, es zu verkünden, es hinauszutragen in die Welt.

Erst nach ein paar Minuten beruhigten sie sich. Ein Dutzend erwartungsvoller Augenpaare richtete sich nun auf Victor. »Was sagen Sie, Reverend?«, fragte Smith. »Womit fangen wir an? Sollten wir eine Pressemitteilung herausgeben? Ein Video auf Facebook posten?« Sie hielt ihr Smartphone hoch. »Oder sollen wir es machen wie die Jünger Jesu und hinausziehen in die Welt, um den Menschen die frohe Botschaft persönlich zu überbringen?«

Victor fühlte sich unwohl in seiner Haut. Pressemitteilung, Facebook, das klang in seinen Ohren nach einer Menge öffentlicher Aufmerksamkeit, und er war nicht sicher, ob er darauf vorbereitet war. Vor allem war da immer noch dieses nagende Gefühl in seinem Bauch, dass mit diesem Wunder etwas nicht stimmte, dass es vielleicht doch kein Zeichen Gottes war, sondern ... ja, was sonst? Das wusste er auch nicht, aber die vermaledeiten Zweifel blieben.

»Wir sollten es langsam angehen lassen«, sagte er. »Wir wissen immer noch nicht, was eigentlich geschehen ist. Wir ...«

»Wir wissen nicht, was geschehen ist?«, rief Smith ungläubig. Sie zeigte auf den Sarg. »Reverend, sind Sie blind?«

Bin ich das? Vielleicht hat sie damit sogar recht, überlegte Victor.

»Ich meinte, was mit Consuela ... mit Mrs Messante geschehen ist. Vielleicht hat sie ja auch etwas Außergewöhnliches erlebt.«

Das brachte selbst die Smith zum Schweigen. Alle wandten sich der vermeintlich Wiederauferstandenen zu, die weiter neben ihrem eigenen Sarg stand. Sie wirkte erschüttert und verunsichert, so als sei sie eines abscheulichen Verbrechens beschuldigt worden und nicht sicher, ob sie es nicht vielleicht im Rausch tatsächlich begangen hatte.

»Ich ... ich weiß nicht«, sagte sie. »Ich meine, ich bin für ein paar Tage zu meiner Schwester ... Halbschwester Maria gefahren, nach Ciudad Juárez. Als ich zurück über die Grenze wollte, haben sie mich festgehalten und behauptet, mein Pass sei nicht gültig. Ich wurde stundenlang verhört. Dabei bin ich hier in Albuquerque geboren! Schließlich haben sie mich reingelassen, aber ich musste eine Nacht in El Paso verbringen, weil der Bus weg war. Das ist alles.«

»Du musst doch irgendwas gespürt haben!«, sagte Angela Smith. Es klang beinahe anklagend. »Ein helles Licht vielleicht oder die Berührung des Heiligen Geistes ...«

»Ich sag dir mal was, meine Liebe: Wenn du stundenlang in einem schlecht klimatisierten Raum festsitzt, ohne Kaffee und etwas zu essen, und sie dir hundertmal dieselben Fragen stellen, ohne dir zu erklären, warum, dann hast du den Kopf nicht mehr frei für den Heiligen Geist!«

»Vielleicht ist es passiert, während sie schlief«, wandte Mrs Morrison ein. »Das wäre doch möglich. Hast du vielleicht etwas Besonderes geträumt, Consuela?«

»In El Paso? Nicht dass ich wüsste.«

»Nicht in El Paso. Deine ... ich meine, äh, die Leiche, wann ist sie hier in der Kirche aufgetaucht, Reverend? War das Dienstag?«

Victor nickte geistesabwesend. Ihm war plötzlich klar, warum er so ein starkes Störgefühl bei diesem vermeintlichen Wunder Gottes hatte: Als Jesus von den Toten auferstanden war, hatten die Jünger ein leeres Grab vorgefunden – aber nicht den lebendigen Heiland neben seiner eigenen Leiche! Ein Mensch konnte doch nicht tot und lebendig zugleich sein, so wie … wie Schröders Katze oder wie immer dieses Tier hieß, von dem er mal in irgendeinem Artikel über die Vereinbarkeit der Existenz Gottes mit den Erkenntnissen moderner Physik gelesen hatte. Wunder hin oder her, die Leiche dort *konnte* nicht Consuela Messante sein. Es musste eine andere Erklärung geben. Es *musste* einfach!

»Ganz egal, was Consuela gespürt hat oder woran sie sich noch erinnert, Wunder bleibt Wunder!«, stellte Angela Smith kategorisch fest.

Sie warf einen Blick zu Victor, als erwarte sie Widerspruch von ihm. Doch der Priester konnte nur mit den Schultern zucken.

21

T-12:22:17 Die eintönige Landschaft zog an ihm vorbei, ohne dass Sparrow sie wahrnahm. Er starrte hinaus, doch der Aktenkoffer neben ihm auf dem Beifahrersitz erschien ihm wie eine unheilvolle Präsenz, eine tickende Bombe, die nur darauf wartete, ihn in Stücke zu reißen.

Natürlich war es lächerlich, zu glauben, das Datum auf der Zeitung könne echt sein. Es sei denn, die Gerüchte um die Area 51 hatten doch einen wahren Kern und irgendwelche Außerirdischen waren tatsächlich dort gelandet und hatten der Menschheit die Technologie von Zeitmaschinen mitgebracht. Verglichen damit erschien Terrys Alien-Märchen wie ein Fachaufsatz in einer renommierten Wissenschaftszeitschrift. Sparrow hatte keine Ahnung von Physik, aber allein die Idee einer Zeitmaschine widersprach jeder Logik: Wenn man damit in die Vergangenheit reiste und seine eigene Großmutter umbrachte, konnte man nicht mehr in die Vergangenheit reisen, um seine Großmutter umzubringen – ein Widerspruch in sich.

Aber aus welchem anderen Grund hätte jemand ein zukünftiges Datum auf eine Ausgabe des *Wall Street Journals* drucken sollen? Konnte es sich um ein Versehen handeln? Das erschien ihm zumindest sehr unwahrscheinlich. Noch unwahrscheinlicher war es, dass ausgerechnet er solch ein fehlerhaftes Exemplar zufällig in diesem Aktenkoffer gefunden hatte, der aus einem abgestürzten Flugzeug entwendet worden war und für dessen Wiederbeschaffung er über siebenhundert Meilen fahren musste.

Aber wenn es Absicht war, was konnte dahinterstecken? Ein Scherz? Möglich, dass der Rechtsanwalt, der das Flugzeug gesteuert hatte, eine gefakte Zeitung hatte anfertigen lassen, vielleicht zum sechzigsten Geburtstag oder zum Rentenbeginn eines Kollegen. Nicht unmöglich, aber aus denselben Gründen so unwahrscheinlich wie ein Versehen.

Möglicherweise handelte es sich um eine Art Code. Irgendwo in den Artikeln oder den endlosen Zahlenkolonnen der Börsenkurse konnten geheime Informationen verborgen sein. Die Gestaltung als Zeitung konnte Tarnung sein, das falsche Datum vielleicht ein Erkennungszeichen. Doch auch das war nicht sehr plausibel: Wer würde sich heutzutage die Mühe machen, Informationen auf so komplizierte Weise zu verstecken, wo es doch selbst für Geheimdienste unknackbare Verschlüsselungsverfahren gab, die jedem Dummkopf im Internet kostenlos zur Verfügung standen? Und wenn, wieso sollte dann derjenige ein so offensichtliches Merkmal hinterlassen wie ein falsches Datum? Nein, das ergab auch keinen Sinn.

Wenn die Zeitung tatsächlich aus der Zukunft stammte, hätte sie einen unschätzbaren Wert, wurde Sparrow klar – besonders, wenn es sich dabei ausgerechnet um das *Wall Street Journal* handelte. Die zukünftigen Aktienkurse zu kennen, bedeutete, dass man auf einfache und legale Weise schnell reich werden konnte. Falls jemand tatsächlich glaubte, das Datum der Zeitung sei echt, wäre er vermutlich bereit, einen sehr hohen Betrag dafür zu bezahlen.

Plötzlich ergab alles einen Sinn: Der Absturz in der Nähe

der Area 51, der gestohlene Aktenkoffer, Sparrows Mission – all das war Teil eines ausgeklügelten Schwindels. Irgendjemand sollte auf raffinierte Weise über den Tisch gezogen werden. Angenommen, irgendein reicher Idiot glaubte wirklich an Zeitreisen. Dafür musste man zwar ziemlich blöd sein, aber nach Sparrows Erfahrung hatten Intelligenz und Reichtum meist wenig miteinander zu tun. Weiter angenommen: Ein cleverer Betrüger hatte das rausgefunden. Er ließ eine gefälschte Zeitung anfertigen, inszenierte den Absturz und schickte einen Idioten wie Sparrow los, um sie auf möglichst dramatische Weise zu beschaffen. Dann verkaufte er sie dem Opfer über einen Strohmann für einen absurden Betrag.

Vor diesem Hintergrund ergab auch der ungewöhnliche Auftrag Sinn, nicht näher bestimmte »Gegenstände« zu beschaffen. Denn der Auftraggeber durfte ja nicht zugeben, dass er schon vorher wusste, was Sparrow finden würde. Wahrscheinlich war auch Terry Teil des Plans. Es geschah dem Fettsack recht, dass er dafür einen kleinen Fußmarsch durch die Wüste absolvieren musste.

Das Problem dabei war nur, dass Sparrow ebenfalls ein Teil des Schwindels war. Wenn das Opfer merkte, dass es hereingelegt worden war, würde es auf Rache sinnen. Gut möglich, dass er selbst dabei zwischen die Fronten geriet und anstelle des eigentlichen Drahtziehers zur Zielscheibe wurde.

Die Frage war: Was wusste Layton Morris darüber? War er es gar, der sich den ganzen Schwindel ausgedacht hatte? Unmöglich war das nicht: Morris war clever, er war skrupellos, und er kannte eine Menge reicher Leute. Aber ebenso gut war es möglich, dass auch er nur benutzt wurde.

Sparrow warf einen kurzen Blick auf den verbeulten Koffer und überlegte, ob er das verdammte Ding einfach verschwinden lassen sollte. Er konnte behaupten, nichts Besonderes gefunden zu haben. Doch falls Terry Teil des Schwindels war, würde die Lüge schnell auffliegen, und er würde erst recht zur Zielscheibe werden. Falls er herausfand, wer der Drahtzieher war, konnte er theoretisch versuchen, diesen zu erpressen, indem er damit drohte, den Betrug öffentlich zu machen. Doch sich derart mit einem Kriminellen anzulegen, wäre ein höchst gefährliches Spiel, bei dem er nicht nur das eigene Leben riskierte, sondern auch das seiner Tochter. Ihm blieb also nichts anderes übrig, als seinen Auftrag zu erfüllen, den Koffer samt falscher Zeitung bei Layton Morris abzuliefern und zu hoffen, dass er sich aus dem, was unweigerlich folgen würde, heraushalten konnte.

Immerhin konnte er Morris warnen, falls dieser von seinem Auftraggeber als Figur in einem betrügerischen Spiel missbraucht wurde. Vielleicht würde das Morris' Vertrauen in ihn stärken und die Scharte in Sparrows Ruf, die sein Versagen bei den Hagrows geschlagen hatte, auswetzen.

Er rief ihn an: »Hallo, Layton. Bin auf dem Rückweg.«

»Warst du erfolgreich?«

»Ich denke schon.« Morris hatte ihm ausdrücklich untersagt, über das Smartphone irgendwelche Details seines Auftrags zu erwähnen, gesicherte Verbindung hin oder her.

»Gut. Wann kannst du zurück sein?«

»Heute spätabends.«

»Okay. Komm sofort zu mir.«

Sparrow fuhr ohne Pause, hielt nur zum Tanken, aß unterwegs lediglich zwei Sandwiches und erreichte Albuquerque kurz vor Mitternacht.

Layton Morris bewohnte einen unauffälligen Bungalow im Norden der Stadt. Er hätte sich ein luxuriöses Anwesen in der besten Gegend leisten können, aber er hielt es nach eigener Aussage für klüger, ein »unauffälliges« Leben zu führen. Seine Paranoia ging so weit, dass er einen zehn Jahre alten BMW fuhr und nicht mal eine Alarmanlage installiert hatte.

»Je mehr du ein Haus sicherst, umso attraktiver wird es für Einbrecher«, hatte er Sparrow einmal erklärt. »Am besten, du hast überhaupt nichts zu Hause, was sich zu stehlen lohnt.«

Trotzdem war bereits zwei Mal bei ihm eingebrochen worden. Beim ersten Mal hatte er den Einbrecher, einen Junkie, auf frischer Tat erwischt und ihn derart verprügelt, dass der arme Kerl nie wieder richtig würde laufen können. Das änderte allerdings nichts an Morris' Grundhaltung.

Er öffnete, fünf Sekunden nachdem Sparrow geklingelt hatte.

»Da bist du ja endlich. Wieso hat das so lange gedauert?«

»Ein Stau hinter Flagstaff. Auffahrunfall.«

»Okay. Dann komm rein.«

Das Innere des Hauses war genauso unauffällig und Morris' siebenstelligem Jahreseinkommen ebenso wenig angemessen wie das Äußere. Keine Frau hatte es lange mit ihm ausgehalten, was nicht verwunderlich war.

Sie gingen ins Wohnzimmer. Die Vorhänge waren zugezogen. Morris aktivierte ein Gerät, das auf dem Couchtisch stand und wie ein altmodischer Desktopcomputer ohne Monitor und Tastatur aussah. An seiner Rückseite war eine kleine Antenne angebracht. Sparrow wusste, dass es sich um einen Störsender handelte, der starke elektromagnetische Strahlung aussandte und etwaige Wanzen oder andere Abhörmechanismen außer Gefecht setzte. Sparrow hatte sein Smartphone vor dem Betreten des Hauses vollständig ausgeschaltet, um keinen Schaden zu riskieren.

Er legte den Aktenkoffer auf den Tisch und klappte ihn auf.

»Waren die Schlösser schon so beschädigt?«, fragte Morris misstrauisch.

»Natürlich.« Sparrow erzählte ihm kurz, wie er an das Ding gelangt war.

»Und du bist sicher, dieser Terry hat nicht noch mehr gefunden?«

»Es gab keine Hinweise darauf, dass er noch etwas anderes mitgenommen haben könnte«, erwiderte Sparrow leicht irritiert.

»Keine Hinweise? Wieso hast du den Typen nicht in die Mangel genommen?«

»Weil das eine Menge Aufsehen erregt hätte.«

»John, wenn noch irgendwas auftaucht, was in diesem Flugzeug war, und mein Auftraggeber kriegt das mit, haben wir beide ein Problem!«

Also war Morris nicht eingeweiht – solange er Sparrow nicht gerade eine oscarreife Vorstellung lieferte.

»Ich bin ziemlich sicher, unser Auftraggeber wollte, dass ich genau diesen Aktenkoffer beschaffe.«

»Woher willst du das wissen?«

Sparrow zeigte auf das Datum der Zeitung. »Deswegen.«

Morris sah genauer hin.

»Heilige Scheiße!«, rief er aus.

Sparrow legte ihm seine Theorie dar.

Morris hörte nachdenklich zu. Schließlich nickte er. »Ich glaube, du hast recht: Das ist ein Schwindel. Ein ziemlich cleverer sogar. Aber zum Glück geht uns das ja nichts an, wir haben nur unseren Auftrag erledigt. Danke, John. Gute Arbeit! Mach ein paar Tage Pause. Verbring etwas Zeit mit deiner Kleinen. Deinen Bonus überweise ich dir gleich morgen. Wenn ich dich wieder brauche, melde ich mich.«

Sparrow runzelte die Stirn. So viel Freundlichkeit und Zufriedenheit passten nicht zu dem Layton Morris, den er kannte.

»Du … du denkst doch nicht etwa daran, dich da einzumischen?«

Morris schüttelte energisch den Kopf. »Ich bin nicht bescheuert! Ich würde mein Geschäft ruinieren und nie wieder einen Auftrag kriegen, wenn ich jemals einen Auftraggeber hintergehen würde. Mach dir keine Gedanken. Du hast genau das getan, was von dir erwartet wurde. Wie gesagt, wenn ich dich wieder brauche, rufe ich an. Gute Nacht, John!«

»Gute Nacht, Layton.«

Nachdenklich setzte sich Sparrow ans Steuer des Pick-ups und fuhr nach Hause.

22

T-08:03:25 Nach einem typisch amerikanischen Frühstück, dessen Cholesterin- und Kaloriengehalt ihren Wochenbedarf deckte, fuhr Nina mit dem Taxi zur University of New Mexico. Es dauerte eine Weile, bis sie auf dem parkartigen Gelände das Institut für Physik fand, das in einem modernen Flachbau untergebracht war. Sie betrat das Sekretariat und bat eine füllige dunkelhäutige Assistentin darum, Professor Bernardino sprechen zu dürfen. Sie nannte einen falschen Namen und behauptete, sie sei Journalistin aus Deutschland und arbeite an einem Bericht über Studienmöglichkeiten in den USA. Die Assistentin beäugte sie misstrauisch und verschwand in einem Hinterzimmer. Kurz darauf kam sie zurück und sagte, der Professor sei zurzeit beschäftigt, Nina möge bitte in einer Stunde wiederkommen. Also wanderte sie eine Weile über den Campus und telefonierte mit Paul, der sich spürbar über ihren Anruf freute. Auf seine charmante, humorvolle Weise vertrieb er ihr die Zeit mit Geschichten über seine letzte USA-Reise, die bereits mehrere Jahre zurücklag. Damals war Barack Obama noch Präsident gewesen und das Land noch erfüllt vom typisch amerikanischen Optimismus und Unbesiegbarkeitsgefühl. Sie unterhielten sich eine Weile darüber, wie schnell die USA ihre Führungsposition in vielen Bereichen der Wirtschaft und Forschung verloren hatten. Der Protektionismus, der eigentlich Arbeitsplätze in den USA hatte sichern sollen, hatte stattdessen zu einem starken Anstieg der Inflation geführt, der die sozialen Spannungen im Land weiter verstärkte.

Nina genoss die Zeit mit Paul, auch wenn internationale Wirtschaftspolitik nicht unbedingt zu ihren Hauptinteressen gehörte. So ging die Stunde schnell vorbei. Doch als sie um kurz nach zehn wieder im Sekretariat des Instituts für Physik stand, informierte sie die aufgesetzt freundliche Assistentin, dass der Professor leider dringend zu einem kurzfristigen Auswärtstermin habe fahren müssen und den Rest der Woche verreist sei. Sie möge sich bitte an die Pressestelle der Universität wenden, um einen Termin mit einem Kollegen auszumachen.

Nina fiel es schwer, ihre Enttäuschung und Wut zu verbergen. Bernardino war offenbar vor ihr geflohen. Aber warum? Hatte er vor irgendetwas Angst, das mit Ichtings Tod in Zusammenhang stand? War es denkbar, dass die beiden in irgendeine illegale Aktivität verwickelt gewesen waren? Hatte Ichting sich umgebracht, um einer Aufdeckung oder der Schmach einer Verurteilung zu entgehen? Aber in welche Art von dunklen Geschäften konnten ein Wissenschaftler der theoretischen Physik und ein Experte für Klimatechnik verstrickt sein? Wirtschaftsspionage etwa? Den Schmuggel geheimen Wissens oder exportbeschränkter Technologie in ein Drittland?

Nein, sie konnte sich beim besten Willen nicht vorstellen, dass jemand wie Hans Ichting irgendeinem Schurkenstaat dabei helfen würde, eine Atombombe zu bauen, ganz egal, wie viel Geld dabei für ihn heraussprang. Und dass ausgerechnet ein Professor an einer abgelegenen, zweitklassigen Uni mitten in der Wüste New Mexicos über hoch geheime

Informationen verfügen sollte, erschien ihr ebenso unwahrscheinlich.

Sie schüttelte den Kopf über sich selbst. *Du siehst zu viel in den Wolken, Nina.* Vermutlich bildete sie sich nur ein, dass Bernardino vor ihr floh. Es war ja immerhin möglich, dass er wirklich einen dringenden Termin hatte und anschließend verreiste. Schließlich hatte er nicht auf sie gewartet – sie hatte ihren Besuch ja nicht mal angekündigt –, und er war ihr keinerlei Rechenschaft schuldig. Christin hatte mal wieder recht: Dieser ganze Trip war eine reine Zeit- und Geldverschwendung.

Frustriert verließ sie das Sekretariat und überlegte, was sie stattdessen Sinnvolles mit ihrem Aufenthalt in Albuquerque anfangen konnte. Vielleicht war es wirklich eine gute Idee, ein Video über die Navajos zu drehen, die hier in der Nähe im Reservat lebten.

Ihr Blick fiel auf das schwarze Brett, das trotz Internets noch voller Zettel hing. Einer davon war der Vorlesungsplan des aktuellen Semesters. Demnach hielt Professor Bernardino heute um vierzehn Uhr eine Vorlesung über Strömungslehre. Wenn sie sich unter die Studenten mischte, konnte sie zumindest sehen, ob er tatsächlich verreist war, und ihn, falls nicht, direkt nach der Vorlesung ansprechen.

Sie fuhr zurück in ihr Hotel, wechselte die Kleidung, band ihr Haar zu einem Pferdeschwanz und setzte eine dunkle Sonnenbrille auf. Den Rest des Vormittags verbrachte sie damit, durch die Altstadt Albuquerques zu bummeln, die eher dem Zentrum einer mexikanischen Kleinstadt glich als dem einer Stadt mit immerhin einer halben Million Einwohnern. Unterwegs machte sie ein paar Aufnahmen mit ihrer Videobrille, die jedoch wenig hergaben.

Pünktlich um vierzehn Uhr saß sie in dem kleinen Hörsaal, in dem sich außer ihr zwei Dutzend Studenten eingefunden hatten. Vermutlich kannte der Professor sie alle persönlich. Um nicht sofort als Fremde aufzufallen, setzte sie sich neben einen Studenten mit asiatischen Gesichtszügen in der Mitte des Hörsaals.

»Hi«, sagte er, sichtlich überrascht, dass sich jemand zu ihm gesellte.

»Hi«, erwiderte sie. »Ich bin Nina, Austauschstudentin aus Deutschland.«

»Cool. Ich bin John. Du studierst auch Physik?«

»Eigentlich studiere ich Journalistik«, improvisierte sie. »Aber ich überlege, eventuell Wissenschaftsjournalismus zu machen. Deshalb höre ich mir ein paar Vorlesungen in den naturwissenschaftlichen Fächern an.«

»Na, ich weiß ja nicht, ob es über Strömungslehre viel zu schreiben gibt«, meinte John.

Weitere Lügen wurden Nina erspart, weil in diesem Moment der Professor den Raum betrat. Es war eindeutig Bernardino. Er ließ den Blick durch den Raum schweifen. Nina tat, als notiere sie etwas auf dem gelben Schreibblock, den sie vorhin gekauft hatte.

Falls Bernardino sie erkannt hatte, ließ er es sich nicht anmerken. Er begann mit der Vorlesung, die mit komplizierten mathematischen Formeln gespickt war. Nina verstand kein Wort.

Nach der Vorlesung verließ sie den kleinen Hörsaal zusammen mit den anderen Studenten, wartete aber am Eingang, bis er herauskam.

»Professor Bernardino?«

Er wandte sich zu ihr um. »Ja?«

»Nina Bornholm aus Deutschland. Wir haben telefoniert. Es tut mir leid, Sie müssen mich für sehr aufdringlich halten. Aber ich würde gern kurz mit Ihnen über Hans Ichting sprechen.«

Bernardino wurde bleich. »Ich habe Ihnen doch schon gesagt, ich kann Ihnen dazu wirklich nichts sagen!« Er ging hastig weiter.

Nina folgte ihm, wobei sie Mühe hatte, mit ihm Schritt zu halten.

»Bitte, ich möchte nur wissen, woran Hans Ichting gearbeitet hat, als er in den USA war.«

»Ich kenne keinen Hans Ichting, wie oft muss ich das denn noch sagen?«

Sie hielt ihm das Foto hin.

»Er steht dort auf dem Bild direkt neben Ihnen. Es gibt mehrere Zeugen, die berichten, dass Sie beide sich gut verstanden haben.«

Er blieb stehen und sah sie grimmig an. »Also schön, ich kannte Hans. Das ist ja wohl nicht verboten. Es tut mir leid, was ihm passiert ist. Mehr habe ich dazu nicht zu sagen.«

Nina stutzte. Was für eine seltsame Formulierung. Ein Selbstmord passierte einem doch nicht, oder?

»Was meinen Sie mit ›was ihm passiert ist‹?«

Bernardino tippte auf seine Smartwatch. »Ich meine gar nichts. Wenn Sie mich jetzt bitte entschuldigen würden, ich habe zu tun!«

Der Mann hatte offensichtlich Angst. Womöglich befürchtete er, dass ihm dasselbe passieren könnte wie Ichting. Nina beschloss, ihn ein wenig unter Druck zu setzen. Christin hatte ihr erzählt, dass das manchmal half, Leute, die Angst hatten, zum Reden zu bringen.

»Professor, Sie haben schon gesehen, dass ich ziemlich hartnäckig sein kann. Wenn Sie mich loswerden wollen, dann sagen Sie mir einfach, woran Ichting gearbeitet hat.«

Bernardino warf ihr einen wütenden Blick zu. »Grafton«, sagte er. »Und jetzt verschwinden Sie endlich!«

»Grafton? Was bedeutet das?«

»Lassen Sie mich doch in Ruhe! Ich weiß nichts! Wirklich!«

»Was soll das sein, Grafton?«

In diesem Moment kamen zwei bullige Männer mexikanischen Aussehens auf sie zu. Sie trugen Kamerabrillen mit Augmented-Reality-Funktion ähnlich der, die Nina für ihre Videoaufzeichnungen benutzte. Ihre dunklen Uniformen trugen die Aufschrift *UNM Security*.

»Würden Sie diese Person bitte vom Universitätsgelände begleiten?«, sagte Bernardino. »Sie hat versucht, mir einen Mobilfunkvertrag aufzuschwätzen, und damit klar gegen die Campusrichtlinien verstoßen.«

Nina ließ sich von den beiden widerstandslos vom Gelände bringen.

»Lassen Sie sich hier nicht wieder blicken«, sagte einer der beiden und tippte auf seine Kamerabrille. »Wir haben Sie gespeichert. Im Wiederholungsfall werden wir Sie wegen Hausfriedensbruch anzeigen.«

Nina beschloss, Bernardinos Lüge aufzugreifen, um nicht noch mehr Aufmerksamkeit zu erregen. »Schon gut«, erwiderte sie. »Ich wusste nicht, dass es verboten ist. Ist auch egal, Ihre Studenten haben ja sowieso alle kein Geld.«

Sie fuhr zurück ins Hotel und loggte ihren Laptop ins Hotel-WLAN ein, dessen letztes Update, der Geschwindigkeit nach zu urteilen, Anfang der Zweitausender erfolgt war. Dann googelte sie den Begriff, den Bernardino ihr genannt hatte.

Grafton war der Name einer Kleinstadt in Massachusetts und verschiedener kleinerer Unternehmen in New Mexico. Außerdem war es der Nachname des wissenschaftlichen Beraters des Präsidenten der Vereinigten Staaten von Amerika.

23

T-08:00:58 Ein beständiger, achterlicher Passatwind blähte die Segel der gut zwölf Meter langen Jacht. Chuck Ferrer wünschte sich fast, der Wind wäre etwas weniger beständig gewesen. Zwar kamen sie auf diese Weise gut voran und würden ihr Ziel, Miami, wahrscheinlich schon morgen früh erreichen. Doch es gab an Bord nicht viel zu tun – vor allem nicht für Diego, den Skipper. Chuck liebte es, ihm zuzusehen, wenn er mit seinem braun gebrannten, muskulösen Oberkörper an den Winschen drehte, um bei einer Wende das Großsegel und die Genua dichtzuholen. Doch nun saß er bloß da, einen Stoffhut als Sonnenschutz ins Gesicht gekippt, und döste vor sich hin, während die Jacht mit konstanter Geschwindigkeit durch das weite Meer pflügte.

Sie waren erst seit drei Monaten ein Paar, und bis jetzt war es die aufregendste Zeit in Chucks Leben seit seinem Coming-out. Er hatte Diego in Nassau kennengelernt, wo er einen Bootsverleih betrieb und für gelangweilte Banker und Anwälte sowie gelegentliche Touristen Inseltouren anbot. Chuck besaß in der Hauptstadt des Steuerparadieses Bahamas eine kleine Anwaltskanzlei, die vor allem europäischen Firmen, aber auch vermögenden Privatpersonen dabei half, die letzten Steuerschlupflöcher zu nutzen und die dafür nötigen komplizierten rechtlichen Konstruktionen wasserdicht zu machen. Das war ein einträgliches Geschäft, auch wenn ihm immer wieder vorgeworfen wurde, es sei unmoralisch. Aber es war nun mal der Job eines Anwalts, die bestehenden Gesetze für jeden Klienten so gut wie möglich auszunutzen, und wenn seine Tätigkeit unmoralisch war, weil er Firmen dabei half, Geld an die Aktionäre auszuschütten statt an den Staat, dann musste sich jeder Strafverteidiger am nächsten Baum aufhängen.

Diego hatte ihm nie Vorwürfe wegen seines Berufs gemacht. Im Gegenteil, wenn Chuck von seinen Fällen erzählte, davon, wie er die amerikanischen und europäischen Steuerfahnder immer wieder an der Nase herumführte, sah ihn der zehn Jahre jüngere gebürtige Puerto Ricaner mit unverhohlener Bewunderung an, was Chuck unheimlich erregend fand. Als er jetzt daran dachte, bekam er sofort Lust auf Sex mit Diego hier an Deck.

Während er seinen Blutdruck steigen spürte, sah Chuck sich um. Der Ozean war vollkommen leer, so weit das Auge reichte. Niemand würde sie beobachten.

Er streckte einen Arm nach Diego aus, der bei der Berührung zusammenzuckte. Offensichtlich war er eingeschlafen.

»Hmm-was?« Er setzte sich auf und sah sich um. »Was ist los?«

»Nichts ist los«, erwiderte Chuck. »Das ist es ja gerade. Mir ist ein bisschen langweilig, und da dachte ich, wir könnten vielleicht da weitermachen, wo wir gestern Abend aufgehört haben.«

»Jetzt?«, fragte Diego in einem Tonfall, der deutlich machte, dass er nicht die geringste Lust auf Sex hatte.

»Uns sieht doch keiner«, beharrte Chuck.

»Ich weiß nicht. Sei mir nicht böse, aber …«

Es gab einen heftigen Knall. Das Großsegel und die Genua

beulten sich ein, als habe der Wind um hundertachtzig Grad gedreht. Der Großbaum, der weit nach backbord ausgelegt war, um dem achterlichen Wind die maximale Fläche zu bieten, schlug ihnen entgegen. Chuck hatte gerade noch Zeit, sich zu ducken, um nicht am Kopf getroffen und über Bord geschleudert zu werden.

Im nächsten Moment wurde der Rumpf der Jacht angehoben, und dort, wo eben noch weiter Horizont zu sehen war, erhob sich plötzlich eine meterhohe Wasserwand.

»Verdammte Scheiße!«, schrie Diego. »Festhalten!«

So gut es ging, klammerte Chuck sich an den Sockel des großen Steuerrads. Die Jacht stellte sich fast senkrecht auf und krängte stark nach backbord, sodass er sicher war, sie würde kentern. Alles, was sie nicht festgezurrt hatten, stürzte ins Heck. Gischt regnete auf sie herab. Doch dann erreichten sie den Gipfel der Welle, und der Bug senkte sich wieder, um im nächsten Moment nach unten zu stürzen wie bei einer Achterbahnfahrt.

So unvermittelt der Spuk begonnen hatte, so schnell war er vorbei. Nachdem die Monsterwelle sie passiert hatte, erschien das Meer geradezu unnatürlich ruhig. Der achterliche Passatwind frischte erneut auf. Diego kurbelte an den Winden, um die flatternden Segel unter Kontrolle zu bringen. Schon nach kurzer Zeit segelte die Jacht wieder, als wäre nichts gewesen.

»Was zur Hölle war das?«, fragte Chuck.

»Keine Ahnung«, erwiderte Diego, der sich auf dem Ozean mindestens so gut auskannte wie Chuck im internationalen Steuerrecht. »Hab zwar schon von Kaventsmännern gehört, aber so was auch noch nie gesehen.«

»Ka… was?«

»Kaventsmann. So nennt man in der Seemannssprache eine plötzlich auftretende Riesenwelle. Soll hin und wieder passieren. Wir haben echt Glück gehabt.«

»Und die entstehen einfach so?«

»Niemand weiß genau, wie und warum sie entstehen.«

»Und der Knall? Was hatte der damit zu tun?«

Diego zuckte mit den Schultern. »Keine Ahnung. Wie gesagt, ich habe noch nie einen ...«

Er stockte, hielt sich die Hand über die Augen, um das Sonnenlicht abzuschirmen – sein Hut war mit der Welle über Bord gegangen.

»Was ist denn?«

»Dahinten ... eine Motorjacht.« Er zeigte Richtung Steuerbord.

Tatsächlich, da war eine Jacht, gar nicht mal so klein, mit einem imposanten, wenn auch etwas klobig wirkenden Decksaufbau. Seltsam, kurz bevor sie die Welle so unvermittelt getroffen hatte, war der Ozean doch noch völlig leer gewesen.

Diego griff sich das Fernglas.

»Die scheinen Motorprobleme zu haben«, sagte er. »Jedenfalls liegt die Jacht still. Menschen sehe ich keine. Aber die müssen die Welle auch zu spüren bekommen haben. Vielleicht brauchen sie Hilfe.«

»Okay. Lass uns nachsehen.«

Diego holte die Schoten ein und drehte hart an den Wind. Die Jacht legte sich auf die Seite. Der Wind blies jetzt schräg von vorn und gab Chuck das Gefühl, rasend schnell durch die Wellen zu pflügen. So machte Segeln Spaß!

Als sie näher kamen, erkannte Chuck, dass achtern mehrere Angeln befestigt waren. Hochseefischer also, vermutlich auf Thunfische aus. Der Schriftzug *Raphaela* prangte am Heck. Wie Diego gesagt hatte, rührte sich an Bord nichts.

Chucks Freund drehte die Jacht in den Wind, sodass die Segel flatterten.

»Ahoi, Raphaela!«, rief er. »Brauchen Sie Hilfe?«

Nichts rührte sich. Auch als Diego den Ruf zwei Mal wiederholte, gab es keine Reaktion.

»Das sehen wir uns lieber mal genauer an«, sagte er.

Da ihre Jacht vom Wind bereits ein Stück abgetrieben worden war, startete er den Motor und ging erneut längsseits. Er vertäute beide Boote miteinander, dann kletterte er an Bord der Motorjacht.

»Heilige Scheiße!«, rief er.

»Was ist denn los?«

»Hier ... hier liegen zwei Männer. Ich ... ich glaube, die sind tot!«

»Nichts anfassen!«, rief Chuck, seinem anwaltlichen Instinkt folgend.

Doch es war schon zu spät. Diego hatte sich nach unten gebeugt, vermutlich, um bei einem der leblosen Körper den Puls zu fühlen oder womöglich eine Mund-zu-Mund-Beatmung zu versuchen. Besser, Chuck ging ebenfalls an Bord. Er tastete nach seinem Smartphone, das hier draußen natürlich keinen Empfang hatte, aber eine hochauflösende Kamera besaß.

An Bord der Motorjacht zu klettern erwies sich als nicht so einfach. Chuck war bei Weitem nicht so geschickt wie Diego, und die beiden Boote schwankten gehörig im Wellengang, sodass er beinahe abgerutscht wäre. Schließlich gelang es ihm aber doch, sich schnaufend über die Reling der Motorjacht zu ziehen.

Diego kniete über dem leblosen Körper eines Mannes etwa in Chucks Alter. Ein zweiter, jüngerer Mann lag daneben. Beide waren mit Shorts und Polohemden bekleidet und braun gebrannt. Sie wiesen keinerlei äußere Verletzungen auf.

Chuck machte einige Fotos. Als er dabei zufällig über die Bordwand blickte, erstarrte er.

»Sieh mal!«

Er zeigte auf die Meeresoberfläche. Dutzende bleicher Fischkörper in den unterschiedlichsten Größen trieben dort.

Diego kam zu ihm.

»Das gibt's doch nicht!«, rief er aus. »Diese Vollidioten haben mit Dynamit gefischt!«

Chuck dachte darüber nach. Das würde die Fischleichen erklären und vielleicht auch den Knall und die Monsterwelle, wobei das dann schon eine ziemlich große Menge Sprengstoff gewesen sein müsste. Aber es erklärte nicht die Toten an Bord des Motorbootes. Oder doch? Konnte man allein durch die Druckwelle einer Explosion sterben? Aber warum war das Boot dann unversehrt?

»Vielleicht war es eine Gasexplosion«, meinte er. »Ich habe mal gelesen, dass es das geben soll. Methaneis am Meeresgrund schmilzt, das Gas steigt auf. Es verdünnt das Meer, und Schiffe versinken darin.«

»Aber dann wäre das Boot doch auch versunken.«

»Vielleicht war es dafür nicht genug Methan.«

»Wenn die Welle, die uns erwischt hat, dadurch verursacht wurde, muss es aber eine verdammt große Menge gewesen sein.«

Chuck konnte nur mit den Schultern zucken. Sein Blick fiel auf eine geöffnete Bierflasche auf einem kleinen Tisch.

Sie war noch halb voll. Seltsam – wenn die Welle das Boot mit auch nur annähernd ähnlicher Wucht getroffen hatte wie ihre Jacht, wäre doch diese Flasche nicht stehen geblieben! Die Sache wurde immer mysteriöser.

»Wir können hier nichts mehr tun«, sagte er. »Besser, wir rufen die Küstenwache.«

Er kletterte über eine Leiter ins Cockpit des Bootes und griff nach dem Mikrofon des Seefunkgeräts, doch es schien nicht zu funktionieren. Sämtliche Instrumente waren tot. Offenbar war der Strom ausgefallen, und auch die Notbatterie schien keine Energie zu liefern.

Unterdessen öffnete Diego eine Tür zum Innenraum der Motorjacht.

»Scheiße!«, rief er. »Hier sind noch mehr Leichen!«

Chuck lief zu ihm. Tatsächlich: In einem großzügigen Wohnraum lag eine junge Frau im Bikini leblos auf einem Sessel. Eine zweite, ältere Frau lag auf dem Boden, ein zerbrochenes Glas und eine Flasche neben sich. Offenbar war sie zusammengebrochen, als sie gerade etwas zu trinken aus dem Kühlschrank geholt hatte.

Eine Gänsehaut kroch über Chucks Rücken.

»Mir gefällt das nicht«, sagte er. »Diese Leute sind offenbar alle vier sehr plötzlich gestorben. Besser, wir verschwinden, ehe uns noch dasselbe passiert.«

»Und was ist mit der Küstenwache? Wolltest du die nicht rufen?«

»Die Bordelektronik ist ausgefallen. Lass uns abhauen, und zwar sofort!«

Diego sah ihn erschrocken an. Normalerweise behielt Chuck in jeder noch so schwierigen Situation die Nerven. Doch das hier war für seinen Geschmack ein paar Nummern zu mysteriös. Vielleicht war an all den Spukgeschichten über das Bermudadreieck ja doch etwas dran. Auf jeden Fall wollte er bloß noch weg.

Hastig kletterten sie zurück an Bord ihrer Jacht, lösten die Taue und segelten davon, so rasch der Passatwind es erlaubte. Chuck entschied sich, die Küstenwache nicht zu informieren. Das brachte bloß Scherereien, und für die Menschen an Bord kam ohnehin jede Hilfe zu spät.

Erst als das mysteriöse Motorboot am Horizont verschwunden war, ließ das klamme Gefühl in seinem Bauch allmählich nach.

24

T-08:00:32 Victors Blick wanderte erneut zu dem Zeitungsartikel über dem Schreibtisch in der Sakristei. Er wusste selbst nicht genau, warum er ihn dort an die Wand gepinnt hatte – als Mahnung an sich selbst, bei Auftritten in der Öffentlichkeit noch mehr Umsicht walten zu lassen? Es war ein Beitrag von Seite fünf der Montagsausgabe des *Albuquerque Journals*:

Frau erscheint zu spät zur eigenen Beerdigung
Ein skurriles Ereignis hat am Freitag die Mitglieder der Kirchengemeinde der Albuquerque Church of the Holy Revelation in Aufregung versetzt. Mitten während der Beerdigungszeremonie für die vierundachtzigjährige Consuela M. betrat die vermeintlich Verstorbene die Kirche. Offenbar lag eine Verwechselung vor. Nach Aussage der Polizei ist die wahre Identität der Verstorbenen, die am Dienstagabend tot in der Kirche aufgefunden worden war, noch unklar. Einige der Gemeindemitglieder sprachen dagegen von einem »Wunder«. Angela S., die Sprecherin der Gemeindeversammlung, sagte gegenüber dieser Zeitung: »Gott, der Herr, hat uns ein Zeichen gesandt. Unsere Schwester Consuela M. wurde von den Toten erweckt. Jeder, der dabei war, kann das bezeugen.« Der Gemeindepriester Reverend Victor K. äußerte sich zurückhaltender: »Wir haben aktuell keine Erklärung für das Ereignis.

Die Verstorbene sieht unserem Gemeindemitglied Mrs M. verblüffend ähnlich. Wer sie ist, warum sie in unsere Kirche kam und woran sie gestorben ist, wissen wir noch nicht. Wir warten nun ab, ob die Polizei ihre Identität klären kann, um sie dann würdevoll zu bestatten.« Consuela M. selbst kommentierte das Geschehen mit trockenem Humor: »Totgesagte leben bekanntlich länger.«

Ein skurriles Ereignis, in der Tat. Der Artikel las sich wie eine Szene aus einer Fernsehkomödie. Schlimmer noch: Obwohl Victor sich im Interview mit der Zeitung Mühe gegeben hatte, beide Möglichkeiten – eine natürliche wie eine übernatürliche Erklärung des Geschehens – gleichwertig erscheinen zu lassen, hatte der Reporter seine Aussagen so verkürzt, dass es aussah, als hielte er ein göttliches Wunder für praktisch ausgeschlossen. Das hatte zu einem schweren Konflikt mit Angela Smith und dem harten Kern der Gemeinde geführt, die sich enttäuscht über seinen »schwachen Glauben« geäußert hatten.

Dabei war der Zeitungsartikel noch harmlos im Vergleich zu den Diskussionen, die ein von Smith hochgeladenes Video in den sozialen Medien ausgelöst hatte. Aufgrund der schwachen Beleuchtung in der Kirche war das Gesicht der Alten im Sarg nur undeutlich zu erkennen, was eine wilde Debatte darüber ausgelöst hatte, ob es dem der Frau, die daneben stand und sich darüber beugte, ähnlich sah oder nicht. Diejenigen, die eine Ähnlichkeit erkannten, teilten sich wiederum in eine Gruppe, die das Video für echt hielt und an ein Wunder glaubte, und eine andere, die es für eine Fälschung hielt.

Das altmodische Festnetztelefon der Kirche klingelte. In

der Erwartung, schon wieder den Reporter irgendeines lokalen Fernsehsenders abwimmeln zu müssen, nahm Victor ab.

»Christopher Brown hier. Hallo, Victor.«

»Oh, hallo, Eure Eminenz.«

»Chris, bitte. Wie lange ist es her, dass wir uns zuletzt gesehen haben, Victor?«

»Ich weiß nicht genau. Fünf Jahre? Es war auf dem Konvent in Dallas, glaube ich.«

»Ja, mag sein. Die Zeit rennt, was? Jedenfalls tut es mir leid, dass ich nie die Zeit gefunden habe, Ihre Gemeinde zu besuchen.«

»Was verschafft mir die Ehre Ihres Anrufs, Emin... ich meine, Chris?«

»Das können Sie sich sicher denken. Es ist ja einige Aufregung entstanden um dieses sogenannte Wunder. Können Sie mich vielleicht erleuchten, was genau geschehen ist?«

Victor erzählte, was er wusste.

»Das ist eine außerordentliche Geschichte«, sagte der Bischof. »Ein Geschenk Gottes, würde ich sagen.«

»Ein Geschenk? Wie meinen Sie das?«

»Victor, ich bin nicht naiv. Ich weiß, dass man nicht alles, was in der Bibel steht, wörtlich nehmen darf. Aber wir leben in Zeiten, in denen selbst Präsidenten einem offen ins Gesicht lügen dürfen, ohne dafür belangt zu werden, in denen neunzig Prozent dessen, was die Leute täglich in den sozialen Medien lesen und hören, Fake News sind, und in denen uns die Wissenschaft nahezu täglich neue Wunder präsentiert, gegen die das Verwandeln von Wasser in Wein fast schon trivial anmutet. Ist es da verwunderlich, dass wir jährlich fünf Prozent Mitglieder verlieren?«

»Ich verstehe nicht, worauf Sie hinauswollen, Chris.«

»Was ich sagen will, ist: Die Leute wollen glauben. Sie brauchen das, um mit ihren täglichen Sorgen und Problemen fertigzuwerden. Doch der Weg zu Gott ist in der heutigen Zeit immer schwerer zu finden. Und dann gibt es da noch diese falschen Propheten, die mit ihren glanzvollen Fernsehshows so tun, als hätten sie einen direkten Draht in den Himmel, nur um den Leuten dann ihr Geld aus der Tasche zu ziehen. Was wir brauchen, ist etwas, das unseren ehrlichen, bodenständigen christlichen Glauben wieder attraktiv macht, uns sozusagen ein Alleinstellungsmerkmal gibt. Eine ›Unique Selling Proposition‹ würden die Marketingexperten es nennen.«

Glaube ist doch kein Konsumprodukt, wollte Victor einwenden. Doch stattdessen sagte er: »Ich verstehe immer noch nicht …«

»Ich will es mal so sagen: Wenn die Leute glauben wollen, dass in Ihrer Kirche ein Wunder geschehen ist, dann lassen Sie sie daran glauben. Ich weiß nicht, was die Erklärung für das Ereignis ist, aber es kommt mir immerhin ziemlich außergewöhnlich vor. Was immer Gott sich dabei gedacht hat, er hat quasi den Ball aus dem Stadion geschlagen. Jetzt müssen wir den Home Run machen. Und Sie, Victor, stehen praktisch schon an der dritten Base.«

Victor hatte sich noch nie für Baseball interessiert, aber er begriff langsam: Der Bischof wollte, dass er das Ereignis als ein echtes Wunder Gottes darstellte, ob er nun selber daran glaubte oder nicht.

»Sehen Sie, ich kann verstehen, dass Sie vorsichtig sind, Victor«, fuhr Brown fort. »Ich gebe zu, es wäre etwas peinlich, wenn sich herausstellte, dass die Frau im Sarg jemand ganz anderes ist, der zufällig in Ihre Kirche spaziert und dort ebenso zufällig gestorben ist. Aber mal ehrlich, selbst wenn es so wäre – allein die mediale Aufmerksamkeit würde Ihnen und damit unserer Kirche vermutlich Hunderte, vielleicht Tausende neue Mitglieder bringen, von Spendengeldern ganz zu schweigen. Gott hat Ihnen diese Chance gegeben, Victor. Sie müssen sie jetzt nutzen!«

»Sie wollen also, dass ich so tue, als würde ich glauben, Gott habe die alte Consuela Messante von den Toten auferstehen lassen?«

»Sie müssen es ja nicht so direkt sagen. Lassen Sie den Menschen ein wenig Interpretationsspielraum, besonders wenn Sie im Fernsehen reden.«

»Im Fernsehen?«

»Natürlich, Victor! Die Medien werden eine große Sache daraus machen. Sie werden offiziell so tun, als würden sie objektiv darüber berichten, und natürlich werden alle Berichte einen skeptischen, atheistischen Unterton haben. Aber das gibt Ihnen nur umso mehr Gelegenheit, Ihren unerschütterlichen Glauben zu demonstrieren. Und das ist es, was die Leute sehen wollen!« Browns Stimme wurde eindringlich, was ihr eine unangenehm schrille Schärfe verlieh. »In unserer unchristlichen Zeit brauchen wir mehr denn je Vorbilder, Menschen, deren Glaube an Gott durch nichts zu erschüttern ist! Menschen wie Sie, Victor! Deshalb sind Sie doch Priester geworden, oder? Weil Sie die Leute wieder zu Gott führen wollten, hab ich recht? Das ist es doch, was uns alle antreibt, Sechzigstundenwochen ohne nennenswerte Bezahlung und ohne jeden Luxus in Kauf zu nehmen. Also, nun haben Sie die einmalige Gelegenheit dazu. Tun Sie Ihren Job und lassen Sie sich nicht wieder mit Aussagen zitieren, die man Ihnen so auslegen kann, als hätten Sie Ihren Glauben verloren!«

»Ich werde tun, was in meiner Macht steht. Danke für Ihren Rat und Ihre Ermutigung!«

»Gern geschehen. Möge der Herr Ihnen Inspiration und Kraft geben, Victor!«

25

T-08:03:41 Sparrow saß am Frühstückstisch und las das *Albuquerque Journal*. Irgendwie hatte er sich nicht dazu durchringen können, das Abo abzubestellen, das er vor langer Zeit abgeschlossen hatte, als sie zumindest an der Oberfläche noch eine heile Familie gewesen waren. Vermutlich war es reine Sentimentalität, denn die Zeitungsartikel interessierten ihn kaum – Klatschreportagen über Prominente, die die Stadt aus nichtigem Anlass besuchten, politische Miniskandale in der Stadtverwaltung, die im Vergleich zum täglichen Wahnsinn in Washington umso banaler wirkten, langweilige Berichte über die Neueröffnung einer Schule oder die Pleite einer weiteren Firma, die vom Handel mit Mexiko gelebt hatte und unter den neuen Einfuhrbeschränkungen verdorrt war. Hin und wieder fand sich auch ein Artikel, der in seiner Absurdität zumindest unterhaltsam war, so wie der am Montag erschienene über die alte Frau, die zu spät bei ihrer eigenen Beerdigung aufgetaucht war. Doch auch so etwas konnte ihn nicht von der Stille im Haus ablenken, seit Alexandra in der Klinik war und Sarah ihn verlassen hatte.

Er war beinahe erleichtert, als das Telefon ihn aus seinen trüben Gedanken riss, obwohl er sofort ein ungutes Gefühl hatte, als er Morris' Namen im Display aufleuchten sah.

Sein Auftraggeber war wie immer kurz angebunden:

»Komm bitte sofort ins Büro. Es gibt etwas, worum du dich kümmern musst.«

Sparrow sparte sich weitere Nachfragen, kippte das halb gegessene Frühstück in den Müll und machte sich auf den Weg.

»Es geht um eine Journalistin aus Deutschland«, erklärte Morris ohne Umschweife. »Ihr Name ist Nina Bornholm.«

Er nannte Sparrow den Namen des Hotels, in dem sie untergebracht war, und drückte ihm ein Foto in die Hand, das offenbar eine Sicherheitskamera am Flughafen aufgenommen hatte. Darauf war eine nicht unattraktive Frau um die dreißig zu sehen, deren halblanges blondes Haar von einem langen Flug zerzaust wirkte.

»Sorg dafür, dass sie ihren Koffer packt und wieder nach Deutschland zurückfliegt, und zwar so schnell wie möglich!«

»Eine Journalistin, die wir aus dem Land scheuchen sollen, weil sie unbequeme Fragen stellt? Arbeiten wir neuerdings für die Regierung?«

Morris zog eine Augenbraue hoch. »John, wir haben uns doch erst neulich darüber unterhalten, wie wichtig mir unbedingte Loyalität ist, gerade in deinem Fall. Muss ich das noch mal wiederholen?«

»Nein, schon gut. Es ist nur, je mehr ich über die Hintergründe des Auftrags weiß, desto besser bin ich vorbereitet und desto präziser kann ich arbeiten.«

»Bei Hagrow kanntest du alle Hintergründe. Hat das etwa was genützt?«

Sparrow unterdrückte seinen aufwallenden Zorn.

»Hätte ich vorher gewusst, dass er eine Hure mit krimineller Vergangenheit geheiratet hat, wäre ich vorsichtiger gewesen.«

Er griff sich unbewusst an die Schulter, obwohl die Wunde bereits gut verheilt war.

»Diese Nina Bornholm ist weder bewaffnet noch hat sie eine kriminelle Vergangenheit. Mit der wirst du doch wohl hoffentlich fertigwerden!«

»Kannst du mir wenigstens sagen, ob wir für die Regierung arbeiten?«

»Welchen Unterschied würde das machen? Du weißt, was du wissen musst. Melde dich, sobald sie im Flieger sitzt.«

»Welche Mittel darf ich einsetzen?«

»Alle.«

»Das heißt, auch körperliche Gewalt?«

»Sagen wir so: Wenn ihr ein Unfall zustieße, würde ihr hier keiner eine Träne nachweinen.«

»Ich soll sie … ermorden? Bist du wahnsinnig?«

»Ich habe nicht gesagt, du sollst sie umbringen, sorg bloß dafür, dass sie nach Hause fliegt. Stell einfach sicher, dass sie von hier verschwindet. Dann gibt es auch einen großzügigen Bonus.«

»Und was, wenn sie sich in Europa in den nächsten Flieger setzt und wieder herkommt?«

»Das wird sie nicht.«

Also steckte doch die Regierung dahinter oder jemand, der einen guten Draht zur Einwanderungsbehörde oder der CIA hatte und dafür sorgen konnte, dass Nina Bornholm nie wieder ein Visum erhalten würde. Sparrows Gefühl bei diesem Auftrag wurde immer schlechter. Es war eine Sache, einen kriminellen Manager einzuschüchtern oder einen Koffer von jemandem zu stehlen, der ihn seinerseits gestohlen hatte. Aber es war etwas ganz anderes, eine ausländische Journalistin zu bedrohen, besonders wenn ihrem Auftraggeber dafür offenbar jedes Mittel recht war. Es bedeutete, dass es wahrscheinlich um eine große und zum Himmel stinkende Sache ging und dass er mittendrin steckte. Dafür konnte er für Jahre ins Gefängnis wandern, und wer würde sich dann um Alexandra kümmern?

Ein Gedanke schoss ihm durch den Kopf: Hatte Morris bereits von diesem Auftrag gewusst, als er Sparrow seinen Treueschwur abverlangte?

Eine weitere Idee kam ihm, und ohne nachzudenken sprach er sie aus: »Hat das irgendwas mit dieser Zeitungssache zu tun?«

»Wie kommst du darauf?«

»Na ja, wenn das Betrugsopfer ein Deutscher ist und eine Journalistin irgendwie von der Sache Wind bekommen hat ...« Als er sah, wie Morris' Miene sich verfinsterte, schob er schnell nach: »Ist ja auch nicht so wichtig.«

»Da hast du verdammt recht. Und jetzt hören wir am besten auf zu quatschen. Ich will, dass die Frau morgen im Flieger sitzt!«

Sparrow fuhr zurück nach Hause und recherchierte die Zielperson im Internet. Er fand ein Blog, einen Facebook- und Instagram-Account und eine Menge YouTube-Videos, offenbar Interviews auf Deutsch mit irgendwelchen lokalen Berühmtheiten. Das letzte hatte sie mit einem Physiker am CERN geführt, der offenbar Engländer war, aber Deutsch sprach, sodass Sparrow nicht verstand, worum es ging.

Wie eine investigative Journalistin sah diese Nina Bornholm nicht gerade aus. Sparrow googelte die Namen einiger der interviewten Personen, fand darunter jedoch weder bedeutende Politiker noch Unternehmer mit Beziehungen in die USA. Was die Frau ausgerechnet hier in Albuquerque wollte, war nicht erkennbar. Wenn sie in Amerika Urlaub machten, flogen Deutsche normalerweise nach New York, Florida, San Francisco oder Los Angeles, aber nicht in die Wüste New Mexicos.

Nun gut, zumindest würde es wohl nicht allzu schwer werden, ihr klarzumachen, dass sie sich besser aus der Sache raushielt, in die sie ihre neugierige Nase gesteckt hatte, was immer es auch sein mochte. Anders als in Romanen und Hollywoodfilmen waren die meisten Menschen in der Realität ziemlich leicht zu beeindrucken, wenn sie mit einer Gefahrensituation konfrontiert wurden, und spielten nur äußerst selten den Helden.

Genau deshalb hatte Sparrow den Einsatz bei den Hagrows vermasselt – weil er mit der Möglichkeit einer heftigen und hoch riskanten Gegenwehr nicht gerechnet hatte. So unwahrscheinlich es auch sein mochte, dass Nina Bornholm versuchen würde, sich ihm zu widersetzen – ein zweites Mal würde ihm dieser Fehler nicht passieren.

26

T-07:19:18 Nach einer weiteren Stunde Recherche wusste Nina, dass sie ihre Reise vergeblich angetreten hatte. Nicht, weil ihr Instinkt sie getrogen hatte – im Gegenteil: Es erschien jetzt fast sicher, dass mit Ichtings Tod etwas nicht stimmte. Doch ebenso klar war, dass die Sache nicht nur eine, sondern mindestens zehn Hutnummern zu groß für sie war. Wenn Ichting für Neil Grafton gearbeitet hatte, gab es für sie nicht die geringste Chance, irgendetwas in Erfahrung zu bringen.

Nicht nur, dass Grafton der Wissenschaftsberater des Präsidenten war und damit unter dem Schutz der US-Geheimdienste stand. Er war auch einer der reichsten und mächtigsten Männer der USA, Multimilliardär und Erbe von Allied Industries, einem weit verzweigten Wirtschaftsimperium, das sich von der Rohstoffgewinnung über Maschinen- und Anlagenbau und Energieerzeugung bis hin zu Logistik, Softwareentwicklung und Personaldienstleistungen erstreckte. Kaum etwas wurde in den USA hergestellt, ohne dass eine Komponente oder eine Dienstleistung von Allied Industries dabei Verwendung fand. Der Konzern, dessen Aktienmehrheit bei mehreren Familienclans lag, galt als einer der großen Profiteure der Politik hoher Einfuhrzölle und Subvention heimischer Industrie, die von ebenjenem Präsidenten forciert wurde, den Grafton beriet.

Dass ein Mann wie er nicht etwa zum Wirtschafts-, sondern zum Wissenschaftsberater ernannt worden war, sagte sehr viel darüber aus, was die amtierende US-Regierung von freier Wissenschaft und Lehre hielt. Immerhin hatte Neil Grafton in den Achtzigerjahren Physik studiert und über die zivile Nutzung der Kernfusion als Energiequelle promoviert. Es hieß, er habe viel Geld in die Erforschung der sogenannten Kalten Fusion investiert, die in der Theorie eine billige und unerschöpfliche Energiequelle versprach, in der Praxis aber schlicht nicht funktionierte. So jedenfalls ergab es Ninas Recherche.

Musste Ichting sterben, weil er etwas über die Kalte Kernfusion herausgefunden hatte? Ganz unplausibel war das nicht. Wenn es ihm gelungen war, ein Verfahren der kontrollierten Kernverschmelzung ohne große Energiezufuhr zu entwickeln, hätte er damit die Energieversorgung der ganzen Welt revolutionieren können. Gleichzeitig wären Ölfirmen und Betreiber konventioneller Kraftwerke, von denen auch Allied Industries einige besaß, ruiniert. Es war also vorstellbar, dass Grafton Ichting und Bernardino angeheuert hatte, um an Kalter Fusion zu arbeiten. Falls sie einen Durchbruch erzielt hatten und er entschied, die Ergebnisse zu patentieren, jedoch vorerst nicht zu nutzen oder gar zu veröffentlichen, könnte es zu einem Streit gekommen sein, an dessen Ende Grafton Ichting hatte ermorden lassen. Durchaus vorstellbar, dass Ichting sein Wissen hatte teilen wollen, um so der gesamten Menschheit eine neue Energiequelle zur Verfügung zu stellen, während Grafton das Geheimnis für sich behalten wollte, um den Zeitpunkt der Veröffentlichung und damit das Tempo des Niedergangs konventioneller Energieerzeugung selbst zu bestimmen und dann alleine den Profit einzustreichen.

Nur eines passte nicht ins Bild dieser Theorie: Warum musste Ichting ausgerechnet jetzt sterben, mehr als ein halbes Jahr, nachdem er die USA verlassen hatte? Hätte er über geheimes Wissen verfügt, er hätte den Rest der Menschheit längst teilhaben lassen können. Das Internet bot genügend Möglichkeiten dazu, ohne dass man die Quelle zurückverfolgen konnte.

Doch selbst wenn ihre Verschwörungstheorie stimmte – ohne die fragliche Geheiminformation gab es keinerlei Beweis, und gerade diese würde Grafton hüten wie den Heiligen Gral. Nina besaß ein gesundes Selbstvertrauen, das sie immerhin bis hierher nach Albuquerque geführt hatte, auf nichts weiter basierend als einer vagen Vermutung und ihrem Bauchgefühl. Aber sie war nicht verrückt genug zu glauben, sie könne sich allein mit einem ganzen Industrieimperium anlegen, ganz zu schweigen von der Regierung der USA, die möglicherweise ganz eigene Interessen verfolgte.

Wenn das hier überhaupt jemand stemmen konnte, dann ein Nachrichtenmagazin wie der *Reflektor*. Christin war ein zu kleines Licht in der Redaktion, aber sie konnte vielleicht dem Chefredakteur von Ninas Recherchen berichten. Wenn am Ende gar die CIA hinter dem Mord an Ichting steckte, wäre das ein riesiger internationaler Skandal, dessen Aufdeckung die Auflage sicher in die Höhe treiben würde.

Doch was hatte sie schon in der Hand? Ihre einzige Spur war ein Wort, das ihr ein genervter Physikprofessor entgegengeworfen hatte, der Ichting möglicherweise nur flüchtig gekannt hatte. Als sie darüber nachdachte, wurde ihr klar, dass es ebenso gut ein Ablenkungsmanöver gewesen sein konnte. Vielleicht hatte ihr Bernardino Graftons Namen nur genannt, um sie auf die falsche Spur zu setzen und zur Aufgabe zu zwingen. So oder so würde sie kaum mehr von ihm erfahren. Falls sie ihm noch einmal auflauerte oder versuchte, ihn weiter unter Druck zu setzen, würde er die Polizei rufen, da war sie sicher.

Sie würde Christin trotzdem anrufen und ihr die Geschichte erzählen. Sollte ihre Freundin doch selbst entscheiden, wie sie damit umging. Allerdings war es inzwischen Nacht in Deutschland, also würde sie bis morgen warten müssen.

Da sie mittlerweile Hunger bekommen hatte, beschloss sie, im Hotelrestaurant einen Salat zu essen, falls so etwas Vitaminreiches überhaupt auf der Speisekarte stand. Notfalls würde es auch eine Gemüsetortilla tun. Sie schaltete den Laptop aus und wandte sich zum Gehen, als sie einen Briefumschlag bemerkte, der unter der Tür durchgeschoben worden war. Neugierig hob sie ihn auf. Der Umschlag trug das Logo des Hotels, doch darin steckte ein Computerausdruck, auf dem nur wenige Worte standen: *Nina Bornholm, Ted's Bar, Central Avenue 310, acht Uhr abends.*

Die anonyme Nachricht elektrisierte Nina. Was mochte das bedeuten? Hatte Bernardino es sich anders überlegt? Wollte er auspacken? Es musste so sein, denn wer sonst konnte sie hier treffen wollen? Doch woher wusste Bernardino, wo sie untergebracht war? Sie überlegte, ob sie seiner Assistentin in einem Nebensatz den Namen des Hotels genannt hatte. Nein: Es gab niemanden, der wissen konnte, dass sie genau hier übernachtete. Niemand außer Paul, Christin, der Internet-Buchungsplattform und natürlich dem Hotelpersonal.

Ihr Traum der letzten Nacht fiel ihr wieder ein, dieses Gefühl, von tausend unsichtbaren Augen beobachtet zu werden.

Unwillkürlich sah sie sich im Zimmer um, doch natürlich gab es hier keine versteckten Kameras.

Sie ging zur Rezeption, doch niemand dort wusste etwas von einer Nachricht, die für sie angenommen worden war. Einige der Angestellten hatten bereits Feierabend; es war gut möglich, dass einer von diesen die Nachricht telefonisch entgegengenommen und zu ihrem Zimmer gebracht hatte. Nina musste sich also ohne konkreten Hinweis auf den Absender entscheiden, ob sie die mysteriöse Einladung annahm.

Sie ging zurück auf ihr Zimmer und googelte die Adresse. Ted's Bar war eine typisch amerikanische Kneipe, in der man sich zum Biertrinken und Sportgucken verabreden konnte. Sie lag mitten im Stadtzentrum. Die Karte wies Burger und mexikanische Spezialitäten auf und war auf mehreren Testportalen mittel bis gut bewertet. Vielleicht wurde diese Bar hin und wieder auch von Professoren der Universität aufgesucht, doch sie lag weit genug vom Campus entfernt, sodass die Wahrscheinlichkeit gering war, dort heute auf Kollegen oder Studenten zu treffen. Gleichzeitig war die Gegend anonym und belebt genug, um dort nicht aufzufallen. All das sprach dafür, dass es tatsächlich Bernardino war. Möglicherweise hatte er einfach alle Hotels in Flughafennähe angerufen und nach ihrem Namen gefragt. Ein ziemlicher Aufwand, der darauf hindeutete, dass er ihr etwas Wichtiges mitzuteilen hatte.

Um Punkt acht Uhr betrat sie die kleine Bar und sah sich um. Ihr Herz klopfte vor Aufregung wie bei ihrem ersten Date. Bernardino war nirgends zu sehen.

Sie ging zum Tresen, als sie eine Hand auf ihrem Arm spürte.

»Mrs Bornholm?«

Sie fuhr herum. Vor ihr stand ein Mann, den sie noch nie zuvor gesehen hatte. Er mochte Ende dreißig sein. Dunkle Augen waren hinter einer dicken Hornbrille verborgen, die irgendwie nicht recht zu seiner breitschultrigen Figur und dem militärisch kurzen Haarschnitt passen wollte. Er trug ein Sweatshirt mit dem Emblem einer Footballmannschaft.

»Wer sind Sie?«

»Bitte folgen Sie mir!«

Ohne eine Antwort abzuwarten, drehte er sich um und verließ die Bar.

Nina zögerte einen Moment. Der Mann war wahrscheinlich ein Kollege Bernardinos, vielleicht ein Assistent. Offenbar wollte der Professor nicht, dass sie zusammen in der Öffentlichkeit gesehen wurden. Der Aufwand, den er für dieses Treffen trieb, grenzte an Paranoia, aber vielleicht hatte er einen guten Grund dafür. Erneut hatte sie das Gefühl, sich auf eine Sache eingelassen zu haben, der sie nicht gewachsen war. Doch sie hatte nicht achtzehn Stunden in engen Flugzeugen und überfüllten Airports verbracht, um jetzt aufzugeben.

Sie folgte dem Unbekannten hinaus. Er ging zu einem Wagen, irgendein amerikanisches Fabrikat mit dunkelbrauner Lackierung, und öffnete ihr die Beifahrertür.

Sie beäugte den Wagen misstrauisch. »Wo fahren wir hin?«

»Steigen Sie bitte ein. Ich erkläre Ihnen alles unterwegs.«

»Wo ist der Professor? Wieso ist er nicht selbst hergekommen?«

»Ich bringe Sie zu ihm. Sie werden verstehen, warum.«

Nina schluckte, überwand ihre Scheu und stieg ein.

Der Mann mit der Hornbrille setzte sich ans Lenkrad und wandte sich ihr zu. »Mrs Bornholm?«

Sie drehte ihr Gesicht ganz zu ihm hin. »Ja?«

Als sie die Spraydose in seiner Hand sah, schloss sie instinktiv die Augen. Doch es nützte nichts. Ein intensiver, ätherischer Geruch drang ihr in die Nase, ein Schwindel setzte ein, und sie versank in Dunkelheit.

27

T-07:18:47 Victor saß an seinem Schreibtisch und dachte über das Gespräch mit dem Bischof nach. *Das ist ein Geschenk Gottes. Tun Sie Ihren Job. In unserer unchristlichen Zeit brauchen wir mehr denn je Vorbilder, Menschen, deren Glauben an Gott durch nichts zu erschüttern ist! Menschen wie Sie, Victor!* Er hatte es nicht gewagt, dem Bischof zu widersprechen, ihm klarzumachen, dass er eben nicht mehr über diesen unerschütterlichen Glauben verfügte. Schlimmer noch, dass sein Glaube durch das vermeintliche Wunder nicht etwa gefestigt, sondern nur noch weiter erschüttert worden war. Es erschien ihm fast, als sei das rätselhafte Auftauchen der Leiche in seiner Kirche eine Verhöhnung der Auferstehungsgeschichte – kein göttlicher Eingriff, sondern ein böser Streich Satans. Und nun stand er auf einmal im Rampenlicht und sollte den Leuten diese merkwürdige Begebenheit als Wunder Gottes verkaufen!

Das Gespräch hatte ihn nur noch mehr davon überzeugt, dass er der Falsche für diese Aufgabe war. Doch ob es Gott, das Schicksal oder gar der Antichrist war, der ihn in diese Lage gebracht hatte – er war nun mal hier und konnte sich dieser Verantwortung nicht entziehen, ob er sich ihr gewachsen fühlte oder nicht. Wenn er ausgerechnet jetzt sein Amt niederlegte, würde er nicht nur den Bischof, sondern seine ganze Gemeinde maßlos enttäuschen und irreparablen Schaden an der Kirche anrichten, für die er sein ganzes Leben gearbeitet hatte.

Herr, warum hast Du mir das auferlegt?, dachte er. *Warum gerade mir, dem schwächsten Schaf in Deiner Herde?*

Sein Blick fiel auf einen unscheinbaren Karton, der auf seinem Schreibtisch stand. Es handelte sich um die Habseligkeiten der Verstorbenen, die der Bestatter an der Leiche gefunden und ihm gegeben hatte, damit er sie den Angehörigen aushändigen konnte. In der Aufregung hatte er das völlig vergessen.

Er öffnete den Karton. Darin befanden sich eine Halskette aus Silber mit einem kleinen Kreuz als Anhänger, ein schlichter goldener Ehering, ein Portemonnaie und eine Armbanduhr, deren Sekundenzeiger sich nicht bewegte.

Victors Hände zitterten plötzlich, als er das Portemonnaie öffnete. Es enthielt etwas Bargeld, einen Ausweis der örtlichen Bibliothek und einen Führerschein, beides ausgestellt auf Consuela Messante.

Er starrte die Dokumente an, suchte nach einer Erklärung, fand keine. Schließlich streckte er die Hand nach dem Telefon aus, um die Polizei anzurufen, die die Leiche am Morgen abgeholt hatte, um sie zurück ins Leichenschauhaus zu bringen, bis ihre Identität festgestellt war. Doch dann zog er sie wieder zurück und wählte stattdessen Mrs Messantes Nummer.

»Oh, Reverend«, rief die Alte, »dieser ganze Trubel treibt mich noch in den Wahnsinn! Können Sie den Leuten nicht mal sagen, dass ich keine Heilige bin?«

»Mrs Messante, ich würde gern kurz bei Ihnen vorbeikommen«, sagte Victor. »Ich … möchte Ihnen etwas geben.«

»Was ist denn los? Sie klingen verunsichert. Ihnen

macht diese merkwürdige Sache auch zu schaffen, hab ich recht?«

»Ich würde das gern persönlich mit Ihnen besprechen. Ich bin gleich bei Ihnen.«

»Gut. Ich setze schon mal einen Beruhigungstee auf. Den können wir beide gebrauchen, glaube ich.«

Kurz darauf stand Victor in dem kleinen, etwas muffig riechenden Haus der Alten, das in Fußnähe der Kirche lag. Trotz ihrer vierundachtzig Jahre lebte sie allein, und sie schien ihr Leben durchaus im Griff zu haben. Das Wohnzimmer jedenfalls wirkte aufgeräumt und sauber.

Sie schenkte ihm eine Tasse aromatischen Tee ein.

»Sie sagten, Sie wollten mir etwas geben?«

Victor stellte den Karton auf den Couchtisch. »Das ... das hier wurde bei der Leiche gefunden«, sagte er und versuchte dabei, nicht auf die Kette zu starren, die sie um den Hals trug, auf den goldenen Ring an ihrem rechten Ringfinger oder auf die Uhr an ihrem linken Handgelenk.

Mrs Messante öffnete den Karton. Nach einer Weile nickte sie, als hätte sie nichts anderes erwartet.

»Also bin ich doch die Tote.« Sie blickte ihn mit Tränen in den Augen an. »Was hat das zu bedeuten, Reverend?«

»Ich weiß es nicht«, sagte Victor und schüttelte den Kopf.

»Jetzt hab ich zwei Führerscheine«, kommentierte die Alte, holte ein zweites, in jeder Hinsicht identisches Portemonnaie aus ihrer Jeans, legte es neben den Karton und klappte es auf. »Das ist ja ganz praktisch, falls ich mal einen verliere.«

Woher sie angesichts der Unfassbarkeit der Ereignisse die Kraft für ihren Humor nahm, war Victor schleierhaft.

Sie nahm den Ring aus dem Karton und hielt ihn hoch. »Hier ist das Datum meiner dritten Hochzeit eingraviert.« Sie zog den anderen Ring von der Hand und hielt beide nebeneinander. »Das … das ist ziemlich unheimlich.«

Victor nickte. »Ja, das ist es.« Er bemühte sich, zuversichtlich zu klingen. »Die Wege des Herrn sind manchmal sehr rätselhaft. Aber ich bin sicher, er hat sich etwas dabei gedacht.«

»Vielleicht … vielleicht ist meine Zeit gekommen, aber im Himmel … ist kein Platz für mich?«, meinte sie und sah Victor fragend an.

Der schüttelte heftig den Kopf. »Ich bin sicher, Gott würde Platz für Sie schaffen, Consuela.«

»Aber warum tut er das? Warum erschreckt er uns so? Will er unseren Glauben testen?«

»Das wäre gut möglich«, sagte Victor und dachte im selben Moment: Ich bin wohl leider durchgefallen.

Mrs Messante runzelte die Stirn, während sie gedankenverloren auf den Ring in ihrer Hand starrte. »Vielleicht ist es ein Zeichen … Vielleicht … steht die Wiederkunft Christi unmittelbar bevor. *Denn es wird die Posaune schallen, und die Toten werden auferstehen unverweslich, und wir werden verwandelt werden.* Was, wenn es jetzt passiert, Reverend? Was, wenn das Ende der Welt gekommen ist?«

Ein eisiger Schauer lief Victor über den Rücken. Die Wiederkunft Christi sollte ein Anlass zu großer Freude sein, doch er empfand in diesem Moment bloß eine kalte, unergründliche Angst.

Sein Blick fiel auf die Uhr im Karton. Er holte sie hervor und betrachtete sie genauer. Es war eine billige Quartzuhr mit elektrischem Uhrwerk. Die Zeiger standen auf Viertel vor zwölf. Die Uhr zeigte außerdem das Datum und den Wochentag an: Donnerstag, der Elfte.

Er stand auf und ging zu dem Fotokalender an der Wand, der ein Mädchen in volkstümlicher mexikanischer Tracht vor einer Kirche zeigte. Heute war Mittwoch, der Dritte. Der Elfte war nächste Woche Donnerstag.

Noch acht Tage.

28

T-07:13:11 Flackernde Neonröhren erhellten die kleine Lagerhalle im Hinterhof einer vor Jahren pleitegegangenen Import-Export-Firma. Die Zielperson lag auf einer alten Decke, Hände und Füße mit Kabelbindern gefesselt, die mit einem orangefarbenen Nylonseil an einem Pfeiler festgebunden waren.

Sparrow versuchte, sie so zu sehen – als Zielperson, nicht als menschliches Individuum. Das hatte er in Afghanistan gelernt: Kein feindliches Feuer ist für einen Soldaten so gefährlich wie die Zweifel, die ihn überkommen, wenn er den Feind als Menschen sieht, als Familienvater vielleicht oder Sohn einer Mutter, die um ihn trauern wird, sobald der Abzug einer amerikanischen Waffe betätigt wird. So manchem Kameraden war diese Menschlichkeit, das Zögern im entscheidenden Augenblick, zum Verhängnis geworden. Sparrow hatte überlebt, und das hatte er auch der Tatsache zu verdanken, dass er seine Skrupel überwunden hatte. Doch er spürte, wie die emotionale Kälte, die er sich selbst auferlegt hatte, bereits zu tauen begann. Dort lag kein zuvor bis an die Zähne bewaffneter Mudschahed, sondern eine junge, unschuldige Frau, die womöglich irgendeiner Riesensauerei auf der Spur war.

Alexandra, sagte er sich selbst. *Denk an Alexandra. Für sie tust du das. Für sie verkaufst du deine Seele.*

Er beugte sich über sie. Der angenehme Duft irgendeines teuren europäischen Parfüms stieg ihm in die Nase.

»Mrs Bornholm?« Als sie nicht reagierte, gab er ihr einen leichten Klaps auf die Wange. »Mrs Bornholm!«

Sie stöhnte. Ihre Augen flatterten, sie kniff sie geblendet zusammen, dann riss sie sie auf, als ihr plötzlich ihre Situation bewusst wurde und sie die gefesselten Hände auf ihrem Rücken spürte. Verzweifelt wand sie sich, versuchte sich zu befreien.

Schließlich gab sie auf und sagte etwas auf Deutsch. Auch wenn er die Worte nicht verstand, wusste er, was sie bedeuteten.

»Es geschieht Ihnen nichts. Vorläufig.«

»Wo ... wo bin ich? Wer sind Sie?«

»Sie sind sicher intelligent genug, um zu wissen, dass Sie darauf keine Antwort bekommen werden.«

Sie schwieg einen Moment. Ihr Gesicht zeigte Angst, aber keine Panik. Sie flehte nicht, schimpfte nicht, fügte sich aber auch nicht einfach in ihr Schicksal. Sie überlegte, analysierte ihre Optionen, schmiedete Pläne. Sparrows Respekt vor der Frau stieg, und er war froh, dass er hinsichtlich ihrer Fesseln auf Nummer sicher gegangen war.

»Wie geht es Ihnen?«, fragte er. Die Frage war ernst gemeint, obwohl sie in ihren Ohren zynisch klingen musste. Er wusste, dass sie unter Kopfschmerzen und vielleicht etwas Übelkeit litt – normale Nachwirkungen des Betäubungsmittels.

Statt zu antworten, fragte sie: »Was haben Sie mit mir vor?«

»Ich habe nichts mit Ihnen vor. Ich habe Sie nur hergebracht, damit wir in Ruhe reden können.«

»Das hätten wir auch in der Bar machen können. Oder in Ihrem Auto.«

Ihm wurde klar, dass es schwieriger werden würde, sie einzuschüchtern, als er gedacht hatte. Ungebeten drängten sich Morris' Worte in seinen Kopf: *Wenn ihr ein Unfall zustoßen würde, würde ihr hier keiner eine Träne nachweinen.*

»Sagen wir, ich wollte meinen Worten etwas Nachdruck verleihen. Sehen Sie, ich bin ein Mann fürs Grobe. Leute engagieren mich, um andere Leute einzuschüchtern. Das kann ich ganz gut. Ich versuche es normalerweise erst auf die sanfte Art.«

»Wenn das hier die sanfte Art ist, dann möchte ich nicht Ihre unangenehme Seite kennenlernen.«

»Die möchte ich Ihnen auch nicht zeigen. Wie gesagt, mein Job ist es, Ihnen eine Botschaft zu überbringen, auf eine Art, die Ihnen zeigt, dass die Leute, die mich beauftragen, es wirklich ernst meinen.«

»Und wie lautet diese Botschaft?«

»Sehr einfach: Nehmen Sie den nächsten Flieger zurück nach Deutschland. Halten Sie sich aus der Sache raus, deretwegen Sie hierhergekommen sind.«

»Hat Neil Grafton Sie beauftragt?«

»Sie können sich die Mühe sparen. Die Leute, die mich beauftragen, bleiben anonym, und sie sagen mir nicht, warum. Es gibt also nichts, was ich ausplaudern könnte. Alles, was ich weiß, ist, dass der Nächste, den diese Leute zu Ihnen schicken, weniger zimperlich sein wird.«

Sie schwieg einen Moment.

»Sie waren im Krieg, nicht wahr?«, fragte sie. »Afghanistan?«

Die Frage erwischte ihn auf dem falschen Fuß. Da ihm keine passende Erwiderung einfiel, schwieg er.

»Ich bin Videobloggerin. Ich habe mal ein Interview mit

einem deutschen Soldaten gemacht, der in Afghanistan in einen Hinterhalt geraten war und nur knapp überlebt hat. Der Mann war traumatisiert. Er hat gesagt, er könne seitdem keine Emotionen mehr empfinden – keine Liebe, keinen Hass, keine Angst, keine Hoffnung. Er war wie ein Roboter. Es war das traurigste Interview, das ich je geführt habe.«

Sparrow schwieg. Es gab nichts, was er sagen konnte, das in dieser Situation nützlich gewesen wäre. Doch ihre Worte berührten ihn tiefer, als ihm lieb war. Konnte es sein, dass auch er einen Teil seiner Emotionen verloren hatte? War es das, was die Leere in seinem Inneren erklärte? War es das, was Sarah so hatte verzweifeln lassen? Er hatte ihre Alkoholsucht immer auf Alexandras Krankheit geschoben. Aber was, wenn er selbst das Problem war? Die Army hatte ihn nach seiner Gefangenschaft durch einen Psychologen betreuen lassen, doch die Gespräche mit dem Mann waren fruchtlos gewesen, weshalb Sparrow sie nach wenigen Sitzungen abgebrochen hatte.

»Was passiert jetzt als Nächstes?«, fragte sie.

»Wenn Sie mir versprechen, dass Sie tun, was ich sage, fahre ich Sie in Ihr Hotel. Sie packen die Koffer, buchen den nächsten Flug und machen sich auf den Heimweg.«

»Das ist alles? Um mir das zu sagen, haben Sie mich betäubt, an Händen und Füßen gefesselt und hierhergebracht?«

»Ich habe das gemacht, um Ihnen zu verdeutlichen, dass ich Sie ebenso gut übel hätte zurichten können. Glauben Sie mir, wenn meine Auftraggeber es gewollt hätten, dann hätte niemand je Ihre Leiche gefunden. Sie haben sich mit Mächten eingelassen, denen Sie nicht gewachsen sind, Mrs Bornholm. Diese Leute sind so rücksichtsvoll, Sie durch mich zu warnen. Ich habe keine Ahnung, was als Nächstes passieren wird, falls Sie diese Warnung nicht ernst nehmen. Ich an Ihrer Stelle würde es nicht darauf anlegen, es herauszufinden.«

»Nehmen wir an, ich fliege morgen nach Denver, nehme mir von da einen Mietwagen und komme zurück. Wer sollte mich daran hindern?«

»Mrs Bornholm, ich weiß wie gesagt nicht, wer die Leute sind, die mich geschickt haben. Ich weiß auch nicht, was diese Leute für Mittel haben. Aber sie haben mir ein Foto von Ihnen gegeben und mir Ihr Hotel genannt. Wenn Sie einen Mietwagen buchen, werden sie es erfahren. Wenn Sie bei McDonald's einen Milchshake trinken, wissen sie es vermutlich auch. Tun Sie sich selbst den Gefallen, fahren Sie einfach nach Hause, und halten Sie sich raus.«

Zorn blitzte in den Augen der Deutschen auf. »So einfach ist das, ja? Sie schüchtern mich ein, ich gebe auf, und die Leute, die Hans Ichting getötet haben, machen einfach weiter?«

»Wer ist Hans Ichting?«, fragte Sparrow, bevor er sich selbst daran hindern konnte.

Sie zog eine Augenbraue hoch. »Sagten Sie nicht, Sie wissen nicht, worum es hier geht, und es interessiert Sie auch nicht? Professor Hans Ichting war einer der besten Physiker der Welt, eine Art zweiter Einstein. Er starb, kurz nachdem ich ihn interviewt habe. Angeblich war es Selbstmord, aber daran glaube ich nicht. Ich habe herausgefunden, dass er bis vor einem halben Jahr hier in den USA an irgendeinem geheimen Projekt gearbeitet hat, wahrscheinlich für Neil Grafton. Das ist der Vorstandsvorsitzende von Allied Industries, falls Sie das nicht wussten, und der Wissenschaftsberater Ihres Präsidenten. Ich nehme an, er ist Ihr mysteriöser Auftraggeber. Was immer diese Leute zu verbergen haben, es reicht vermutlich bis in höchste Regierungskreise.«

Sparrow schwieg, während er sich aus tiefstem Herzen wünschte, sie hätte den Mund gehalten. Es kam ihm vor, als würde sie ihn mit ihrem Wissen vergiften, ihn mit einem bösartigen Virus infizieren.

»Also schön«, sagte sie nach einer Weile. »Ich werde morgen nach Hause fliegen. Lassen Sie mich jetzt gehen?«

Zur Antwort löste er das Nylonseil und durchtrennte den Kabelbinder an ihren Füßen mit einem Messer, dann half er ihr auf und führte sie zu dem Wagen, den ihm Morris für diese Aktion besorgt hatte.

»Sie haben Ihr Gesicht nicht vor mir verhüllt«, sagte sie, als er losfuhr. »Das macht mir ein wenig Angst. Was ist, wenn ich zur Polizei gehe?«

»Ich bin nur ein Handlanger, Mrs Bornholm. Austauschbar, unwichtig. Wenn Sie mich anzeigen, komme ich schlimmstenfalls wegen Freiheitsberaubung und Nötigung für ein paar Monate hinter Gitter. Sie allerdings werden das wahrscheinlich mit dem Leben bezahlen.«

Schweigend fuhren sie ein paar Meilen durch die Stadt, bis er in einer Seitenstraße in der Nähe ihres Hotels hielt. Er löste ihre Handfesseln. »Das Hotel ist dort die Straße runter.«

»Danke fürs Vorbeibringen«, sagte sie sarkastisch.

Die Frau hatte Chuzpe, das musste man ihr lassen. Sparrow hoffte, dass sie sich trotzdem an seinen Rat halten und er nie wieder von ihr hören würde.

29

T-07:18:56 *Mann in St. Petersburg erscheint aus dem Nichts*, lautete der Titel des Videos. Es war bereits über fünftausend Mal angesehen worden, bevor der Fake-Alarm des Videoportals *Uvid* angeschlagen, es vorübergehend blockiert und der internen Kontrollabteilung zugeleitet hatte. Mehr als drei Prozent derjenigen, die das Video abgespielt hatten, hatten auf den Fake-Button geklickt; das war ungewöhnlich viel, selbst für eine so offensichtlich unsinnige Überschrift. Milton Harris bewegte den Mauszeiger in Richtung des Buttons mit der Aufschrift *Video blockieren*, zögerte dann jedoch.

Seit überall auf der Welt die Gesetze verschärft worden waren und sozialen Netzwerken wie *Uvid* die Last aufgebürdet wurde, zu entscheiden, was legal war und was nicht, hatte sich der Aufwand für die Filterung von Content vervielfacht. Wie die meisten Konkurrenten hatte *Uvid* Regeln eingeführt, nach denen die User selbst ein Video kennzeichnen mussten, wenn es »manipuliert« war, zum Beispiel durch visuelle Tricks und Bildbearbeitung – so ähnlich, wie Werbebeiträge auf Newsportalen als solche gekennzeichnet sein mussten. In einer Zeit, in der jeder mithilfe von sogenannter Facial Reenactment Software die Gesichtszüge eines anderen Menschen in einem Video in Echtzeit manipulieren und so zum Beispiel einem Politiker beliebige Worte in den Mund legen konnte, war diese Kennzeichnung auf den ersten Blick eine gute Idee. Aber natürlich hielt sich nicht jeder daran.

Algorithmen identifizierten anhand einer Vielzahl von Kriterien potenzielle Fakes, die von ihren Schöpfern als *true*, also nicht manipuliert, markiert worden waren, und leiteten sie an die Prüfstelle weiter, wo sie einem Menschen wie Milton zur finalen Entscheidung vorgelegt wurden. Das wichtigste dieser Kriterien war, wie viele User das Video als *Fake* markiert hatten. Ein weiteres Kriterium war die Vertrauenswürdigkeit desjenigen, der es hochgeladen hatte. Renommierte Zeitungen und Fernsehsender sowie etablierte Blogger und professionelle Videoproduzenten besaßen hohe Vertrauensscores, während Normalnutzer, die erst wenige Videos hochgeladen hatten, einen geringen Score hatten. Und natürlich hatte es einen erheblichen Einfluss auf diesen Score, ob bereits ein früheres Video dieses Users als falsch gekennzeichnet und dann blockiert worden war.

Die meisten seiner Kollegen machten sich die Arbeit einfach und klickten permanent auf *Block Video*. Immerhin war der mögliche Schaden dadurch, dass ein harmloser Videoclip den Usern vorenthalten wurde, weit geringer als der, den ein falsch gekennzeichnetes und somit illegales Video anrichten konnte, wenn es einem durchrutschte. In manchen Ländern, wie zum Beispiel Deutschland, drohten dafür drakonische Geldstrafen.

Doch in Miltons Augen war diese Art von Zensur eine gefährliche Angelegenheit. Es war jetzt ein Leichtes, ein Video aus welchen Gründen auch immer zu denunzieren, indem man ein paar Dutzend Leute dazu brachte, auf *Fake* zu klicken. Und die Wahrscheinlichkeit war groß, dass das Video auf diese Weise endgültig blockiert wurde. Fußballfans konnten Videos von Fans anderer Teams blockieren und politische Gruppierungen alles, was nicht ihrer eigenen Meinung entsprach. Die Flut der angeblichen Fakes war inzwischen so groß, dass das Team, dem Milton angehörte, bei Weitem nicht mit der Arbeit nachkam. So landete viel Content im virtuellen Mülleimer, den die Videoamateure mit viel Mühe erstellt hatten und der es wert gewesen wäre, eine gewisse Verbreitung zu bekommen, und sei es auch nur, um die Meinungsvielfalt zu erhalten. Manchmal fanden sich auch echte Perlen darunter – satirische Beiträge etwa, die irgendjemandes Gefühle verletzt hatten.

Milton versuchte, solche Perlen in der Flut der markierten Beiträge zu finden und sie für die Allgemeinheit zu retten. Das aber bedeutete, dass er sich die Videos, die er beurteilen sollte, tatsächlich ansehen musste. Ein enormer Zeitaufwand, der dazu führte, dass er deutlich weniger Videos pro Stunde bewertete als die meisten seiner Kollegen. Das wiederum trieb die Kosten pro Video in die Höhe, die das Portal regelmäßig gegenüber den Aktionären berichten musste, und brachte ihn immer wieder in Konflikt mit Emily, seiner Vorgesetzten, einer knapp dreißigjährigen ehemaligen Journalistin, die diese Abteilung als Karrieresprungbrett betrachtete und sich kein bisschen um die Inhalte scherte, die von ihren Mitarbeitern blockiert wurden. Wahrscheinlich würde es nicht mehr lange dauern, bis sie ihn feuerten, und das konnte sich Milton eigentlich nicht leisten. Trotzdem …

Er bewegte die Maus weg vom *Blockieren*-Button und startete das Video. Allein der absurde Titel war ein starkes Indiz dafür, dass es sich hier um ein Fake handelte und die Kennzeichnung als *true* durch denjenigen, der es hochgeladen hatte, gegen die *Uvid*-Nutzungsbedingungen verstieß. Doch die hohe Zahl der Likes und Shares in kurzer Zeit deutete darauf hin, dass das Video gut gemacht oder zumindest unterhaltsam war, und damit war es in Miltons Augen so etwas wie Kunst.

Zunächst erschien der Inhalt, der von einem User namens Boris Jakelew hochgeladen worden war, ziemlich uninteressant. Eine junge Frau hatte ein kleines Kind auf dem Arm. Sie standen am Geländer einer Brücke in einem Park. Das bereits herbstliche Laub der Bäume deutete darauf hin, dass das Video erst kürzlich aufgezeichnet worden war. Die Frau sagte etwas auf Russisch und winkte in die Kamera. Plötzlich gab es einen Knall. Die Frau zuckte zusammen, das Kind begann zu schreien. Ein kruder roter Pfeil, der nachträglich mit einer Editiersoftware in das Video eingefügt worden war, zeigte auf eine Gestalt im Hintergrund, die nur unscharf zu erkennen war: ein Mann in Freizeitkleidung, der zu Boden sackte, während die Frau sich erschrocken umsah. Das Video schwenkte in eine andere Richtung, man sah einige andere Spaziergänger, die ebenfalls erschrocken schienen. Eine Frau rannte davon. Die Stimme der Frau mit dem Kind war zu hören, wie sie etwas auf Russisch sagte, womöglich die Aufforderung, diesen Ort zu verlassen. Damit endete das Video.

Milton spulte zurück bis kurz vor der Stelle, an der der rote Pfeil erschien, und ließ das Video noch einmal in Zeitlupe laufen. Wenn man wusste, wo man hinsehen musste, war es deutlich zu sehen: Auf einer leeren Rasenfläche erschien der Mann tatsächlich wie aus dem Nichts und brach sofort zusammen. Weder die Frau mit dem Kind noch der Kameramann schienen dieses Auftauchen bemerkt zu haben. Offenbar hatten sie nur den Knall gehört und waren in Panik geraten.

Als Milton die Szene noch einmal wiederholte, fielen ihm mehrere Details auf. Das erste war, dass der Knall erst wenige Einzelbilder, nachdem die Figur auftauchte, in der Audiospur registriert wurde. Er schätzte die Entfernung zwischen der Kamera und der Wiese mit dem zusammenbrechenden Mann auf etwa hundert Meter, rechnete nach und stellte fest, dass diese Verzögerung ziemlich genau der Zeit entsprach, die der Schall von dort bis zur Kamera benötigt hätte. Noch bemerkenswerter war das zweite Detail: Das Laub der Bäume im Hintergrund bewegte sich erkennbar, als sei von dieser Stelle ein starker Luftzug ausgegangen wie etwa bei einer Explosion. Auch diese Bewegungen begannen minimal vor dem Knallgeräusch. Das dritte war der Gesichtsausdruck des Kindes. Es riss kurz die Augen auf, als es den Knall hörte, und begann dann zu weinen. Die Schreckreaktion wirkte überaus realistisch. Auch die Reaktion der Mutter war sehr überzeugend, aber bei ihr konnte es sich um eine gute Schauspielerin handeln.

All das änderte natürlich nicht das Geringste an der Tatsache, dass das Video offensichtlich ein Fake war. Schließlich konnte ja nicht einfach so ein Mann aus dem Nichts auftauchen. Aber die Fälschung war extrem gut gemacht und hätte ohne Weiteres einem Special-Effects-Experten aus Hollywood zur Ehre gereicht. Womöglich war genau dies der Grund für das Video: Ein junger Videokünstler aus Russland wollte sich offenbar mit seinem Können bei Filmproduzenten empfehlen. Das Drehbuch war zwar ziemlich ungewöhnlich, aber gerade das machte das Video umso überzeugender. Er hatte das Video wahrscheinlich als *true* gekennzeichnet, um einen möglichst hohen Verbreitungsgrad zu erzielen.

Milton seufzte. Es war wirklich schade um dieses kleine

Meisterwerk. Aber seine Dienstanweisungen waren eindeutig: Sobald ein offensichtlich bearbeitetes Video als echt deklariert war, musste es gesperrt werden. Also klickte er schweren Herzens auf *Video blockieren. Ich wünsche dir trotzdem viel Erfolg, Boris Jakelew*, dachte er. *Du hast es echt drauf!*

30

T-07:09:50 Mit zitternden Knien stieg Nina aus dem Auto und stolperte die Straße entlang. Ihr Entführer fuhr ohne erkennbare Hast davon. Sie überlegte, ob sie ein Handyfoto des Wagens machen sollte, entschied sich jedoch dagegen. Die Tatsache, dass er ihr das iPhone nicht abgenommen hatte, zeigte deutlicher als jede Drohung, wie wenig sie ausrichten konnte. Er hatte es nicht nötig gehabt, sie anzulügen: Wenn sie zur Polizei ging, würde es für sie sehr viel übler ausgehen als für ihn.

Sie rieb sich die schmerzenden Handgelenke, während sie innerlich kochte vor Wut. Ihr verletztes Ego wehrte sich mit aller Macht dagegen, dem Druck nachzugeben. Die Typen, die Ichting auf dem Gewissen hatten, durften nicht davonkommen!

Als sie endlich ihr Hotelzimmer betrat, war es kurz vor zwei morgens, in Deutschland bereits kurz vor zehn. Sie suchte Christins Nummer aus dem Speicher, zögerte jedoch, die Anruftaste zu drücken. Was, wenn die ihr Handy abhörten? Falls die US-Regierung in die Sache verwickelt war, war das wahrscheinlich. Immerhin hatte die NSA sogar das Handy der Bundeskanzlerin belauscht.

Wenn Sie bei McDonald's einen Milkshake trinken, wissen sie es vermutlich auch.

Kalter Schweiß brach ihr aus allen Poren, als ihr plötzlich

bewusst wurde, dass sie nur knapp demselben Schicksal entgangen war, das Ichting ereilt hatte. Wie einfach war sie ihm in die Falle gegangen! Wie erbärmlich und hilflos hatte sie sich gefühlt, als sie gefesselt in der leeren Lagerhalle zu sich gekommen war.

Ihr wurde schwindelig, und Kopfschmerzen und Übelkeit überkamen sie mit neuer Heftigkeit. Sie setzte sich aufs Bett und starrte ins Leere, während sich ihre Gedanken im Kreis drehten. Schließlich zog sie sich aus und legte sich hin, doch es dauerte lange, bis sie in den Schlaf fand.

Als sie erwachte, war es bereits Mittag. Sie spürte immer noch die Nachwirkungen des Betäubungsmittels. An ihren Hand- und Fußgelenken waren dort, wo die Fesseln ihre Haut aufgescheuert hatten, rote Male zu sehen. Sie zog trotz der Hitze ein langärmeliges Sweatshirt an und fuhr direkt zum Airport. Dort buchte sie den nächsten Flug nach Hamburg, der noch am selben Abend ab Denver über Frankfurt gehen würde. Die Umbuchung kostete sie einen vierstelligen Betrag, aber das war ihr egal. Sie würde erst wieder ruhig atmen können, wenn sie sicher in ihrer Wohnung war.

»Ist Ihnen nicht gut?«, fragte der Beamte an der Passkontrolle in Denver.

»Jetlag«, antwortete sie knapp und rang sich ein dünnes Lächeln ab.

Er musterte sie misstrauisch, sagte jedoch nichts weiter.

Sie war froh, als sie endlich in der Lufthansa-Maschine saß und diese auf die Startbahn des Flughafens von Denver rollte. Auf einmal kamen ihr die Tränen, ohne dass sie wusste, ob vor Erleichterung oder vor Entsetzen. Sie wischte sie mit einem Papiertaschentuch ab und schloss die Augen, fand jedoch keine Ruhe.

Immer wieder sah sie das Gesicht des Mannes vor sich, der sie entführt und gefesselt hatte. In seinen Augen hatte sie echte Sorge um sie zu erkennen geglaubt. Man hatte ihm angesehen, dass ihm der Job keinen Spaß machte. Sie hatte Glück gehabt, an ihn geraten zu sein. Andere hätten sie vielleicht aus reinem Vergnügen gequält.

Die Maschine landete am frühen Morgen mit zwei Stunden Verspätung in Frankfurt, sodass Nina den Weiterflug verpasste und mehrere Stunden am Flughafen warten musste. Sie nutzte die Gelegenheit, um Paul anzurufen.

»Du bist schon zurück?«, fragte er verwundert.

»Es war eine Schnapsidee, in die Staaten zu fliegen.«

»Das heißt, du hast nichts rausgefunden?«

»Nein.«

»Geht es dir gut? Du klingst … gestresst.«

»War ein langer Flug.«

»Nina, ich … ich würde gern kurzfristig nach Hamburg kommen. Mein Termin am DESY ist erst in zwei Wochen, aber wir könnten das Wochenende miteinander verbringen. Natürlich nur, wenn es dir recht ist.«

Unsicher, ob Pauls Besuch zu diesem Zeitpunkt wirklich eine gute Idee war, zögerte sie einen Moment. Noch mehr Komplikationen konnte sie jetzt wirklich nicht gebrauchen. Doch gleichzeitig sehnte sie sich nach einer starken Schulter, nach seinem britischen Humor, seinem unerschütterlichen Optimismus.

»Ja, okay. Das wäre schön.«

»Gut. Dann bin ich morgen bei dir. Ich freue mich darauf!«

»Ich mich auch.«

Als sie endlich ihre Wohnung erreichte, war es früher Nachmittag. Sie war fast vierundzwanzig Stunden unterwegs gewesen und hatte kaum geschlafen. Sie entschied sich dagegen, Christin anzurufen, duschte kurz und fuhr direkt zur Redaktion des *Reflektor*, die in einem eleganten Glasbau am Hafenrand untergebracht war.

Christin holte sie am Empfang ab. »Was ist los? Wieso bist du schon wieder zurück?«

»Können wir irgendwo ungestört reden?«

»Klar. Komm mit.« Sie führte Nina in einen kleinen Konferenzraum mit Elbblick. »Möchtest du einen Kaffee?«

»Gern.«

Nina blickte aus dem Fenster, sah ein Boot voller Touristen auf einer Hafenrundfahrt vorbeifahren und kam sich auf einmal unwirklich vor, als sei dies alles ein Film. Definitiv der falsche für sie.

Christin kam mit dem Kaffee zurück, begleitet von einem Mann mit Glatze und Vollbart.

»Das ist Mike. Er arbeitet in der Politikredaktion. Ich hab gedacht, ich bringe ihn gleich mal mit, wenn du schon hier bist. Das ist dir doch recht?«

Mike gab ihr die Hand. Nina war sich nicht sicher, ob sie bereit war, aus ihren Erlebnissen eine offizielle Geschichte zu machen. Sie betrachtete das rote Mal an ihrem linken Handgelenk, das unter ihrer Uhr zum Vorschein kam.

»Ja, natürlich.«

Sie erzählte, was sie erlebt hatte, vom Interview mit Ichting bis zu ihrer Entführung. Immer wieder kamen ihr zwischendurch die Tränen.

»Was denkst du?«, fragte Christin ihren Kollegen. »Können wir daraus was machen?«

Mike runzelte die Stirn. »Das ist definitiv ein Lead. Mehr aber auch nicht.« Er sah auf seinen Block. »Die Fakten sind mehr als dünn. Wir haben den Tod von Hans Ichting, bei dem es nach offizieller Darstellung keine Hinweise auf Fremdverschulden gibt. Wir haben ein Foto, auf dem Ichting auf irgendeiner Konferenz neben einem amerikanischen Professor steht. Wir haben den Namen Grafton, den dieser Professor genannt hat, um eine lästige Journalistin loszuwerden – nicht gerade ein originelles Ablenkungsmanöver. Und wir haben eine Entführung, die offensichtlich dem Zweck diente, sie einzuschüchtern, aber keinerlei Hinweise darauf, wer dahintersteckt. Das ist weit davon entfernt, eine belastbare Geschichte zu sein.«

»Das heißt, Sie können nichts tun?«, fragte Nina.

»Das heißt es nicht. Wie gesagt, das ist definitiv ein Lead, und ich bin Ihnen dankbar, dass Sie zu uns gekommen sind. Aber es ist noch keine Story. Wir müssten mindestens eine Verbindung zwischen Grafton, Ichting und Bernardino nachweisen, dann ließe sich vielleicht etwas draus machen. Wenn Ichting und Bernardino tatsächlich zusammengearbeitet haben, wäre es plausibel, dass Ihre Entführung darauf zurückzuführen ist, dass Sie Bernardino angesprochen haben. Und wenn der Name Grafton kein Ablenkungsmanöver war, könnte man zumindest andeuten, dass er der Auftraggeber gewesen sein könnte.«

»Also geht es in erster Linie darum, herauszufinden, was Ichting gemacht hat, während er in den USA war«, folgerte Nina.

»Korrekt. Ich werde mich darum kümmern. Wir haben einen Korrespondenten in Dallas, den werde ich bitten, der Sache vor Ort nachzugehen. Ich selbst fahre ans DESY und spreche mit Ichtings Vorgesetztem, der muss ja irgendwas wissen. Außerdem werde ich mal mit ein paar Leuten reden, die Ichting gekannt haben, und bei der Staatsanwaltschaft offiziell um Akteneinsicht bitten. Vielleicht finden wir irgendwelche Hinweise, die Ihre Zweifel an der Selbstmordthese unterstützen. Ich weiß aber nicht, ob der Staatsanwalt mir Einblick gewährt – dafür muss ich ein öffentliches Interesse begründen, und das ist in diesem Fall und bei unseren kümmerlichen Fakten nicht ganz leicht.«

Nina war erleichtert, dass sie nun nicht mehr allein war. Damit würde sie hoffentlich auch aus der Schusslinie der Leute geraten, die hinter dem Mord an Ichting steckten.

»Ich danke Ihnen, dass Sie sich der Sache annehmen«, sagte sie. »Und danke dir auch, Christin, dass du das gleich ernst genommen hast.«

Ihre Freundin lächelte. »So, wie du aussiehst, war mir gleich klar, dass du keine Vergnügungstour hinter dir hast.«

»Und ich werde vielleicht noch mit weiteren Fragen auf Sie zukommen«, sagte Mike. »Vielen Dank erst einmal.«

Damit verabschiedeten sie Nina, die nach Hause ging und todmüde in ihr Bett fiel. Im Bewusstsein, getan zu haben, was sie konnte, schlief sie rasch ein.

31

T-05:01:05 *Und wenn ich wüsste, dass morgen die Welt untergeht, ich würde heute noch einen Apfelbaum pflanzen.* Wer hatte das noch gleich gesagt? Victor wusste es nicht mehr. Doch er wusste, dass er bei Weitem nicht dieses Gottvertrauen besaß.

Seit dem Gespräch mit Mrs Messante war er in eine Lethargie verfallen. Statt die Zeit zu nutzen, die ihm noch blieb, um wenigstens seine eigene Gemeinde auf die Wiederkunft Christi vorzubereiten, saß er bloß da und starrte ins Leere. Vor ihm lag ein unbeschriebenes Blatt Papier. Eigentlich hätte dort schon längst der Entwurf der Predigt stehen sollen, die er morgen halten musste – vielleicht die wichtigste Predigt seines Lebens. Doch wann immer er den Stift in die Hand nahm, war sein Hirn wie leer gefegt.

Das Telefon hatte in den letzten Tagen andauernd geklingelt, doch er hatte es einfach ignoriert. Es wäre seine Pflicht gewesen, den Bischof zu informieren, doch er hatte Angst, dass er dieses Mal nicht ruhig bleiben würde, wenn dieser ihm mit irgendwelchen Durchhalteparolen oder Marketingfloskeln kam. Und auf die Journalisten hatte er erst recht keine Lust.

Verzweifelt klammerte er sich an den Gedanken, dass sich alles am Ende als großer Irrtum herausstellen würde. Zugegeben, die Sache mit den doppelten Gegenständen war ebenso bizarr wie die Leiche einer Frau, die daneben noch lebte. Aber daraus auf den Weltuntergang zu schließen, war wohl doch etwas gewagt. Und selbst wenn es stimmte und Mrs Messantes Uhr auf irgendeine unerklärliche Weise den exakten Zeitpunkt der Wiederkunft Christi zeigte, wusste er bloß, dass es an einem Donnerstag, dem Elften passieren würde. Er hatte das gegoogelt: Es gab diese Konstellation ungefähr zweimal im Jahr, das übernächste Mal in etwa einem halben Jahr. Es war also gut möglich, dass ihm noch wesentlich mehr Zeit blieb, als er ursprünglich gedacht hatte.

Der Weltuntergang war in der Vergangenheit schon oft genug vorausgesagt worden, manchmal aufgrund alberner Pseudofakten, wie zum Beispiel anhand des Maya-Kalenders, der diesen angeblich für den 21.12.2012 prophezeit hatte, manchmal aufgrund von Fehlinterpretationen der Bibel oder anderer historischer Dokumente. Doch bisher hatte er noch jedes Mal verschoben werden müssen. Victor war sich immer sicher gewesen, dass Gott es nicht nötig hatte, die Wiederkunft Christi vorher anzukündigen – es würde einfach geschehen, wenn es geschehen sollte, und am besten lebte jeder sein Leben so, als würde es morgen passieren.

Doch nun war unzweifelhaft etwas eingetreten, das man als Zeichen deuten musste, da hatte die alte Mrs Messante recht. Man musste schon ein ziemlich verbohrter Atheist sein, um die offensichtlich jeder physikalischen Logik widersprechenden Fakten als natürliches Ereignis zu interpretieren. Victor mochte ein von Zweifeln befallener Priester sein, ein Atheist war er deshalb noch lange nicht – schlimmstenfalls ein Agnostiker, der sich nicht sicher war, ob es Gott wirklich gab, geschweige denn, in welcher Form er in Erscheinung trat oder ob er überhaupt in das Weltgeschehen eingriff.

Was sollte er nur tun? Was konnte er überhaupt tun? Aber

irgendwas musste er doch machen, statt tatenlos herumzusitzen, während womöglich die letzten Tage der Menschheit unwiederbringlich verrannen! Nur was? Was konnte er den Menschen sagen, das ihnen half, sich vorzubereiten? Wie konnte er sie trösten, sie vielleicht zu wahrer Reue führen, um ihnen beim Jüngsten Gericht noch mildernde Umstände zu verschaffen? Die Gedanken jagten einander in seinem Kopf wie ein Schwarm zankender Spatzen.

Schließlich sah er ein, dass er allein nicht weiterkam. Er brauchte Rat. Bischof Brown war derjenige, den er offiziell um Rat hätte bitten sollen, doch wie er sich eingestehen musste, traute er dem Mann fast ebenso wenig wie den Herrschaften in Washington. Er vertraute der alten Mrs Messante, doch die war durch die Ereignisse schon genug belastet. Er wollte ihre Unsicherheit und Angst nicht noch vergrößern, indem er ihr seine eigenen Sorgen aufbürdete. Angela Smith vielleicht? Sie litt nicht unter Zweifeln; im Gegenteil führte sie sich auf, als wisse sie ganz genau, was Gott mit der Menschheit vorhatte, und genoss die Aufmerksamkeit der Medien. Vielleicht war tatsächlich sie es, die die Speerspitze einer neuen religiösen Bewegung bilden konnte. Doch Victor traute ihr ebenso wenig wie dem Bischof. Wenn er ihr das Datum aus der nächsten Woche nannte, auf das die Uhr vielleicht hinwies, würde sie womöglich eine Panik auslösen. Es konnte zu hysterischen Reaktionen kommen, zu Plünderungen und sonstigen Exzessen oder sogar Massenselbstmorden. Und er wäre daran schuld!

Mr Fallon, der Krebskranke aus der Privatklinik, fiel ihm ein. Wenn jemand die seelische Kraft hatte, die unfassbare Botschaft der bevorstehenden Wiederkunft Christi zu verarbeiten, dann er. Zwar war es noch nicht Zeit für Victors wöchentlichen Besuch in der Klinik, doch Mr Fallon würde sich über die Abwechselung sicher freuen. Und vielleicht würde ihm die Nachricht, dass womöglich schon in gut einer Woche alles irdische Leben endete, das eigene Schicksal erträglicher machen.

Mit frischem Mut machte Victor sich auf den Weg. Doch als er die Klinik erreichte, empfing ihn die diensthabende Schwester mit ernster Miene.

»Gut, dass Sie kommen, Reverend. Mr Fallon ist gestern Nacht ins Koma gefallen. Dr. Harper glaubt nicht, dass er noch einmal daraus erwacht. Es wäre gut, wenn Sie ihm die letzte Absolution erteilen würden.«

Victor spürte ein flaues Gefühl im Magen, doch er nickte. Er setzte sich ans Bett des Todgeweihten auf der Intensivstation. Mr Fallons Gesicht wirkte bleich und ausgemergelt, doch die Gesichtszüge waren entspannt, als schliefe er friedlich. Sein Puls piepte regelmäßig in den Überwachungsinstrumenten. Victor legte seine Hand auf die Stirn des Mannes, sprach ein Gebet und empfahl seine Seele Gott, während die Schwester, die Fallon offenbar sehr gemocht hatte, andächtig danebenstand.

»Würden Sie mich bitte einen Moment mit Mr Fallon allein lassen?«, bat Victor.

»Selbstverständlich, Reverend.«

Als sie gegangen war, war es Victor, der beichtete. Er ergriff die schlaffe Hand des Mannes und erzählte ihm von seinen Zweifeln, seinem Entschluss, den Beruf des Priesters aufzugeben, von den Ereignissen in der Kirche und von seiner Unfähigkeit, zu erkennen, was Gott in dieser Situation von ihm erwartete. Auch wenn der Alte ihn nicht hören konnte, war es ein gutes Gefühl, sich diese Last von der Seele zu reden. Und es gab Victor einen Teil seiner Gelassenheit und Zuversicht zurück, so wie jeder Besuch zuvor.

Fast war es, als könne er Mr Fallons Stimme in seinem Kopf hören: *Man muss das Los tragen, das Gott einem auferlegt, so wie Jesus sein Kreuz getragen hat.* Auch der Heiland hatte nicht gewusst, warum sein Vater ihm diese Last aufgebürdet hatte. Auch er war verzweifelt und ratlos gewesen. Doch am Ende hatte ihm Gott seinen Willen offenbart, ihn zu sich geholt, und sein Tod am Kreuz hatte zweitausend Jahre lang den Menschen Hoffnung gegeben, auch wenn er oft als Rechtfertigung für Gräueltaten missbraucht worden war.

Wo er schon einmal hier war, konnte Victor ja auch die anderen Patienten besuchen. Besonders auf Alexandra Sparrow freute er sich, auch wenn er nicht vorhatte, sie mit seinen Problemen zu belasten.

Als er an ihren Glaskasten trat, blickte sie von ihrem Tablet auf und strahlte ihn an. »Reverend! Stimmt es wirklich, dass die alte Frau von den Toten auferstanden ist?«

Victor überlegte nicht, sagte einfach, was ihm durch den Kopf ging: »Nein. Nein, sie ist nicht wiederauferstanden. Noch nicht. Aber Gott hat ihren toten Körper zu uns geschickt, obwohl sie noch lebt, um uns zu zeigen, dass wir keine Angst vor dem Tod haben müssen, denn das Leben währt ewig. Und er hat uns durch sie gezeigt, dass die Wiederkunft Christi kurz bevorsteht.«

Alexandra sah ihn erschrocken an. »Sie meinen, das Ende der Welt?«

»Es ist nicht das Ende, Alexandra. Es ist der Anfang.«

»Aber … aber was ist mit all den Leuten, die nicht in den Himmel kommen können? Mit all den Muslimen und Hindus und denen, die an gar nichts glauben, so wie Dad?«

Victor lächelte. »Es kommt nicht darauf an, woran man glaubt, Alexandra«, zitierte er Consuela Messante. »Es kommt darauf an, was man daraus macht. Selbst ein Ungläubiger kann Gott gefallen, wenn er Gutes tut. Ich bin sicher, dein Dad und du, ihr werdet zusammen im Himmel sein. Und du wirst nicht in einem Glaskasten eingesperrt sein, sondern frei.«

Sie blickte verträumt ins Leere. »Und ich werde auf einem geflügelten Einhorn reiten! Darauf freue ich mich schon! Wann ist es denn so weit?«

»Nächste Woche«, sagte Victor, ohne nachzudenken. »Am Donnerstag, dem Elften um elf Uhr fünfundvierzig, um genau zu sein.«

Im Nachhinein hätte er nicht sagen können, warum er das behauptet hatte. Es war ihm irgendwie herausgerutscht.

»Wow! Woher wissen Sie das so genau?«

Jetzt kam es auch nicht mehr darauf an.

»Gott hat uns nicht nur Mrs Messantes toten Körper als Zeichen geschickt, sondern auch ihre Armbanduhr. Sie ist genau zu diesem Zeitpunkt stehen geblieben. Es ist der Moment, in dem die alte Zeit endet und eine neue anbricht.«

Alexandra machte große Augen. »Das heißt, die Uhr kommt aus der Zukunft?«

So hatte es Victor noch nie betrachtet. Er nickte. »Ja, ich glaube, das könnte man wohl so sagen.«

32

T-04:23:15 »Hat sie irgendwas gesagt?«, fragte Morris, nachdem ihm Sparrow von seinem letzten Einsatz berichtet hatte. Es war später Samstagmorgen, und sie saßen in Morris' Küche, den Störsignalsender zwischen sich auf dem Küchentisch. Sparrows Auftraggeber war gestern unterwegs gewesen, in der Hauptstadt vermutlich, sodass sie erst heute über die Sache mit der Journalistin sprechen konnten.

»Nein«, erwiderte Sparrow, ohne mit der Wimper zu zucken. »Sie war ziemlich verängstigt. Ich denke, sie hat die Botschaft verstanden.«

»Sie hat nichts darüber erzählt, warum sie hier war?«

»Hätte ich sie danach fragen sollen? Ich dachte, ich sollte sie bloß einschüchtern.«

Morris musterte ihn einen Moment lang, als könne er Sparrows geheimste Gedanken lesen. Doch dann schüttelte er den Kopf.

»Nein, schon okay. Du hast deinen Job gemacht. Sie ist bereits wieder in Deutschland. Gute Arbeit, John! Genieß das Wochenende. Ich melde mich, wenn ich dich wieder brauche. Gut möglich, dass das schon bald der Fall ist.« Er lächelte dünn. »Schön, dass ich jetzt weiß, dass ich mich auf dich verlassen kann.«

Sparrow verabschiedete sich und fuhr mit seinem eigenen Wagen direkt zur Klinik. Vielleicht konnte ihn Alexandra von den düsteren Gedanken ablenken, die ihn quälten, seit er mit der Deutschen gesprochen hatte.

Auch ohne Morris' deutlichem Hinweis war ihm klar, dass die Regierung zumindest indirekt hinter seinem Auftrag steckte. Da lief irgendeine gewaltige Schweinerei von nationalem, wenn nicht globalem Ausmaß. Wenn wirklich Neil Grafton oder einer seiner Handlanger Morris' Auftraggeber war, war die Sache vermutlich groß genug, um sogar dem Präsidenten gefährlich zu werden, falls sie aufflog. Nicht, dass Sparrow dem verlogenen Bastard eine Träne nachgeweint hätte. Andererseits hatte der Mann ein erstaunliches Talent, sich an seinem Posten festzuklammern, und schon mehr Skandale überstanden als alle seine Vorgänger seit Richard Nixon zusammengenommen. Auf jeden Fall würde es verdammt ungemütlich werden, wenn die Sache weiter eskalierte – und das würde sie, das hatte Sparrow im Gefühl.

Diese Nina Bornholm war vermutlich eher zufällig darauf gestoßen. Offenbar war sie vernünftig genug zu begreifen, dass die Sache ein paar Nummern zu groß für sie war. Aber wenn der Scheißhaufen groß genug war, würden auch andere hineintreten. Und wenn dann alles hochging, würde er selbst mitten im Trümmerregen stehen.

Alexandra saß in ihrem Bett, das Headset auf dem Kopf, und fuchtelte mit den Armen in der Luft herum. Einen Moment beobachtete er sie, unschlüssig, ob er sie aus ihrer virtuellen Traumwelt reißen sollte. Doch er brachte es nicht übers Herz, unverrichteter Dinge wieder abzuziehen.

»Alexandra?«

Sie riss sich das Headset förmlich vom Kopf. »Dad!«

Er lächelte. »Hallo. Wie geht es dir?«

»Gut.« Es klang nicht sehr überzeugend.

Trotz ihrer Krankheit war Alexandra ein fröhliches Kind. Umso deutlicher spürte er, dass etwas sie bedrückte. Eine kalte Hand schien ihm in die Brust zu greifen und sein Herz zusammenzudrücken.

»Macht dir die virtuelle Welt noch Spaß?«

Sie nickte. »Klar. Ist echt toll.«

»Aber?«

Sie antwortete nicht. Stattdessen fragte sie nach einem Moment: »Dad, glaubst du eigentlich an ein Leben nach dem Tod? An das Paradies und so?«

Die Hand in seiner Brust drückte fester zu. Er schluckte.

»Klar. Klar tu ich das.«

»Reverend Victor sagt das auch. Er sagt, dass es bald so weit ist.«

Reverend Victor, das musste der Pfaffe sein, der hier hin und wieder aufkreuzte und um Spenden für seine Kirche bettelte.

»Dass was so weit ist?«

»Der ... der Jüngste Tag. Wenn Jesus wieder auf die Erde kommt und alles Leben aufhört.«

»Das hat er dir erzählt?«

»Ja. Er ist sehr nett, weißt du?«

Sparrow nahm sich vor, dem netten Reverend sehr klar und deutlich zu sagen, dass er sich von seiner Tochter fernhalten sollte. Einem Mädchen in ihrem Alter mit dem Weltuntergang zu kommen!

»Keine Angst, so bald endet die Welt nicht. Wir zwei werden das ganz bestimmt nicht mehr erleben.«

»Aber Reverend Victor sagt, dass es am elften Oktober um kurz vor zwölf mittags passiert.«

Sparrow zuckte zusammen. Es fühlte sich an, als ob sich

der Boden unter ihm auftäte und er in einen schwarzen Abgrund stürzte.

»Wie bitte?«

Alexandra wiederholte, was sie gesagt hatte.

»Hat ... hat dieser Reverend Victor gesagt, woher er das weiß?«

»Eine tote Frau ist in seiner Kirche erschienen, obwohl die Frau gleichzeitig noch lebt. Sie hatte eine Uhr um, die stehen geblieben ist und die das Datum des Weltuntergangs zeigt. Jesus Christus wird dann kommen und uns alle ins Paradies mitnehmen.«

Sparrow fiel der Zeitungsartikel wieder ein. Es hatte wie ein alberner Scherz geklungen.

»Und du bist ganz sicher, er hat dieses Datum genannt? Den elften Oktober?«

»Ja. Die tote Frau ist aus der Zukunft gekommen, hat er gesagt.« Alexandra hatte plötzlich Tränen in den Augen. »Ich ... ich glaube, ich habe ein bisschen Angst, Dad. Was, wenn ich nicht in den Himmel komme, sondern ... in die Hölle?«

Sparrow antwortete nicht. Er hörte kaum, was sie sagte, während er immer noch versuchte, die Fakten zu verarbeiten. Ein toter Physiker, den die deutsche Journalistin einen zweiten Einstein genannt hatte. Eine Zeitung aus der Zukunft in einem Aktenkoffer, der aus einem Flugzeugwrack geborgen worden war. Die Leiche einer Frau, die offenbar noch lebte, mit einer Uhr, die am selben Datum stehen geblieben war.

Heilige Scheiße!

33

T-05:07:18 Die Türklingel riss Nina aus dem Schlaf. Erschrocken sah sie auf die Uhr. Schon halb eins! Rasch griff sie sich einen Morgenmantel, versuchte gar nicht erst, ihr zerzaustes Haar zu richten, und wankte zur Tür.

Paul machte ein erschrockenes Gesicht. »Oh! Hab ich dich etwa geweckt?«

»Entschuldige, ich hab verschlafen. Jetlag, du weißt schon.«

»Das tut mir leid. Wenn du willst, gehe ich einen Kaffee trinken und ...«

»Nein, schon gut.«

Er hielt ihr einen Strauß rosafarbener Rosen hin, während er verlegen den Blick senkte. »Hier, für dich.«

Es war lange her, dass jemand Nina Rosen geschenkt hatte. Und noch länger, seitdem jemand deswegen verlegen gewesen war.

»Danke schön! Das ist wirklich lieb von dir. Komm rein. Ich mach mich schnell fertig.«

Sie stellte die Rosen hastig in eine kleine Vase, zog sich an und richtete sich notdürftig her. Als sie aus dem Bad kam, empfing sie der Geruch frischen Kaffees.

»Ich hoffe, es ist okay, dass ich mich in deiner Küche zu schaffen gemacht habe. Ich dachte, du brauchst vielleicht ein bisschen Koffein.«

Sie nahm die dampfende Tasse dankbar an.

»Was ist passiert?«, fragte er unvermittelt.

Nina zögerte. Sie ahnte, dass sie Paul keinen Gefallen tat, wenn sie ihn in die Sache hineinzog.

»Ich bin nicht sicher, ob du das wirklich wissen willst.«

»Und ob ich das will!«, erwiderte er ernst. »Nina, ich … ich weiß nicht, ob ich einfach so hätte herkommen sollen. Ich bin sonst nicht gerade ein Draufgänger, schon gar nicht gegenüber Frauen. Aber ich spüre, dass dich etwas bedrückt. Und ich möchte dir helfen.«

Ihr kamen die Tränen. Ob vor Rührung oder als Nachwirkung des Traumas ihrer Entführung, wusste sie selbst nicht. Es dauerte einen Moment, bis sie sprechen konnte. Er ließ ihr Zeit.

»Ich bin jetzt ganz sicher, dass Ichting ermordet wurde«, begann sie. »Und dass er mit Bernardino zusammengearbeitet hat.«

Paul hörte ihr aufmerksam zu, unterbrach sie nicht. Es fühlte sich gut an, ihm noch einmal alles zu erzählen. Anders als beim Redakteur des Nachrichtenmagazins waren es nicht bloß Neugier und professionelles Interesse, die ihr seine volle Aufmerksamkeit einbrachten. Er wollte ihr wirklich helfen, mehr noch als selbst Christin. Und sie spürte, dass sie seine Hilfe brauchte, und sei es nur, um die Demütigung zu verarbeiten, die tiefe Erschütterung ihres Selbstvertrauens, die sie erlitten hatte.

»Dieses Schwein!«, sagte Paul, als sie geendet hatte. »Normalerweise bin ich ja nicht gewalttätig, aber wenn ich den in die Finger kriege …«

»Er hat bloß einen Job erledigt, und ich glaube ehrlich gesagt, ich habe noch Glück gehabt mit ihm«, widersprach Nina. »Die echten Schweine sind seine Auftraggeber.«

Paul nickte. »Grafton, Allied Industries, das ergibt einen gewissen Sinn.«

»Inwiefern?«

»Energie. Energie ist vermutlich das wichtigste Motiv hinter all der Grundlagenforschung auch am CERN. Offiziell versuchen wir, die genaue Masse des Higgs-Bosons zu bestimmen, und suchen nach supersymmetrischen Teilchen. Aber eigentlich geht es darum, zu verstehen, wie das Universum funktioniert, damit wir es noch besser nach unseren Wünschen verändern können. Und Energie ist der Schlüssel dazu. Sagt dir die Kardaschow-Skala etwas?« Bevor Nina den Kopf schütteln konnte, beantwortete er die Frage selbst: »Nein, natürlich nicht. Er ist ein russischer Astrophysiker, der in den Sechzigerjahren hypothetische außerirdische Zivilisationen in drei Klassen eingeteilt hat, basierend auf der Menge an Energie, die sie zur Verfügung haben. Eine Zivilisation vom Typ I ist in der Lage, die gesamte auf ihrem Planeten verfügbare Energie zu nutzen. Typ II kann den gesamten Energieausstoß ihres Heimatsterns verwerten. Typ III nutzt die Energie einer ganzen Galaxis. Wir sind noch weit davon entfernt, das Limit von Typ I erreicht zu haben. Aber wenn wir lange genug überleben, um uns über unser Sonnensystem hinaus auszubreiten und die Galaxis zu besiedeln, werden wir vielleicht irgendwann zum Typ II werden. Der Punkt ist, dass Kardaschow die genutzte Energiemenge mit der Fortschrittlichkeit und auch der langfristigen Überlebenschance einer Zivilisation gleichsetzte, und viele Forscher glauben, dass er damit recht haben könnte. Mit anderen Worten: Energie ist die wichtigste Antriebskraft des Fortschritts und des Überlebens im Universum.«

»Aber verbrauchen wir nicht ohnehin schon viel zu viel

Energie auf der Erde? Denk nur mal an die globale Erwärmung …«

»Das genau ist der Punkt: Mit fossilen Brennstoffen zerstören wir die Umwelt, und Kernkraftwerke sind einfach zu schmutzig und unsicher. Außerdem sind die Vorräte an Brennstoff bald aufgebraucht, und auch die Nutzbarkeit von Solar- und Windenergie ist begrenzt. Gleichzeitig steigt aber unser Energiebedarf immer weiter. Allein das Internet verbraucht inzwischen über hundert Milliarden Kilowattstunden pro Jahr, das entspricht der Leistung von dreißig Kernkraftwerken. Und neue, schnellere Computer brauchen noch mehr Energie. Drohnen, fliegende Autos, vollautomatische Fabriken, das wird alles kommen, und es wird enorm viel Strom verbrauchen. Ebenso die Versorgung der weiter wachsenden Weltbevölkerung mit Nahrung. Wenn wir das alles in den Griff bekommen wollen, brauchen wir eine saubere, gut beherrschbare und möglichst unerschöpfliche Energiequelle. Und der Schlüssel dazu könnte durchaus in Hans' Arbeit gelegen haben, auch wenn ich nicht weiß, wo.«

»Daran habe ich auch schon gedacht. Ich habe gelesen, dass Grafton früher viel Geld in die Erforschung der Kalten Fusion gesteckt hat. Meinst du, Hans Ichting könnte daran gearbeitet haben?«

»Kalte Fusion? Das glaube ich nicht. Soweit ich weiß, hielt Hans das immer für ein Hirngespinst, die moderne Version des Steins der Weisen oder des Perpetuum Mobiles, mit dem vor Jahrhunderten Fürsten und reiche Kaufleute über den Tisch gezogen wurden.«

»Grafton scheint mir kein naiver Trottel zu sein, den man so leicht übers Ohr hauen kann. Immerhin hat er Physik studiert.«

»Keine Ahnung, ich kenne den Mann nicht. Aber Spekulation bringt uns auch nicht weiter. Wir müssen rausfinden, woran Hans gearbeitet hat, als er in den USA war.«

»Sollten wir das nicht dem *Reflektor* überlassen?«

»Wir könnten denen zumindest helfen. Außerdem will ich wissen, wer die Arschlöcher waren, die dich so mies behandelt haben. Ich kenne ein paar Leute, die Hans gut genug kannten und die ich fragen kann. Vielleicht kriege ich so zumindest raus, ob Grafton wirklich in die Sache verwickelt ist. Wenn ja, werden wir ihm mal ordentlich Feuer unterm Hintern machen.«

»Vielleicht wollte Hans Ichting das auch«, sagte Nina nachdenklich.

»Wollte was?«

»Denen Feuer unterm Hintern machen.«

»Mag sein. Wir müssen auf jeden Fall vorsichtig sein. Immerhin sind wir jetzt gewarnt. Und wenn wir ausreichend Beweise haben, gehen wir zur Polizei und lassen Hans' Tod neu untersuchen.«

»Okay. Ich schau mir mal genauer an, was Allied Industries alles macht. Vielleicht haben die ja eine Tochterfirma in Albuquerque und Umgebung.«

34

T-04:17:23 Victor starrte auf den Monitor. Es war ein mindestens fünfzehn Jahre altes Modell, ein klobiger Röhrenbildschirm, aber immerhin mit einer funktionierenden, wenn auch langsamen Internetverbindung – die Spende eines Gemeindemitglieds, in erster Linie dazu da, die mageren Finanzen der Gemeinde zu verwalten. Er selbst benutzte das Gerät nur selten. Moderne Kommunikationstechnik schien die Menschen immer mehr von sich selbst und der Schöpfung zu entfremden, nicht unähnlich dem Goldenen Kalb des Alten Testaments, das die Aufmerksamkeit der Gläubigen vom wahren Gott abgelenkt hatte. Aber vielleicht waren ja auch moderne Kommunikationsmittel wie das Internet in der Lage, Gottes Botschaft zu empfangen – schließlich waren ja auch sie Teil Seiner Schöpfung.

Der Besuch in der Klinik hatte Victor nicht wirklich weitergeholfen. Zwar hatte es gutgetan, dem sterbenden Mr Fallon seine Zweifel zu beichten, doch er hatte immer noch keine Ahnung, was er mit der Bürde des Wissens, die Gott ihm auferlegt hatte, tun sollte. Also hatte er beschlossen, zunächst nach weiterer Bestätigung zu suchen.

Wenn es stimmte, dass die Leiche der Mrs Messante aus der Zukunft kam und ihr Erscheinen eine Botschaft Gottes war, die den Jüngsten Tag ankündigte, dann mussten auch andere ähnliche Signale empfangen haben. Jedenfalls konnte

Victor sich beim besten Willen nicht vorstellen, dass Gott ausgerechnet ihn als Einzigen ausgewählt hatte, diese fundamentale Botschaft zu verbreiten. Er war bei Weitem kein Moses oder Noah, der im Alleingang sein Volk retten konnte. Er war bloß ein verwirrter Mann, der vom Weg zu Gott abgekommen war und nun im Nebel seiner Zweifel umherirrte.

Also hatte er Google aufgerufen, jene Maschine, deren unglaubliche Informationsmenge dem göttlichen Allwissen auf Erden wohl am nächsten kam, und nach außergewöhnlichen, unerklärlichen Ereignissen gesucht. Vielleicht, so hatte er gehofft, konnte er auf diese Weise das Datum weiter verifizieren, an dem es geschehen würde. Doch bisher hatte sich die Internetsuche als wenig erhellend herausgestellt. Nicht, dass er nicht fündig geworden wäre. Im Gegenteil: Allein der Suchbegriff »mysteriöses Ereignis« brachte mehrere Millionen Treffer. Doch schnell wurde deutlich, dass Google nicht zwischen Fiktion und Realität unterschied. Die meisten Suchtreffer bezogen sich auf Folgen von TV-Serien, Bücher oder Kinofilme. Ein weiterer großer Teil waren Beiträge in Onlineforen, in denen Menschen behaupteten, ihren verstorbenen Eltern, Bekannten oder auch Kindern begegnet oder von Außerirdischen entführt worden zu sein. Zudem gab es etliche Suchergebnisse, die offensichtlich nur dem Zweck dienten, den Nutzer durch frei erfundene Sensationsnachrichten zum Anklicken eines Links zu bewegen, der dann zu einem Onlinecasino oder einer Pornoseite führte.

All das warf kein gutes Bild auf die Menschheit, deren kollektives Bewusstsein von Google ja nur gespiegelt wurde. Wenn tatsächlich das Jüngste Gericht kurz bevorstand, würde Gott womöglich über sehr viele Menschen ein vernichtendes

Urteil fällen. *Sei milde mit ihnen, Herr, und vergib ihnen ihre Sünden*, betete Victor im Stillen. Dann wurde ihm bewusst, dass die Vorstellung, er sei besser als der Durchschnitt der Internetnutzer, anmaßend war, und er schloss sich selbst in das Gebet ein.

Seufzend schaltete er den Computer aus. Das Internet konnte ihm nicht sagen, was er tun sollte. Also griff er auf einen zuverlässigeren Ratgeber zurück und nahm die abgegriffene Bibel zur Hand. Er blätterte eine Weile darin herum, ohne bewusst darüber nachzudenken. So landete er schließlich in Kapitel vierundzwanzig des Matthäus-Evangeliums, in dem Jesus vom Jüngsten Tag spricht und seine Jünger vor falschen Propheten warnt: *So alsdann jemand zu euch wird sagen: Siehe, hier ist Christus! oder: da! so sollt ihr's nicht glauben. Denn es werden falsche Christi und falsche Propheten aufstehen und große Zeichen und Wunder tun, dass verführt werden in dem Irrtum (wo es möglich wäre) auch die Auserwählten.*

Victor runzelte die Stirn. War es Zufall, dass er genau an dieser Stelle gelandet war? Hatte Gott ihn zu dieser einen von über tausenddreihundert Seiten des alten Buchs geführt? Oder war es sein eigenes Unterbewusstsein gewesen, seine geheimen Wünsche und Sehnsüchte, die sein zielloses Blättern hier unterbrochen hatte?

Da waren sie wieder, diese lästigen, verwirrenden Zweifel, die an seiner Entschlossenheit und Willenskraft zerrten wie wild gewordene Hunde, die ihn lähmten und ihm die Hoffnung raubten. Was, wenn das rätselhafte Ereignis gar keine Botschaft Gottes war? Wenn es nicht die Wiederkunft Christi ankündigte, sondern etwas ganz anderes – nicht das Wirken Gottes, sondern Menschenwerk?

Aber wie sollten Menschen etwas so Fantastisches zuwege

bringen, wie die Leiche einer lebendigen Frau in einer Kirche erscheinen zu lassen? *Das heißt, die Uhr kommt aus der Zukunft*, hatte Alexandra gesagt und mit kindlicher Einfachheit und Klarheit eine offensichtliche Tatsache ausgesprochen, über die Victor zuvor nicht mal nachgedacht hatte. Er hatte noch nie einen Science-Fiction-Roman gelesen und verstand nicht das Geringste von Zeitreisen, geschweige denn von realer Physik. Aber, rein logisch betrachtet: Wenn man etwas aus der Zukunft in die Vergangenheit beförderte, existierte es dort unter Umständen zweimal, das war nicht von der Hand zu weisen. Eine Zeitreise würde also die Leiche der armen Mrs Messante ebenso erklären wie den doppelten Schmuck. Aber wer sollte die alte Dame in die Vergangenheit schicken wollen und warum?

Nein, das ergab überhaupt keinen Sinn. Menschliches Handeln konnte er als Ursache ausschließen. Es sei denn …

Das Telefon klingelte. Gedankenverloren nahm Victor den Hörer ab, bevor er sich selbst daran hindern konnte. Doch es war nicht der Bischof, der ihm neue Marketingtaktiken aufdrängen wollte, und auch kein Reporter.

»Hallo, Reverend, hier ist John Sparrow, der Vater von Alexandra, dem Mädchen in dem sterilen Raum, das Sie heute besucht haben.«

Ein kalter Schauer lief Victor über den Rücken. Es war, als berühre ihn eine unsichtbare Hand, griffe in sein Leben ein, zöge an ihm wie an den Fäden einer Marionette. Er sprach ein stummes Gebet.

»Reverend? Können Sie mich hören?«

»Äh, Entschuldigung, Mr Sparrow. Was kann ich für Sie tun?«

»Ich würde gern … beichten.«

»Selbstverständlich. Das Haus Gottes steht jederzeit für Sie offen. Kommen Sie einfach vorbei, sobald es Ihnen passt.«

»Gut. Ich bin gleich bei Ihnen.«

35

T-04:16:56 Sparrow betrat die kleine Kirche, ein flaches Gebäude, das von außen eher wie eine McDonald's-Filiale aussah. Statt eines Kirchturms stand neben dem Eingang ein Mast mit einem großen Schild, auf dem Jesus am Kreuz, darunter ein offenes Buch und die Aufschrift *Albuquerque Church of the Holy Revelation* zu sehen waren. Im Inneren war es stickig. Die Fenster waren mit Mustern aus bunter Folie beklebt, die Blasen warf. Sie wirkten wie eine Karikatur der prächtigen Buntglasfenster europäischer Kathedralen. Verwelkte Blumen standen auf einem Altar, der offensichtlich aus einem gewöhnlichen Esstisch bestand, über den ein vergilbtes Tuch geworfen worden war. Ein paar Dutzend bunt zusammengewürfelte Stühle standen in Reihen davor.

Trotz des armseligen Anblicks überkam Sparrow eine Anwandlung von Ehrfurcht, die er seit der Kindheit nicht mehr gespürt hatte. Seine Mutter war streng religiös gewesen, was ein wesentlicher Grund dafür war, dass Sparrow es nicht war.

Eine Seitentür öffnete sich, und der Reverend betrat den Raum. Er trug ein einfaches, schwarzes Priestergewand, etwas zu groß für seine schmächtige Statur. Er wirkte blass und hatte Ringe unter den Augen, als hätte er eine schlaflose Nacht gehabt.

»Mr Sparrow? Herzlich willkommen!«

Sparrow gab ihm die Hand. »Danke, dass Sie sich Zeit für mich nehmen, Reverend.«

Der Geistliche lächelte dünn. »Zeit ist das Einzige, was ich im Überfluss habe«, sagte er. Dann verschwand das Lächeln, und er ergänzte: »Oder vielleicht auch nicht. Wer weiß schon, wie viel Zeit uns in diesem Leben noch bleibt? Aber setzen Sie sich doch, und erzählen Sie mir, was Sie auf dem Herzen haben.«

»Eigentlich bin ich nicht hier, um zu beichten. Ich wollte mit Ihnen darüber sprechen, was Sie zu meiner Tochter gesagt haben.«

»Ich verstehe. Ich habe sie vermutlich erschreckt. Dafür entschuldige ich mich. Ich bin in letzter Zeit ... etwas ... aufgewühlt.«

»Sie haben ihr einen konkreten Zeitpunkt für den Weltuntergang genannt, den elften Oktober. Ich würde gern wissen, wie Sie auf dieses Datum gekommen sind.«

Der Reverend wich seinem Blick aus. »Das war vielleicht etwas voreilig von mir. Wir können schließlich nicht wissen, was Gottes Plan ist, oder?«

»Reverend, ich habe den Zeitungsartikel über die Frau gelesen, die angeblich zu spät zu ihrer eigenen Beerdigung kam. Können Sie mir sagen, was da passiert ist?«

Der Priester blickte ihn an. In seinen Augen lag etwas, das Sparrow nicht deuten konnte. Es war mehr als reine Neugier. Hoffnung vielleicht? Oder Angst?

»Warum sind Sie hier, Mr Sparrow? Es geht Ihnen doch nicht nur darum, dass ich Ihre Tochter verunsichert habe, oder?«

Sparrow zögerte. Über seinen Auftrag zu reden oder gar die Zeitung zu erwähnen, wäre ein klarer Vertrauensbruch gegenüber Morris und in hohem Maße unprofessionell. Wenn das jemals bekannt wurde, würde er nie wieder einen Auftrag bekommen, von niemandem.

»Am Telefon haben Sie gesagt, Sie wollten beichten«, fuhr der Priester fort. »Falls Sie das immer noch tun wollen, Mr Sparrow, dann sollten Sie wissen, dass ich durch das Beichtgeheimnis gebunden bin. Alles, was Sie mir anvertrauen, bleibt zwischen uns beiden und Gott, egal, was es ist.«

»Ich fürchte, für meine Seele ist es längst zu spät, Reverend.«

»Es ist niemals zu spät, Mr Sparrow. Jesus sagt: ›Es wird mehr Freude im Himmel sein über einen Sünder, der Buße tut, als über neunundneunzig Gerechte, die der Buße nicht bedürfen.‹«

Auf einmal spürte Sparrow den Drang, sich diesem Fremden tatsächlich zu offenbaren. Wie erleichternd es wäre, über all die Dinge zu reden, über die er mit niemandem je gesprochen hatte, nicht mit Sarah, nicht mit dem Militärseelsorger, nicht einmal mit dem Psychologen der Army. Über den minderjährigen Mudschahed – er konnte nicht älter als sechzehn gewesen sein, der Bart in seinem Gesicht noch ein dünner Flaum –, dem er das halbe Gesicht weggeschossen hatte. Über Corporal Eric Camden, der verblutet war, nachdem er auf eine Mine getreten war, weil Sparrow zu viel Angst vor Heckenschützen gehabt hatte, um sich aus der Deckung zu wagen und ihm zu helfen. Über all die unbekannten Menschen, die er getötet hatte. Über diejenigen, die er bedroht, verletzt, verängstigt hatte, wie die Hagrows oder diese Journalistin aus Deutschland.

Ein Kloß war in seinem Hals, und Tränen drängten sich in seine Augen. Doch die eiserne professionelle Disziplin, die ihm die Army eingebläut hatte, hielt ihn zurück. *Niemals Schwäche zeigen. Schwäche ist wie ein Zielkreuz auf deiner Brust, das der Feind nur anvisieren muss, um dich zu zerstören.*

»Wie ich schon sagte, ich bin nicht hier, um zu beichten, Reverend. Das war ein Vorwand am Telefon, weil ... weil ich persönlich und vertraulich mit Ihnen sprechen wollte. Allein, dass ich hergekommen bin, ist schon ein gewisses Risiko.«

Der Priester nickte. »Nun gut. Ich kann Ihnen jedenfalls absolute Vertraulichkeit zusichern, ob sie nun unter das Beichtgeheimnis fällt oder nicht.«

»Sagen wir, ich bin auf etwas gestoßen, ein unerklärliches Ereignis, das vielleicht ebenso merkwürdig ist wie die Tote, die plötzlich in Ihrer Kirche auftauchte. Und dieses Ereignis ist mit dem Datum verknüpft, das Sie meiner Tochter genannt haben.«

Der Priester musterte ihn ein paar Sekunden schweigend. Wo gerade noch Unsicherheit und Sorge sein Gesicht zerfurcht hatten, las Sparrow auf einmal grimmige Entschlossenheit.

»Mr Sparrow, ich danke Ihnen, dass Sie hergekommen sind. So unwahrscheinlich es Ihnen auch erscheinen mag: Es ist kein Zufall, dass wir beide jetzt hier sitzen. Es ist kein Zufall, dass ich Ihrer Tochter etwas erzählt habe, ohne zu ahnen, dass es für Sie wichtig sein könnte. Gottes Wege sind oft unergründlich, aber in diesem Fall ist es ziemlich offensichtlich, dass er uns beide zusammengeführt hat. Er hat eine Aufgabe für uns, Mr Sparrow, auch wenn ich noch nicht genau weiß, worin diese besteht.«

Sparrow bekam ein ungutes Gefühl. Das Letzte, was er brauchte, war ein religiöser Fanatiker, der glaubte, ihn für irgendeinen Kreuzzug einspannen zu können.

»Ich bin nicht hier, um Gottes Werk zu tun, Reverend. Ich möchte lediglich, dass Sie mir sagen, was genau es mit dieser Frau auf sich hat und woher Sie das Datum haben.«

Der Priester nickte. »Ob Sie mir glauben oder nicht, Mr Sparrow, spielt keine Rolle. Aber Sie müssen sich entscheiden, auf welcher Seite Sie stehen: auf der Gottes oder auf der des Bösen. Ich verstehe Ihre Zweifel – bevor Sie in diese Kirche gekommen sind, habe ich selbst starke Zweifel gehabt. Doch jetzt weiß ich, es gibt einen Plan, und wir beide sind Teil dieses Plans, ob es uns gefällt oder nicht.«

Sparrows Unbehagen verstärkte sich.

»Wie ich schon sagte, interessiert mich Gottes Plan nicht«, sagte er unfreundlicher, als er es beabsichtigt hatte. »Mich interessieren bloß Fakten.«

Der Reverend lächelte dünn. »Also schön. Sie haben mir geholfen, meine Zweifel zu überwinden, ob absichtlich oder nicht. Also werde ich Ihnen erzählen, was ich weiß. Ich hoffe, Gott wird Sie dabei leiten, wie Sie dieses Wissen nutzen.«

Er erzählte Sparrow eine Geschichte, die dieser als absurde Hirngespinste eines religiösen Irren abgetan hätte, wenn sie nicht so perfekt zu den Ereignissen in Nevada und den Nachforschungen der deutschen Journalistin gepasst hätte.

»Ich danke Ihnen, Reverend. Ich fürchte, ich kann Ihnen nicht erzählen, was ich selbst erlebt und erfahren habe – das wäre ein grober Vertrauensbruch gegenüber anderen. Aber ich kann Ihnen eines mit Sicherheit sagen: Das Auftauchen der toten Mrs Messante in dieser Kirche ist in der Tat ein Zeichen, aber es ist kein Wunder Gottes. Mag sein, dass dieses Ereignis das Ende aller Zeiten ankündigt. Aber wenn es so ist, dann, fürchte ich, sind Menschen dafür verantwortlich.

Skrupellose, rücksichtslose Menschen, die alles andere im Sinn haben als die Wiederkunft Christi.«

Der Priester hatte auf einmal Tränen in den Augen. »Ich danke Ihnen, Mr Sparrow. Sie haben mir meinen Glauben wiedergegeben und meine Hoffnung. Ich bin sicher, Sie haben recht, was das Zeichen angeht – es ist kein Wunder Gottes, sondern Menschenwerk. Und ich weiß jetzt auch, warum Gott uns beide hier zusammengeführt hat.«

»Und warum?«, fragte Sparrow, obwohl er die Antwort bereits ahnte.

Der Reverend blickte ihn ernst an. »Sie und ich, Mr Sparrow, haben von Gott den Auftrag erhalten, dieses Ereignis in der Zukunft zu verhindern.«

36

T-04:13:54 Diesmal trat eine Frau durch die schlichte Stahltür des Verhörraums ein. Cheong Seo-jun richtete sich kerzengerade auf dem Stuhl auf. Nervös beobachtete er die etwa Vierzigjährige, die ihm ein dünnes Lächeln schenkte und sich leicht verbeugte, bevor sie sich ihm gegenüber an den schlichten Tisch setzte. Der Wachtposten stand nach wie vor reglos an der Wand, die Maschinenpistole im Arm, als sei Seo-jun ein Schwerverbrecher. Dabei hatte er doch nichts getan außer seiner Pflicht!

»Herr Cheong, mein Name ist Kim Ji-min. Ich bin Psychologin.«

»Ich bin nicht verrückt!«, protestierte Seo-jun. »Ich weiß ja, das klingt alles ziemlich fantastisch. Aber es ist genauso passiert, wie ich es erzählt habe! Ich habe weder etwas hinzugefügt noch wissentlich etwas weggelassen, genau, wie es in der Dienstvorschrift steht!«

Er spürte Tränen in seine Augen drängen und brauchte all seine Willenskraft, um sie zurückzuhalten und seine Soldatenehre nicht noch durch eine solche Schwäche zu beschmutzen.

Die Psychologin lächelte beruhigend. »Niemand glaubt, dass Sie verrückt sind.«

»Warum schickt man dann eine Psychologin? Warum nicht einen Experten für Tarnkappentechnologie oder so?«

»Die menschliche Wahrnehmung ist nicht immer zuverlässig«, erklärte sie. »Manchmal täuschen wir uns.«

»Ich habe mich aber nicht getäuscht.«

»Also schön. Warum erzählen Sie mir die ganze Geschichte nicht noch einmal von vorn?«

»Das hab ich doch schon. Drei Mal!«

Seo-jun war jetzt schon seit zehn Stunden in diesem Raum eingesperrt und hatte seit mehr als vierundzwanzig Stunden nicht geschlafen. Er hatte nur zwei Mal auf die Toilette gehen dürfen, natürlich begleitet vom schwer bewaffneten Wachtposten. Er konnte einfach nicht mehr.

»Ich weiß. Dennoch möchte ich es gern noch einmal von Ihnen hören.«

Bestimmt hatte sie bereits von außen mitgehört oder sich die Aufzeichnungen der ersten Verhöre angesehen. Sie wollte Abweichungen in seiner Geschichte aufdecken, kleine Details, die ihn als Lügner entlarvten. Dabei hatte er nicht gelogen, und was er gesehen hatte, war so einfach zu beschreiben, dass man auch keine großen Fehler dabei machen konnte. Dennoch, er konnte verstehen, dass sie ihm nicht glaubten. Er konnte es ja selbst kaum glauben und war sich manchmal nicht sicher, ob er nicht doch alles bloß geträumt hatte. Er wünschte, es wäre so.

Seo-jun seufzte tief. »Kann ich noch etwas Kaffee haben, bitte?«

»Aber natürlich, Herr Cheong«, sagte sie und ging zur Tür, um eine Kanne zu ordern. Dass sie ihn so höflich behandelte und ihn sogar respektvoll mit »Herr« anredete, verhieß in seinen Augen nichts Gutes. Aber Kaffee konnte er wirklich gut gebrauchen.

»Also schön«, begann er, als sie sich gesetzt hatte. »Das war gegen null Uhr dreißig. Ich hielt Wache auf dem Turm bei Grenzposten dreihundertsiebenundsechzig.«

»War das ein gewöhnlicher Einsatz? Ich meine, sind Sie häufiger auf diesem Turm eingeteilt worden?«

»Ja. Wir rotieren regelmäßig die Streckenabschnitte, damit unsere Aufmerksamkeit nicht nachlässt. Aber ich war bereits häufiger auf diesem Turm eingesetzt.«

»Wie weit von der nordkoreanischen Grenze waren Sie entfernt?«

»Die demilitarisierte Zone ist an dieser Stelle ungefähr fünf Kilometer breit.«

»Kann man das Gelände von Ihrem Beobachtungsturm aus gut überblicken?«

»Ja. Er steht auf einem kleinen, felsigen Hügel. Die Gegend ist dort nur spärlich bewaldet.«

»Wie war das Wetter?«

Seo-jun seufzte. Das Wetter! Jeder Idiot konnte im Internet sehen, wie das Wetter gewesen war!

»Es war nur leicht bewölkt, sodass der Mond ziemlich hell schien. Ideale Sichtverhältnisse für eine Nachtwache.«

Die Psychologin nickte.

»Und was geschah um null Uhr dreißig?«

»Ich kann den exakten Zeitpunkt nicht sagen. Ich habe nicht auf die Uhr geschaut. Aber es muss um diese Zeit gewesen sein, denn mein letzter Protokolleintrag davor ist von null Uhr fünfundzwanzig.«

»*Alles ruhig. Keine feindlichen Aktivitäten.* Das haben Sie in der Nacht ungefähr fünfzig Mal ins Protokollheft geschrieben.«

»Ja, natürlich. Das schreiben wir immer. Alle fünf Minuten. Das ist Vorschrift.«

Die Psychologin zog eine Augenbraue hoch. »Vorschrift? Warum führen Sie ein Protokoll, wenn Sie schon wissen, was darinstehen wird?«

»Es ist natürlich nur Vorschrift für den Fall, dass wir tatsächlich keine feindlichen Tätigkeiten beobachten.«

»Sie haben also bis gegen null Uhr dreißig keinerlei feindliche Aktivitäten beobachtet?«

»Das ist korrekt. Es war genau, wie ich geschrieben habe: Alles war ruhig.«

»Und das änderte sich plötzlich?«

»Ja. Es gab einen lauten Knall. Und dann sah ich sie.«

»Was genau haben Sie gesehen?«

»Sechs Männer. Mitten in der demilitarisierten Zone. Sie waren tot.«

»Wie weit entfernt etwa?«

»Neunhundertdreiundzwanzig Meter, um genau zu sein.«

»Woher wissen Sie das so genau?«

»Ich habe mir die Stelle mit dem Nachtsichtfernglas genauer angeschaut. Das zeigt automatisch Entfernung und Blickrichtung an.«

»Woran haben Sie gesehen, dass die Männer tot waren?«

»Sie lagen reglos da.«

»Sie könnten geschlafen haben.«

»Niemand schläft in der demilitarisierten Zone.«

»Sie sprachen von Männern. Wieso waren Sie sich des Geschlechts so sicher? Ist das nicht durch ein Nachtsichtgerät relativ schwer zu erkennen?«

»Das stimmt. Theoretisch könnten auch Frauen darunter gewesen sein. Aber nach meiner Kenntnis setzt das nordkoreanische Militär an der Grenze nur Männer ein. Und für mich sahen die Gestalten wie Männer aus.«

»Wie tote Männer«, präzisierte die Psychologin.

»Das ist korrekt.«

»Waren die Männer bewaffnet?«

»Ja. Soweit ich erkennen konnte, hatten sie Sturmgewehre bei sich.«

»Trugen sie die in der Hand oder auf dem Rücken?«

»In der Hand vermutlich.«

»Vermutlich?«

»Die Männer lagen in verschiedenen Positionen auf dem Boden. Drei auf dem Rücken, einer auf der Seite, zwei auf dem Bauch. Die Waffen lagen entsprechend teils neben, teils auf oder unter ihnen – so als wären die Männer zu Boden gefallen, während sie die Waffen in den Händen trugen, wie es auf Patrouillengängen üblich ist.«

»Aber die Männer waren überhaupt nicht auf einer Patrouille, oder?«

»Nein. Sie müssen bei einem illegalen Einsatz unterwegs gewesen sein.«

»Kommt so etwas häufig vor?«

»Ich weiß es nicht. Während meiner Wache ist so etwas noch nie passiert, und ich habe es auch von keinem anderen Kameraden gehört. Aber wir wurden in der Wachausbildung darauf hingewiesen, dass der Feind immer wieder solche Spähtrupps losschickt, um unsere Wachsamkeit zu testen oder um uns zu provozieren.«

»Um Sie zu provozieren?«

»Mit ›uns‹ meine ich unser Land oder unsere Bündnispartner.«

»Ihnen ist bewusst, dass eine solche Provokation in der aktuell angespannten Lage einen ernsthaften Konflikt auslösen könnte?«

»Ja. Selbstverständlich ist mir das bewusst, Frau Kim. Deshalb habe ich auch sofort Meldung gemacht.«

»Das heißt, Sie haben Ihren Vorgesetzten angerufen?«

»Das war nicht nötig. Mein Feldtelefon klingelte bereits, und ich wurde vom diensthabenden Offizier Leutnant Lee aufgefordert, Meldung zu machen.«

»Er rief Sie an und nicht umgekehrt?«

»Das ist korrekt.«

»Warum?«

»Ich nehme an, man hat auch im Hauptquartier unseres Grenzabschnitts den Knall gehört.«

»Sie haben also Meldung gemacht. Was genau haben Sie Leutnant Lee gesagt?«

»Das steht im Protokoll.«

»Würden Sie es bitte für mich wiederholen?«

»Er sagte: Feldwebel Cheong, machen Sie Meldung. Und ich antwortete: Leutnant Lee, ich habe einen Knall gehört. Ich habe sechs Männer gesehen, dem Anschein nach feindliche Soldaten, die beim illegalen Eindringen in die demilitarisierte Zone aus unbekanntem Grund getötet wurden. Richtung circa 340 Grad Nordnordwest, Entfernung etwa neunhundert Meter.«

»Und was geschah dann?«

»Leutnant Lee bat mich, die Meldung zu wiederholen, was ich tat. Dann fragte er, ob ich sicher sei, dass die Männer tot wären, und ich antwortete, ich könne das aus der Entfernung nicht sicher sagen, aber sie rührten sich nicht. Er fragte, wie die Männer zu Tode gekommen seien, und ich sagte, das wisse ich nicht. Er fragte, ob ich einen Schuss aus meiner Waffe abgegeben hätte, und ich sagte, nein, ich habe nicht geschossen. Er fragte, ob sonst jemand von unserer Seite aus auf die feindlichen Soldaten geschossen hätte, und ich sagte, dass ich das nicht vermutete. Dann wollte er wissen, ob ich Flugzeuge, Fahrzeuge oder Artilleriefeuer beobachtet hätte, was ich verneinte.«

»Und dann?«

»Ich suchte weiter die demilitarisierte Zone nach verdächtigen Bewegungen ab, doch ich sah nichts. Hin und wieder nahm ich die Stelle in Augenschein, wo die Toten lagen, und auch dort rührte sich nichts. Schließlich kam die mobile Eingreiftruppe, um die toten Feinde zu bergen, und ich wurde zum Verhör hierhergebracht.«

»Haben Sie eine Erklärung dafür, woher die toten Soldaten so plötzlich kamen?«

»Nein, Frau Kim.«

»Sie bleiben also weiterhin bei Ihrer Darstellung, dass Sie den fraglichen Bereich sorgfältig überwacht haben und dass sich die Soldaten unmöglich angenähert haben können, ohne dass Sie es bemerkt hätten?«

»Das ist korrekt. Selbst wenn ich unaufmerksam gewesen wäre, was ich nicht war: Wir haben an dem Turm eine computergestützte Infrarot-Überwachungsanlage, die jegliche menschliche Bewegung automatisch registriert und Alarm schlägt, sobald jemand den Sichtbereich betritt.«

»Und diese Überwachungsanlage hat keinen Alarm ausgelöst?«

»Doch, aber erst unmittelbar nach dem Knall.«

»Wenn ich Sie richtig verstehe, sagen Sie, dass diese toten nordkoreanischen Soldaten quasi aus dem Nichts aufgetaucht sind?«

»Ich weiß nicht, wie ich es anders beschreiben soll.«

»Und die Tarnvorrichtung?«

»Was meinen Sie?«

»Sie haben in einer früheren Vernehmung eine Tarnvorrichtung erwähnt.«

»Das war reine Spekulation. Der Oberst fragte mich, ob ich eine Idee hätte, wie es möglich wäre, dass feindliche Einheiten unentdeckt so weit in die demilitarisierte Zone vordringen könnten, und ich sagte, theoretisch könnten sie über eine uns unbekannte Technologie verfügen, die sie quasi unsichtbar macht. Und dass diese Apparatur vielleicht explodiert sein und die Soldaten dadurch getötet haben könnte.«

»Wie kamen Sie auf eine solche Idee?«

»Ich habe dabei an einen James-Bond-Film gedacht. *Stirb an einem anderen Tag* hieß der, glaube ich. Darin hatte James Bond ein Auto, das sich quasi unsichtbar machen konnte.«

Die Psychologin zog eine Augenbraue hoch. »Ein James-Bond-Film?«

»Noch mal: Das war reine Spekulation. Man hat uns in der Ausbildung beigebracht, dass wir auch unsere Fantasie einsetzen sollen, um die Manöver des Gegners vorauszuahnen. Und das ist mir eben auf die Frage des Obersts eingefallen. Ob es eine solche Tarnvorrichtung tatsächlich gibt, ob so was überhaupt möglich ist, weiß ich nicht.«

»Danke. Das genügt fürs Erste, Herr Cheong.«

37

T-05:03:08 Paul stand hinter Nina und legte eine Hand auf ihre Schulter. Sie zuckte zusammen – die Berührung war zu überraschend. Schnell zog er die Hand wieder zurück.

»Hast du was rausgefunden?«

»Allied Industries hat tatsächlich eine Tochtergesellschaft in Albuquerque. Laut Website beschäftigen die sich mit Solarenergie.«

»Was immer Hans mit denen zu tun hatte, um Solarstrom wird es dabei wohl nicht gegangen sein.«

»Das ist anzunehmen. Aber könnte es theoretisch nicht eine Tarnfirma sein? Nur für was, keine Ahnung. Dafür habe ich nun eine bessere Vorstellung davon, was Neil Grafton für ein Mensch ist. Dass er einer der Erben eines gigantischen Familienimperiums ist, wussten wir ja schon. Aber neu ist mir, dass er vor ein paar Jahren seine Frau und seinen Sohn verloren hat. Sie wurden entführt, um Lösegeld zu erpressen. Doch die Übergabe scheiterte. Die Entführer erschossen beide Opfer und dann sich selbst. Die Tat hatte offenbar einen islamistischen Hintergrund.«

»Islamisten entführen Frau und Tochter eines amerikanischen Milliardärs?«

»Es ergibt einen gewissen perfiden Sinn. Allied Industries ist in vielen islamischen Ländern aktiv. Sie bauen in Afrika Kraftwerke, Müllverbrennungs- und Wasseraufbereitungsanlagen, Stromnetze und Bahnlinien. Sie arbeiten mit korrupten Regimes und Diktatoren ebenso zusammen wie mit demokratisch gewählten Regierungen. Es gab ein Dutzend Bestechungsskandale, in deren Zusammenhang der Name Allied Industries fiel. Für viele sind sie der Inbegriff des westlichen Wirtschaftsimperialismus. Außerdem ist die US Army einer ihrer wichtigsten Kunden – sie versorgen die Truppen zum Beispiel mit Stromaggregaten und Schaltanlagen. Vermutlich wollten die Entführer Geld erpressen, um ihren Dschihad zu finanzieren, und gleichzeitig den Erzfeind schädigen.«

»Ich sehe nicht, was das mit Hans' Tod zu tun haben könnte.«

»Nichts. Aber es zeigt, dass Grafton ein ziemlich kaltblütiger Mann ist.«

»Inwiefern?«

»Die Lösegeldübergabe scheiterte angeblich, weil Grafton den Entführern Falschgeld geben ließ und sie es gemerkt haben.«

»Er hat das Leben seiner Frau und seines Kindes für ein paar Millionen aufs Spiel gesetzt?«

»Anscheinend. Er ist dafür in den Medien heftig kritisiert worden. Das hat ihn nur umso verbitterter gemacht. Er hat sich mehrfach öffentlich darüber beschwert, dass die Medien ihn aufs Korn nehmen statt die Mörder seiner Familie.«

»Kann man nachvollziehen. Jedenfalls ist jetzt klar, warum er wissenschaftlicher Berater des Präsidenten wurde.«

»Ja. Er unterstützt den harten Kurs der Regierung gegenüber Ausländern und die Politik der Abschottung, obwohl sie das internationale Geschäft seiner Firma gefährdet. Dafür schanzt ihm die Regierung jede Menge Inlandsaufträge zu, sodass seine Aktionäre unterm Strich zufrieden sind. Allied Industries hat zum Beispiel die Elektrifizierung des Grenzzauns zu Mexiko installiert. Einer Menschenrechtsorganisation zufolge gehen alle zwölf bisherigen Todesfälle an der Grenze auf das Konto der Firma.«

»Hm. Das bringt uns alles nicht wirklich weiter, oder?«

»Es macht jedenfalls plausibel, dass er tatsächlich hinter meiner Entführung steckt. Ein Mann wie der schreckt garantiert nicht davor zurück, unliebsame Journalisten einzuschüchtern oder notfalls auch umzubringen. Und er hat sicher gute Drähte zu den Geheimdiensten und zur Einwanderungsbehörde.« Sie streckte sich. »Was ist mit dir? Hast du irgendwas über Ichtings Forschungen herausgefunden?«

»Nicht viel, was ich nicht schon wusste. Ein Thema, mit dem er sich in den letzten Jahren intensiver beschäftigt hat, haben mir mehrere Kollegen genannt: Kielfeldbeschleunigung. Er hat auch ein paar theoretische Aufsätze dazu veröffentlicht. Aber ich habe keine Ahnung, was das mit Neil Grafton und Allied Industries zu tun haben könnte.«

»Was ist denn Kielfeldbeschleunigung?«

»Das ist nicht ganz leicht zu erklären. Du weißt, dass die wichtigste Anlage des CERN der LHC ist, der Large Hadron Collider, richtig?«

»Klar. Das ist dieser knapp dreißig Kilometer lange unterirdische Ring mit den supraleitenden Magneten. Du siehst, ich hab aufgepasst.«

Er lächelte. »Sehr gut. Um Elementarteilchen zu beschleunigen, braucht man eine Menge Energie, je schneller sie werden, umso mehr. In konventionellen Ringbeschleunigern werden sie sehr oft im Kreis herum durch ein starkes Magnetfeld gejagt und bei jeder Umdrehung ein kleines bisschen schneller und energiereicher, die einen Teilchen in die eine Richtung, die anderen in die andere. Irgendwann kreuzt man dann die beiden entgegengesetzten Teilchenströme und lässt sie aufeinanderprallen, wobei die Teilchen zersprengt werden und in verschiedene Komponenten zerfallen. Die werden dann in großen Detektoren gemessen.«

»Gut, so weit hab ich alles verstanden.«

»Es gibt aber nicht nur Ringbeschleuniger wie den LHC, sondern auch sogenannte Linearbeschleuniger. Statt dauernd im Kreis herumzufliegen, werden die Teilchen dabei auf einer geraden Strecke immer schneller. Man braucht dafür natürlich relativ gesehen viel stärkere Antriebskräfte, weil die Teilchen eben nur einmal beschleunigt werden können, deshalb setzt man diese Technik normalerweise nur ein, um den Teilchen eine gewisse Grundgeschwindigkeit zu geben, bevor man sie in einen Ringbeschleuniger schickt, oder in Anwendungsbereichen, wo geringere Energien benötigt werden, beispielsweise in der Medizin.«

»Okay. Und Kielfeldbeschleunigung ist dann eine Form linearer Teilchenbeschleunigung?«

»Exakt! Willst du nicht am CERN anfangen? Du würdest eine hervorragende Leiterin der Abteilung für Öffentlichkeitsarbeit abgeben.«

»Mit meinen Französischkenntnissen? Peu probable!«

»Also, ein Kielfeldbeschleuniger funktioniert ein wenig wie Wellenreiten. Ein Plasma – das ist eine Art superheiße Teilchensuppe – wird mit einem starken Laser- oder Teilchenstrahl komprimiert und dabei ionisiert. Dadurch entstehen Wellen, ähnlich wie die Bugwellen eines Schiffs, das durch das Meer pflügt, daher der Begriff Kielfeld. Ein Teil der Teilchen in diesem Plasma ›reitet‹ quasi auf diesen Wellen und wird dadurch stark beschleunigt. Durch diesen Effekt lassen sich auf kurzen Strecken sehr viel höhere Energielevel erzielen, als dies mit einem konventionellen Magnetfeldbeschleuniger möglich ist. Wir haben am CERN auch einen Kielfeldbeschleuniger zu experimentellen Zwecken, die Technik steckt allerdings noch in den Kinderschuhen, und es gibt noch eine Menge praktischer Schwierigkeiten. Mit den bisherigen Anlagen lassen sich Energien im mittleren Gigaelektronenvolt-Bereich erzielen, wenige Prozent dessen, was der LHC erreicht. Aber in der Theorie könnte Kielfeldbeschleunigung es irgendwann ermöglichen, sehr viel kompaktere Beschleuniger zu bauen, die auf relativ kurzen Strecken – wir reden hier von ein paar hundert Metern, vielleicht ein oder zwei Kilometern – Energien erzielen, die weit über dem Limit des LHC oder anderer Ringbeschleuniger liegen.«

»Könnte es nicht sein, dass es das ist, woran Ichting in den USA gearbeitet hat? Eine neue, geheime Beschleunigungsanlage?«

»Möglich wäre es. Es würde zur US-Regierung passen, dass sie sich aus der bisherigen Praxis verabschieden, nach der solche Riesenbeschleuniger internationale Großprojekte sind, die von vielen Staaten gemeinsam gestemmt werden, und das hinter verschlossenen Türen im Alleingang probieren. Aber besonders viel Sinn ergibt das nicht. Und es erklärt für mich noch lange nicht, wieso Hans sterben musste.«

»Nehmen wir mal an, Allied Industries hätte mit seiner Hilfe einen solchen großen Kielfeldbeschleuniger gebaut, der Teilchen mit weit höherer Energie als der LHC beschleunigen kann. Was könnte man denn damit anstellen? Wäre das zum Beispiel als Waffe zu gebrauchen?«

»Das wäre wohl die unpraktischste Waffe der Welt: eine

mehrere hundert Meter lange Laserkanone, die aufgrund der Erdkrümmung nur Ziele im Umkreis von ein paar Kilometern treffen könnte, so gut wie nicht transportabel.«

»Vielleicht haben sie einen Weg gefunden, die mobil zu bauen.«

»Selbst wenn, es gibt viel einfachere Methoden, um starke, zerstörerische Strahlung zu erzeugen, zum Beispiel mit Atombomben.«

»Was ist mit Energieerzeugung?«

»Ein Kielfeldbeschleuniger erzeugt keine Energie, er verbraucht welche. Und zwar ziemlich viel davon. Man benutzt Teilchenbeschleuniger im niedrigen Energiebereich in der Medizin und in der Materialwirtschaft. In hohen Energiebereichen werden sie genutzt, um mehr über den Aufbau des Universums herauszufinden.«

»Und schwarze Löcher? Die Befürchtung, dass am CERN welche entstehen könnten, wurde zwar zerstreut, aber vielleicht gibt es bei höheren Energien doch welche?«

»Extrem unwahrscheinlich. Aber selbst wenn, das würde ja niemand anstreben. Ein stabiles schwarzes Loch wäre das Ende der Welt.«

Nina dachte darüber nach. Ihr fiel wieder ein, was Bussmann, der paranoide Physiker, gesagt hatte: *Es könnte sein, dass ich an seinem Tod schuld bin.* Er hatte Ichting eine Nachricht geschickt, kurz darauf war der Physiker gestorben. Nina hatte das bisher als Zufall abgetan – zu unwahrscheinlich war es ihr erschienen, dass ein angesehener Wissenschaftler wie Ichting sich vom Geschwätz eines offensichtlich verwirrten Mannes hatte beeinflussen lassen. Doch was, wenn Bussmanns E-Mail doch etwas ausgelöst hatte?

»Ich habe dir doch von diesem Typen erzählt, der denkt,

dass wir eines Tages in eine physikalische Falle tappen. Er hat Hans Ichting kurz vor dessen Tod eine E-Mail geschickt und darin von seiner Theorie berichtet. Was, wenn Ichting das nicht einfach als Unsinn abgetan hat?«

»Es würde durchaus zu Hans passen, dass er sogar einem Irren zuhört. Er hat immer wieder gesagt, dass die revolutionären Ideen in der Mathematik und Physik anfangs als verrückt belächelt wurden. Aber selbst wenn, was hätte das mit seinem Tod zu tun? Meinst du etwa, dieser Bussmann hat ihn umgebracht?«

»Nein. Aber nehmen wir mal an, die Mail hat Ichting tatsächlich zum Nachdenken gebracht. Vielleicht hat er noch mal nachgerechnet und ist darauf gekommen, dass doch ein schwarzes Loch entstehen könnte oder so was. Er hat seine Kontakte in den USA angerufen und ihnen gesagt, dass sie das, was sie dort vorhaben, stoppen sollen. Möglicherweise hat er damit gedroht, anderenfalls mit seinem Wissen über das Projekt an die Öffentlichkeit zu gehen.«

»Und die killen ihn dann einfach, um ihn zum Schweigen zu bringen?«

»Ich gebe zu, das ist ziemlich weit hergeholt.« Sie seufzte. »Und selbst wenn ich recht hätte, wir könnten nichts tun. Spekulationen nützen gar nichts, und konkrete Fakten geschweige denn Beweise haben wir nicht.«

»Wohl wahr. Tut mir leid, dass ich nicht weiterhelfen konnte. Vielleicht ... hätte ich gar nicht einfach so herkommen sollen, jedenfalls nicht so schnell. Ich hab dich überfallen.«

»Nein. Nein, es ist schön, dass du hier bist.«

Er musterte sie mit seinen grünen Augen, in deren Iris goldene Sprenkel eingestreut waren. »Wirklich?«

Sie sah die Sehnsucht in seinem Blick, ein Spiegel der Gefühle in ihrem Bauch. Anstelle einer Antwort umfasste sie seinen Nacken und zog ihn zu sich herab.

Man sagte, dass Sex nach überstandener Gefahr besonders intensiv sei. Vielleicht war das ein Grund, warum ihr das erste Mal mit Paul derart unter die Haut ging – aber bestimmt nicht der einzige. Die Art, wie er sie berührte, ihren Körper langsam, Zentimeter für Zentimeter mit Fingern und Lippen eroberte, vorsichtig tastend wie ein Stoßtrupp auf vermintem Terrain, gefolgt von stürmischen Liebkosungen, sobald er merkte, dass sie ihn nicht aufhielt, machte den Sex mit ihm zu einem der intensivsten und erfüllendsten Erlebnisse ihres Lebens.

Verschwitzt und atemlos lagen sie auf dem Fußboden, zwischen Ausdrucken, die von Ninas Schreibtisch gefallen waren, umgeben von hastig heruntergerissenen Kleidungsstücken, als es an der Haustür klingelte. Nina zuckte zusammen.

»Erwartest du etwa noch mehr Besuch?«, fragte Paul.

Sie schüttelte den Kopf, zog sich hastig an und sah durch den Türspion. Es war niemand zu sehen. Seltsam. Sie öffnete die Tür und sah sich um. Schritte waren im Treppenhaus zu hören, die sich nach unten entfernten. Vor der Tür auf dem Boden lag ein Briefumschlag mit ihrem Namen und ihrer Adresse. Sie hob ihn auf. Kein Absender.

»Was ist das?«, fragte Paul.

»Keine Ahnung. Ist hier wohl abgegeben worden.«

»Zeig mal.« Er betrachtete den Brief argwöhnisch, hielt ihn gegen das Licht.

»Hast du etwa Angst, es könnte eine Briefbombe sein?«

»Nein. Aber nach allem, was dir passiert ist, schadet es nicht, ein wenig vorsichtig zu sein, oder?«

Behutsam öffnete Nina den Umschlag mit einem Messer. Ein Zettel lag darin, ein Computerausdruck mit nur wenigen Worten Text auf Englisch: *Sie werden wahrscheinlich abgehört und überwacht. Besorgen Sie sich ein neutrales Smartphone, gehen Sie an einen abhörsicheren Ort, wo Sie allein sind und in jede Richtung weit sehen können. Dann rufen Sie die folgende Nummer an.* Eine Telefonnummer in den USA war angegeben.

Sie gab Paul den Zettel. »Nur eine Einladung zur Geburtstagsparty von Marina«, sagte sie laut. »Das ist meine Nachbarin. Sie ist alleinerziehend mit zwei kleinen Kindern.«

»Und, willst du hingehen?«, spielte er das Spiel mit.

»Weiß ich noch nicht. Große Lust hab ich nicht, aber sie tut mir irgendwie leid.«

»Hast du Lust, einen kleinen Spaziergang zu machen?«

»Ja, warum nicht? Der Stadtpark ist ganz in der Nähe.«

38

T-04:01:43 Victor ließ den Blick über die ihn erwartungsvoll ansehende Gemeinde schweifen. Wie immer saß auch Mrs Messante wieder auf ihrem Stammplatz in der zweiten Reihe links vom Mittelgang. Er sah noch einmal auf das Manuskript seiner Predigt, doch er musste es nicht ablesen – er wusste genau, was er sagen wollte. Auch wenn ihm nun klar war, dass ihm eine schwere Zeit bevorstand, war er Gott unendlich dankbar, dass Er die Zweifel von ihm genommen hatte, die ihn so lange gequält hatten, und ihm neue Zuversicht schenkte.

»Liebe Gemeinde, die vergangenen Tage waren für uns alle aufwühlend«, begann er. »Etwas ist geschehen, das wir mit all unserem Wissen über die Welt nicht erklären können. Gott hat uns ein Zeichen gesandt.«

»Halleluja!«, rief Angela Smith, und einige weitere Gemeindemitglieder stimmten ein.

»In unserer Überheblichkeit haben wir gedacht, wir wüssten, was dieses Zeichen bedeutet«, fuhr Victor fort. »Einige von uns haben es als Hinweis interpretiert, dass Gott uns auserwählt hat, dass die Wiederkunft Christi unmittelbar bevorsteht und wir als seine Jünger hinausgehen in die Welt und dieses Ereignis als Zeichen der Apokalypse verkünden sollen.« Er warf Smith einen bedeutungsvollen Blick zu. »Wir sind dafür in den Medien verhöhnt worden. Zu all den falschen Wundern, den unechten Propheten, haben wir in den Augen vieler Menschen nur eine weitere Fake News hinzugefügt. Unser Ruf wurde nicht erhört. Aber wir können nicht daran zweifeln, dass es Gottes Wille war, dass es so gekommen ist. Stattdessen müssen wir uns fragen, warum er uns nicht geholfen hat, diese Botschaft zu verkünden.«

Smith und die anderen Gläubigen blickten ihn betreten an. Sie alle litten darunter, dass die Gemeinde in den sozialen Medien vor allem Spott geerntet hatte. In einer populären Satiresendung hatte der Moderator sich über das Ereignis lustig gemacht, indem er sich mit seiner eigenen Leiche unterhalten hatte.

»Liebe Brüder und Schwestern, ich sage euch, warum das geschehen ist: Wir haben Gott falsch verstanden. Wir haben die falsche Botschaft in die Welt hinausgetragen.«

Ein Raunen ging durch die Gemeinde. Angela Smith sprang empört auf. »Aber das Zeichen ist eindeutig!«, rief sie. »Hört die Worte des Propheten Jesaja: *Aber deine Toten werden leben, meine Leichname werden auferstehen. Wachet auf und rühmet, die ihr liegt unter der Erde! Denn dein Tau ist ein Tau des grünen Feldes; aber das Land der Toten wirst du stürzen.*«

Victor seufzte innerlich. Dass die Gemeinderatsvorsitzende sich selbst zu Wort meldete, noch dazu mitten in der Predigt, war sehr ungewöhnlich. Sich hier und jetzt auf einen Auslegungsstreit der Bibel mit Angela Smith einzulassen, war das Letzte, was er wollte. Und es war alles andere als klar, ob er dabei nicht den Kürzeren ziehen würde. Smith kannte die Bibel in- und auswendig. Doch es blieb ihm nichts anderes übrig, als ihr zu widersprechen.

»Denn es werden falsche Christi und falsche Propheten aufstehen und große Zeichen und Wunder tun, dass verführt werden in

dem Irrtum (wo es möglich wäre) auch die Auserwählten«, zitierte er die Stelle, die Gott ihm gezeigt hatte. Dann fügte er aus demselben Kapitel des Matthäus-Evangeliums hinzu: »*Darum wachet, denn ihr wisset nicht, welche Stunde euer Herr kommen wird. Das sollt ihr aber wissen: Wenn der Hausvater wüsste, welche Stunde der Dieb kommen wollte, so würde er ja wachen und nicht in sein Haus brechen lassen. Darum seid ihr auch bereit; denn des Menschen Sohn wird kommen zu einer Stunde, da ihr's nicht meinet.* Ich glaube, liebe Gemeinde, Matthäus will uns hier sagen, dass wir sehr vorsichtig mit der Interpretation von Zeichen sein müssen. Denn es ist nicht Gottes Absicht, uns vorher anzukündigen, wann er seinen Sohn zur Erde zurückschickt, um uns zu richten und die Auserwählten zu erretten. Wir sollen jeden Tag so leben, als könne es der letzte sein vor dem Jüngsten Gericht.«

»Aber in der Bibel heißt es …«, begehrte Smith noch einmal auf, wurde jedoch von einer harschen Stimme unterbrochen.

»Wirst du wohl still sein und den Reverend seine Predigt halten lassen!«

Es war niemand anderes als die sonst so freundliche und zurückhaltende Consuela Messante, die Victor zur Seite sprang. Seit den Ereignissen in der letzten Woche wurde sie von den anderen Gemeindemitgliedern wie eine Heilige verehrt. Smith bekam einen knallroten Kopf und setzte sich wieder. Mrs Messante nickte ihm lächelnd zu.

»Aber das heißt nicht, dass das Zeichen, welches Gott uns in Gestalt des Leichnams von Mrs Messante gesandt hat, bedeutungslos wäre«, fuhr er fort. »Nur können wir es nicht einfach nach Belieben auslegen. Wir müssen uns sehr eingehend fragen, was Gott uns damit sagen will.«

Er senkte für einen Moment schweigend den Kopf, als warte er darauf, dass ihm der Herr genau in diesem Augenblick Erleuchtung zuteilwerden lasse.

»Ich bin euer Priester, liebe Brüder und Schwestern, aber ich kann die absolute Wahrheit ebenso wenig für mich beanspruchen wie jeder von euch. Wir alle haben bei Weitem nicht den Verstand, Gottes Plan zu begreifen. Wir können nur in uns gehen und versuchen, seine Stimme, so gut es geht, zu hören und das, was er uns sagt, mit dem Herzen und allen Sinnen zu erfassen. Manchmal sendet er uns Hilfe, oft in Form von Menschen, von denen man diese nicht erwarten würde und die sich auch selbst nicht bewusst sind, dass sie Überbringer Seiner Botschaft sind. Das, was ich euch nun sage, ist das, was ich zu verstehen glaube, nachdem mir ein solcher unbewusster Bote Gottes begegnet ist. Ihr müsst euch euer eigenes Urteil darüber bilden, ob es zu der Botschaft in euren Herzen passt.«

Dann erzählte er ihnen von dem Gespräch mit John Sparrow, den er als »besorgten Bürger« bezeichnete, einen, »der Gott nähersteht, als er selber ahnt, auch wenn er noch nie an unserem Gottesdienst teilgenommen hat«. Die Gemeinde lauschte ihm aufmerksam, als er Sparrows Worte wiederholte: »Das Auftauchen der Leiche ist ein Zeichen, aber es ist kein Wunder Gottes. Es mag sein, dass dieses Ereignis das Ende aller Zeiten ankündigt. Aber wenn, dann sind wahrscheinlich Menschen dafür verantwortlich. Machtgierige, selbstherrliche, gottlose Menschen, die alles andere im Sinn haben als die Wiederkunft Christi.«

Nun hielt es Angela Smith nicht mehr auf ihrem Stuhl. Sie warf einen kurzen Blick zu Mrs Messante, wie um sich zu vergewissern, dass die sie nicht wieder zurechtweisen würde.

»Aber, Reverend, haben Sie uns nicht eben noch selber vor falschen Propheten gewarnt?«, rief sie. »Und nun wollen Sie einem Mann vertrauen, der nicht einmal regelmäßig in die Kirche geht? Was wissen Sie überhaupt über ihn? Wie können Sie sicher sein, dass er nicht ein Botschafter des Antichristen ist, von Satan selbst zu Ihnen gesandt, um Sie und uns alle zu verwirren?«

Victor nickte. »Wie ich schon sagte, Mrs Smith, ich habe nicht mehr Anspruch auf die Wahrheit als Sie. Was ich Ihnen gesagt habe, ist das, was ich für die Wahrheit halte, so, wie ich sie in meinem Herzen spüre. Aber absolute Gewissheit gibt es nur von Gott.«

»Nun, wenn das so ist, muss ich Ihnen leider sagen, dass ich etwas ganz anderes in meinem Herzen spüre!«, rief Smith mit schriller Stimme. »Ich spüre große Freude! Vorfreude auf das, was kommen wird. Der Herr wird seine Engel auf die Erde schicken, um dem gottlosen Treiben hier endgültig ein Ende zu bereiten. Steht nicht geschrieben: *Das sollst du aber wissen, dass in den letzten Tagen werden greuliche Zeiten kommen. Denn es werden Menschen sein, die viel von sich halten, geizig, ruhmredig, hoffärtig, Lästerer, den Eltern ungehorsam, undankbar, ungeistlich, lieblos, unversöhnlich, Verleumder, unkeusch, wild, ungütig, Verräter, Frevler, aufgeblasen, die mehr lieben Wollust denn Gott, die da haben den Schein eines gottseligen Wesens, aber seine Kraft verleugnen sie; und solche meide?* Ist das, was Paulus hier in seinem zweiten Brief an Timotheus beschreibt, nicht ein präzises Bild unserer heutigen, verlorenen Zeit? Ist es nicht eine große Erleichterung, dass diese Zeit nun zu Ende geht, dass Jesus endlich kommt, um die Gottlosen zu richten und seine treuen Schafe auf seine saftige Weide zu führen?«

Ihre Augen glühten, und Tränen liefen über ihre Wangen. Einige Gemeindemitglieder nickten andächtig. Victor wollte etwas sagen, doch in diesem Moment erhob sich Mrs Messante.

»Liebe Angela, ich höre Eitelkeit und Überheblichkeit in deinen Worten«, sagte sie, doch ihre Stimme klang nicht tadelnd, sondern sanft, fast mitleidig. »Es stimmt, wir leben in Zeiten der Überheblichkeit und Gottlosigkeit. Aber das ist nicht gerade etwas Neues. Wenn Gott der Welt ein Ende hätte setzen wollen, weil die Menschen viel von sich halten, geizig, lästernd und undankbar sind, dann hätte er das schon vor zweitausend Jahren getan. Und Gott mag ja Humor haben, aber für derart sarkastisch halte ich ihn nicht, dass er ausgerechnet mich mit meiner eigenen Leiche konfrontieren würde. Dass ich nicht mehr lange auf diesem Planeten weilen werde, wusste ich auch schon vorher. Ich glaube, der Reverend hat recht: Dies ist nicht Gottes Werk, sondern das Ergebnis irgendeines aberwitzigen Plans, mit dem jemand versucht, sich über die Schöpfung zu erheben. Und wenn wir etwas tun können, um das zu verhindern, dann sollten wir es tun!«

Smith' Unterlippe zitterte. »Bist selbst du so verblendet, Consuela, dass du Gottes Wahrheit nicht erkennst, wenn du ihr ins Gesicht schaust?«, rief sie mit bebender Stimme. »Du hast mich eitel und überheblich genannt. Aber ist es nicht viel eitler und überheblicher, zu behaupten, dass Menschen das Wunder hätten vollbringen können, dessen Zeuge wir geworden sind? Ich kann nicht glauben, dass ich die Einzige bin, die Seinen Auftrag versteht. Nun, wenn es Gottes Wille ist, dann werde ich eben ohne dich die frohe Botschaft verkünden. Wer mich unterstützt, möge mir folgen!«

Sie marschierte zum Ausgang. Dort wandte sie sich noch einmal um, doch niemand folgte ihr. Mit gestrecktem Rücken und hoch erhobenem Haupt verließ sie die Kirche.

Betretenes Schweigen herrschte, nachdem die Tür ins Schloss gefallen war.

»Lasset uns beten«, rief Victor schließlich. »Herr, wir, Deine treue Gemeinde, warten nun darauf, dass Du uns sagst, was wir tun können, um Deinen Willen zu erfüllen. Wir werden Augen und Ohren offen halten und nach Anzeichen dafür suchen, wer das Ereignis auslösen könnte. Wir werden alles tun, um die Freveltaten der Gottlosen zu verhindern. Wir bitten Dich, uns dabei zu helfen und uns im rechten Moment beizustehen. Denn Dein ist das Reich und die Kraft und die Herrlichkeit in Ewigkeit. Amen!«

39

T-04:01:01 Jetzt war er also in göttlicher Mission unterwegs, dachte Sparrow, während er am Ufer des Rio Grande entlangspazierte, dessen trübes, braunes Wasser ganz und gar nicht grandios wirkte. Wenn die Situation nicht so erschreckend gewesen wäre, hätte er laut über diesen Gedanken gelacht. Er blickte auf das gesprungene Display des Smartphones, das Freddy ihm gegeben hatte: Viertel vor elf morgens. In Deutschland musste es bereits früher Abend sein.

Man konnte über die Army sagen, was man wollte, aber sie schmiedete Verbindungen wie keine andere Organisation der Welt. Wenn man einmal zusammen mit anderen Männern in höchster Todesgefahr gewesen war, wenn einem nichts anderes übrig geblieben war, als sich auf die Loyalität, den Mut, die Tapferkeit der anderen zu verlassen, wenn diese Männer einen dann nicht enttäuscht hatten und man ihnen sein Leben verdankte so wie sie das ihre einem selbst, dann hielt eine solche Verbindung ein Leben lang.

Freddy war Elektroniker in Sparrows Einheit gewesen, ein gutmütiger Nerd, der so gar nicht in die Wüste Afghanistans zu passen schien, geschweige denn in eine Schießerei mit den Taliban, und der doch im entscheidenden Moment kaltblütig genug gewesen war, eine Handgranate mitten in einen heranstürmenden, wild um sich schießenden Angriffstrupp der Feinde zu werfen. Im Gegenzug hatte Sparrow ihn durch vermintes Gelände getragen, als er angeschossen gewesen war. Nach seiner Entlassung aus der Army hatte Freddy einen kleinen Laden für Smartphone- und Computerreparaturen aufgemacht und verdiente sein Geld mit der Wiederherstellung von versehentlich oder auch absichtlich gelöschten Dateien und der Entfernung von Malware. Sparrow ging zu ihm, wann immer er Hilfe mit Computern oder Elektronik brauchte.

Nach dem Gespräch mit dem Reverend hatte Sparrow ihn gestern Abend noch aufgesucht und gefragt, wie abhörsicher sein Smartphone war. Freddy hatte nur den Kopf geschüttelt und ihm ein altes Handy mit beschädigtem Display und einer leeren Prepaid-Simkarte in die Hand gedrückt, das ein Kunde bei ihm zurückgelassen hatte. Gemeinsam hatten sie die Adresse der Journalistin aus Deutschland in Erfahrung gebracht, was dank einer typisch deutschen Vorschrift namens Impressumspflicht nicht schwierig gewesen war.

»Aber ich kann sie nicht einfach anrufen«, hatte Sparrow gemeint. »Ihr Smartphone und ihre Wohnung werden womöglich abgehört.«

Freddy hatte auch dafür eine Lösung gehabt. Er kannte ein Live-Rollenspiel namens *Second Reality*, bei dem die über die ganze Welt verteilten Spieler in verschiedenen Geheimgesellschaften zusammenarbeiteten, ohne allerdings die Identität ihrer Verbündeten zu kennen, sodass sie nie genau wussten, ob die Spieler, mit denen sie Kontakt hatten, Freund oder Feind waren. Ein wesentlicher Teil des Spiels bestand darin, einander Geheimbotschaften zu schicken. Freddy hatte sich einen *Second Reality*-Account zugelegt und einen Mitspieler in Hamburg damit beauftragt, eine Botschaft an Nina Bornholm zu überbringen, wofür dieser »Geheimwissenspunkte«

erhalten hatte, die seinen Spielrang erhöhten. Der Bote würde nie darauf kommen, dass er eine reale Geheimbotschaft überbracht hatte.

»Und was, wenn er den Ausdruck kopiert und hier anruft?«, hatte Sparrow gefragt.

»Dann tust du einfach so, als wärst du auch ein *Second Reality*-Spieler. Nenn ihm irgendeine ausgedachte Geheimbotschaft, zum Beispiel *Romeo besteigt im Frühling den Olymp* oder so was. Dann kann er ein paar Tage darüber brüten, was das bedeuten könnte.«

Inzwischen war Sparrow sich nicht mehr sicher, ob er nicht einen Riesenfehler beging, indem er die deutsche Journalistin kontaktierte. Er verstieß damit gegen alle Regeln seiner Zunft, vor allem gegen die wichtigste: *Mische dich niemals in die Angelegenheiten deines Auftraggebers ein.* Doch das Gespräch mit dem Reverend hatte ihn aufgerüttelt. Zwar glaubte er keine Sekunde lang, dass er von Gott auserwählt worden war – wenn es einen Gott gab, dann war er offensichtlich ein sadistischer Mistkerl, der es zuließ, dass Kinder in den Krieg geschickt wurden und Millionen unschuldige Menschen aufgrund von kleinlichen religiösen Differenzen sinnlose Qualen ertragen mussten. Aber vielleicht hatte der Zufall ihn tatsächlich in eine Position gebracht, in der er ein großes Unheil verhindern konnte.

Allerdings wusste er im Grunde so gut wie nichts. Seltsame Dinge waren passiert, ein Physiker war tot, eine Leiche und eine Zeitung waren offenbar aus der Zukunft aufgetaucht. Irgendwelche Typen mit guten Verbindungen wollten verhindern, dass jemand der Sache auf den Grund ging. Der Wissenschaftsberater des Präsidenten steckte vermutlich mittendrin, vielleicht sogar der Präsident selbst. Die Sache stank zum Himmel, so viel war sicher, auch wenn er keine Ahnung hatte, was genau das alles bedeutete. Sosehr er sich auch einzureden versuchte, dass die Befürchtungen des Reverends übertrieben waren, so stark war dieses Gefühl in ihm, die Welt rase ungebremst auf einen Abgrund zu.

Wenn er eines bei der Army gelernt hatte, dann das: Je größer der Mist war, den jemand gebaut hatte, desto mehr Mühe gab man sich, ihn zu vertuschen. *Fubar* nannte man so etwas, Fucked up beyond all recognition, ein hoffnungsloses Schlamassel. Wenn Sparrow den Aufwand, den seine Auftraggeber trieben, um die Sache geheim zu halten – der Mord an Ichting, die Bergung des Aktenkoffers und die Einschüchterung der deutschen Journalistin waren sicher nur die Spitze des Eisbergs –, als Indikator für die Schwere des Problems nahm, dann war die Vorstellung, dass irgendwer möglicherweise das Ende der Welt heraufbeschworen hatte, nicht abwegig. Zwar konnte man sich fragen, warum derjenige sich noch die Mühe machte, die Sache zu vertuschen, wenn ohnehin niemand mehr existieren würde, der ihn zur Rechenschaft zog. Aber so war die Army eben – es gab eine Menge Automatismen, die auch dann zum Einsatz kamen, wenn es nicht den geringsten Sinn ergab. Dasselbe galt vermutlich ebenfalls für andere Behörden, politische Institutionen und große Unternehmen.

Die tote Frau in der Kirche und das abgestürzte Flugzeug mit der Zeitung an Bord mussten beide dieselbe Ursache haben – irgendein Ereignis in naher Zukunft. Dass dieses Ereignis nicht plangemäß verlaufen würde, konnte er daran ablesen, dass die beiden Vorfälle Zivilisten ereilt hatten und an fast tausend Meilen voneinander entfernten Orten passiert waren – beziehungsweise im selben Moment passieren würden. Höchstwahrscheinlich gab es noch mehr solcher Vorkommnisse, bei denen Dinge oder Menschen aus der Zukunft in die Gegenwart geschleudert worden waren, womöglich überall auf der Welt. All das waren keine Beweise dafür, dass die Welt wirklich untergehen würde, wie der Reverend glaubte. Aber es waren definitiv genug Gründe, sich ernste Sorgen zu machen.

Sie und ich, Mr Sparrow, haben von Gott den Auftrag erhalten, dieses Ereignis in der Zukunft zu verhindern. Bullshit. Aber das bedeutete nicht, dass er bloß tatenlos rumsitzen musste. Er würde so viel wie möglich in Erfahrung bringen und dann mit Layton Morris reden. Zwar war auch das ein Risiko – wenn Morris erfuhr, dass er ...

Das Klingeln des Smartphones riss ihn aus seinen Gedanken.

»Hallo?«

»Hier ist Nina Bornholm. Ich habe eine Nachricht bekommen, dass ich diese Nummer anrufen soll.«

»Danke für den Anruf, Mrs Bornholm. Ich bin John Sparrow, der Mann, der Sie entführt hat.«

Einen Moment herrschte Schweigen. »Was wollen Sie? Ich bin nach Hause geflogen, wie Sie gesagt haben. Lassen Sie mich in Ruhe!«

»Bitte legen Sie nicht auf, Mrs Bornholm. Ich habe nicht vor, Sie weiter unter Druck zu setzen. Ich möchte mit Ihnen sprechen.«

»Sprechen? Worüber?«

»Über Ihre Nachforschungen. Ich würde gern wissen, was Sie über die Arbeit von Hans Ichting herausgefunden haben.«

Ein kurzes, humorloses Lachen. »Ist das Ihr Ernst? Sie entführen mich, bedrohen mich, und jetzt glauben Sie, ich bin so blöd, Ihnen alles zu sagen, was ich weiß? Sie hätten mich danach fragen sollen, als ich gefesselt und Ihnen hilflos ausgeliefert war.«

Sparrow seufzte. Er hatte gewusst, dass ihm nichts anderes übrig bleiben würde, als seine Karten zuerst auf den Tisch zu legen.

»Es tut mir leid, was ich Ihnen angetan habe. Ich habe bloß die Anweisungen eines Auftraggebers ausgeführt, den ich nicht einmal kenne. Ich weiß, das ist keine Entschuldigung. Doch Sie haben mich zum Nachdenken gebracht, und inzwischen bin ich auf etwas sehr Seltsames gestoßen. Es ergibt nicht viel Sinn und hört sich ziemlich unglaublich an, ich weiß. Hören Sie mir bitte trotzdem zu.«

Er erzählte ihr von seinem Gespräch mit dem Reverend und der Leiche der Mrs Messante. Die Zeitung erwähnte er nicht.

»Hören Sie, Mr Sparrow, ich weiß nicht, warum Sie mir das alles erzählen. Was wollen Sie damit bezwecken? Erwarten Sie etwa, dass ich mit dieser albernen Geschichte zur Zeitung gehe und mich damit lächerlich mache? Ist es das, was Ihre Auftraggeber wollen – mich mit gezielter Desinformation und offensichtlichen Fake News diskreditieren? Halten die mich wirklich für so blöd?«

»Lesen Sie das *Albuquerque Journal* vom ersten Oktober. Dort werden Sie die Geschichte bestätigt finden, auch wenn dort nicht steht, dass die Leiche aus der Zukunft kam, und auch die doppelten Gegenstände nicht erwähnt werden.«

»Und was soll das beweisen? Dass Sie Ihre absurde Idee dort herhaben?«

Sparrow seufzte. Ein zweites Mal musste er feststellen,

dass die Deutsche nicht so leicht zu beeindrucken war, wie er gehofft hatte.

»Also gut, ich erzähle Ihnen auch noch den Rest.«

Und so verstieß er gegen das zweite eherne Gesetz der Söldner: *Verrate niemals ein Geheimnis, das dir dein Auftraggeber anvertraut hat.* Er verriet nicht nur alles, was er wusste, er erzählte es auch noch einer Journalistin, genau der Person, die er laut Auftrag aus der Sache heraushalten sollte. Wenn das herauskam – und das würde es, daran bestand kein Zweifel –, dann war er erledigt.

Er hörte die Stimme des Reverends in seinem Kopf, die sich auf unheilvolle Weise mit den Worten seiner Mutter vermischte: *Der Herr verlangt von uns allen Opfer, John. Von denen, die er am meisten liebt, verlangt er am meisten.*

»Eine Zeitung aus der Zukunft?«, fragte Bornholm. »Ist das Ihr Ernst?«

»Ja.«

»Und was stand darin? Ich meine, wenn Sie die Zeitung vor ein paar Tagen gelesen haben und sie aus der Zukunft stammt, dann müssten ja vielleicht einige der darin beschriebenen Ereignisse inzwischen eingetroffen sein – oder zum Beispiel morgen eintreffen.«

»Ich ... ich habe die Zeitung nicht gelesen«, gab Sparrow zu und ärgerte sich darüber. »Ich habe nur das Datum gesehen. Ich dachte erst, das sei ein Fake.«

»Ehrlich gesagt denke ich das auch. Ich weiß immer noch nicht, was Sie mit all dem bezwecken, Mr Sparrow.«

»Ich habe Ihnen alles gesagt, was ich weiß, Nina. Mir ist klar, Sie haben wenig Grund, mir zu vertrauen. Trotzdem bitte ich Sie, mir im Gegenzug zu sagen, was Sie über die Sache wissen. Als ich Sie ... abholte, erwähnten Sie einen Professor. Offenbar glaubten Sie, er sei es gewesen, der Ihnen die Nachricht geschickt hat. Wer war das?«

»Warum sollte ich Ihnen das sagen?«

»Weil Sie mir damit vielleicht die Chance geben, diese Bastarde zu stoppen.«

Sie schwieg einen Moment. »Also gut. Hans Ichting hat bei seinem Aufenthalt in den USA bis vor einem halben Jahr offenbar mit Professor Bernardino von der University of New Mexico zusammengearbeitet. Er leitet das Institut für Physik und ist Experte für Kältetechnik. Paul …« Sie stockte, als habe sie unabsichtlich etwas preisgegeben. »Ein Bekannter meint, die beiden könnten an einem physikalischen Experiment auf der Basis von Kielfeldbeschleunigung gearbeitet haben. Mehr weiß ich nicht.«

»Was ist Kielfeldbeschleunigung?«

»Googeln Sie das.«

»Danke, Mrs Bornholm. Und … bitte verzeihen Sie mir, was ich Ihnen angetan habe.«

»Viel Glück, Mr Sparrow.«

40

T-04:00:25 Nina beendete das Gespräch. Ihre Hand zitterte. Sie sah sich um, als befände sie sich auf einem fremden Planeten. Dabei war sie schon hundert Mal durch den Hamburger Stadtpark spaziert. Die Sonne war längst untergegangen, und nur noch ein paar Hunde mit Leuchthalsbändern tollten über die Wiese. Ein fahler Mond spiegelte sich in dem kleinen See.

»Was ist los?«, fragte Paul. »Wer war das?«

Sie gab ihm sein Smartphone zurück. »Der Typ, der mich entführt hat.«

»Was? Und mit dem Mistkerl hast du so lange gesprochen? Wir sollten zur Polizei gehen und die Sache anzeigen. Wir haben ja jetzt seine Handynummer.«

»Er sagt, er hat etwas herausgefunden.«

»Was denn?«

»Paul, glaubst du, dass Zeitreisen möglich sind?«

»Zeitreisen? Wie kommst du darauf?«

»Könnte ... könnte es sein, dass es das ist, woran Hans Ichting gearbeitet hat? An einer Zeitmaschine?«

»Hat dieser Typ dir das erzählt? Das ist absoluter Nonsens! Eine Zeitmaschine, also wirklich!«

»Also ist es unmöglich, dass etwas aus der Zukunft in die Vergangenheit transportiert wird?«

»Natürlich ist das unmöglich. In der Theorie gibt es zwar

Gebilde, die man Wurmlöcher nennt, so eine Art Tunnel durch Zeit und Raum. Rein theoretisch würde man, wenn man durch ein Wurmloch fliegt, in der Vergangenheit landen. Aber ein stabiles Wurmloch zu erzeugen, noch dazu eines, das groß genug wäre, um hindurch zu reisen, liegt weit außerhalb unserer technischen Möglichkeiten. Außerdem ist nicht mal erwiesen, dass es wirklich Wurmlöcher gibt – bisher existieren sie nur in der Theorie und in Science-Fiction-Filmen.«

Das war nicht, was Nina hatte hören wollen.

»Und ein instabiles?«, fragte sie. »Was ... was würde passieren, wenn jemand aus Versehen ein Wurmloch erzeugt?«

»Aus Versehen? Man kann aus Versehen einen Teller vom Tisch fallen lassen oder gegen einen Baum fahren, aber man kann nicht aus Versehen ein Wurmloch erzeugen. Dazu wären unglaublich große Energien notwendig.«

»Energien, wie man sie mit einem Kielfeldbeschleuniger erzeugen kann?«

»Nina, was immer dir dieser Typ erzählt hat, glaub ihm kein Wort!«

Paul hatte recht. Dieser Sparrow wollte sie bloß verunsichern, und das war ihm auch gelungen.

»Du zitterst ja«, sagte er und nahm sie in den Arm. »Was ist bloß los? Was hat er denn gesagt?«

Sie erzählte es ihm, während sie langsam wieder zu ihrer Wohnung in Barmbek wanderten.

»Nonsens!«, erwiderte er erneut, als sie geendet hatte. Doch es klang bei Weiten nicht mehr so überzeugt wie zuvor.

»Wenn jemand vor hundert Jahren behauptet hätte, dass es heute Maschinen geben wird, so groß wie eine Handfläche, mit denen man auf das gesamte Wissen der Welt zugreifen kann, die sprechen können und mit denen man sich mit Menschen überall auf der Welt unterhalten kann, hätte man das sicher auch als Nonsens bezeichnet.«

»Gut möglich. Aber das heißt noch lange nicht, dass diese Geschichte mit der lebenden Toten und der Zeitung aus der Zukunft wahr ist. Das sind bloß Worte, die dir jemand ins Ohr geraunt hat – derselbe Mann, der von den Leuten, die womöglich Hans umgebracht haben, auf dich angesetzt wurde und dich entführt hat. Warum sollte er dir jetzt auf einmal die Wahrheit sagen?«

»Er sagt, er will diese Typen aufhalten.«

»Und deshalb hat er dich angerufen?«

»Er wollte von mir den Namen des Physikers wissen, mit dem ich in Albuquerque gesprochen habe.«

»Bernardino? Na toll! Der Typ wird wahrscheinlich als Nächstes dran glauben müssen.«

»Aber seine Auftraggeber wussten doch schon, dass ich mit Bernardino gesprochen habe. Das muss doch der Grund gewesen sein, weshalb sie Sparrow auf mich angesetzt haben.«

Sie erreichten Ninas Wohnung. Sie steckte den Schlüssel ins Schloss, doch dann zögerte sie. Ihre eigene Wohnung erschien ihr plötzlich kein sicherer Ort mehr.

Paul verstand sofort, was in ihr vorging. »Lass uns irgendwo was essen gehen. Du kannst heute Nacht bei mir im Hotel schlafen.«

Sie nickte dankbar.

Später saßen sie zu zweit an dem kleinen Schreibtisch des Hotelzimmers und recherchierten mit Pauls Laptop. Was sie fanden, ließ den Eisklumpen in Ninas Magen immer größer und schwerer werden.

Die Geschichte der Frau, die angeblich zu ihrer eigenen Beerdigung erschienen war, hatte in den sozialen Medien Wellen geschlagen und war auch im US-Fernsehen aufgegriffen worden. Zwar hielten die meisten Kommentatoren das Ganze für einen Irrtum oder gezielt gestreute Fake News, doch es gab auch eine Bewegung von religiösen Fanatikern, die die angeblich von den Toten auferstandene Frau wie eine Heilige verehrten und glaubten, dass das Ende aller Zeiten gekommen sei und die Wiederkunft Christi kurz bevorstehe. Angeführt wurde diese Gruppe von einer Frau namens Angela Smith. Sie hatte ein Video ins Netz gestellt, das angeblich die Begegnung einer alten Frau mit ihrer eigenen Leiche zeigte. Zwar konnte man auf dem Video nicht viel erkennen, doch gerade deswegen wirkte es für Nina authentisch. Was auch immer in Albuquerque geschehen war, es hatte die Menschen offensichtlich zutiefst erschreckt.

»Was hältst du davon?«, fragte sie Paul.

»Ich glaube immer noch, dass es ein Fake ist. Entweder haben dieser Sparrow und seine Auftraggeber das selber inszeniert, oder er hat die Geschichte aufgegriffen, um dich zu verunsichern. Komm, lass uns ins Bett gehen. Du solltest dich ein wenig ausruhen.«

Er massierte ihr sanft den Nacken. Sie genoss die Berührung, doch sie war noch zu aufgewühlt, um jetzt ein zweites Mal an diesem Tag mit Paul zu schlafen, so verlockend die Vorstellung auch war.

»Mag sein, dass es ein Fake ist«, gab sie zu. »Aber seltsam ist es doch. Ich meine, wenn du irgendeine geheime Schweinerei vertuschen willst, würdest du dann so einen Blödsinn erfinden, um davon abzulenken? Das klingt doch ziemlich absurd.«

»Vielleicht haben sie es gerade deswegen gemacht.«

»Und ... und wenn es wahr ist? Nur mal theoretisch?«

Er schwieg einen Moment, bevor er antwortete. »Wenn es wahr wäre ... nur theoretisch, wohlgemerkt ... dann hätten wir ein verdammtes Problem.«

»Inwiefern?«

»Ein Ereignis, das stark genug ist, um einen Menschen in die Vergangenheit zu schleudern, das schon jetzt dadurch spürbar wird, dass es die Zeit durcheinanderbringt, wäre ... höchstwahrscheinlich katastrophal.«

»Wie katastrophal?«

»Es könnte eine Singularität erzeugt worden sein. Besser gesagt, noch erzeugt werden. Theoretisch, wohlgemerkt.«

»Was bedeutet das?«

»Eine Singularität ist ein Grenzfall der Physik, in dem die bekannten physikalischen Gesetze nicht mehr gelten. Das ist zum Beispiel im Zentrum eines schwarzen Lochs der Fall oder beim Urknall. Es ist unmöglich, vorauszusagen, was passieren würde, wenn es jemandem gelänge, so etwas tatsächlich auf der Erde zu erzeugen. Gut möglich, dass dann zum Beispiel ein schwarzes Loch entstehen könnte, das unser gesamtes Sonnensystem verschlingen würde.«

»Die physikalische Falle ...«, sagte sie mehr zu sich selbst.

»Nina, das hat keinen Sinn. Ich gebe zu, ich kann nicht völlig ausschließen, dass das alles wahr ist und die Welt in ein paar Tagen in die Luft fliegt. Aber wenn es so ist, können wir sowieso nichts machen.« Er grinste. »Am besten nutzen wir die Zeit, die uns noch bleibt, so gut wie möglich!«

Damit schob er seine Hand in ihre Bluse.

»Männer!«, rief Nina. »Selbst im Angesicht des Weltuntergangs denkt ihr nur an das eine!«

Doch sie gab seinem Drängen bereitwillig nach. Paul hatte recht – sie konnten nichts tun, und es tat gut, so gut, den Verstand abzuschalten und sich von den Gefühlen davontragen zu lassen.

41

T-03:19:50 Layton Morris machte ein finsteres Gesicht, als er Sparrow die Tür öffnete. Es passte zu dem notorisch misstrauischen Sicherheitsexperten, dass er das Schlimmste annahm, wenn einer seiner Leute ihn am Sonntagnachmittag zu Hause anrief und um ein Gespräch bat. Dennoch fühlte Sparrow sich durchschaut. Er hatte auf einmal das starke Gefühl, dass es ein Fehler war, herzukommen. Doch für einen Rückzieher war es zu spät – Morris würde ihm niemals glauben, wenn er jetzt mit irgendeiner Ausflucht kam.

Sein Auftraggeber führte ihn in die Küche. Der Störsignalsender stand wie immer eingeschaltet auf dem kleinen Küchentisch.

»Willst du einen Kaffee?«

»Ja, gern.«

Morris hantierte an dem teuren italienischen Automaten herum – einer der wenigen Luxusgegenstände, die er sich erlaubte.

»Also, was ist los?«, fragte er, während er die Tasse mit dem aromatisch duftenden starken Getränk auf den Tisch stellte, um sich dann selbst einen Kaffee zu machen.

»Ich mache mir Sorgen«, begann Sparrow.

»Soso, tust du das«, wiederholte Morris. Es klang spöttisch, als hätte Sparrow verkündet, er wolle für das Präsidentenamt kandidieren.

»Ja. Diese Sache mit der Zeitung ... Ich glaube inzwischen, dass es kein Fake war.«

Morris verzog keine Miene. »Wie kommst du darauf?«

Sparrow erzählte ihm von seinem Gespräch mit dem Reverend. Das Telefonat mit der Deutschen ließ er unerwähnt – es hatte keinen Sinn, die Sache noch schlimmer zu machen, als sie ohnehin schon war. Für Morris war allein die Tatsache, dass er sich überhaupt Gedanken über die Hintergründe seines Auftrags machte, schon ein Vertrauensbruch.

»Hast du ihm von der Zeitung erzählt?«

Morris' Stimme war neutral, so als beunruhige es ihn nicht im Geringsten, was Sparrow ihm erzählte. Doch der Eindruck täuschte, das wusste er nur zu gut.

»Nein. Ich habe ihm nur gesagt, dass ich Informationen habe, die das Datum bestätigen, das er aus der Uhr dieser Mrs Messante erschlossen hat.«

»Du hast was?« Morris' Augen verengten sich ein wenig – ein Ausdruck dafür, dass er innerlich kochte.

»Layton, ich weiß, das verstößt gegen die Regeln. Aber das hier ist kein gewöhnlicher Auftrag. Wer auch immer dahintersteckt, Neil Grafton oder ...« Sparrow stockte, als ihm klar wurde, dass er einen Fehler gemacht hatte. »Auf jeden Fall ... Diese Leute sind vielleicht dabei, die Welt zu zerstören!«

Morris' Stimme war gefährlich ruhig.

»Was hat sie dir noch erzählt?«

»Wer?«

»Die Journalistin. Sie hat dir den Namen Grafton genannt. Was noch?«

Morris' Blick schien ihn zu durchbohren. Sparrow hatte schon einige Extremsituationen durchlebt und war nicht so leicht einzuschüchtern, aber selten war er so nervös gewesen wie jetzt.

»Sie erwähnte einen deutschen Physiker, Hans Ickert oder so. Er hat angeblich Selbstmord begangen, doch sie glaubt, er wurde umgebracht. Deshalb war sie hier.«

»Sie kommt nach Albuquerque, weil sich ein deutscher Physiker umgebracht hat?«

»Sie glaubt, dass er hier an einem Projekt gearbeitet hat für Neil Grafton.«

»Woher hat sie den Namen?«

»Das hat sie nicht gesagt.«

Sein Auftraggeber sah ihn schweigend an, während der Kaffee allmählich kalt wurde.

»Ich fasse noch mal zusammen«, sagte er schließlich mit neutralem Ton, als ginge es um die Details eines Gebrauchtwagengeschäfts. »Wenige Tage nachdem du mir ausdrücklich zugesichert hast, dass ich mich hundertprozentig auf dich verlassen kann, belügst du mich. Du sprichst hinter meinem Rücken mit Dritten über vertrauliche Angelegenheiten deines Auftrags. Du hältst Informationen zurück, die für mich und den Auftraggeber von großer Bedeutung sind. War es das? Wahrscheinlich nicht. Leute wie du beichten nie alles auf einmal. Sie glauben, wenn sie einen kleinen Teil der Wahrheit offenbaren, kommen sie damit durch.« Er zuckte mit den Schultern. »Ich werde schon rauskriegen, was du noch alles verbockt hast. Aber das ist jetzt erst mal unwichtig, weil das, was du getan hast, schlimm genug ist. Ein so grober Vertrauensbruch gegenüber meinen Auftraggebern durch einen meiner besten Leute ist völlig ausreichend, um alles zu zerstören, was ich in den letzten zwanzig Jahren aufgebaut habe.«

»Layton, hast du mir überhaupt zugehört? Diese Zeitung ist kein Fake, sie kommt wirklich aus der Zukunft! Nicht ich bin es, der dein Lebenswerk zerstört. Diese Leute bauen irgendwo eine Bombe oder irgendwas anderes, das womöglich in wenigen Tagen die Welt vernichten wird. Vielleicht können wir sie noch irgendwie aufhalten. Wenn du mir hilfst ...«

Morris stand auf. »Du hörst jetzt besser genau zu, John. Du bist draußen. Du wirst nie mehr einen Auftrag von mir oder sonst wem in der Sicherheitsbranche bekommen. Überleg dir schon mal, wovon du in Zukunft leben willst. Und, John, solltest du auf die Idee kommen, mit irgendjemandem über die Sache zu reden, und sei es auch nur die kleinste Andeutung, oder dich in irgendeiner Form weiter in diesen Job einmischen, wirst du es bereuen.« Er machte eine kurze Pause, bevor er ergänzte: »Und nicht nur du.«

Sparrow starrte ihn an. Man musste Layton Morris nicht besonders gut kennen, um zu verstehen, was er mit dieser Drohung meinte. Trotzdem unternahm er noch einen letzten Versuch.

»Layton, ich verstehe, dass du sauer bist. Aber hier geht es nicht um dich oder mich. Hier geht es um die gesamte Menschheit. Um das gottverdammte Ende der Welt! Du kannst doch nicht tatenlos zusehen, wie irgendwelche Typen unseren Planeten in die Luft jagen. Wenn du nichts dagegen unternimmst, machst du dich mitschuldig!«

»Verlass mein Haus, John! Sofort!«

Sparrow drehte sich wortlos um und ging zu seinem Wagen. Er spürte Layton Morris' kalten Blick im Nacken. Den Blick des Mannes, der ihn jahrelang mit Aufträgen versorgt hatte, der es ihm ermöglicht hatte, Alexandra die beste medizinische Versorgung zukommen zu lassen, und dessen Vertrauen er gebrochen hatte. Des Mannes, der nun sein ärgster Feind war.

Ihm war egal, was mit ihm selbst geschah. Doch Morris hatte ihm indirekt damit gedroht, Alexandra etwas anzutun, und Sparrow kannte ihn gut genug, um zu wissen, dass das kein Bluff gewesen war.

Ungebeten drängten sich erneut die Worte seiner Mutter in seinen Kopf: *Der Herr verlangt von uns allen Opfer, John. Von denen, die er am meisten liebt, verlangt er am meisten.*

Sparrow war bereit, nahezu jedes persönliche Opfer zu bringen, um die Welt zu retten. Doch nicht dieses.

42

T-03:19:32 Wie verhindert man den Weltuntergang? Die Bibel wusste dazu keinen Rat, empfahl lediglich Beten und Gottvertrauen: Der Herr wird es schon richten. Aber wenn Gott wollte, dass Victor bloß herumsaß und abwartete, hätte er ihm doch nicht diese Zeichen geschickt! Er war offensichtlich beauftragt, irgendetwas zu tun, aber er hatte keine Ahnung, was. Es war zum Haareraufen: Nun, wo er endlich seine Zuversicht, sein Vertrauen in Gott wiedergefunden hatte, wusste er nichts damit anzufangen. Und ihm blieben nicht einmal mehr vier Tage, um die Katastrophe zu verhindern!

Noch einmal ging er alle Möglichkeiten durch. Die nächstliegende Option war es, die Polizei zu informieren und darauf hinzuweisen, dass es nun zwei Exemplare von Consuela Messantes Führerschein gab. Doch was würde das bewirken? Die Beamten würden irgendeinen Betrug vermuten und der armen Frau auf den Pelz rücken. Von der Zeitung aus der Zukunft konnte er ihnen nicht erzählen, ohne gegen die John Sparrow zugesicherte Vertraulichkeit zu verstoßen. Und selbst wenn er sich angesichts der dramatischen Lage dazu entschloss, er hatte nicht den kleinsten Beweis für diese fantastisch anmutende Behauptung. Nie und nimmer würde eine Behörde wie die Staatsanwaltschaft in Albuquerque akzeptieren, dass tatsächlich etwas höchst Unerklärliches geschehen war – schon gar nicht vor Donnerstag. Gleiches galt für die Bundespolizei, die sich, soweit Victor wusste, bisher noch nicht in den Fall eingeschaltet hatte. Und selbst wenn jemand ihm glaubte: Wer immer die Katastrophe auslöste, agierte offensichtlich im Verborgenen. Dass man ihn aufgrund der kümmerlichen Spuren, die Victor hatte, bis dahin aufspüren konnte, erschien ausgeschlossen.

Theoretisch konnte er das tun, was viele besorgte Bürger taten, wenn sie Unheil befürchteten, und sich an das Büro seines Kongressabgeordneten wenden. Doch dort würde seine Eingabe mit Sicherheit im dicken Stapel der Anliegen durchgeknallter Spinner enden.

Blieb noch der Bischof. Doch etwas tief in Victors Bauch sperrte sich dagegen, ihn anzurufen. Christopher Brown würde die Theorie des menschengemachten Weltuntergangs entweder als Hirngespinst abtun oder, noch schlimmer, als Marketingchance ansehen. Bis jetzt war Victor gar nicht bewusst gewesen, wie sehr er den Mann verabscheute. Doch nun spürte er überdeutlich, dass er besser einen Bogen um die offiziellen Kirchenkanäle machte. Wenn dieses starke Gefühl nicht von Gott herrührte, dann war es vielleicht seine eigene Sturheit und Anmaßung. Möglicherweise würde er eines Tages dafür zur Rechenschaft gezogen, vom Bischof oder, wahrscheinlicher, von Gott selbst. Doch er hatte nun mal nichts anderes als sein Gefühl, dem er folgen konnte.

Er erwog, noch einmal mit Consuela Messante zu sprechen. In ihrer ruhigen, gefassten Art angesichts der Konfrontation mit ihrem eigenen Tod war sie wie eine Insel der Zuversicht im chaotischen Meer der Zweifel und Ungewissheit. Heute während des Gottesdienstes war sie es gewesen, die die Gemeinde zusammengehalten und Victors Worten eine Autorität verliehen hatte, die dieser allein nie erreicht hätte. Danach, als der harte Kern wie üblich bei Kaffee und Sandwiches zusammengesessen hatte, war sie es gewesen, die Victor vorbehaltlos unterstützt hatte, auch wenn dieser nicht mehr von den Gemeindemitgliedern verlangte, als Augen und Ohren offen zu halten und etwaige Zeichen Gottes möglichst sofort allen anderen mitzuteilen. Es würde guttun, mit ihr zu reden. Aber es gab nichts, worüber sie sich nicht schon ausgetauscht hätten, und die arme Frau hatte ein wenig Ruhe verdient.

Das Einzige, was ihm nach längerer Grübelei noch einfiel, war, noch einmal mit John Sparrow zu sprechen. Möglicherweise hatte Alexandras Vater inzwischen etwas Neues erfahren. Vielleicht konnte Victor ihm irgendwie helfen. Allerdings hatte er weder eine Adresse noch Telefonnummer von ihm. Immerhin wusste er, wen er fragen konnte.

Seufzend stand Victor auf und machte sich auf den Weg in die Klinik.

43

T-03:19:28 *Ich könnte ihn umbringen*, dachte Elke Kramer nicht zum ersten Mal, während sie die schmutzigen Gläser in die Spülmaschine räumte. Es war kurz nach Mitternacht, und die letzten Gäste waren endlich gegangen. Fast rund um die Uhr schuftete sie, um die kleine Strandbar in Porto Cristo an der Ostküste Mallorcas über Wasser zu halten, während sich ihr Mann Bernd wieder mal irgendwo herumtrieb und versuchte, Touristinnen aufzureißen. Dabei war es sein Traum gewesen, hierherzuziehen, nicht ihrer.

Sie hatte die Nase gestrichen voll von der Mentalität der Insel. »Okay, wird erledigt« – was in Deutschland als feste Zusage gegolten hätte, konnte man hier bestenfalls als »mach ich vielleicht, falls ich Zeit und Lust habe« deuten. Seit sie vor vier Jahren ausgewandert waren, hatte Bernd sich diese lässig-entspannte Unzuverlässigkeit mehr und mehr selbst zu eigen gemacht. Doch natürlich konnte man mit dieser Einstellung keine Bar betreiben und erst recht nicht in den knappen Saisonmonaten genug verdienen, um den Rest des Jahres ohne Touristen zu überleben. Während der Saison war gutes Personal kaum zu bekommen, und in den Wintermonaten konnten sie es sich nicht leisten, also blieb alle Arbeit an Elke hängen.

Jetzt, am Saisonende, wurde deutlich, dass es wieder mal verdammt knapp werden würde. Zwar kamen immer noch genug Urlauber auf die Lieblingsinsel der Deutschen, doch seit sie im Fernsehen dauernd Auswanderersendungen zeigten, wurde Mallorca von Leuten, die glaubten, hier ihr Glück machen zu können, geradezu überrannt. Allein in dieser Saison hatten hier in der Gegend vier deutsche Restaurants eröffnet und wieder dichtgemacht. *Elkes Eck* hatte zwar dank einiger treuer Stammkunden überlebt, doch die Konkurrenz hatte ihnen zu schaffen gemacht, und die Rücklagen für den Winter waren knapper denn je. Wenn es so weiterging, würden sie bald verkaufen und mit eingekniffenem Schwanz und einem Berg von Schulden nach Deutschland zurückkehren müssen. Und dann? Elke hatte keine Ahnung, wovon sie dann leben sollten. Bernd hatte als Fahrer in einer Spedition gearbeitet, bevor sie hierhergekommen waren. Doch wie man hörte, fuhren bald alle Lkws und Taxis von selbst, da würde er es verdammt schwer haben. Sie konnte vielleicht in irgendeinem Gastronomiebetrieb arbeiten. Doch die Perspektive war alles andere als verlockend – vor allem die Vorstellung, dass er dann den ganzen Tag zu Hause vor dem Fernseher sitzen und das Geld, das sie nach Hause brachte, versaufen würde.

Nicht zum ersten Mal dachte sie über ein Leben ohne Bernd nach. Gründe, ihn zu verlassen, hatte er ihr weiß Gott genug geliefert. Wie oft hatte sie ihn erwischt, als er betrunken an irgendeinem Weib herumgegrabscht hatte. Er konnte die Finger einfach nicht von anderen Frauen lassen. Dabei war er wirklich keine Schönheit mehr. Es war so erniedrigend!

Doch irgendwie hatte sie nie die Energie aufgebracht, endlich die Reißleine zu ziehen. Es war einfacher, stoisch den nächsten Tag zu überstehen, die nächste Woche, die nächste

Saison, irgendwie durchzukommen, als das Wagnis eines weiteren Neuanfangs einzugehen. Und Elke machte sich keine Illusionen: Mit bald fünfzig würde sie keinen Mann mehr finden – jedenfalls keinen, mit dem sich ein Neuanfang lohnte.

Sie schaltete die Maschine ein und wischte sich den Schweiß von der Stirn. Plötzlich kamen ihr die Tränen. Warum, wusste sie selbst nicht so genau. Vielleicht war es die ganze Perspektivlosigkeit ihres Lebens, die ganze …

Ein Knall riss sie aus ihren Gedanken. Die Gläser im Schrank klirrten. Dann ein Poltern und Scheppern aus dem Gastraum. Die Zapfanlage, schoss es ihr durch den Kopf. Wenn die explodiert war, konnten sie den Laden gleich dichtmachen. Erschrocken rannte sie aus der Küche.

Doch die Anlage sah unversehrt aus. Verwirrt blickte sie sich in dem nur von der Straßenbeleuchtung erhellten Raum um. Ein erstickter Aufschrei entfuhr ihr, als sie eine Gestalt auf dem Boden liegen sah.

Bernd! Sie stürzte zu ihm. Er lag im Mittelgang auf dem Bauch, die Hände ausgestreckt. Neben ihm lagen ein Tablett und mehrere zerbrochene Biergläser, deren Inhalt eine große Pfütze bildete. Sie rüttelte an seiner Schulter. Keine Reaktion.

»Bernd!«, rief sie. »Bernd, was ist mit dir?«

Doch er rührte sich nicht. Verzweifelt versuchte sie, sich an den Erste-Hilfe-Kurs zu erinnern, den sie in der Fahrschule absolviert hatte. Wie lange war das jetzt her? Dreißig Jahre? Stabile Seitenlage, Mund-zu-Mund-Beatmung, Herzdruckmassage. Die Begriffe waren da, doch nur theoretisch. Sie legte ihm zwei Finger an den Hals, betastete sein Handgelenk, doch da war kein Puls. Seine Augen, das sah sie jetzt im schwachen Licht, waren aufgerissen, als sei er erstaunt.

Er war mausetot.

Langsam erhob sie sich, blickte sich um, als sei sie zum ersten Mal hier. Wieso lag Bernd auf einmal tot hier im Gastraum? Wieso hatte er ein Tablett voller Biergläser in der Hand gehabt, als er zusammengebrochen war? Wieso hatte sie nicht bemerkt, dass er gekommen war? Wieso war er überhaupt hierhergekommen, anstatt gleich in das kleine Apartment zu torkeln, wie er es nach seinen Sauftouren sonst auch tat?

Eine Gänsehaut kroch ihr über Arme und Rücken. Plötzlich hatte sie das Gefühl, seinen plötzlichen Tod verursacht zu haben. *Du wolltest ihn loswerden*, flüsterte eine Stimme in ihr, anklagend und scharf wie die ihrer Mutter. *Nun hast du, was du willst. Bist du zufrieden?*

Elke betrachtete ihren toten Ehemann auf dem Boden. Sie fühlte Verwirrung, Schock, Entsetzen. Nur eines empfand sie nicht: Trauer. Stattdessen war es, als sei plötzlich eine Last von ihren Schultern genommen worden. Es war vorbei. Es war endlich vorbei! Sie würde die Bar verkaufen und zurück nach Hause gehen, nach Meschede im Sauerland. Irgendwie würde sie schon zurechtkommen. Außerdem gab es ja noch Bernds Lebensversicherung. Nicht genug, um in Saus und Braus zu leben, aber die Schulden, die sie seines Traumes wegen gemacht hatten, würde sie wohl loswerden. Es war ihre Chance auf einen echten Neuanfang.

Aber vorher lagen noch eine Menge Arbeit und Papierkram vor ihr. Zuallererst musste sie sich um die Leiche kümmern. Sie griff zum Telefon und wählte die Nummer des Rettungsdienstes.

Es dauerte etwa zehn Minuten, bis der Notarzt kam, der nur noch Bernds Tod feststellen konnte. Kurz darauf erschien ein müde wirkender Polizist, der ihre Personalien aufnahm, ein paar Fotos machte und sie anwies, am nächsten Tag auf der Wache zu erscheinen, um ihre Aussage zu machen.

Nachdem sie Bernds Leiche abtransportiert hatten, nahm sich Elke eine Flasche aus dem Regal hinter der Bar und goss sich einen Cognac ein. Für einen Moment genoss sie die nächtliche Stille und die wohltuende Wärme in ihrem Hals. Dann löschte sie das Licht, verschloss sorgfältig die Strandbar und ging die gut dreihundert Meter zu Fuß durch die stillen Straßen bis zu ihrem Apartment.

Als sie den Flur betrat, stutzte sie. Aus dem Schlafzimmer drang lautes Schnarchen. Ihre Kehle schnürte sich zu, und ihr Herz schlug plötzlich in einem schnellen, unregelmäßigen Takt. Sofort ging sie hin und machte Licht.

Bernd lag angezogen auf dem Bett ausgestreckt. Er blinzelte schief und richtete sich halb auf.

»Wasn … wasnlos?«, lallte er.

Elke stieß einen gellenden Schrei aus.

44

T-03:19:00 *Es war ein dämlicher Fehler, zu Morris zu gehen,* warf Sparrow sich selbst vor, während er durch die Straßen Albuquerques fuhr, die zum Glück am Sonntag weniger voll waren. *Du machst in letzter Zeit viele Fehler, John Sparrow. Zu viele Fehler.*

Er kämpfte gegen den Drang an, das Gaspedal durchzutreten und sich nicht um rote Ampeln zu scheren. Aber das Letzte, was er jetzt brauchte, war Ärger mit der Polizei wegen irgendeiner albernen Verkehrsregelverletzung. Zumindest diesen Fehler konnte er vermeiden.

Was er tun würde, wenn er die Klinik erreichte, wusste er nicht genau. Dass Morris nicht zögern würde, Alexandra als Faustpfand gegen ihn zu missbrauchen, stand außer Frage. Doch sie aus der Klinik zu holen und an einem geheimen Ort in Sicherheit zu bringen, war ausgeschlossen. Schon allein den sterilen Raum zu betreten, mit all den Krankheitskeimen am Körper und auf der Kleidung, gegen die ihr geschwächtes Immunsystem hilflos wäre, konnte sie umbringen. Dennoch musste er zu ihr, musste sich vergewissern, dass es ihr gut ging.

Endlich erreichte er die Klinik, parkte hastig den Wagen auf dem Besucherparkplatz und rannte zur Isolierstation. Eine der Schwestern warf ihm einen erschrockenen Blick zu, als er an ihr vorbeihastete.

Alexandra lag reglos mit geschlossenen Augen da. Sparrow klopfte an die Scheibe. Sie schlug die Augen auf und lächelte ihn an.

»Hallo, Dad! Schön, dass du da bist!«

»Wie geht es dir, mein Schatz?«

»Gut. Mir ist nur ein bisschen langweilig.«

Tränen traten ihm in die Augen. Er blinzelte sie rasch beiseite. »Was ... was ist mit Fantasien? Macht dir die virtuelle Welt keinen Spaß mehr?«

»Doch, schon ... aber es ist alles nicht echt. Manchmal ... manchmal denke ich, es wäre gar nicht so schlimm, wenn ich schon im Himmel wäre. Du müsstest dich dann nicht mehr um mich kümmern, und ...«

»Alexandra, so etwas darfst du nicht sagen! So etwas darfst du nicht mal denken! Du bist alles, was mir wichtig ist. Wenn ... wenn du nicht wärst ...«

Nun hatte auch sie Tränen in den Augen. Sie stand auf und kam zur Scheibe, berührte mit den Handflächen das Glas. Er legte seine Hände über ihre, sodass nur wenige Millimeter sie von einer Berührung trennten.

»Dad, ich wünschte, du würdest mich in den Arm nehmen. Nur einmal. Bevor ... bevor die Welt untergeht.«

»Die Welt wird nicht untergehen«, sagte Sparrow. »Mach dir keine Sorgen. Alles wird gut.«

Sie nickte. »Ich bete jeden Tag dafür.«

Er hatte einen Kloß im Hals. Ganz egal, was geschah, niemals würde er Alexandras Leben riskieren. Wenn wirklich irgendwelche Idioten die Welt in die Luft jagen wollten ... Vielleicht gab es ja doch einen Himmel, und auch wenn es äußerst unwahrscheinlich war, dass er selbst dort landete, würde zumindest seine Tochter ins Paradies kommen.

Nein, das war reines Wunschdenken. Es zeigte, wie verzweifelt er war. Morris hatte ihn in der Hand.

Ihm kam ein erschreckender Gedanke: Nach dem Debakel mit den Hagrows hatte sein Auftraggeber ihn womöglich nicht für diesen Einsatz ausgewählt, weil er ihn für besonders geeignet hielt, und schon gar nicht, weil er ihm eine zweite Chance geben wollte. Der wahre Grund war vermutlich, dass Morris in Alexandra ein Druckmittel gegen ihn hatte. Es passte zu ihm, dass er Sparrows möglichen Alleingang vorher einkalkuliert und für diesen Fall ein Gegenmittel parat hatte.

In diesem Moment spürte Sparrow abgrundtiefen Hass auf den Mann, der ihn jahrelang beschäftigt und von dem er sogar einmal geglaubt hatte, er könne vielleicht ein Freund werden – bevor Sparrow schließlich begriffen hatte, dass Layton Morris keine Freunde hatte und auch keine wollte.

»Geht es dir gut, Dad? Du siehst so besorgt aus …«

»Es ist nichts.« Er hatte plötzlich Angst, dass er hier vor seiner Tochter in Tränen ausbrechen würde. Das war das Letzte, was sie jetzt brauchte. Er nahm sich zusammen. »Ich muss noch was erledigen, mein Schatz. Komme später noch mal wieder. Bleib schön hier, ja?«

Es war ein alter Running Gag zwischen ihnen, ein Versuch, Alexandras Gefangenschaft in diesem Glaskasten mit Ironie zu entschärfen. Doch jetzt klang er in Sparrows Ohren kein bisschen lustig. Er bemühte sich trotzdem um ein Lächeln.

Sie lächelte zurück. »Okay, ich bleibe noch ein bisschen. Aber nur wenn du bald zurückkommst!«

»Das werde ich.« Bevor er sich selbst daran hindern konnte, fügte er hinzu: »Pass auf dich auf!«

»Du auch, Dad!«

Er ging zur Stationsschwester und erzählte ihr ein Märchen über Alexandras Mutter, die durch Alkohol und Drogen in paranoide Schizophrenie abgedriftet sei, deshalb nicht glauben wolle, dass Alexandra wirklich einen Immundefekt hatte, und angekündigt habe, ihre gemeinsame Tochter aus der Klinik zu »befreien«. Diese Geschichte würde das Klinikpersonal hoffentlich misstrauisch gegenüber fremden Besuchern machen und es Morris' Leuten vielleicht ein wenig erschweren, bis zu Alexandra vorzudringen, auch wenn sich ein entschlossener Söldner, wie er selbst einer war, von einer einfachen Krankenschwester nicht aufhalten lassen würde. Sparrow hatte nur wenig Skrupel, seine Ex-Frau auf diese Weise zu verleumden. Bei Sarah konnte man nie wissen, ob so etwas nicht tatsächlich im Bereich des Möglichen lag, und da sie sich kaum um Alexandra kümmerte, würde sie wahrscheinlich ohnehin nie davon erfahren.

Was sollte er jetzt tun? Am besten einfach nach Hause fahren und abwarten. Vermutlich würde Morris ihn überwachen lassen, jetzt, wo er Sparrow als Risikofaktor betrachtete. Je weniger er unternahm, desto geringer war die Gefahr, dass Alexandra etwas geschah. Wenn Donnerstag vorbei war und die Welt noch existierte, würde er …

»Mr Sparrow«, erklang eine Stimme hinter ihm. »Gut, dass ich Sie hier treffe!«

Überrascht drehte er sich um und sah den Priester auf sich zukommen.

»Es tut mir leid, aber ich habe jetzt keine Zeit, Reverend.«

»Ist etwas passiert? Geht es Alexandra gut?«

Sparrow las aufrichtige Sorge im Gesicht des Priesters. Alexandra hatte erzählt, dass er sehr nett sei. Ihm wurde plötzlich bewusst, dass der Reverend vielleicht die einzige Person außer ihm selbst war, die seine Tochter regelmäßig besuchte. Vielleicht war es diese Verbindung, vielleicht auch die ohnmächtige Wut auf Morris, die ihn dazu brachte, ein weiteres Mal alle Regeln professioneller Vorsicht und Zurückhaltung außer Acht zu lassen.

»Es geht ihr gut. Aber … ich mache mir Sorgen um sie.«

»Was für Sorgen?«

»Diese Leute … diejenigen, die möglicherweise die seltsamen Vorkommnisse ausgelöst haben – oder besser gesagt noch auslösen werden –, sie bedrohen meine Tochter. Sie haben mich in der Hand. Ich fürchte, ich kann nichts mehr tun.«

»Ich verstehe. Es sind die Dinge, die wir am meisten lieben, die uns am verletzlichsten machen. Satan weiß das, und er nutzt es aus.«

»Da haben Sie wohl recht. Leider bin ich kein Engel mit Flammenschwert, der Satan in die Schranken weisen kann. Das muss ich anderen überlassen, Reverend.«

»Gott hat Abraham aufgefordert, seinen eigenen Sohn Isaak zu opfern. Ich hatte immer Schwierigkeiten mit dieser Stelle in der Bibel. Wie kann ein gütiger Gott so etwas von einem Vater verlangen? Aber ich glaube, heute verstehe ich, was Er damit erreichen wollte. Dadurch, dass Abraham bereit war, sogar diese grausame Anweisung zu befolgen, hat er sein eigenes Schicksal und das seines Sohnes in die Hand des Herrn gelegt – und Ihm damit die Möglichkeit gegeben, beide zu retten.«

»Tut mir leid, aber ich bin nicht Abraham. Wenn Sie glauben, dass ich meine Tochter opfere, um Gottes Werk zu tun, muss ich Sie enttäuschen.«

»Nein, das ist es nicht, was ich meinte. Es geht nicht darum, Ihre Tochter zu opfern, sondern darum, Ihrer beider Schicksal in Gottes Hand zu legen. Darauf zu vertrauen, dass Er Ihnen helfen wird.«

»Ihr Gott wird meiner Alexandra ebenso wenig helfen, wie er den Menschen in den Krisengebieten der Welt hilft oder den Opfern von Terroranschlägen oder denen, die sinnlos an Hunger oder an längst heilbaren Krankheiten sterben, weil ihnen das Geld für Medikamente fehlt. Es tut mir wirklich leid, aber wenn Gott nicht will, dass am Donnerstag die Welt untergeht, dann muss er jemand anderen schicken, um diese Typen aufzuhalten. Sofern das nicht alles sowieso nur Hirngespinste sind.«

»Ich habe die Leiche der Mrs Messante gesehen, während dieselbe Person lebendig daneben stand. Das war kein Hirngespinst, Mr Sparrow. Wenn Sie das nicht wüssten, wären Sie nicht zu mir gekommen.«

»Mag sein. Aber das bedeutet noch lange nicht, dass die Welt endet, und erst recht nicht, dass ich irgendetwas tun könnte, um es zu verhindern, falls es doch so sein sollte. Wenn diese Leiche wirklich aus der Zukunft kam, bedeutet das doch, dass das Ereignis bereits geschehen ist, auch wenn der Zeitpunkt für uns noch in der Zukunft liegt. Wie soll ich etwas aufhalten, das bereits passiert ist? Das ist schlicht unmöglich!«

»Für Gott ist nichts unmöglich, Mr Sparrow.«

»Dann sollte es doch ein Leichtes für ihn sein, diese Leute zu stoppen. Ich kann es leider nicht. Auf Wiedersehen, Reverend!«

»Auf Wiedersehen, Mr Sparrow. Denken Sie nur an eines: Wenn diese Leute tatsächlich im Begriff sind, die Welt zu zerstören, dann hilft es weder Ihnen noch Ihrer Tochter, dass Sie sich dem Druck gebeugt haben.«

Immer noch aufgewühlt von Zorn, Angst und Verzweiflung fuhr Sparrow nach Hause. Der Reverend hatte gut reden! Egal, wie sehr man an Gott glaubte, man konnte doch nicht das Leben des eigenen Kindes aufs Spiel setzen! Das hatte nichts mehr mit Gottvertrauen zu tun, das war blanker Irrsinn. Doch die Worte des Priesters gingen ihm nicht mehr aus dem Kopf.

45

T-03:11:49 Genüsslich streckte Nina sich und sah auf die Uhr. Es war kurz vor acht. Seltsam, trotz allem hatte sie gut geschlafen wie lange nicht mehr. Von Jetlag keine Spur. Sie sah sich in dem kleinen Hotelzimmer um, wie um sich zu vergewissern, dass sie wirklich hier war, dass die Erlebnisse der letzten Tage nicht nur ein bittersüßer Traum gewesen waren. Draußen ging die Sonne an einem wolkenlosen Himmel auf, als wolle sie jeden Gedanken an einen Weltuntergang verhöhnen.

Sie betrachtete Paul, der neben ihr schlief. War es wirklich erst zwei Wochen her, dass sie ihn kennengelernt hatte? Der Tod eines Menschen hatte sie zusammengeführt. Das Leben ging manchmal seltsame Wege. Und was genau war es eigentlich, was hier passiert war? Ein One-Night-Stand? Das war eigentlich gar nicht ihr Ding. Sie kannte ihn kaum und wusste nicht das Geringste über seinen Charakter. Wieso hatte sie gleich zwei Mal mit ihm geschlafen? War es nur der Druck ihrer traumatischen Erfahrung gewesen, ihre Angst? Doch er war spontan nach Hamburg geflogen, nur um sie zu sehen. Steckte am Ende doch mehr dahinter? Wollte sie das überhaupt?

Wenn sie eine Zeitmaschine hätte und damit vier Wochen in die Vergangenheit reisen könnte, würde sie das Interview mit Ichting trotzdem führen? Wäre sie nach Amerika geflogen, auch wenn sie vorher gewusst hätte, was passieren würde? Nein, ganz sicher nicht. Wäre sie nach Genf gereist, wenn sie die Konsequenzen ihrer Begegnung mit Paul vorausgesehen hätte? Definitiv ja. Gut möglich, dass er sie verletzte, dass alte Wunden wieder aufreißen würden und ihr Selbstwertgefühl, das sie in den letzten Jahren so mühsam aufgebaut hatte, erneut auf einen Tiefpunkt fiel. Aber das Risiko schien es ihr wert.

Sie beugte sich vor und küsste ihn sanft auf den Mund. Er schlug die Augen auf.

»Träume ich noch?«, fragte er und grinste.

»Kann schon sein.«

»Okay, dann will ich aber auch einen feuchten Traum haben. Komm her und lass uns da weitermachen, wo wir gestern aufgehört haben!«

»Sorry, Träume kann man nicht kontrollieren«, sagte sie und warf ihm ein Kopfkissen aufs Gesicht.

Er lachte und warf es zurück. Doch Nina war auf einmal nicht mehr nach einer Kissenschlacht. Die fröhliche Stimmung, die sie eben noch gespürt hatte, verrann wie Wasser in heißem Sand.

»Was ist los?«, fragte er. »Du … bereust es doch nicht?«

Sie bemühte sich zu lächeln. »Nein. Nein, das tue ich nicht. Aber …«

»Glaubst du etwa wirklich, dass Donnerstag die Welt untergeht?«

»Ich weiß es nicht. Es klingt albern, aber …«

»Nina, dieser Planet ist mehr als viereinhalb Milliarden Jahre alt. Dass er ausgerechnet diesen Donnerstag aufhören soll zu existieren, ist doch irgendwie ziemlich unwahrscheinlich, findest du nicht?«

»Ja, schon. Aber irgendetwas *wird* Donnerstag passieren. Ich glaube nicht, dass dieser Sparrow mich angelogen hat.«

»Donnerstag passiert wahrscheinlich eine ganze Menge. Irgendwo sterben Menschen in irgendeinem sinnlosen Krieg. Kinder verhungern, während andere so fett sind, dass sie keine fünf Liegestütze schaffen. Leute werden eingesperrt und gefoltert, weil sie es gewagt haben, die Wahrheit zu sagen. Eine Spezies stirbt aus, die es seit Jahrmillionen gegeben hat, ohne dass wir es überhaupt merken. Die Temperatur der Erde erhöht sich weiter. Der US-Präsident twittert irgendeinen Unsinn, während der Rest der Welt sich fragt, wann es seinen Beratern endlich gelingen wird, ihm den Account zu sperren. Ein ganz normaler Donnerstag eben, voller Katastrophen. Aber das Ende der Welt ist das alles nicht.«

»Ich wünschte, ich hätte etwas mehr von deinem Optimismus.«

»Unsere Welt wird irgendwann zu Ende gehen, weißt du? Es gibt ein Dutzend Möglichkeiten, wie das geschehen könnte. Ein Asteroid, so wie der, der vor fünfundsechzig Millionen Jahren eingeschlagen ist, könnte jederzeit die Menschheit ausrotten. Oder eine Gammastrahlen-Explosion auf einem sterbenden Stern irgendwo in unserer kosmischen Nachbarschaft. Der Ausbruch des Yellowstone-Vulkans. Ein globaler Atomkrieg. Eine Alien-Invasion. Eine tödliche Pandemie. Ein Aufstand der Maschinen. Und wenn die Welt nicht untergeht, stirbst du vielleicht Donnerstag an einem geplatzten Aneurysma im Gehirn oder bei einem Terroranschlag oder einem Autounfall. Das Leben ist nun mal nicht ewig. Aber sich deswegen ständig zu sorgen, bringt nichts. Du kannst es nicht ändern, also genieße die Zeit, die du hast.«

»Manche Katastrophe kann man nicht ändern, weil man sie nicht kommen sieht«, sagte Nina nachdenklich. »Aber wenn ich starke Kopfschmerzen habe, gehe ich zum Arzt. Wenn Geologen verstärkte Vulkanaktivitäten registrieren, veranlassen sie eine Evakuierung der gefährdeten Gebiete. Und einen Atomkrieg haben wir wahrscheinlich nur deshalb bis jetzt noch nicht erlebt, weil sich alle der Gefahr bewusst sind und man aktiv versucht hat, ihn zu verhindern. Wenn die Menschheit angesichts drohender Gefahren immer bloß tatenlos rumgesessen hätte, wären wir längst ausgestorben.«

»Schon möglich. Aber was willst du machen?«

»Vielleicht können wir diesem John Sparrow irgendwie helfen.«

»Wie denn?«

»Indem wir mehr über das Projekt herausfinden, an dem Hans Ichting gearbeitet hat.«

»Das haben wir doch schon versucht. Ich hab alle gefragt, die mir eingefallen sind, die ihn gut kannten. Er hat niemandem etwas erzählt.«

»Wir könnten doch in seiner Wohnung nach Hinweisen suchen.«

»Du willst da doch nicht etwa einbrechen?«

»Nein. Aber wir könnten stattdessen jemanden um die Erlaubnis bitten.«

»Wen meinst du?«

»Seine Eltern.«

Der Plan war in Nina gereift, während sie redeten. Jetzt, wo sie es ausgesprochen hatte, wusste sie, dass es eine gute Idee war. Paul hatte wahrscheinlich recht und das ganze Weltuntergangsgerede war nur Panikmache oder eine gezielte Täuschung. Doch trotzdem – oder gerade deshalb – durften sie nicht einfach tatenlos herumsitzen. Mit Ichtings Eltern zu sprechen, war zumindest einen Versuch wert.

Mithilfe von Pauls Laptop loggte sie sich in ihren Mailaccount ein, öffnete die E-Mail von Ichtings Mutter und wählte die dort angegebene Telefonnummer.

»Frau Ichting, hier ist Nina Bornholm. Wir haben vor zwei Wochen miteinander telefoniert, erinnern Sie sich?«

»Die Journalistin, die auch nicht glaubt, dass Hans Selbstmord begangen hat. Haben Sie etwas Neues herausgefunden?«

»Noch nichts Konkretes. Ich weiß bloß, dass er in den USA an einem geheimen Projekt gearbeitet hat. Ich war dort und wurde ... unter Druck gesetzt. Jemand will verhindern, dass die Wahrheit über den Tod Ihres Sohnes herauskommt.«

»Wer?«

»Das weiß ich nicht genau. Ich hatte gehofft, dass wir ... dass Sie uns vielleicht erlauben würden, im Nachlass Ihres Sohnes nachzusehen, ob wir Hinweise finden.«

»Sie wollen die Sachen von Hans durchwühlen?«

»Frau Ichting, ich möchte herausfinden, was geschehen ist. Es wäre möglich, dass er an einer Sache mitgearbeitet hat, die ... für uns alle Konsequenzen haben könnte.«

»Konsequenzen für uns alle? Was meinen Sie damit?«

Im Hintergrund war eine zweite Stimme zu hören: »Wer ist das, Gerda?«

»Die Journalistin aus Hamburg«, erklang gedämpft die Stimme von Ichtings Mutter, die offenbar eine Hand über den Hörer hielt. Unverständliche Worte folgten. Dann wieder klar: »Moment, mein Mann möchte Sie kurz sprechen.«

»Hallo, Rolf Ichting hier. Was wollen Sie von uns? Wir haben keine Lust, von der Presse belästigt zu werden!«

»Ich bin nicht von der Presse, Herr Ichting. Ich will kein Interview. Ich möchte lediglich herausfinden, warum Ihr Sohn sterben musste. Es ... es könnte sein, dass er das Opfer illegaler Machenschaften wurde, in die vielleicht sogar die US-Regierung verwickelt ist.«

»Wie kommen Sie darauf?«

»Ich war in den USA und habe versucht, Nachforschungen anzustellen. Doch ich wurde entführt und unter Druck gesetzt. Irgendwer will nicht, dass die Wahrheit über Hans' Tod ans Licht kommt.«

Ichting schwieg einen Moment. Dann sagte er: »Also gut. Kommen Sie her.«

»Wie bitte?«

»Kommen Sie zu uns nach Koblenz. Dann können wir reden. Das wollen Sie doch, oder?«

»Ja. Aber ja, natürlich. Wir kommen so schnell wie möglich.«

»Wer ist ›wir‹?«

»Bei mir ist Paul Breaker, ein früherer Kommilitone und Freund Ihres Sohnes. Er hilft mir bei meinen Recherchen.«

»Der ist auch Physiker?«

»Ja.«

»Also gut, bringen Sie ihn mit. Vielleicht kann er sich einen Reim auf das alles machen.«

Nina hörte Worte von Ichtings Mutter im Hintergrund, die sie jedoch nicht verstand. Dann wurde die Verbindung unterbrochen.

»Sie wollen, dass wir zu ihnen kommen?«, fragte Paul.

»Ja. Sie wohnen in Koblenz. Das ist in der Nähe von Köln. Gut fünf Stunden mit dem Auto. Wenn du willst, fahre ich allein, aber ...«

»Kommt gar nicht infrage. Ich bin schließlich nicht nach Hamburg gekommen, um eine Hafenrundfahrt zu machen.« Er sprang aus dem Bett. »Aber vorher frühstücken wir noch, okay?«

46

T-03:05:38 Sparrow sah auf die Uhr. Kurz nach sechs. Draußen graute bereits der Morgen. Endlich war die Nacht zu Ende. Er hatte kaum geschlafen, sich bloß in schweißnassen Laken gewälzt, verfolgt von den Worten des Reverends. Als er schließlich doch eingeschlafen war, hatte ihn ein Albtraum geplagt: Alexandra hatte in ihrem Glaskasten gestanden, die Hände gegen die Scheibe gepresst, während sich ihr steriler Raum langsam mit Wasser füllte wie ein gigantisches Aquarium. Ohnmächtig hatte Sparrow an die Scheibe geschlagen und getreten, ohne auch nur den kleinsten Kratzer zu bewirken. Immer höher war das Wasser gestiegen. Schließlich war er weinend zusammengebrochen und hatte Gott um Hilfe angefleht, doch stattdessen hatte er nur Layton Morris' höhnisches Lachen vernommen.

Was sollte er bloß tun? Er konnte nichts unternehmen, ohne Alexandra zu gefährden, doch gleichzeitig erschien es ihm unmöglich, nur hier herumzuliegen und Morris' Auftraggeber einfach machen zu lassen.

Wenn diese Leute tatsächlich im Begriff sind, die Welt zu zerstören, dann hilft es weder Ihnen noch Ihrer Tochter, dass Sie sich dem Druck gebeugt haben.

Der Reverend hatte natürlich recht. Die entscheidende Frage war, ob die wenigen Anhaltspunkte, die er hatte, ausreichten, um auf das bevorstehende Ende der Welt zu schließen. Je länger er nachdachte, desto unwahrscheinlicher erschien ihm das. Irgendeine Riesenschweinerei würde geschehen, das stand außer Zweifel, und höchstwahrscheinlich würde es dabei noch weit mehr Tote geben als nur die arme Mrs Messante und den Piloten der Unglücksmaschine in Nevada. Mit ein bisschen Glück würden sich die Schweine, die das verursachten, dabei selbst in die Luft jagen.

Aber das Ende der Welt? Ihm fehlte schlicht das Wissen, um zu beurteilen, ob so etwas möglich war. Aber er kannte jemanden, der es ihm vielleicht sagen konnte.

Er stand auf und schaltete seinen Computer ein, um den Namen zu googeln, den ihm die deutsche Journalistin genannt hatte. Doch als er im Begriff war, den Namen Bernardino in das Suchfeld einzugeben, hielt er inne. War es möglich, dass Morris seinen Computer mit einem Spähprogramm infiziert hatte? Bei Licht betrachtet war das nicht nur möglich, sondern sogar wahrscheinlich. Sparrow wusste, dass Morris Security Services Spezialisten für Computersicherheit beschäftigte. Wahrscheinlich ließ er Sparrows Computer sogar seit Längerem überwachen.

Plötzlich hatte er das unangenehme Gefühl, beobachtet zu werden. Was, wenn Morris nicht nur seinen Rechner ausspähte, sondern auch sein Haus? Was, wenn hier irgendwo versteckte Kameras oder Mikrofone installiert waren? Oder wurde er jetzt genauso paranoid wie sein Auftraggeber?

Er verharrte unschlüssig, während Wut in ihm aufstieg, langsam und unerbittlich wie das Wasser in seinem Traum. In einem Moment seltener Klarheit blickte er auf die letzten Jahre zurück, auf die kurze, schöne Zeit nach seiner Entlassung aus der Army, den Schock der Diagnose Alexandras, die schleichende Entfremdung von Sarah, die immer weiter in ihre Alkoholsucht abglitt, auf all die Aufträge, die er für Layton Morris übernommen hatte. Und er begriff, dass er die ganze Zeit für die falsche Seite gekämpft hatte. Ja, er hatte es für Alexandra getan, nicht aus Eigennutz – nur so hatte er ihr den Platz in der Privatklinik bezahlen können. Doch das änderte nichts daran, dass er einen Pakt mit dem Teufel geschlossen hatte.

Als er der Army beigetreten war, hatte er noch geglaubt, die Freiheit überall auf der Welt zu verteidigen. Diese naive Illusion hatte sich im Alltag des Krieges gegen die Taliban-Guerilla schnell verflüchtigt, als er begriff, wie komplex die Interessengeflechte der verschiedenen Stämme und Bevölkerungsgruppen waren und wie wenig uneigennützig die Rolle der US Army dabei. Es hatte seine Entschlossenheit im Kampf gegen die Taliban nicht geschmälert – das waren brutale Bastarde, die den Islam missbrauchten, um jedes noch so abscheuliche Verbrechen zu rechtfertigen. Doch er hatte nicht mehr für sein Land, die Freiheit oder irgendein anderes abstraktes Ideal gekämpft, sondern für Freddy, Rick, Gerald und all die anderen Kameraden seiner Einheit.

Diese Ernüchterung, die Erkenntnis, dass niemand aus rein idealistischen Motiven handelte, hatte er aus Afghanistan mit nach Hause gebracht, und er hatte sie als Rechtfertigung genutzt, um die gut bezahlten, aber moralisch und rechtlich oft fragwürdigen Aufträge von Layton Morris anzunehmen. Irgendwann hatte er aufgehört, darüber nachzudenken, ob es richtig war, was er tat, solange er nur Alexandra helfen konnte. Dadurch war er immer tiefer in die Abhängigkeit dieses skrupellosen Mannes geraten, ohne sich dessen wirklich bewusst zu werden.

Es sind die Dinge, die wir am meisten lieben, die uns am verletzlichsten machen. Satan weiß das, und er nutzt es aus.

Sparrow traf eine Entscheidung: Er würde sich nie wieder von Layton Morris herumkommandieren lassen. Sollte der Mistkerl Alexandra ein Haar krümmen, würde er ihn dafür zur Rechenschaft ziehen, und wenn es das Letzte war, was er im Leben tat. Doch zunächst würde er alles tun, um die Leute aufzuhalten, die ihn in diese Lage gebracht hatten – ob sie nun im Begriff waren, die Welt zu zerstören, oder nicht.

Ich hoffe, du kannst mir verzeihen, Alexandra, dachte er. Dann schaltete er den Computer wieder aus, zog sich an, griff seine Waffe und das Smartphone, das Freddy ihm gegeben hatte, und verließ das Haus.

So entspannt wie möglich stieg er in seinen Wagen. Er musste davon ausgehen, dass dieser mit einem Peilsender versehen war. Also fuhr er zu einem nahe gelegenen Walmart, der rund um die Uhr geöffnet hatte, parkte den Wagen auf dem noch fast leeren Parkplatz, stieg aus, ging ein paar Schritte, holte Freddys Smartphone heraus und schrieb ihm eine Textnachricht. Noch auf dem Weg zum Eingang des Markts erhielt er eine Antwort. Während er durch die endlosen Gänge streifte, sah er sich immer wieder unauffällig um, während er ein paar Lebensmittel, Waschpulver und ein dunkelgraues Kapuzensweatshirt in den Wagen lud. Nach einer Weile bemerkte er einen Mann mexikanischen Aussehens, der ziemlich schlecht darin war, so zu tun, als sei er zum Einkaufen hier. Sparrow ignorierte ihn, fuhr den Wagen zur Kasse und bezahlte. Seelenruhig schob er den Wagen zu seinem Auto und lud die Einkäufe in den Kofferraum. Nur das Sweatshirt behielt er in der Hand. Dann stieg er in den dunkelgrünen Ford, der inzwischen direkt neben seinem

Wagen geparkt worden war, betätigte den Zündschlüssel, der im Schloss steckte, und fuhr los.

Im Rückspiegel sah er den Hispano, der einen Moment perplex auf Sparrows Wagen mit dem immer noch geöffneten Kofferraum starrte, bevor er zu seinem eigenen Fahrzeug rannte, einem rostigen Pick-up. Doch bevor sein Verfolger ihn einholen konnte, war Sparrow hinter einer Abbiegung außer Sicht. Er bog mehrmals in Seitenstraßen ein, bis er sicher war, dass er den Hispano abgeschüttelt hatte. Schließlich parkte er den grünen Ford in der Nähe des Stadtzentrums, zog sich das Sweatshirt über und ging die paar hundert Meter bis zu Freddys Computerladen zu Fuß.

Er umarmte seinen ehemaligen Kameraden, bevor er ihm die Autoschlüssel zurückgab. Mit seinem Vollbart, den langen Haaren und seiner Wampe hatte der kaum noch Ähnlichkeit mit dem jungen, schmächtigen Corporal, als den ihn Sparrow kennengelernt hatte.

»Danke. Du hast echt was gut bei mir, Freddy. Wie bist du vom Walmart hierher zurückgekommen?«

»Mit einem Uber-Fahrzeug. Eines von diesen neuen, selbststeuernden. Ich muss mich erst noch dran gewöhnen, dass sich das Lenkrad unter meinen Händen wie von Geisterhand dreht, aber praktisch ist es schon.«

»Okay. Hier, für deine Unkosten.« Sparrow legte einen Fünfzigdollarschein auf den Tisch.

»Das ist nicht nötig, das weißt du«, sagte Freddy, doch er steckte den Schein rasch ein.

»Ich muss dich noch um einen weiteren Gefallen bitten.«

»Was immer Sie benötigen, Sir!«, sagte Freddy und salutierte grinsend. »Hast du eigentlich diese Deutsche erreicht?«

»Ja, das hat gut geklappt. Danke noch mal. Aber jetzt brauche ich wie gesagt noch einmal deine Hilfe. Ich werde dir jetzt eine Geschichte erzählen, die ziemlich unwahrscheinlich klingt, aber sie ist wahr. Danach wirst du vielleicht verstehen, warum ich hier bin.«

Sparrow erzählte ihm alles, was er wusste. Jetzt, wo er die rote Linie überschritten hatte und Morris' Handlanger entkommen war, kam es nicht mehr auf Geheimhaltung an, doch er wusste, dass Freddy nichts von alldem ausplaudern würde. Schließlich war es Teil seines Jobs, vertrauliche Daten wiederherzustellen, und er würde Sparrow ebenso wenig verraten wie dieser ihn. Das Einzige, was Sparrow Unbehagen bereitete, war, dass er nun auch seinen Kameraden und Freund in Gefahr brachte. Falls Morris jemals die Verbindung zwischen ihnen herstellte, konnte es für Freddy ziemlich unangenehm werden.

Der Herr verlangt von uns allen Opfer, John.

»Ach, du Scheiße!«, rief Freddy aus. »Und du bist sicher, das alles stimmt? Das mit der Leiche, meine ich.«

»Es gibt ein YouTube-Video dazu, und es stand sogar in der Zeitung.«

»Aber es könnte doch immerhin sein, dass die Tote und diese angebliche Zeitung aus der Zukunft gar nichts miteinander zu tun haben.«

»Das wäre ein seltsamer Zufall, da die stehen gebliebene Uhr und die Zeitung dasselbe Datum zeigen, oder?«

»Zugegeben. Aber selbst wenn das alles wirklich stimmt, was können wir tun?«

Es freute Sparrow, dass Freddy von »wir« sprach, auch wenn er nichts anderes erwartet hatte.

»Zunächst müssen wir rausfinden, woran dieser deutsche Physiker gearbeitet hat. Die Journalistin hat mir den Namen eines Professors hier an der UNM genannt: Bernardino. Ich möchte mit ihm sprechen.«

»Und du denkst, er verrät dir alles über ein hochgeheimes Projekt?«

»Überlass das mir. Kannst du rausfinden, wo dieser Professor wohnt?«

»Ein Klacks.«

Freddy googelte den Namen und fand Informationen über die von ihm gehaltenen Vorlesungen, aber keine Adresse. Doch es war für ihn offensichtlich nicht besonders schwer, sich in den Server der Universität zu hacken und die Anschrift des Professors aus den unverschlüsselten Personaldaten herauszulesen.

»Hier ist auch seine Mobilnummer. Soll ich ihn anrufen, um rauszufinden, wo er gerade ist?«

»Nein, lass mal. Er ist verheiratet, oder?«

»Ja. Seine Frau heißt Eva. Warte, einen Moment ... da, das ist sie. Könnte fast seine Tochter sein.«

Er zeigte auf ein Foto auf einem Facebook-Profil, das eine hübsche junge Frau mit langen schwarzen Haaren und zwei kleinen Kindern zeigte, offenbar Zwillinge, vielleicht drei oder vier Jahre alt.

»Kann ich noch mal dein Auto haben?«

»Nimm lieber das hier«, sagte Freddy und reichte ihm einen anderen Schlüssel. »Wenn diese Leute so mächtig sind, wie du sagst, steht mein Ford womöglich schon auf irgendeiner Fahndungsliste.«

»Das ... es tut mir leid, wenn ich dir Ärger mache.«

Freddy winkte ab.

»Ach was. Falls Donnerstag die Welt doch nicht untergeht, werden die Bullen vermutlich andere Sorgen haben. Außerdem habe ich ja bloß einem alten Kumpel einen Wagen geliehen. Das ist nicht ungesetzlich, oder?«

»Danke nochmals. Ich melde mich, wenn ich was rausgefunden habe.«

Er winkte Freddy zum Abschied zu und stieg in einen kleinen Lieferwagen vor dem Laden, auf dem in großen Buchstaben *Freddy's Computer-Reparaturservice* sowie der etwas holprige Werbespruch *Sind die Daten weg, kein Problem – komm zu Freddy, und du wirst sie bald wiedersehn* aufgedruckt waren. Auch die Telefonnummer fehlte nicht. Falls einer von Morris' Leuten Sparrow in diesem Auto erkannte, hatte Freddy ein Problem. Doch Sparrow konnte darauf jetzt keine Rücksicht nehmen – immerhin setzte er bereits das Leben seiner Tochter aufs Spiel. Also stieg er ein und fuhr zum Haus der Bernardinos.

47

T-03:04:44 Victor kniete vor dem Altar, auf dem das alte Holzkreuz mit dem grob geschnitzten Jesus stand. Das flackernde Licht der einzigen Kerze ließ die Gesichtszüge der Figur fast lebendig wirken. Mal schien sie traurig, mal zornig dreinzublicken.

»Ich weiß, ich habe Dich enttäuscht, Herr«, sagte Victor leise. »Ich habe an Dir gezweifelt. Mein Glaube war nicht stark genug. Dennoch bitte ich Dich nun, mir zu helfen. Ich weiß nicht, was ich tun soll, Herr. Ich weiß es einfach nicht.« Tränen traten ihm in die Augen. Er versuchte nicht, sie wegzuwischen. »Bitte, Herr, hilf mir, Deinen Willen zu erkennen. Mein Verstand ist zu schwach.«

Doch Gott schwieg. Die Schatten des Kerzenscheins flackerten hin und her, sodass es aussah, als schüttele die Holzfigur den Kopf.

Victor seufzte und betete ein Vaterunser. Er hatte in der Nacht kaum geschlafen und war schließlich um fünf Uhr morgens hierhergekommen, um Trost und Hilfe zu suchen. Doch Gott hatte ihm weder Trost geschenkt noch einen Hinweis gegeben, was Er von Victor erwartete.

Das Matthäus-Evangelium beschrieb an einer Stelle, wie Jesus mit den Pharisäern sprach und diese zum Beweis seiner Göttlichkeit ein Zeichen von ihm forderten: *Da antworteten ihm einige von den Schriftgelehrten und Pharisäern und sprachen: Meister, wir wollen ein Zeichen von dir sehen. Er aber antwortete und sprach zu ihnen: Ein böses und ehebrecherisches Geschlecht fordert ein Zeichen, und es wird ihm kein Zeichen gegeben werden außer dem Zeichen des Propheten Jona. Denn wie Jona drei Tage und drei Nächte im Bauch des Fisches war, so wird der Menschensohn drei Tage und drei Nächte im Herzen der Erde sein.*

Er hatte diese Stelle vorhin in der Bibel gelesen, und sie ging ihm nicht mehr aus dem Kopf. Sie bedeutete, dass Gott keine Wunder wirkte, nur um Ungläubige zu bekehren. An etwas erst dann zu glauben, wenn es bewiesen war, hatte mit dem wahren Glauben an Gott nichts zu tun. Für Victor bekräftigte die Stelle noch einmal, dass der seltsame Vorfall mit Mrs Messante kein Wunder Gottes war, wohl aber eine Aufforderung, etwas zu tun. Doch was, das sagte ihm die Bibel leider nicht.

Der arme Mr Sparrow! Er war der Schlüssel zur Lösung der Aufgabe, die Gott ihm gestellt hatte, davon war Victor überzeugt. Warum sonst hätte Gott Alexandras Vater zu ihm schicken sollen, wenn er nicht gewollt hätte, dass die beiden gemeinsam gegen das scheinbar Unvermeidliche kämpften? Doch nun schien es, als habe Satan Victor seinen einzigen Verbündeten genommen.

Aber natürlich war es nicht der Teufel, der das getan hatte, sondern Menschen, die unter dem Einfluss des Bösen standen, von Egoismus und Machtgier zerfressen, von Überheblichkeit geblendet. Sie bedrohten Sparrows Tochter – das Grausamste, das man einem Vater antun konnte. Wenn es noch eines weiteren Hinweises bedurft hätte, um Victor klarzumachen, dass diese Menschen die Feinde Gottes waren, wäre es dieser. Doch er hatte keine Ahnung, wer diese Leute waren, und so blieb ihm nur zu beten und darauf zu warten, dass Gott ihm doch noch half.

Die Sonne ging auf und warf bunte Strahlen durch die farbige Folie auf den Fenstern. Die Atmosphäre in der kleinen Kirche war still und feierlich, und endlich erfüllte eine tiefe Ruhe und Zuversicht Victors Herz. Gott hatte ihn nicht verlassen. Gott hatte noch etwas mit ihm vor. Er musste sich nur gedulden. Wenn es so weit war, würde er es schon merken.

Das Telefon riss ihn aus seiner Andacht. Laut und schrill hallte es durch die morgendliche Stille wie die letzte Posaune. Verblüfft sah er auf die Uhr. Es war kurz nach sieben. Wer rief um diese Zeit an?

Sein Herz klopfte heftig, als er in die Sakristei eilte und den Hörer abnahm. War dies endlich das Signal, zu handeln, das er so ersehnte und vor dem er sich gleichzeitig derart fürchtete?

»Chris Brown hier. Haben Sie den Fernseher an?«

»Ich bin in der Kirche, Eminenz ... ich meine, Chris.«

»Ja, ich weiß. Auch wenn es Ihnen wie ein Sakrileg erscheint, ein Fernseher sollte meines Erachtens in jeder Kirche stehen. Man muss schließlich wissen, was die Konkurrenz macht.«

»Die Konkurrenz?«

»Na, die Fernsehprediger, diese Scharlatane, die falschen Propheten eben.«

»Mit Verlaub, Eminenz, ich höre lieber auf die Stimme Gottes.« Victors Tonfall war alles andere als dem Gespräch mit einem Bischof angemessen, aber er hatte einfach keine Geduld, sich wieder dessen Geschwätz über Gläubigenbindung und Unique Selling Propositions anzuhören.

»Sie sollten vielleicht mal eine Ausnahme machen und

das Frühstücksfernsehen ansehen. Da war nämlich gerade Ihre Gemeindeschwester Angela Smith zu hören. Und wissen Sie, was sie gesagt hat, Victor? Sie sagte, dass die traditionelle Kirche im Angesicht der Wiederkunft Christi versagt. Sie redete die ganze Zeit über Sie, Victor. Dass Sie sich zwar Priester nennen würden, aber offensichtlich längst Ihren Glauben verloren hätten. Dass Sie die Zeichen Gottes nicht wahrhaben wollen.«

»Da hat sie allerdings recht. Ich glaube nicht, dass die Leiche von Mrs Messante ein Zeichen Gottes ist.«

»Victor, hier geht es nicht darum, was Sie glauben. Hier geht es darum, was die Zuschauer glauben. Begreifen Sie das denn nicht? Statt die Steilvorlage zu nutzen, die Ihnen Gott gegeben hat, und mehr Schäfchen auf Seine Weide zu führen, haben Sie genau das Gegenteil erreicht und stehen nun wie ein Ungläubiger da, denunziert von Ihrem eigenen Gemeindemitglied! Ein Priester, der in Wirklichkeit gar nicht an Gott glaubt. In meiner Kirche! Wissen Sie, was diese Smith angekündigt hat? Sie will aus unserer Kirche austreten und eine eigene Religion gründen. Eine Sekte! Sie nennt sie die Boten des Jüngsten Gerichts. Und wenn man die Reaktionen in den sozialen Medien als Maßstab nimmt, dann hat sie bereits großen Zulauf.«

»Die Mitglieder meiner Gemeinde stehen mehrheitlich hinter mir«, verteidigte sich Victor lahm.

»Von wie vielen Mitgliedern reden wir da, Victor? Einem Dutzend? Zwei? Haben Sie eine Ahnung, wie viele Menschen gerade diese Sendung sehen? Ich werde es Ihnen sagen: über siebenhunderttausend! Auf Twitter gibt es schon mehr als dreitausend Reaktionen! *Messengers of Judgement* ist ein Trending Topic! Warum haben Sie diese Angela Smith nicht gebändigt, Victor? Warum haben Sie es zugelassen, dass sie unsere Kirche noch weiter schwächt?«

»Weil es meine Aufgabe ist, Gottes Botschaft zu verbreiten, und nicht irgendeinen Unsinn über die Wiederkunft Christi!«, rief Victor wütend. »Es tut mir leid, Bischof, aber wenn das der Kirche nicht dient, dann bin ich vielleicht der Falsche für diesen Job.«

Einen Moment herrschte Stille. Dann sagte der Bischof: »Ja, da könnten Sie recht haben, Victor. Wir sprechen später noch darüber. Möge Gott Sie segnen. Guten Tag!«

48

T-03:00:23 Die Bernardinos wohnten in einem modernen Bungalow im Pueblo-Stil mit sandbraunen Steinmauern und einem Kiesbeet mit einigen Kakteen als Vorgarten. Sparrow hielt vor der Einfahrt, kramte im Handschuhfach und fand ein zerknittertes Blatt Papier, die Kopie einer alten Inspektionsrechnung, die aus der Ferne als Auftrag durchgehen würde. Bevor er ausstieg, zog er sich die Kapuze seines Sweaters über den Kopf, etwas, das bei einem Nerd auch bei dieser Hitze nicht allzu ungewöhnlich erscheinen würde, wie er hoffte.

Schon kurz nach dem Klingeln öffnete Eva Bernardino. Sie war so hübsch wie auf dem Facebook-Foto, mit langen schwarzen Haaren, olivbrauner Haut und dunklen Augen. Sie konnte höchstens Anfang dreißig sein. Eines der Kinder, etwa fünf Jahre alt, stand neben ihr. Gut.

»Ja, bitte?«

Sparrow hielt ihr mit der Linken das Blatt hin, während er mit der Rechten die Pistole auf sie richtete. Entsetzt riss sie die Augen auf.

»Machen Sie zwei Schritte zurück. Versuchen Sie nicht, die Tür zuzuschlagen«, sagte er in ruhigem Tonfall. »Dann passiert Ihnen nichts.«

Sie gehorchte. Er folgte ihr ins Haus, schloss die Tür hinter sich und senkte die Waffe. Der kleine Junge klammerte sich an ihr Bein und sah Sparrow stumm und verängstigt an.

»Bitte ... bitte tun Sie mir nichts!«, flehte Eva Bernardino mit tränenerfülltem Blick. »Nehmen Sie, was Sie wollen. Wir haben allerdings nicht viel Geld im Haus.«

»Mrs Bernardino, mein Name ist John Sparrow. Ich arbeite für einen privaten Sicherheitsdienst und muss dringend mit Ihrem Mann sprechen. Keine Sorge, ich will Ihnen und Ihrem Mann nichts tun. Es tut mir leid, dass ich Sie bedrohen musste, aber es ist sehr wichtig, dass Sie mich anhören, und ich konnte Ihnen das nicht vor Ihrer Haustür erklären.«

»Ich ... ich gebe Ihnen alles, was Sie wollen!«, sagte die Frau mit zitternder Stimme. »Aber bitte tun Sie meinen Kindern nichts!«

»Hören Sie zu, ich werde Ihnen nichts tun. Wo ist Ihr Mann jetzt?«

»In ... in der Uni.«

»Rufen Sie ihn bitte an. Sagen Sie, eines der Kinder ist schwer gestürzt, er soll sofort nach Hause kommen. Falls er nachfragt, sagen Sie, ein Notarzt ist bereits hier, aber Sie brauchen seine Hilfe.« Er blickte ihr in die Augen. »Können Sie das tun, Mrs Bernardino?«

Sie biss sich auf die Unterlippe und nickte.

»Versuchen Sie bitte nicht, die Polizei anzurufen oder irgendwelche anderen Tricks. Ich verspreche Ihnen, dass Ihnen und Ihrer Familie nichts geschieht. Aber ich bin in einer schwierigen Lage, und wenn Sie mich dazu zwingen, werde ich notfalls auch Gewalt anwenden.«

»Was ... was wollen Sie denn von meinem Mann?«

»Ich will nur mit ihm reden. Er hat vor einiger Zeit an einem geheimen Projekt gearbeitet, und ich muss wissen, was das war.«

»Er wird es Ihnen nicht sagen. Nicht, wenn Sie hier eindringen und uns bedrohen. Ralph kann sehr stur sein, wissen Sie? Wenn Sie jetzt gehen, werde ich ihm nichts sagen. Sie können ihn dann anrufen und einen Termin machen, und …«

»Die Zeit habe ich nicht. Ich muss jetzt mit ihm reden. Wenn ich ihm erzähle, warum, wird er es verstehen. Und nun tun Sie bitte, worum ich Sie gebeten habe.«

»Sind Sie … sind Sie so eine Art Geheimagent?«

»Wie gesagt, ich bin Mitarbeiter eines privaten Sicherheitsdienstes.« Der verängstigten Frau mehr zu erzählen, erschien Sparrow sinnlos. »Ich muss nur mit ihm sprechen, und zwar so schnell wie möglich und ohne dass jemand es mitkriegt. Es ist wirklich sehr wichtig.«

Sie nickte. »Okay.« Sie griff nach einem Smartphone, das auf einem Sideboard in dem großzügigen, mit moderner Kunst dekorierten Eingangsbereich lag. Sparrow stellte sich neben sie, sodass er sehen konnte, welchen Namen sie aufrief.

Bernardino nahm nach dem siebten Klingelton ab. Sparrow konnte eine genervte Stimme hören.

»Was ist denn, Eva? Ich bin mitten in einem Tutorium.«

»Ralph, bitte komm schnell nach Hause. Benny … er ist gestürzt.«

»Was? Was ist mit ihm?«

»Der Notarzt ist schon da. Bitte, ich brauche deine Hilfe!«

»Eva, beruhige dich! Sag mir bitte ganz genau, was passiert ist.«

Bernardinos Frau sah Sparrow hilfesuchend an. Tränen rannen über ihr Gesicht.

Sparrow machte eine Geste, um ihr anzudeuten, dass sie auflegen sollte.

»Bitte komm schnell!«, sagte sie und beendete das Gespräch.

Wenige Sekunden später klingelte das Smartphone.

»Gehen Sie nicht ran«, sagte Sparrow.

Eine Tür öffnete sich, und ein zweiter kleiner Junge schob den Kopf herein. »Mama, wer ist der Mann?«, fragte er.

»Ein … ein Freund«, sagte sie mit zitternder Stimme.

»Warum weinst du, Mama?«

»Ich glaube, ich habe eure Mutter ein bisschen erschreckt«, sagte Sparrow. »Ich bin nämlich Polizist.«

»Aber du hast ja gar keine Uniform an«, sagte der Junge.

Sparrow beugte sich zu dem Jungen herab. »Es gibt auch Polizisten, die keine Uniform anhaben, damit die Verbrecher nicht gleich merken, dass sie Polizisten sind«, erklärte er.

»Sind Verbrecher hier?«

»Nein, aber wenn welche kommen, passe ich auf euch auf!«

»Ist das eine echte Pistole da in deinem Gürtel?«

»Klar ist die echt.«

»Darf ich die mal anfassen?«

»Nein, die darf niemand anfassen außer mir.«

»Lass den Mann in Ruhe und geh wieder spielen, Benny«, sagte die Mutter. »Und du auch, Randolph.«

»Ja, Mama. Dürfen wir Cartoons gucken?«

»Ja, von mir aus.«

Die beiden Kinder verschwanden im Wohnzimmer.

»Danke, Mrs Bernardino«, sagte Sparrow. »Sie haben das Richtige getan. Machen Sie sich keine Sorgen. Ihnen wird nichts geschehen.«

Sie ging in die Küche und setzte Wasser auf. »Ich brauche jetzt einen Tee. Möchten Sie auch einen?«

»Nein danke.«

Die nächste Viertelstunde verbrachten sie in angespanntem Schweigen, während Eva Bernardino mit zitternden Händen ihren Tee trank. Das Smartphone und das Festnetztelefon klingelten fast ununterbrochen.

Endlich waren Schritte vor der Haustür zu hören, ein Schlüssel im Schloss.

»Eva? Eva, wo bist du?«

»Hier in der Küche.«

Die Haustür fiel ins Schloss. Sparrow trat in den Eingangsbereich, die Waffe auf Bernardino gerichtet. Die Frau stieß einen Schreckenslaut aus.

»Was ... wer ... wer sind Sie?«, fragte der Professor.

»Mein Name ist John Sparrow. Professor, bitte verzeihen Sie mir, dass ich auf diese Weise in Ihr Haus eingedrungen bin, aber ich muss dringend mit Ihnen sprechen!«

»Sie glauben, Sie können hier einfach einbrechen und mich mit der Waffe bedrohen? Verschwinden Sie, bevor ich die Polizei rufe!«

Eva Bernardino kam aus der Küche. »Ralph, bitte! Der Mann will bloß mit dir reden!«

»Ich rede nicht mit Leuten, die mich bedrohen!«

»Aber ... aber wenn er den Kindern etwas tut ...«

»Der blufft doch bloß!«

»Professor, Sie haben zusammen mit Hans Ichting aus Deutschland an einem geheimen Projekt gearbeitet«, sagte Sparrow. »Ich muss wissen, was das für ein Projekt war. Das Leben vieler Menschen steht auf dem Spiel.«

Bernardino starrte ihn an. »Wer zum Teufel sind Sie?«

»Mein Name ist John Sparrow. Ich arbeite für eine private Sicherheitsfirma. Ich wurde beauftragt, ein Flugzeugwrack in Nevada zu untersuchen und ungewöhnliche Gegenstände aus den Trümmern zu sichern. Dabei fand ich einen Aktenkoffer mit einem *Wall Street Journal* darin. Die Zeitung trug das Datum von kommendem Donnerstag. Danach sollte ich die deutsche Journalistin Nina Bornholm einschüchtern, die den angeblichen Selbstmord von Hans Ichting untersuchte. Sie hat mir Ihren Namen genannt. Dann bin ich zufällig auf einen Priester gestoßen, in dessen Gemeinde plötzlich eine Leiche aufgetaucht ist – die Leiche einer Frau, die aber immer noch lebt und neben ihrem toten Körper stand. Die Armbanduhr der Leiche ist stehen geblieben, und zwar an einem Donnerstag, dem Elften – exakt das Datum der Zeitung.«

»Sie ... soll das ein Scherz sein?«

»Das ist kein Scherz, Professor. Etwas wird an diesem Donnerstag geschehen, das den Lauf der Zeit durcheinanderbringt, mit möglicherweise katastrophalen Folgen. Offenbar hat es mit dem Projekt zu tun, an dem Ichting und Sie gearbeitet haben.«

Bernardinos Mund stand eine Sekunde offen.

»Sie verarschen mich doch!«

»Professor, diese Pistole hier ist kein Scherzartikel, und Sie können mir glauben, dass ich Ihre Frau nicht zum Spaß zu Tode geängstigt habe. Ich muss wissen, woran Sie gearbeitet haben.«

»Und *warum* wollen Sie das so dringend wissen?«

»Weil ... weil ich dieses Ereignis verhindern will.«

Bernardino lachte. »Das ist die bescheuertste Geschichte, die ich je gehört habe! Ich weiß nicht, was mit Ihnen los ist, Mr Sparrow. Sie sind auf jeden Fall völlig durchgeknallt. Wahrscheinlich einer von diesen irren Ludditen, die glauben, wir Wissenschaftler verstoßen gegen Gottes Gebote oder was weiß ich. Verschwinden Sie sofort aus meinem Haus!«

Sparrow verlor allmählich die Geduld mit diesem arroganten Kerl. Wenn alle Physiker so drauf waren, war es ein Wunder, dass die Welt nicht schon längst in die Luft geflogen war.

»Der deutsche Physiker Hans Ichting, einer der bedeutendsten Physiker der Welt, wurde vermutlich von denselben Leuten ermordet, die mich beauftragt haben, die Spuren des Ereignisses zu verwischen, das an diesem Donnerstag geschehen wird. Diese Leute bedrohen das Leben meiner elfjährigen Tochter Alexandra, die an einer unheilbaren Immunschwäche leidet. Trotzdem bin ich hier und riskiere damit ihr Leben. Denn das Projekt, an dem Sie mitgearbeitet haben, bedroht womöglich die Zukunft der ganzen Menschheit!«

»Das ist absoluter Schwachsinn! Ich höre mir das nicht länger ...«

»Ralph, nun sag ihm doch endlich, was er wissen will!«, schaltete sich Bernardinos Frau ein.

»Warum sollte ich das tun? Der kommt hier rein, bedroht dich, zwingt dich, mir irgendeine Scheiße zu erzählen über Benny, der ...«

»Siehst du denn nicht, dass der Mann verzweifelt ist? Und er hat eine Waffe!«

»Sie sollten besser auf Ihre Frau hören, Professor. Ich riskiere das Leben meiner Tochter, indem ich hierhergekommen bin. Ich werde nicht gehen, bevor ich die Antworten habe, die ich brauche!«

Bernardino warf Sparrow einen hasserfüllten Blick zu. »Ihr Typen glaubt, bloß weil ihr eine Waffe habt, könnt ihr machen, was ihr wollt, was?«

Sparrow seufzte. Dieser Typ war nicht nur arrogant, er war schlicht dumm. Oder vielleicht weltfremd. Anders als seine

Frau begriff er nicht, in welcher Gefahr er schwebte. Vielleicht war das auch symptomatisch für das Projekt, an dem er mitgearbeitet hatte: Wissenschaftler, die in blindem Ehrgeiz an einer ultimativen Waffe oder Energiequelle bastelten und nicht darüber nachdachten, welches Risiko das für sie und den Rest der Menschheit bedeutete. So wie die Leute, die nicht allzu weit entfernt von hier die erste Atombombe gebaut und damit den Weg für ein globales Wettrüsten geebnet hatten, das die Welt an den Rand der Apokalypse gebracht hatte.

Er warf einen Blick zu Bernardinos Frau, die nervös an einem kleinen, goldenen Kreuz an ihrer Halskette nestelte. Das brachte ihn auf eine Idee.

49

T-02:23:55 Victor blätterte durch den Stapel unbearbeiteter Post, der sich auf dem Schreibtisch der Sakristei türmte. Hauptsächlich unbezahlte Rechnungen, ein paar Bitten um seelischen Beistand oder einen kirchlichen Segen, Dankesschreiben von Leuten, die glaubten, Victor sei dafür verantwortlich, dass Gott ihre Krankheit linderte. Er hatte in den letzten Tagen nicht die Ruhe gehabt, sich mit diesen Dingen zu beschäftigen, und auch jetzt sortierte er die Papiere bloß von einem Stapel auf den anderen, statt Antworten zu verfassen oder Überweisungsformulare auszufüllen. Er hatte sich vorgenommen, wenigstens die Post in Ordnung zu bringen, bevor er seinen Dienst offiziell kündigte. Doch es fiel ihm schwer, diesen Vorsatz in die Tat umzusetzen.

Der Bischof hatte recht: Er war nicht der Richtige für diesen Job. Nicht, dass Brown ihn hätte absetzen können – der Priester wurde vom Gemeinderat gewählt, und solange Victor nicht offiziell exkommuniziert wurde, konnte ihn niemand zwingen, sein Amt niederzulegen, solange die Gemeinde es nicht wünschte. Niemand außer ihm selbst.

Doch er hätte es längst tun sollen. Als die Sache mit Mrs Messante passiert war, hatte er für eine Weile geglaubt, Gott habe vielleicht doch noch etwas mit ihm und dieser Gemeinde vor. Nun jedoch musste er sich endgültig eingestehen, dass er sich getäuscht hatte. Dennoch fiel ihm der Abschied schwer, zumal er keine Ahnung hatte, was er sonst tun konnte. Irgendein soziales Hilfswerk würde ihn vielleicht nehmen. Er brauchte nicht viel zum Leben, und ein wenig Demut tat ihm sicher gut. Womöglich würde er so irgendwann wieder zu Gott finden, auch wenn …

Das Telefon riss ihn aus seinen Gedanken. »Albuquerque Church of the Holy Revelation, Reverend Victor Kessler hier?«

»Reverend, mein Name ist Eva Bernardino. Bei mir ist ein John Sparrow. Sagt Ihnen der Name etwas?«

Victors Herz schlug plötzlich schneller.

»Mr Sparrow? Ja, natürlich. Was ist mit ihm?«

»Er lässt fragen, ob es möglich wäre, dass Sie herkommen. Jetzt gleich. Und ob Sie vielleicht eine Mrs Messante mitbringen könnten.«

»Mrs Messante? Worum geht es denn bitte?«

»Mein Mann … es könnte sein, dass er für das mitverantwortlich ist, was mit ihr geschehen ist.«

Im Hintergrund hörte Victor wütenden Protest, konnte jedoch die Worte nicht verstehen. Die Frau ignorierte die Stimme und nannte ihm eine Adresse in der Nähe der Universität.

»Bitte, Reverend, kommen Sie so schnell wie möglich!«

Eine gute halbe Stunde später parkte Victor den alten Chrysler, den ihm ein Gemeindemitglied geliehen hatte, hinter dem Wagen eines Computerreparaturservices. Er half Mrs Messante aus dem Auto. Die alte Dame wirkte mitgenommen. Die Ereignisse waren nicht spurlos an ihr vorübergegangen.

Eine hübsche junge Frau öffnete ihnen.

»Ich bin Eva Bernardino. Danke, dass Sie so schnell hier sind, Reverend. Und Sie müssen Mrs Messante sein.«

»Die bin ich in der Tat.«

Die Frau führte sie in ein großzügiges Wohnzimmer. Zwei kleine Kinder, offenbar Zwillinge, sahen Cartoons. An einem Esstisch saßen ein etwa vierzigjähriger Mann mit Lockenkopf und John Sparrow. Der Lockenkopf blieb sitzen, während Sparrow die Neuankömmlinge begrüßte und sich für ihr Kommen bedankte.

»Was soll diese Scharade!«, rief der Mann. »Also wirklich, Eva, du fällst doch jetzt nicht auf diese Laienschauspieler rein, oder? Merkst du nicht, dass das ein abgekartetes Spiel ist, um mich dazu zu bringen, vertrauliche Informationen preiszugeben?«

»Bitte nimm dich zusammen, Ralph«, sagte seine Frau. »Ich habe die Nummer der Kirche gegoogelt, wie es Mr Sparrow gesagt hat.«

»Na und, was beweist das schon? Jeder Idiot kann heute eine Telefonnummer umleiten.«

»Mr Bernardino, nehme ich an«, sagte Victor.

»Professor Bernardino, bitte.« Er ignorierte die ausgestreckte Hand. »Können wir diesen Quatsch jetzt bitte so schnell wie möglich hinter uns bringen?«

»Ralph!«, rief seine Frau. »Das ist ein Priester!«

»Behauptet er jedenfalls.«

Victor wandte sich an Sparrow: »Wie können wir helfen?«

»Wie Sie gerade gehört haben, glaubt Professor Bernardino immer noch, dass das alles ein Fake ist, und weigert sich, mir die Informationen zu geben, die ich brauche. Sie können mir helfen, ihn zu überzeugen, Reverend.«

»Schlagen Sie sich das aus dem Kopf!«, sagte Bernardino. »Auf Ihre Tricks falle ich nicht rein, Sparrow oder wie immer Sie wirklich heißen.«

»Jetzt hören Sie mal, junger Mann«, meldete sich Consuela Messante zu Wort. »Ich weiß nicht genau, weshalb ich hier bin, aber ein Trick ist das jedenfalls nicht.«

Sie holte etwas aus ihrer Handtasche und legte es auf den Tisch: Zwei Ringe und zwei identische Portemonnaies.

»Das hier ist meine Geldbörse«, erklärte sie. »Und diese war bei der Leiche, die der Reverend in unserer Kirche gefunden hat. Eine Leiche, wohlgemerkt, die genauso aussieht wie ich.«

»Ach, und das soll irgendetwas beweisen? Zwei billige Ringe und zwei Portemonnaies, wie ich sie in jedem Walmart kaufen kann?«

»Passen Sie auf, was Sie sagen, Sir! Diesen Ring hat mir mein dritter Mann Paolo geschenkt, Gott hab ihn selig.« Sie zeigte auf das eingravierte Datum.

Bernardino nahm die beiden Ringe in die Hand und betrachtete sie genauer.

»Ich gebe zu, das ist gut gemacht«, sagte er und nahm sich die Portemonnaies vor. »Zwei identische Führerscheine. Clever, aber einfach zu faken. Nur an eines haben Sie nicht gedacht: Die Menge des Bargelds stimmt nicht überein.«

»Das eine ist ja auch die Geldbörse, die ich täglich benutze.«

»Wie praktisch. Wenn nämlich beide wirklich identisch wären, wären auch die Scheine darin identisch, inklusive ihrer individuellen Nummer. Und die sind bekanntlich nicht ganz so leicht zu fälschen.«

Er nahm die Scheine heraus und legte sie untereinander. Das eine Portemonnaie enthielt zwei Zehndollarnoten und drei Einer, das zweite einen Zehner und zwei Einer.

»Sehen Sie, die Nummern stimmen nicht …«

Er stutzte, legte einen Zehner neben einen der anderen. Als Victor sich über ihn beugte, konnte er erkennen, dass die Nummern tatsächlich identisch waren.

»Sieh mal an, darauf bin ich gar nicht gekommen«, sagte Mrs Messante.

»Ich ... ich gebe zu, das ist ziemlich verblüffend«, sagte Bernardino, auf einmal deutlich weniger überheblich. »Ich frage mich, warum Sie so einen Aufwand treiben, um mich zu überzeugen. Ist das hier ein Test oder so?«

»Professor, Sie begreifen offenbar immer noch nicht, dass wir nicht hier sind, um Sie übers Ohr zu hauen«, meldete sich Sparrow zu Wort. »Die Leiche der armen Mrs Messante ist aus der Zukunft in die Vergangenheit geschleudert worden, ebenso wie das Flugzeug, das in der Wüste von Nevada abgestürzt ist. Vermutlich gibt es noch mehr solcher Vorfälle. Ich bin hier, weil ich Ihre Hilfe brauche, um dieses Ereignis zu verhindern.«

»Das ... das ist völlig unmöglich!«, widersprach Bernardino. »Glauben Sie mir, ich bin Physiker, der Einzige hier im Raum, der versteht, was Zeit eigentlich ist, zumindest ansatzweise. Ich kann Ihnen das jetzt nicht alles erklären, aber Sie müssen mir glauben, dass nichts rückwärts durch die Zeit reisen kann. Das wäre eine eklatante Verletzung des zweiten Hauptsatzes der Thermodynamik.«

»Und wie erklärst du dir dann all diese doppelten Dinge hier?«, fragte seine Frau.

Ein Teil von Bernardinos Arroganz kehrte zurück. »Ich glaube, das kann uns Mr Sparrow besser erklären. Ich weiß jedenfalls nicht, was das alles soll.«

»Haben Sie hier einen Computer mit Internet?«, fragte Victor.

»Ja, natürlich. Warten Sie.« Mrs Bernardino holte einen Laptop und klappte ihn auf.

»Heute Morgen war unsere Gemeindeschwester Angela Smith im Frühstücksfernsehen. Sie war Zeugin der Ereignisse um Mrs Messante. Sie glaubt, dass dies ein Zeichen für die Wiederkunft Christi ist. Darf ich?«

Er tippte die Webadresse des Fernsehsenders ein, den der Bischof ihm genannt hatte. Man konnte online eine Aufzeichnung der Talkshow sehen.

Eine Zeit lang verfolgten sie stumm, wie Angela Smith sich über den »um sich greifenden Unglauben selbst in unserer Kirche« beschwerte. Dann kam sie auf Victor zu sprechen: »Selbst unser eigener Reverend, Victor Kessler, sieht die Zeichen, doch er glaubt sie nicht.«

»Diese Zeichen, von denen Sie sprechen, wurden auch in einem Video auf YouTube hochgeladen, richtig?«, fragte die Moderatorin. »Würden Sie uns bitte erklären, was wir da sehen?«

Das Video wurde eingeblendet, während Smith aus dem Off kommentierte: »Da, sehen Sie, die Frau im Sarg ist offensichtlich identisch mit der Frau, die rechts danebensteht. Das ist Consuela Messante, eine gute Freundin von mir. Jetzt beugt sie sich über den Sarg, kann es offenbar selbst nicht glauben. Schauen Sie ihren Gesichtsausdruck an.«

Victor stoppte die Aufzeichnung. Er wollte nicht hören, was Smith noch alles über ihn zu sagen hatte.

»Das … das beweist gar nichts«, sagte Bernardino. »Man konnte das Gesicht der Toten gar nicht richtig erkennen. Falls sie wirklich tot war. Vermutlich hat Mrs Messante eine Zwillingsschwester. Der älteste Trick der Welt. Das ist …«

»Es reicht jetzt, Ralph!«, sagte Eva Bernardino. Ihr Gesicht war zornverzerrt. »Du sagst doch immer, es sei das wissenschaftliche Prinzip, Fakten unvoreingenommen zu betrachten und nicht auf bloße Meinungen zu hören. Doch jetzt machst du das genaue Gegenteil: Du weigerst dich, die Wahrheit zu sehen, weil du sie nicht wahrhaben willst. Und das, obwohl hier eine Menge Beweise auf dem Tisch liegen. Du bist genauso ein bornierter Idiot wie unser Präsident, der immer noch nicht an den Klimawandel glaubt trotz aller Anzeichen.«

»Wie sprichst du mit mir …«, versuchte Bernardino sich zu wehren. Doch dann barg er plötzlich sein Gesicht in den Händen. »Ich … ich kann das alles einfach nicht glauben …«

»Das verstehe ich«, sagte Consuela Messante. »Es fällt uns allen schwer. Aber es ist so, wie es ist. Ich weiß genau, dass ich diesen Donnerstag sterben werde. Obwohl ich vierundachtzig bin und schon lange weiß, dass meine Zeit fast abgelaufen ist, hänge ich immer noch am Leben, und es kostet mich eine Menge Kraft, diese Tatsache zu akzeptieren. Aber so ist nun einmal Gottes Wille!«

»Also schön.« Bernardino seufzte. »Wahrscheinlich ist es ein Fehler. Aber gut, ich sage Ihnen, was ich weiß.«

50

T-03:05:31 Dr. Yasmin Harris nahm einen Schluck Cola und streckte sich, um die Verspannung in ihren Schultern zu lösen. Es war eine mühselige Kleinstarbeit, ein Bild so zu restaurieren, dass selbst Experten hinterher die Veränderungen gegenüber dem ursprünglichen Zustand kaum noch feststellen konnten. Im vorliegenden Fall wurde sie noch dadurch erschwert, dass es an manchen Stellen kaum möglich war, die Schmiererei, die der Vandale auf das Bild gekritzelt hatte, vom ursprünglichen Gemälde zu unterscheiden.

Vor ihr lag ein Rahmen von etwa siebzig mal fünfundachtzig Zentimetern. Es war nur ein Ausschnitt aus dem viel größeren Kunstwerk mit dem treffenden Titel *Shitty* des berühmten schwulen Londoner Künstlerpaares Gilbert and George, das aus insgesamt sechsunddreißig solcher Tafeln zusammengesetzt und 1994 im Rahmen ihrer aufsehenerregenden Serie *Shitty Naked Human World* entstanden war. Die übrigen Bildkacheln standen sorgfältig sortiert an der Wand. Es handelte sich um eine Leihgabe des Collectie Stedelijk Museums in Amsterdam für die Ausstellung *Religion in der modernen Kunst – Inspiration und Provokation*, die zurzeit hier im Museum of Contemporary Art in Sydney stattfand.

Yasmin warf einen Blick auf die große Fotografie des Werks, die an die Wand des Restaurationsateliers im Keller des Museums gepinnt war. Auf den ersten Blick wirkte das

Kunstwerk farbenfroh und leicht zugänglich. Es war in harten Kontrasten und grellen Farben gestaltet, deren Wirkung im Ausstellungsraum durch die Hintergrundbeleuchtung noch verstärkt wurde. Durch das Raster von neun mal vier Rechtecken und die schwarz umrandeten Bildelemente hatte es Ähnlichkeit mit einem Kirchenfenster. In der Mitte wurde das Bild durch ein riesiges braunes Kreuz dominiert, das eindeutig aus Scheiße bestand. Damit das auch wirklich jeder begriff, hatten die Künstler das Wort SHITTY in roten Lettern an den Fuß des Kreuzes gesetzt. Gilbert und George selbst standen links und rechts davon in grauen Anzügen und starrten den Betrachter mit großen Augen an, als könnten sie sich nicht erklären, was in sie gefahren war, als sie das Kunstwerk geschaffen hatten. Links und rechts oberhalb von ihnen stürzten nackte Kopien ihrer selbst aus einem mit bläulichen Sturmwolken bedeckten Himmel. Die Außenränder des Bildes waren von Menschenmengen mit gelben Köpfen auf knallrotem Hintergrund geprägt.

Ironie und Provokation zogen sich durch das gesamte Werk der beiden Künstler. Dass *Shitty* die Gefühle religiöser Menschen verletzte, war natürlich einkalkuliert. Daher war es nicht verwunderlich, dass in der vergangenen Woche einer der Besucher einen schwarzen Permanentmarker aus dem Stiefel gezogen und quer über das Bild BLASPHEM geschrieben hatte, bevor ihn die Sicherheitskräfte daran hindern konnten, das Wort zu vollenden. Dass sie ausgerechnet diese wertvolle Leihgabe aus Europa nicht ausreichend geschützt hatten, war äußerst peinlich.

Die Ausstellung lief noch zwei Wochen, bevor das Bild wieder zurückgeschickt werden musste. Zum Glück war Yasmins Arbeit fast fertiggestellt. Morgen würde das Bild wieder an seinem angestammten Platz hängen, diesmal gesichert durch eine davor angebrachte dreieinhalb mal sechseinhalb Meter große Glasscheibe.

Yasmin beugte sich wieder über den Ausschnitt, an dem sie gerade arbeitete. Er stammte aus der Bildmitte und zeigte nicht viel mehr als einen dicken braunen, mit unregelmäßigen schwarzen Linien durchzogenen senkrechten Streifen, der rechts und links von weißen Bildrändern gesäumt wurde. So aus der Nähe betrachtet konnte man nicht erkennen, dass achtzig Prozent der Bildfläche Fäkalien darstellten. Da die schwarze Schrift, die der Vandale darüber gekritzelt hatte, kaum von den gemalten Rissen in der Scheiße zu unterscheiden war, war dies der schwierigste Teil der Restauration und erforderte millimetergenaues Arbeiten. Deshalb hatte sie ihn sich als letzten Part vorgenommen.

Sie richtete die Lupe neu aus, um einen kleinen Rest der Schmiererei zu entfernen, als ein dumpfer Knall sie zusammenfahren ließ. Erschrocken sah sie sich um. Es hatte wie eine Explosion geklungen. Ein Anschlag auf die Ausstellung?

Sie rannte aus dem Büro. Da das Museum bereits geschlossen hatte, war sie hier unten allein. Oben hörte sie hastige Schritte. Sie stürmte die Treppe hinauf und stieß fast mit einem der Sicherheitsleute zusammen, der ihr entgegenkam.

»Was ist passiert?«, fragte sie atemlos.

»Ein Knall«, rief der Wachmann. »Ich dachte, vielleicht die Heizungsanlage im Keller …«

»Nein, es kam von hier oben. Jemand muss irgendwo eine Bombe platziert haben oder so.«

Der Wachmann schüttelte den Kopf, doch er folgte ihr durch die Räume der Sonderausstellung. Nirgends waren

Spuren von Zerstörung zu erkennen. Yasmin konnte auch kein Feuer riechen.

Als sie den großen, zentralen Raum betraten, in dem die besonders großformatigen Kunstwerke hingen, erstarrte sie.

»Machen ... machen Sie mal bitte das Licht an«, sagte sie.

Der Wachmann betätigte den Schalter, doch nichts rührte sich.

»Die Sicherung scheint rausgeflogen zu sein. Vielleicht ist einer der Scheinwerfer explodiert oder so.«

»Haben Sie eine Taschenlampe?«

»Ja, hier.«

Yasmin schaltete die Stablampe ein und richtete den hellen Strahl auf das riesige Bild an der fernen Seite des Raums.

»O mein Gott!«, stieß sie hervor. »Das ... das kann doch nicht ...«

Mit ungläubigem Staunen ging sie auf das Gemälde zu, blieb dicht davor stehen, berührte die Glasscheibe an der Stelle, wo sie die mittlere Bildkachel in der zweiten Reihe von unten bedeckte – genau die Kachel, an der sie gerade eben unten im Keller gearbeitet hatte.

»Heilige Scheiße!«, entfuhr es ihr.

51

T-03:02:15 Ichtings Eltern wohnten in einem kleinen Reihenhaus in einer Siedlung auf der östlichen Seite des Rheins. Es war später Nachmittag, als Nina und Paul endlich eintrafen. Obwohl sie nur einen kurzen Tankstopp eingelegt hatten, waren sie wegen eines Staus auf der A1 fast sieben Stunden unterwegs gewesen. Immerhin hatten sie die Fahrt genutzt, um sich mehr voneinander zu erzählen, und sie hatte einiges über Pauls Familie erfahren. Sein Vater war ein wohlhabender Anwalt mit eigener Kanzlei in der Londoner City, doch Paul hatte kaum Kontakt zu ihm. Seine Eltern hatten sich getrennt, als er vierzehn war, und ihn in ein strenges Internat geschickt, wo er zwar nicht gern gewesen war, aber immerhin eine gute Ausbildung bekommen hatte. Nina hatte außerdem erfahren, dass er eine Zeit lang Schlagzeug in einer Jazzband gespielt hatte und ein Star-Trek-Fan war.

Ichtings Mutter war hochgewachsen und hager, sodass sie ihren Mann überragte, von dem der Physiker offenbar seine eher schmächtige Statur geerbt hatte. Beide trugen dunkle Kleidung.

»Bitte kommen Sie doch herein«, sagte der Vater und führte sie in ein etwas altmodisch wirkendes Wohnzimmer. »Gerda, machst du den beiden einen Tee?«

»Frag sie doch erst mal, was sie wollen«, grummelte seine Frau. »Vielleicht mögen sie lieber Kaffee.«

»Tee ist fein«, sagte Paul, und Nina stimmte ihm zu.

»Zunächst möchte ich Ihnen mein herzliches Beileid aussprechen«, sagte sie, als die Frau mit einem Tablett ins Wohnzimmer kam. »Ich habe Ihren Sohn erst vor Kurzem kennengelernt, aber er wirkte auf mich wie ein sehr lebensfroher, hilfsbereiter und äußerst intelligenter Mann.«

»Das war er auch«, stimmte die Mutter zu. »Ich bin nach wie vor der Meinung, dass er sich nie und nimmer umgebracht hat!« Sie warf einen bedeutungsvollen Blick zu ihrem Mann. »Ganz egal, was in diesem komischen Brief steht.«

»Was für ein Brief?«, fragte Nina.

»Deshalb habe ich Sie hergebeten«, sagte der Vater. »Ich hoffe, Sie können uns helfen zu verstehen, was meinen Sohn zu seiner Tat getrieben hat.«

»Falls er den Brief wirklich geschrieben hat, was ich nicht glaube«, warf die Mutter ein.

Der Vater ignorierte den Einwand und holte einen Umschlag unter einem Buch auf dem Tisch hervor. Darin befand sich ein unterschriebener Computerausdruck:

Liebe Mama, lieber Papa,

wenn Ihr dies lest, lebe ich nicht mehr. Ihr werdet mir schon sehr bald in den Tod folgen, so wie die ganze Menschheit – etwas Besseres kann ich Euch leider nicht sagen.

Ich habe lange mit mir gerungen, ob ich Euch die Wahrheit offenbaren soll. Schließlich ändert es kaum etwas. Doch ich möchte, dass Ihr versteht, warum ich es nicht mehr ertrage, weiterzuleben. Ich muss die schwere Last, die auf meiner Seele liegt, mit jemandem teilen. Bitte verzeiht mir, dass ich Euch dies aufbürde – Euch, die Ihr mich immer vor allem Übel beschützt und mich aufrichtig geliebt habt, obwohl Ihr mich nie wirklich verstehen konntet.

Ich bin nie ein sehr emotionaler Mensch gewesen, doch es kostet mich enorme Kraft, dies niederzuschreiben, meine letzte Beichte. Ich bin des schlimmsten aller Verbrechen schuldig: Ich habe nicht nur die Zukunft der Menschheit zerstört, sondern die ganze Erde und alles Leben, das hier in vier Milliarden Jahren entstanden ist. Spinnen und Käfer, Elefanten und Wale, Rosen und Weinreben, Urwälder und Korallenriffe – nichts davon wird überleben, nicht einmal die Viren und Bakterien, gegen die wir schon so lange vergeblich kämpfen. Vielleicht war die Erde der einzige Ort in diesem kalten, leeren Universum, der solche Schönheit und Fülle hervorbrachte. An ihrer Stelle wird bald nur noch ein gewaltiges Loch in Raum und Zeit sein, ein unendlich tiefer Schlund, der zuerst Venus und Mars, dann den Asteroidengürtel, die restlichen Planeten und schließlich sogar die Sonne aufsaugt.

»Jetzt bin ich zum Tod geworden, Zerstörer der Welten«, soll Robert Oppenheimer gesagt haben, als die erste Atombombe explodierte. Es war ein Zitat aus der Bhagavad-Gita, der Heiligen Schrift der Hindus. Doch er hat den Text verfremdet. Im Original heißt es: kâlo 'smi lokakshayakrt pravrddho – Zeit bin Ich, Zerstörerin der Welten.

Oppenheimer hat sich später gegen seine Schöpfung gewandt und versucht, das atomare Wettrüsten zu stoppen. Vergeblich, wie wir wissen. Ich habe denselben Fehler gemacht wie er. Ich habe mit meiner Arbeit die Grundlage für etwas gelegt, das unsere Welt zerstören wird. Oppenheimer konnte in der Hoffnung sterben, dass die Menschheit trotz aller gegenteiliger Anzeichen vernünftig bleiben und es nicht zu einem globalen Atomkrieg kommen würde. Ich habe diesen Luxus nicht. Ich weiß, dass meine schlimmsten Befürchtungen wahr werden, dass alle Versuche, die Katastrophe aufzuhalten, fruchtlos sind, dass diejenigen, für die ich gearbeitet habe, in ihrer Hybris und Anmaßung, in ihrer blinden Gier nach Macht die letzte

Grenze überschreiten werden. Ich schreibe »werden«, denn das Ereignis liegt in naher Zukunft, und doch ist es bereits passiert, ein Faktum, ebenso unveränderlich wie die Vergangenheit.

Die Zeit erscheint uns im täglichen Leben wie etwas Absolutes. Sie fließt scheinbar gleichmäßig von der Zukunft über die Gegenwart zur Vergangenheit, unaufhaltsam, unbeeinflussbar. Doch schon seit über hundert Jahren wissen wir, dass diese intuitive Vorstellung falsch ist. Die Zeit ist wie der Raum relativ. Sie kann gekrümmt, gefaltet und auf sich selbst zurückgeführt werden. Ihr müsst mir das einfach glauben – wie die meisten Menschen habt Ihr nicht die Möglichkeit, die Mathematik dahinter zu verstehen.

Als ich vor drei Jahren den Auftrag annahm, an dem neuen, geheimen Hochenergieexperiment KALA in den USA mitzuarbeiten, dachte ich, ich würde der Welt etwas Gutes tun. Ich glaubte, den Fortschritt der Menschheit voranzutreiben, indem ich an der Entwicklung einer neuen, umweltfreundlichen Energiequelle mitarbeitete. Doch wie so viele andere auch habe ich mich getäuscht.

Neil Grafton hat das Projekt mit seinem Familienvermögen, dem Geld der Aktionäre seiner Firma und nicht unbeträchtlichen Mitteln aus dem Militärhaushalt der Vereinigten Staaten finanziert. Er besitzt eine große Überzeugungskraft, denn auch ich ging ihm auf den Leim. Doch während meiner Arbeit erkannte ich den wahren Zweck der Anlage, an der wir bauten: Graftons Ziel ist es, ein stabiles Wurmloch zu erzeugen – einen Tunnel durch Raum und Zeit, das, was man in Science-Fiction-Filmen eine Zeitmaschine nennen würde. Er wird dieses Ziel erreichen, auch wenn ich das lange für unmöglich gehalten habe. Ich habe die theoretischen Grundlagen dafür erarbeitet. Ich war nicht der Einzige, und vielleicht hätten sie es irgendwann auch ohne mich geschafft. Doch ich war dabei, ich habe entscheidende Beiträge zu unserem Untergang geleistet, davon kann ich mich nicht frei machen.

Nicht, dass ich es nicht zu verhindern versucht hätte. Ich habe die Gefahr erkannt und Grafton davor gewarnt, sein Vorhaben umzusetzen. Eine Singularität zu schaffen heißt, sich mit dem Universum selbst anzulegen. Ein solches Monster ist niemals kontrollierbar. Doch er hat nicht auf mich gehört. Deshalb habe ich meine Arbeit an dem Projekt beendet und bin nach Deutschland zurückgekehrt.

Lange habe ich mich mit dem Gedanken getröstet, dass er es nicht schaffen wird, dass es noch viel zu viele ungelöste Probleme gibt. Doch dann erhielt ich eine E-Mail von einem Physiker namens Gerd Bussmann, der mich zum Nachdenken brachte. Ich erkannte, dass das Grafton-Projekt genau die Art von physikalischer Falle sein könnte, von der er schrieb, und dass wir vielleicht nicht die erste Spezies sind, die dort hineintappt. Also habe ich mir die Mathematik eines solchen Gebildes noch einmal genau angeschaut, um herauszufinden, was bei seiner Entstehung passieren könnte. Dabei entdeckte ich, dass es kurz vor Entstehung der eigentlichen katastrophalen Singularität aufgrund gewisser quantenmechanischer Effekte zu Anomalien kommen kann, vergleichbar den Verästelungen eines einschlagenden Blitzes – Nebentunneln, zeitlich und örtlich eng begrenzt, durch die Materie in die Vergangenheit transportiert und somit die Kausalität lokal außer Kraft gesetzt werden kann.

Ich begann zu recherchieren, nach solchen Vorboten der Apokalypse zu suchen. Es dauerte nicht lange, bis ich fündig wurde: in Onlineforen und Blogs, in Zeitungsartikeln, in Datenbanken.

Am 10. September geschah auf der A7 nahe Kassel ein mysteriöser Unfall. Ein Wagen fuhr gegen die Leitplanke, stellte sich quer, andere Fahrzeuge krachten hinein. Die Fahrerin des Wagens und ihr dreijähriges Kind waren sofort tot, es gab ein halbes Dutzend Verletzte. Mehrere Augenzeugen berichteten übereinstimmend, der

Wagen sei »aus dem Nichts« aufgetaucht. Ein Mann aus Lüneburg schrieb in einem Forum, ein Polizist sei bei ihm aufgetaucht und hätte ihm mitgeteilt, seine Frau und sein kleiner Sohn seien tot, während beide nebenan in der Küche waren. Ich habe mit dem Mann und dem Polizisten telefoniert. Das verunglückte Auto trug das Nummernschild seines Wagens, der unversehrt in der Garage stand. Der Polizist sagte, die Nummer des Personalausweises, der laut Unfallprotokoll bei der toten Fahrerin gefunden wurde, habe mit dem Ausweis der Frau aus Lüneburg übereingestimmt. Er glaubte an einen Computerfehler. Doch ich weiß, dass es keiner war: Die Frau wurde mitsamt ihrem Auto in die Vergangenheit geschleudert, durch ein Ereignis, das in naher Zukunft stattfinden muss, denn das tote Kind im Wagen war kaum älter als das lebendige.

Diesen einen unerklärlichen Unfall könnte man vielleicht als skurrile Begebenheit abtun, als Einzelfall, als eine Art kompliziertes Missverständnis vielleicht. Doch es gab weitere Vorfälle, die aufzulisten ich Euch erspare. Glaubt mir einfach, wenn ich Euch sage: Das Ende aller Zeiten steht kurz bevor, und es ist unaufhaltsam, denn Zukunft und Vergangenheit sind untrennbar verbunden, und das letzte Ereignis wirft seine Schatten längst voraus.

Ich habe dieses Ereignis nicht allein ausgelöst, vielleicht bin ich nicht einmal der Hauptschuldige. Aber fest steht: Wenn ich nicht daran mitgearbeitet hätte, wäre es nicht eingetreten, jedenfalls noch nicht.

Ich weiß, der Ausweg, den ich wähle, ist feige. Ich habe Selbstmord immer für etwas Dummes gehalten, unmoralisch, egoistisch, kaltherzig gegenüber den Hinterbliebenen. Doch ich habe nicht die Kraft, abzuwarten, bis die Katastrophe, die ich heraufbeschworen habe, tatsächlich eintritt. Ich kann keinen Tag länger mit der Last leben, dass ich es war, der zu diesem Ende beigetragen hat. Und ich bringe nicht die Kraft auf, Euch all dies persönlich zu erzählen, Euch ins Gesicht zu sagen, dass Ihr durch meine Schuld in Kürze sterben werdet. So mache ich mich nun still und heimlich aus dem Staub.

Mir bleibt nur, Euch, meine geliebten Eltern, um Vergebung zu bitten.

Hans

Das Papier zitterte in Ninas Hand. Ichtings Eltern sahen sie stumm an. Sie schluckte.

»Ich ... ich weiß nicht, was ich sagen soll«, brachte sie heraus.

»Sie glauben doch nicht etwa, dass Hans das geschrieben hat?«, sagte die Mutter. »Nie und nimmer würde mein Junge so etwas tun!«

Der Vater wandte sich an Paul. »Sie sind doch Physiker. Können Sie mir erklären, was das soll? War mein Sohn womöglich geisteskrank?«

»Rolf!«, rief die Mutter scharf.

»Ist das die Unterschrift Ihres Sohnes?«, fragte Paul mit erstaunlich ruhiger Stimme.

»Ja, ich glaube schon.«

»Das sind nur vier Buchstaben«, wandte die Mutter ein. »Kinderleicht zu fälschen.«

»Warum sollte jemand so einen Brief fälschen?«, fragte der Vater.

»Um von dem Mord abzulenken natürlich.«

»Mit so einer fantastischen Geschichte? Das erscheint mir nicht gerade plausibel.«

»Was weiß denn ich, wie ein Mörder denkt! Ich sage noch mal, wir müssen zur Polizei gehen!«

»Vielleicht sollten Sie das tun«, meinte Paul. »Aber ich fürchte, Ihr Mann hat recht, Frau Ichting. Dieser Brief ist höchstwahrscheinlich echt.«

»Dann glauben Sie auch, dass Hans wahnsinnig war?«, fragte die Mutter scharf.

»Nein. Nein, er war ganz sicher nicht wahnsinnig. Im Gegenteil. Ich befürchte, was Ihr Sohn schreibt, stimmt.«

»Das ist nicht Ihr Ernst!«, rief der Vater. »Sie wollen uns erzählen, dass bald die Welt untergeht, und unser Sohn ist daran schuld?«

»Ehrlich gesagt weiß ich nicht, was passieren wird. Aber was in dem Brief steht, stimmt: Dieser Unfall, von dem er schreibt, war nicht das einzige seltsame Ereignis. Wir wissen von einem Vorfall in den USA, bei dem eine Frau lebendig neben ihrer eigenen Leiche stand. Wir wissen von einem abgestürzten Flugzeug, in dem eine Zeitung aus der Zukunft gefunden wurde. Und wir wissen sogar, wann das Experiment stattfinden wird, das all diese Vorfälle verursacht.«

»Und wann soll das sein?«

»Diesen Donnerstag«, antwortete Nina. »In weniger als drei Tagen.«

52

T-02:23:02 »Das Projekt heißt KALA.« Bernardino fuhr sich nervös durchs Haar und sah Sparrow an, als befürchte er, schon zu viel gesagt zu haben. Als dieser schwieg, fuhr er fort: »Er hat uns erzählt, das sei eine Abkürzung für Kinetic Apex Linear Accelerator in Anlehnung an die Kielfeldbeschleunigung, die dabei zum Einsatz kommt und bei der die beschleunigten Teilchen auf einer Art Gipfel kinetischer Energie reiten und dadurch immer schneller werden.«

»Wer ist ›er‹?«, fragte seine Frau.

»Neil Grafton. Das Projekt war und ist sein persönliches Baby. Er hat einen wesentlichen Teil seines Familienvermögens da reingesteckt und einen Großteil der Finanzkraft von Allied Industries. Ich glaube, das Militär hat auch investiert. Wahrscheinlich denken die, sie bekommen was noch viel Stärkeres als die Atombombe.«

»Damit könnten sie recht haben«, sagte Sparrow düster.

Bernardino überging die Bemerkung. »Uns hat er erzählt, es ginge um eine neue Energiequelle, tausendmal ertragreicher als Atomkraft, ohne schädliche Rückstände, ohne Risiko. Ich war skeptisch, aber dass Hans Ichting zum Team der leitenden Wissenschaftler gehörte, hat mich überzeugt, mitzumachen. Erst später habe ich erkannt, dass die Abkürzung des etwas ungelenken Projektnamens kein Zufall war: Kala ist in der indischen Mythologie die personifizierte Zeit.«

»Die Zeit?«, fragte der Reverend. »Soll das heißen, Sie haben an einer Art Zeitmaschine gearbeitet?«

Bernardino lachte nervös. »Das klingt ziemlich albern, oder? Ich habe die Idee mit dem stabilen Wurmloch von Anfang an für Unsinn gehalten. Aber mir konnte es ja eigentlich egal sein, was genau der Zweck der Anlage war. Mein Job war es, die Kühlsysteme für die gewaltigen supraleitenden Magneten zu entwerfen.«

»Wo genau liegt diese Anlage?«, fragte Sparrow, der sich weniger für die physikalischen Details interessierte als für die Frage, was man tun konnte, um den Irrsinn noch zu stoppen.

»Südöstlich von Farmington, ungefähr zweieinhalb Stunden mit dem Auto von hier, in der Nähe der Interstate 550. Offiziell befindet sich dort eine Solarenergieanlage von Allied Industries. Falls Sie in die Nähe der Anlage kämen, würden Sie tatsächlich nur ein riesiges Kollektorenfeld sehen mit einem unauffälligen quadratischen Gebäude in der Mitte. Der größte Teil der Anlage ist unterirdisch – ein vier Kilometer langer Tunnel, der zwei gegenläufige Kielfeldbeschleuniger enthält, mit einem großen Stabilisatorenring in der Mitte. Das ist der einzige Teil des Experiments, der teilweise über den Boden hinausragt – genau die Stelle, an der beim Aufeinanderprallen der beiden entgegengesetzten Teilchenstrahlen die maximale Energie erzeugt wird.«

»Gibt es eine Möglichkeit, unbemerkt in die Anlage zu kommen?«

»Was wollen Sie tun? James Bond spielen? Vergessen Sie's! Grafton ist kein irrer Dr. No, der allein gegen den Rest der Welt kämpft. Er hat nicht nur Milliarden im Rücken, sondern auch die US-Regierung, das Militär, NSA, CIA und was weiß ich wen noch. Von außen mag die Anlage harmlos aussehen, aber sie ist besser gesichert als Fort Knox. Da kommen Sie nicht rein, und selbst wenn, Sie könnten nichts ausrichten.«

»Gibt es keinen wunden Punkt?«

Bernardino zog die Stirn kraus. »Doch«, sagte er nach einer halben Minute. »Doch, den gibt es: die Stromleitungen. KALA hat einen ziemlich gewaltigen Energieverbrauch. Schon allein die Magneten benötigen über hundert Megawatt. Deshalb wurde die Anlage nur ein paar Meilen entfernt von einer der Hauptenergieadern des Landes gebaut, drei parallelen 345-Kilovolt-Leitungen, die vom Morgan-Lake-Kohlekraftwerk ausgehend fast ganz New Mexico mit Strom versorgen. Wenn Sie diese Leitungen unterbrechen, liegt die Anlage lahm.«

»Sind diese Stromleitungen denn nicht gesichert?«, wollte der Reverend wissen.

»Das sind Überlandleitungen, die über Hunderte von Meilen quer durch die Wüste verlaufen. Die kann man nicht effektiv gegen Sabotage schützen, und es kommt auch immer mal wieder vor, dass Eis und Schnee oder ein Erdbeben Masten umknicken lassen. Deshalb gibt es eine Art schnelle Eingreiftruppe, die eine Leitungsunterbrechung überbrückt, bis die Hauptleitungen vollständig repariert sind. Also, wenn Sie da irgendeine terroristische Aktion planen oder Sabotage oder so was, dann wirkt das vielleicht für einen halben Tag, bevor die Anlage wieder ans Netz gehen kann.«

»Das würde vielleicht reichen«, meinte Sparrow.

»Wieso das?«, fragte Bernardino. »Was nützt es denn, wenn Sie dieses Experiment um ein paar Stunden verschieben?«

»Wir wissen ziemlich genau, wann das Ereignis passiert, das Mrs Messantes Leiche in die Vergangenheit befördert. Wenn wir die Anlage genau zu dieser Zeit lahmlegen, können wir es verhindern.«

»Glauben Sie das wirklich?« Bernardino zog eine Augenbraue hoch. »Denken Sie mal nach: Das Ereignis mag in der Zukunft liegen, aber wenn all das stimmt, was Sie mir hier erzählen, dann haben wir seine Auswirkungen bereits gespürt. Es ist also de facto schon passiert. Und etwas, das passiert ist, kann man nicht mehr verhindern, ganz egal, wie raffiniert Sie dabei vorgehen.«

Sparrow rieb sich die Schläfen. Er bekam Kopfschmerzen, wenn er über die Absurditäten nachdachte, die mit Mrs Messantes Leiche und den doppelten Gegenständen verknüpft waren.

»Wir Menschen mögen nicht in der Lage sein, das Unausweichliche aufzuhalten«, warf der Priester ein. »Gott aber kann das sehr wohl.«

Bernardino lachte spöttisch. »Wenn das so einfach ist, müssen Sie ja nur die Hände falten und beten, Reverend. Allerdings frage ich mich dann, warum Ihr Möchtegern-Rambo hier in mein Haus einbricht, meine Frau und meine Kinder zu Tode erschreckt und mir vertrauliche Informationen zu diesem Projekt abpresst. Und kommen Sie mir jetzt bitte nicht mit diesem Gottes-Wege-sind-unergründlich-Scheiß!«

»Ralph!«, rief seine Frau empört.

»Schon gut, Mrs Bernardino«, sagte der Reverend. »Ich kann die Zweifel Ihres Mannes sehr gut verstehen. Ich war selbst kurz davor, meine Robe an den Nagel zu hängen, weil ich an Gott gezweifelt habe. Doch Er hat mir mehr als einmal gezeigt, dass es immer noch Grund zur Hoffnung gibt, selbst wenn die Lage ausweglos erscheint. Allerdings heißt das nicht, wir sollten bloß rumsitzen und darauf warten, dass Er schon alles für uns richten wird. Gott zeigt uns Wege auf. Gehen müssen wir sie selber.«

53

T-03:00:30 Schweigend fuhren sie durch die einsetzende Dämmerung. Auch am Abend war die Autobahn im Ruhrgebiet noch voll. Menschen auf dem Weg nach Hause oder zur Spätschicht, Lkws, die Waren oder Rohstoffe von A nach B transportierten – wie Ameisen wuselten sie hin und her, führten ihre Aufträge aus oder jagten irgendwelchen Träumen und Hoffnungen nach, ohne zu ahnen, dass sie all das vergeblich taten, dass ihr Schicksal besiegelt war.

Mechanisch führte Nina die wenigen Bewegungen durch, die nötig waren, um das Auto Richtung Hamburg zu steuern: hin und wieder den Blinker setzen und das Lenkrad minimal bewegen, um die Spur zu wechseln, Gas geben, Gas zurücknehmen, manchmal kurz auf die Bremse treten, wenn irgendein Idiot vor ihr nach links ausscherte, ohne in den Rückspiegel zu gucken. Sie fühlte sich leer, emotionslos, so als sei sie einer dieser Autopiloten, die bereits ab Werk in immer mehr Autos eingebaut waren und das Fahrzeug vollkommen selbstständig steuern konnten, obwohl laut Straßenverkehrsordnung immer noch ein menschlicher Fahrer am Steuer sitzen musste.

Sie könnte das Steuer rumreißen, links gegen die Leitplanke knallen, eine Massenkarambolage auslösen. Es wäre nur eine minimale Bewegung dafür notwendig, und alles wäre vorbei. Doch ihr Überlebensinstinkt hielt sie davon ab.

Dieser animalische Teil von ihr wollte leben, wollte jede Sekunde nutzen, dachte nicht über die Zukunft nach.

Wie viel schlimmer musste sich Hans Ichting gefühlt haben. Nicht nur zu wissen, dass er in Kürze sterben würde und mit ihm alle, die er liebte, sondern auch, dass er schuld daran war – oder jedenfalls mit zum Untergang beigetragen hatte. Kein Zweifel, dass dieser Gedanke jeden noch so lebensfrohen Menschen in den Freitod treiben konnte. Sie war von Anfang an auf dem Holzweg gewesen, hatte sich in eine wilde Verschwörungstheorie hineingesteigert und dabei eine noch weit schrecklichere Wahrheit zutage gefördert.

»Es ist nicht gesagt, dass wirklich die Welt untergeht«, unternahm Paul einen weiteren Versuch, sie zu beruhigen.

Nina schwieg. Sie wusste nicht, was sie darauf antworten sollte, wollte nicht darüber nachdenken.

»Hans könnte sich geirrt haben«, fuhr Paul fort. »Er war brillant, kein Zweifel. Aber auch er hat sicher Fehler gemacht.«

Es klang für Nina wie das sprichwörtliche Pfeifen im Walde, um die Angst vor der Dunkelheit zu vertreiben. Paul tat ihr leid. Seine verzweifelten Versuche, mit ihr zu sprechen, hatten etwas Anrührendes. Ihr wurde schmerzhaft bewusst, dass sie ihn liebte. Tränen schossen ihr in die Augen und ließen die Rücklichter der Fahrzeuge vor ihr zu einem Meer aus tanzenden, rotglühenden Bällen verschwimmen. Instinktiv nahm sie den Fuß vom Gas. Ein Schluchzer entfuhr ihr.

»Da vorne ist ein Rastplatz«, sagte er. »Lass uns eine Pause machen.«

Sie nickte, setzte den Blinker, fuhr auf den Parkplatz, hielt abseits von ein paar Lkws.

Er legte einen Arm um sie, zog sie zu sich. Es tat gut, an seiner Schulter zu weinen.

»Vielleicht schafft es dieser John Sparrow ja, das Ereignis zu verhindern«, sagte Paul nach einer Weile.

Nina bewunderte ihn für seinen unerschütterlichen Optimismus. Doch ihr kritischer Verstand ließ es nicht zu, die Bemerkung unkommentiert zu lassen.

»Verstehst du denn nicht?«, fragte sie mit bebender Stimme. »Es ist schon passiert! All die Anzeichen ... die tote Frau, die Zeitung, dieser bizarre Unfall ... Wie die Verästelungen eines Blitzes, hat er geschrieben. Wir haben nur den Blitz selbst noch nicht gesehen. Aber wir wissen, er wird kommen. Das ist unausweichlich.«

»Vielleicht. Aber so sicher, wie du denkst, ist das nicht.« Er holte sein Smartphone hervor und öffnete eines der Fotos des Briefes, die er bei den Ichtings gemacht hatte. »Hier, da steht es: *Dabei entdeckte ich, dass es kurz vor Entstehung der eigentlichen Singularität aufgrund gewisser quantenmechanischer Effekte zu Anomalien kommen kann, vergleichbar den Verästelungen eines einschlagenden Blitzes – Nebentunneln, zeitlich und örtlich eng begrenzt, durch die Materie in die Vergangenheit transportiert und somit die Kausalität lokal außer Kraft gesetzt werden kann.* Entscheidend sind die letzten Worte dieses Satzes: Die Kausalität ist außer Kraft gesetzt. Das bedeutet, die normale Abfolge von Ursache und Wirkung gilt nicht mehr. Wenn das stimmt, können wir nicht mehr sicher sagen, dass ein bestimmtes Ereignis durch ein anderes ausgelöst wurde – oder werden wird.« Seine Stimme wurde druckvoller, so als spüre er neue Hoffnung. »In der Quantenmechanik gibt es ein paar seltsame Effekte. Teilchen entstehen in diesem Moment aus dem Nichts und verschwinden wieder, hier in diesem Auto. Das passiert permanent, überall. Wir merken davon nichts, weil die Teilchen so schnell wieder verschwinden, dass es keine Auswirkungen auf uns hat. Aber man kann das nachweisen mit dem sogenannten Casimir-Effekt. Entscheidend dabei ist, dass es keine Ursache gibt, keinen Auslöser dafür, dass die Teilchen erscheinen und wieder verschwinden. Es passiert einfach, weil es möglich ist.«

»Mag sein. Aber Autos und Leichen erscheinen deswegen noch lange nicht einfach so aus dem Nichts.«

»Normalerweise nicht. Aber wir haben es hier mit sehr ungewöhnlichen Phänomenen zu tun. Hans hat von einer Singularität geschrieben. Das ist ein Gebilde, für das die bekannten physikalischen Gesetze nicht mehr gelten. Es impliziert, dass die Auswirkungen prinzipiell unvorhersehbar sind.«

»Du glaubst wirklich, Hans Ichting, der geniale Physiker, den manche einen zweiten Einstein nennen, hat sich umsonst umgebracht?«

»Ja, das halte ich für möglich. Einstein hat sich schließlich auch hin und wieder geirrt. Er hatte in seine Formeln zum Beispiel eine Konstante eingebaut, die erklären sollte, warum sich das Universum nicht ausdehnt. Als dann später klar wurde, dass es einen Urknall gab und das Universum seitdem expandiert, hat er das als seine größte Eselei bezeichnet. Dabei hatte er von Anfang an recht: Es gibt diese Konstante wirklich. Also, wenn Einstein danebenliegen kann, dann auch Hans Ichting. Er mag genial gewesen sein, aber er war ein Mensch, und Menschen machen Fehler. Besonders, wenn sie in einer verzweifelten Lage sind und Angst ihr Denken bestimmt.«

Nina holte tief Luft. Sie verstand nicht alles, was Paul gesagt hatte, aber es klang, als wisse er, wovon er sprach. Dennoch konnte sie sich des Eindrucks nicht erwehren, dass vor allem Wunschdenken dahintersteckte. Der Physiker wollte einfach die Hoffnung nicht aufgeben. Dafür bewunderte sie ihn. Dafür liebte sie ihn. Plötzlich spürte sie den übermächtigen Drang, die Zeit, die ihnen noch blieb, so gut wie möglich zu nutzen.

»Ich habe keine Lust mehr weiterzufahren«, sagte sie. »Lass uns hier irgendwo übernachten.«

Sie fanden ein Hotel nahe der Autobahn. Und kaum hatten sie die Zimmertür hinter sich geschlossen, fielen sie übereinander her wie ausgehungerte Tiere. Später lagen sie nackt auf dem Bett, Arm in Arm, und Nina verspürte das erste Mal seit Jahren den Wunsch nach einer Zigarette.

»Ich liebe dich!«, sagte sie.

Paul drehte sich zu ihr um. »Ehrlich?«

Sie sah in seine hellblauen Augen. »Ehrlich!«

»Nina, dies ist eine Ausnahmesituation. Du hast heute einen Schock erlebt. Wir beide stehen unter extremem, emotionalem Stress. Ich werde dir erst glauben, dass du mich wirklich liebst, wenn du das wiederholst, und zwar diesen Freitag.«

Sie runzelte die Stirn.

»Und was sagst du?«, fragte sie.

»Was soll ich sagen?«

»Liebst du mich auch?«

Er grinste. »Das wirst du erst Freitag von mir hören.«

54

T-02:17:33 Victor kniete vor dem Altar, den Blick auf das Holzkreuz fixiert. Er versuchte, seinen Kopf zu leeren, die düsteren Gedanken zu vertreiben, wahre Andacht zu erreichen, doch es fiel ihm schwer. Wieder war er zu einer passiven Rolle verurteilt. Doch Gott hatte ihm heute gezeigt, dass er es Victor mitteilen würde, wenn er gebraucht wurde. Das Beste, was er in der Zwischenzeit tun konnte, war beten.

Nachdem es ihm gemeinsam mit Mrs Messante gelungen war, den Physiker zum Reden zu bringen, hatte er nicht mehr viel beitragen können. Er hatte gefragt, ob es nicht doch sinnvoll wäre, die Behörden zu informieren und sie zu veranlassen, dieses teuflische Experiment zu stoppen, doch sowohl Sparrow als auch Bernardino hatten ihm klargemacht, dass das viel zu lange dauern würde. Wer würde ihnen schon glauben, wenn selbst jemand, der direkt an dem Projekt beteiligt war, kaum zu überzeugen gewesen war? Ihre einzige Chance war es, dass Mr Sparrow es irgendwie schaffte, das verhängnisvolle Experiment zu verhindern und damit die Zukunft zu verändern.

Gott, steh ihm bei, betete Victor, und noch nie hatte er ein Gebet so ernst gemeint. *Dein Wille geschehe. Danke, dass Du ihn mir heute offenbart hast und ich ein kleiner Teil Deines Plans sein durfte. Wenn ich noch irgendetwas tun kann, dann ...*

Die Kirchentür öffnete sich, und ein unbekannter Mann

trat ein. Seine Haltung und die Art, wie er zielstrebig auf den Altar zuschritt, hatten etwas Militärisches, obwohl er unauffällige Zivilkleidung trug. Ein ungutes Gefühl befiel Victor bei diesem Anblick.

Er erhob sich. »Guten Abend. Willkommen in der Albuquerque Church of the Holy Revelation. Womit kann ich Ihnen dienen?«

»Sie können mir sagen, wo John Sparrow ist«, sagte der Mann.

Victor versuchte gar nicht erst, so zu tun, als wisse er nicht, von wem die Rede war.

»Darf ich erfahren, warum Sie das wissen möchten?«

»Mein Name ist Layton Morris. Ich bin Eigentümer von Morris Security Services. John ist einer meiner Mitarbeiter. Ich muss ihn dringend sprechen.«

»Und wie kommen Sie darauf, dass ich wüsste, wo er ist?«

»Er hat mir gesagt, er hat mit Ihnen gesprochen.«

Morris' Stimme war ruhig, doch Victor sah die eiserne Entschlossenheit in den Augen des Mannes.

Herr, gib mir Kraft. Er zog die Schultern nach hinten.

»Ihnen ist hoffentlich bekannt, dass alles, was zwischen einem Gläubigen und einem Priester besprochen wird, dem Beichtgeheimnis unterliegt.«

Morris' Augen verengten sich. »Er hat Ihnen also gebeichtet?«

»Mr Morris, ob Mr Sparrow mir etwas anvertraut hat, und wenn ja, was, darf und werde ich Ihnen nicht sagen. Es tut mir leid, aber ich kann Ihnen wirklich nicht weiterhelfen.«

Morris sah ihn einen Moment lang abschätzend an.

»Er hat mir erzählt, dass er mit Ihnen gesprochen hat, Reverend. Das müssen Sie also weder abstreiten noch bestätigen. Er hat mir von einer lebenden Leiche erzählt, die angeblich hier in der Kirche aufgetaucht ist.«

»Hier wurde eine Leiche gefunden, das ist richtig. Sie ähnelte verblüffend einer alten Dame aus unserer Gemeinde, die aber noch lebt. Es gibt dazu einen Zeitungsbericht im *Albuquerque Journal* sowie diverse Berichte im Internet. Einige Menschen glauben, es handle sich um ein Wunder Gottes.«

»Und Sie glauben das nicht, Reverend?«

»Ich maße mir kein vorschnelles Urteil an, schon gar nicht darüber, ob Gott ein Wunder gewirkt hat.«

»Wo ist diese Leiche jetzt?«

»Die Polizei hat sie abgeholt, um die Identität der Toten zu klären.«

»Aber Sie kennen diese Identität bereits, oder?«

»Wie ich schon sagte, sah sie einem unserer Gemeindemitglieder sehr ähnlich. Sie könnte ihre Zwillingsschwester gewesen sein. Mehr weiß ich darüber nicht.«

»Hat Ihnen John Sparrow etwas von einer Zeitung erzählt?«

Victor versuchte, jede Regung seines Gesichts zu unterdrücken. »Ich habe Ihnen bereits gesagt, dass jedes Wort, das zwischen einem Gläubigen und mir gesprochen wird, vertraulich ist. Wenn Sie wissen möchten, was Mr Sparrow mir erzählt hat, müssen Sie ihn selbst fragen.«

Morris machte einen Schritt nach vorn, sodass sie nur noch Zentimeter trennten. Er war etwas kleiner als Victor, sodass er zu ihm aufsehen musste. In seinen Augen lag kalte Wut.

»Reverend, ich mache Sie darauf aufmerksam, dass Sie mit Ihrem angeblichen Beichtgeheimnis einen Straftäter schützen«, sagte er ruhig. »Wenn ich John Sparrow nicht schnell finde, könnte das sehr unangenehme Konsequenzen für ihn haben – und für alle, die ihm geholfen haben.«

Victor erwiderte den Blick ruhig. »Gott allein ist es, der über die Konsequenzen unserer Taten entscheidet, Mr Morris.«

Morris sah ihn einen Moment lang kalt an, und Victor befürchtete schon, dass der Mann ein Messer ziehen und es ihm in den Bauch rammen würde. Doch er zuckte nur mit den Schultern, drehte sich wortlos um und verließ die Kirche.

Victor atmete erleichtert auf, obwohl er ahnte, dass dies nicht die letzte Begegnung mit Sparrows Auftraggeber gewesen war. Er kniete sich wieder vor den Altar, faltete die Hände, dankte Gott dafür, dass er ihm die Kraft gegeben hatte, standhaft zu bleiben, und betete mit noch mehr Inbrunst als zuvor dafür, dass er John Sparrow beistehen möge.

55

T-02:22:06 Es gab nicht viel Gutes, was man über Layton Morris sagen konnte, aber in Bezug auf Undercover-Einsätze hatte er Sparrow eine Menge beigebracht: wie man Tarnidentitäten erstellte, wie man sich vor den allgegenwärtigen Blicken öffentlicher Überwachungskameras verbarg und der Aufmerksamkeit diverser US-Behörden entging, wo man sich ein unauffälliges Fahrzeug besorgen konnte und wo illegale Waffen oder sogar Sprengstoff. Allerdings konnte Sparrow jetzt natürlich nicht mehr auf die Quellen zugreifen, die ihm Morris vermittelt hatte.

Nach dem Gespräch mit Bernardino hatte er sich sofort auf den Weg gemacht. Am liebsten wäre er so schnell wie möglich nach Farmington gefahren, um die Anlage, von der Bernardino gesprochen hatte, in Augenschein zu nehmen. Doch zunächst musste er einige Vorbereitungen treffen.

Das Wichtigste, wenn man eine Weile von der Bildfläche verschwinden wollte, war es, einen ausreichenden Vorrat an Bargeld zu besitzen. Elektronische Bezahlformen verboten sich von selbst, weil sie nicht nur Spuren hinterließen, sondern man mit ihrer Hilfe innerhalb von Sekunden den Aufenthaltsort des Zahlenden ermitteln konnte – jedenfalls, wenn man die richtigen Leute kannte. Zum Glück war Bargeld immer noch ein allgemein akzeptiertes Zahlungsmittel, obwohl die Regierung seit Jahren mit der Begründung, es werde überwiegend von Kriminellen genutzt, versuchte, den Gebrauch einzuschränken.

Morris hatte Sparrow geraten, zwei geheime Verstecke anzulegen, in denen jeweils mindestens fünftausend Dollar in kleinen Scheinen lagern sollten. Natürlich hatte Morris das Geld dafür nicht zur Verfügung gestellt, doch Sparrow hatte den Rat befolgt. Allerdings war er nicht paranoid genug gewesen, um eine Geldkassette an irgendeiner zufälligen Stelle in der Wüste zu vergraben, die er dann nur anhand der GPS-Koordinaten wiederfinden konnte. Stattdessen hatte er bei einer kleinen Bankfiliale in Los Lunas im Süden Albuquerques ein Schließfach gemietet, in dem tausendfünfhundert Dollar lagerten. Sie waren seine Notfallreserve, nicht so viel, wie von Morris gefordert, aber hoffentlich genug für den Moment.

Er holte also das Geld ab und fuhr mit Freddys Lieferwagen zu einem staubigen Motel nordöstlich der Stadt, an der Interstate 25 Richtung Santa Fe gelegen. Am Internetterminal in der Lobby gab er *Allied Industries Solaranlage* als Suchbegriff ein und erhielt Tausende Treffer. Erst als er zusätzlich *New Mexico* in das Suchfeld eingab, fand er den Hinweis, den er suchte: einen Onlineartikel über ein Solarfeld, das im letzten Jahr in der Nähe von Farmington errichtet worden war. In dem Artikel wurde darüber spekuliert, dass die Anlage als umweltpolitisches Feigenblatt dienen sollte, um die Firma, die hauptsächlich Kohle- und Atomkraftwerke betrieb, von dem Verdacht der Rücksichtslosigkeit gegenüber dem Klimawandel reinzuwaschen. Der Autor des Artikels wies darauf hin, dass die Anlage nur einen Bruchteil der Energie lieferte, die vom nur fünfzig Meilen entfernten Morgan-Lake-Kohlekraftwerk erzeugt wurde, das ebenfalls von Allied Industries betrieben wurde und dessen marode Rauchgasentschwefelungsanlage für das Geld, das die Solarpanels gekostet hatten, bequem hätte modernisiert werden können.

Google Maps verriet ihm die Koordinaten. Jetzt brauchte er nur noch eine Möglichkeit, die Stromleitung zumindest für einige Stunden zu unterbrechen.

Ihm fielen zwei Möglichkeiten dazu ein: einen Kurzschluss erzeugen oder einen oder mehrere Leitungsmasten zerstören. Die erste Variante ließ sich vermutlich leichter bewerkstelligen, doch das Problem war auch viel leichter zu beheben. Sparrow konnte nicht sicher sein, wie viel Zeit die Mitarbeiter von Allied Industries dafür brauchen würden, möglicherweise nur ein oder zwei Stunden, vielleicht weniger, wenn sie eine schnelle Eingreiftruppe in der Nähe hatten. Das hieß, dass Sparrow einen Kurzschluss unmittelbar vor dem Zeitpunkt des Ereignisses erzeugen musste, am hellen Tag. Das Risiko erschien ihm deutlich zu hoch.

Blieb noch die zweite Möglichkeit. Sparrow wusste, wie man Überlandleitungen zu Fall brachte – Sabotage feindlicher Infrastruktur hatte zu seinem militärischen Ausbildungsprogramm gehört. Gemacht hatte er das allerdings noch nie. Immerhin wusste er, was man dafür benötigte, und zum Glück auch, wo er es bekommen konnte, ohne dass Morris davon Wind bekam. Das Problem war allerdings, dass ihm nur noch zwei Tage Zeit blieben – verdammt knapp für ein hochgradig illegales Geschäft.

Er verließ das Motel, bis er sicher war, außerhalb der Hörweite des Personals und der anderen Gäste zu sein. Aufgeschreckt huschte eine kleine Echse, die reglos auf einem Stein gesessen hatte, davon. Er sah ihr nach, wie sie sich unter einen vertrockneten Busch flüchtete, die instinktive Reaktion eines Tieres, das in einer Welt lebte, die es nicht verstand. Einer Welt, die womöglich in weniger als drei Tagen aufhören würde, zu existieren.

Plötzlich befielen ihn Zweifel. Reagierte er nicht genauso planlos wie diese Echse? War sein verzweifeltes Aufbegehren gegen das Unausweichliche denn etwas anderes als ein primitiver, in der heutigen Zeit nutzloser Überlebensinstinkt? Glaubte er wirklich, ganz allein gegen Leute wie Neil Grafton etwas ausrichten zu können? Und selbst wenn es ihm gelingen sollte, dieses Experiment um ein paar Stunden zu verzögern, was änderte das?

Bernardinos Worte hallten in ihm wider: *Denken Sie doch mal nach: Das Ereignis mag in der Zukunft liegen, aber wenn all das stimmt, was Sie mir hier erzählen, haben wir seine Auswirkungen bereits gespürt. Es ist also de facto schon passiert. Und etwas, das passiert ist, kann man nicht mehr verhindern.*

Wir Menschen mögen nicht in der Lage sein, das Unausweichliche aufzuhalten, hatte der Priester darauf geantwortet. *Gott aber kann das sehr wohl.* Doch wo war dieser angeblich allmächtige und gütige Gott gewesen, als Alexandra ihre vernichtende Diagnose erhalten hatte? Wo war er, als die Taliban Sparrows Kameraden hingerichtet hatten? Und war es nicht genau derselbe Gott, in dessen Namen die Islamisten ihre grausamen Verbrechen begingen?

Er schüttelte den Kopf. Nein, kein Gott würde ihm helfen, so viel stand fest. Der Reverend klammerte sich angesichts des Unfassbaren verzweifelt an seinen Glauben an ein übernatürliches Wesen, eine ebenso instinktive Reaktion wie die der Echse, sich unter einem Busch zu verstecken. Er, Sparrow, hatte einen Fehler gemacht, als er sich Morris widersetzt hatte. Wenn Donnerstag die Welt unterging, konnte er ebenso wenig dagegen tun wie das Reptil, das dort vorsichtig aus dem Gebüsch herausspähte und ihn misstrauisch beäugte. Und falls sie doch nicht unterging, hatte er Alexandra unnötig in Gefahr gebracht. Er hatte sich von seiner Wut auf Morris blenden lassen. Die einzige Möglichkeit, diesen Fehler zu korrigieren und zumindest das Schlimmste abzuwenden, bestand darin, aufzugeben und sich zu stellen.

Er war gerade dabei, die Nummer seines Auftraggebers in Freddys Smartphone einzutippen, als es plötzlich klingelte. Erschrocken starrte er auf das Ding in seiner Hand. War das etwa Morris? Hatte er irgendwie diese Nummer herausbekommen, vielleicht Freddy aufgespürt und ihn unter Druck gesetzt? Es würde seine Situation deutlich verschlechtern, wenn nicht er es war, der sich stellte. Doch das Display zeigte eine lange, ausländische Rufnummer.

Er nahm ab. »Ja?«

»Mr Sparrow, hier ist Nina Bornholm. Ich habe etwas über das Projekt herausgefunden, an dem Hans Ichting gearbeitet hat. Es ist tatsächlich von Neil Grafton initiiert worden. Ich kenne keine Details, aber ich habe einen Namen: KALA.«

»Ich weiß. Ich habe bereits mit Professor Bernardino gesprochen. Er hat denselben Namen genannt.«

»Da ist noch etwas, das Sie wissen sollten. Ich habe mich getäuscht: Hans Ichting wurde nicht ermordet. Er hat Selbstmord begangen. In einem Abschiedsbrief an seine Eltern steht, er glaube, den Weltuntergang verursacht zu haben. Es ... es gab noch mehr rätselhafte Ereignisse wie die, von denen Sie mir erzählt haben – Tote, die unvermittelt aus dem Nichts auftauchen. Seiner Meinung nach waren das Vorboten der kommenden Katastrophe.« Er hörte ein leises Schniefen, bevor sie mit belegter Stimme fortfuhr: »Sie müssen diese Leute stoppen, Mr Sparrow!«

Er seufzte. »Ich glaube ehrlich gesagt nicht, dass ich irgendetwas tun kann, Mrs Bornholm.«

Ein kurzes Zögern.

»Ich verstehe. Ich weiß, es sieht so aus, als wäre das Ereignis nicht mehr aufzuhalten. Aber Paul ... mein Freund, der Physiker ... er glaubt, wir können nicht sicher wissen, was geschehen wird. Dieses KALA-Experiment scheint die Kausalität aufzuheben. Es ist also im Prinzip möglich, dass das Ereignis nicht passiert, obwohl einige der Auswirkungen bereits eingetreten sind.«

»Wenn das so ist, warum hat Ichting sich dann umgebracht?«

»Paul sagt, er hat sich möglicherweise geirrt.«

»Geirrt? Sagten Sie nicht, er war ein zweiter Einstein?«

»Bitte, Mr Sparrow, tun Sie, was immer Sie können, um diese Leute aufzuhalten. Sie sind die einzige Hoffnung, die wir haben!«

Instinktives Verleugnen der Wahrheit, Wunschdenken, die Flucht in Hollywood-Fantasien, in denen ein einsamer Held in letzter Sekunde die Welt rettete ... Das war alles, was ihnen noch blieb: nutzlose Träumereien.

»Es ... tut mir leid, Mrs Bornholm. Ich muss jetzt Schluss machen. Auf Wiederhören.«

Er legte auf. Er musste jetzt realistisch bleiben, auch wenn es sich nicht richtig anfühlte. Er hatte mit seinem missglückten Alleingang schon genug Unheil angerichtet. Und doch ...

Eine Bewegung weckte seine Aufmerksamkeit. Die kleine Echse wagte sich aus der Sicherheit des Buschs hervor, um sich wieder in der Sonne zu wärmen. Ihr etwa handlanger Körper war dunkelgrau und von hellen, gelblichen Längsstreifen durchzogen. Sie drehte den Kopf. Er konnte ihre winzigen, schwarzen Augen erkennen, die ihn reglos musterten, als versuche sie, zu ergründen, ob er eine Gefahr darstellte. Bei ihrem Anblick ergriff ihn plötzlich Ehrfurcht. Echsen wie diese hatten schon in der Wüste New Mexicos gelebt, lange bevor der erste Mensch hierhergekommen war. Welches Recht hatten Menschen, sich über diese Schöpfung zu erheben, ob sie nun von einem Gott geschaffen worden oder zufällig entstanden war?

Der Gedanke gab ihm neue Kraft, und seine Zweifel lösten sich auf. Die Chance mochte gering sein, dass es ihm tatsächlich gelingen würde, die Katastrophe zu stoppen. Aber er würde es versuchen. Es ging nicht nur um ihn und seine Tochter. Es ging nicht einmal nur um die Menschheit, die in ihrer maßlosen Arroganz und Machtgier Kräfte heraufbeschwor, die sie nicht kontrollieren konnte. Es ging um die Zukunft jedes kleinen, vermeintlich unbedeutenden Lebewesens, jedes Reptils und Käfers und jeder Spinne, die selbst die karge Wüste lebendig machten.

Er löschte die eingegebenen Ziffern und tippte stattdessen eine Nummer aus seinem Notizbuch ein, die dort neben dem Kürzel *C. D.* notiert war. Er hatte sie schon seit Jahren nicht mehr angerufen und konnte nur hoffen, dass sie noch stimmte.

Möglicherweise hing die Zukunft allen Lebens auf der Erde davon ab.

56

T-02:18:44 »Komm wieder ins Bett!«, rief Paul schläfrig.

Nina ignorierte ihn. Sie stand in dem kleinen Bad des Hotelzimmers und starrte auf das Display ihres Handys, während sie überlegte, Sparrow noch einmal anzurufen. Doch das hatte wohl wenig Sinn. Er hatte nicht so geklungen, als ob er irgendetwas unternehmen würde, und ihr fiel nicht ein, was sie noch sagen konnte, um ihn umzustimmen. Vielleicht hatte er sogar nie vorgehabt, gegen Grafton vorzugehen. Vielleicht war sein Anruf nur eine Finte gewesen, ein Versuch, sie aus der Deckung zu locken und herauszufinden, was sie wusste. Das war allemal plausibler als seine vermeintliche Wandlung vom Handlanger Graftons zum Retter der Menschheit. Wieder mal war ihr ihre eigene Naivität in die Quere gekommen.

Aber was hätte sie sonst tun sollen? Wenn Ichting recht hatte, war ohnehin nichts mehr zu retten. Und wenn Pauls Vermutung stimmte und es doch noch Hoffnung gab, war Sparrow ihre einzige Chance. Es sei denn ...

Die Uhr des Smartphones zeigte halb zwei Uhr morgens. Nach ihrem Verzweiflungssex war Paul rasch eingeschlafen, doch sie hatte kein Auge zubekommen. Schließlich hatte sie es nicht mehr ausgehalten und sich ins Bad zurückgezogen, um Sparrow anzurufen. Vergeblich, wie sie nun wusste. Aber vielleicht gab es noch eine letzte Chance.

»Komm«, sagte sie. »Wir müssen weiter.«

»Was, jetzt?«, maulte er. »Weißt du, wie spät es ist?«

»Schlafen kannst du ab Freitag«, sagte sie barsch.

»Was ist denn? Mit wem hast du telefoniert?«

»Mit John Sparrow.«

»Und?«

»Er hat gesagt, er kann nichts tun.«

»Okay.«

»Okay? Was ist daran okay?«

»Nichts. Aber wir können es nicht ändern, oder? Also komm wieder ins Bett und lass uns die Zeit genießen. Wenn wir in fünfzig Jahren gemeinsam auf die Tage zurückblicken, als wir uns kennenlernten, will ich, dass wir uns vor allem an diese Nacht erinnern, als wir verängstigt und hoffnungslos waren und den besten Sex unseres Lebens hatten.«

Pauls Versuch, sie aufzuheitern, rührte sie, und einen Moment spielte sie mit dem Gedanken, seinem Drängen nachzugeben. Doch dieselbe eigensinnige und sture Nina, die ihre Ersparnisse für einen nutzlosen Flug nach Albuquerque verschleudert hatte, um einer albernen Verschwörungstheorie nachzujagen, weigerte sich nun, aufzugeben und sich in ihr Schicksal zu fügen. Nicht, bevor sie nicht einen allerletzten Versuch unternommen hatte.

»Wenn am Freitag die Welt noch existiert, kannst du so viel Sex haben, dass du drei Tage nicht mehr gehen kannst«, sagte sie.

»Versprochen?«

»Versprochen. Aber jetzt komm, wir müssen los.«

»Wohin denn?«

»Nach Hamburg.«

»Und da?«

»Zu meiner Freundin beim *Reflektor*. Vielleicht kann ich sie überreden, einen Bericht über die Sache zu veröffentlichen.«

»Und was soll das bringen?«

»Wenn in einem angesehenen Online-Magazin steht, dass Donnerstag womöglich die Welt untergeht, weil irgendwelche Idioten ein hochgefährliches Experiment durchführen, dürfte das vielleicht irgendwen wachrütteln, meinst du nicht?«

»Ich weiß nicht. Und du denkst, die bringen so was, bloß weil du die Freundin dieser Redakteurin bist?«

»Wir müssen eben sehr überzeugend sein.«

Acht Stunden später saß Nina gemeinsam mit Paul müde, aber wenigstens frisch geduscht im Konferenzraum des *Reflektor*-Gebäudes am Hamburger Hafen. Ihnen gegenüber saßen Christin, Mike, der Politikredakteur, sowie ein grauhaariger Mann mit Hornbrille, den Christin als Kai aus der Wissenschaftsredaktion vorgestellt hatte.

»Also war es doch kein Mord«, sagte Christin.

»Nein«, bestätigte Nina. »In dem Punkt habe ich mich geirrt. Aber die Wahrheit ist noch weit schlimmer.«

Mike legte die Kopie des Abschiedsbriefes von Hans Ichting beiseite und wandte sich an seinen Kollegen. »Was meinst du, Kai?«

»Ich bin Physiker, kein Psychologe«, sagte dieser und tippte auf seine eigene Kopie des Briefes. »Aber wenn ich eine Vermutung anstellen müsste, würde ich auf paranoide Schizophrenie tippen. Keine Seltenheit bei außergewöhnlich intelligenten Menschen. Mir fällt da spontan Ted Kaczynski ein, der Una-Bomber. Hatte einen IQ von 170, hat auch geglaubt, die Wissenschaftler würden den Untergang der Menschheit heraufbeschwören. Hat sich in eine Hütte im Wald zurückgezogen und von dort aus Briefbomben an führende Computerexperten und Unternehmer verschickt. Nur weil sein eigener Bruder seinen Schreibstil erkannt und ihn verraten hat, ist er schließlich gefasst worden. Wie sagt man so schön: Wahnsinn und Genie gehen Hand in Hand.«

»Sie glauben wirklich, Hans war verrückt?«, rief Paul zornig.

»Eine passendere Erklärung habe ich nicht«, gab der Redakteur kühl zurück.

»Aber was er geschrieben hat, ist doch wahr!«, wandte Nina ein. »Es gibt diese unerklärlichen Phänomene: die Frau, die neben ihrer eigenen Leiche stand, die Zeitung aus der Zukunft, diesen Unfall bei Kassel …«

»Frau Bornholm, die Welt ist leider voller Fake News«, schaltete Mike sich ein. »Sie beruhen meist auf Halbwahrheiten, die durch wilde Spekulationen und abstruse Behauptungen ergänzt werden. Es ist heute mehr denn je Aufgabe von uns Journalisten, dem etwas entgegenzusetzen, und zwar Fakten. Die Fakten hinter der angeblich wiederauferstandenen Frau sind ein YouTube-Video, auf dem kaum etwas zu erkennen ist, ein Auftritt einer hysterischen religiösen Fanatikerin im US-Frühstücksfernsehen und ein ironischer Bericht in einer Lokalzeitung, die das Ganze offenbar für einen Scherz hält. Diese Zeitung aus der Zukunft wäre natürlich ein toller Beweis, nur dummerweise hat sie nie jemand gesehen außer Ihrem ominösen Mr Sparrow, einem gedungenen Söldner, der Sie misshandelt hat.«

»Sieht für mich fast nach Stockholm-Syndrom aus«, warf der Wissenschaftsredakteur ein, was ihm einen giftigen Blick von Nina und Christin einbrachte.

»Und was ist mit dem Unfall, den Hans erwähnte?«, fragte Paul.

»Darüber wissen wir bis jetzt nur, was in dem Brief steht, den ein verzweifelter Mann kurz vor seinem Freitod geschrieben hat«, sagte der Glatzkopf. »Aber das können wir immerhin überprüfen.«

»Aber die Zeit haben wir nicht!«, rief Nina. »Das Experiment findet schon übermorgen statt!«

»Ja klar«, sagte der Wissenschaftsredakteur. »Haben Sie eigentlich eine Ahnung, wie viele Leute schon behauptet haben, sie wüssten genau, wann die Welt untergehen wird? Darüber habe ich schon Ende 2012 einen Artikel geschrieben, als dieser Schwachsinn mit der angeblichen Maya-Prophezeiung grassierte und die Hysterie auf einem Höhepunkt war. Und das war weiß Gott nicht das erste Mal, dass Weltuntergangspartys stattfanden. Glauben Sie mir, das Ende der Welt ist schon so oft verschoben worden, da können Sie ganz beruhigt noch ein paar Apfelbäumchen pflanzen, und Sie werden auch noch deren Äpfel ernten, das verspreche ich Ihnen.«

»Heißt das, Sie können nichts darüber bringen?«, fragte Nina.

»Das heißt es nicht«, widersprach Mike. »Wir haben immerhin den Abschiedsbrief. Wir können daraus eine Geschichte über den tragischen Freitod eines Physikers machen, der angesichts der Risiken seiner Arbeit mit der Last seiner Verantwortung nicht mehr leben konnte. Allerdings müssen wir noch klären, ob wir den Brief überhaupt ohne Einwilligung der Eltern zitieren dürfen. Immerhin berühren wir hier deren Persönlichkeitsrechte ebenso wie die ihres Sohnes, und ein übergeordnetes öffentliches Interesse ist nicht unbedingt erkennbar.«

»Sie wollen Hans als eine gescheiterte Existenz hinstellen, eine tragische Figur, genial, aber am Ende auch wahnsinnig«, sagte Paul. Seine Stimme bebte vor Zorn. »Aber Sie kapieren nicht, dass er die Wahrheit geschrieben hat. Er mag sich darin geirrt haben, dass das Ereignis unaufhaltsam ist. Aber er hat sich nicht in den Konsequenzen geirrt, wenn es tatsächlich stattfindet. Ist Ihnen denn nicht klar, dass Sie die Einzigen sind, die noch etwas tun können, um eine Katastrophe zu verhindern?«

»Sie kapieren hier etwas nicht, Mr Breaker«, widersprach der Wissenschaftsredakteur. »Ich kann ja verstehen, dass Sie Ihren Freund in Schutz nehmen. Ich habe selber Physik studiert, und ich habe Ichting auch immer bewundert – er war einer der wenigen deutschen Wissenschaftler von Weltrang. Aber deswegen sind seine absurden Behauptungen über eine Singularität und die Aufhebung der Kausalität noch lange nicht wahr. Allein die Idee, ein Wurmloch zu schaffen, um damit durch die Zeit zu reisen, ist Blödsinn. Das mag für einen Science-Fiction-Roman taugen, aber in der Realität funktioniert es schlicht und ergreifend nicht. Allein die Energie, die dafür notwendig wäre, sprengt jeden Rahmen.«

Nina wandte sich an Mike. »Als ich vor ein paar Tagen hier war, haben Sie versprochen, der Sache nachzugehen und Nachforschungen anzustellen, woran Ichting gearbeitet hat. Haben Sie schon irgendetwas herausgefunden?«

»Nicht wirklich«, erwiderte der Redakteur. »Dazwischen lag das Wochenende, und das ist natürlich nicht das einzige Thema, an dem wir hier arbeiten. Ich konnte lediglich die Vermutung bestätigen, dass in den USA am Bau einer geheimen Beschleunigungsanlage gearbeitet wird und dass Neil Grafton einer der Initiatoren des Projekts zu sein scheint.«

»Also haben wir ein weiteres Faktum«, kam Christin Nina zu Hilfe. »Ichting kannte Bernardino offensichtlich, und er hat wirklich für Grafton gearbeitet. Das Projekt KALA, das in dem Brief erwähnt wird, ist real, ebenso die brutale Entführung von Nina. Irgendeine Schweinerei läuft da, das ist doch wohl klar.«

»Mag sein«, stimmte Mike zu. »Aber es heißt noch lange nicht, dass die da eine Doomsday-Maschine bauen. Dass die US-Geheimdienste nicht gerade zimperlich mit aufdringlichen Journalisten umgehen, wissen wir nur zu gut.«

»Vielleicht wurde Ichting aufgrund seiner paranoiden Schizophrenie aus dem Projekt geworfen«, spekulierte der grauhaarige Wissenschaftsredakteur.

»Ach ja? Und welche Belege haben Sie für Hans' angebliche Geisteskrankheit?«, fragte Paul giftig. »Wie war das noch gleich mit Fakten, Fakten, Fakten?«

»Wir wissen immerhin, dass er sich umgebracht hat«, verteidigte sich der Grauhaarige. »Ein geistig gesunder Mensch tut so etwas normalerweise nicht.«

»Ich würde sagen, ein bevorstehender Weltuntergang fällt nicht unter ›normalerweise‹«, konterte Paul.

»Sie haben recht, Mutmaßungen über Ichtings Geisteszustand bringen uns nicht weiter«, schaltete Mike sich ein. »Aber haltlose Spekulationen über den bevorstehenden Weltuntergang ebenso wenig. Bisher haben wir so gut wie nichts, was diese These unterstützt, außer unbewiesenen Behauptungen und einer wilden Verschwörungstheorie.«

»Und wir haben einige überzeugende Fakten, die dagegen sprechen«, ergänzte der Wissenschaftsredakteur. »Als da wären: die physikalische Unmöglichkeit, ein Wurmloch zu erzeugen, geschweige denn, damit Leichen, Zeitungen oder sonst was in die Vergangenheit zu befördern, sowie die gut dokumentierte Tatsache, dass jedes Jahr Dutzende neue

Weltuntergangstheorien auftauchen, die alle mit irgendwelchen Indizien belegt werden und auch das genaue Datum des letzten Tages kennen, von denen aber noch nie eine wahr geworden ist.«

»Da hat er wohl leider recht«, sagte Christin. »Tut mir leid, Nina.«

Sie nickte. »Ich verstehe. Okay. Danke, dass ihr uns wenigstens zugehört habt. Komm, Paul.«

»Ich bringe euch noch zum Ausgang«, bot Christin an.

»Dieser arrogante Wichser«, schimpfte Paul, nachdem die beiden Redakteure den Konferenzraum verlassen hatten.

»Kai ist manchmal ein bisschen ruppig, aber er ist einer der klügsten Köpfe in unserer Redaktion«, widersprach Christin. »Er hat schon eine Menge Falschmeldungen von Wissenschaftlern und Politikern aufgedeckt und ist ein Meister darin, falsche Schlussfolgerungen aufgrund von irgendwelchen Statistiken zu entlarven. Er ist nun mal ein Skeptiker, das wird man in unserem Beruf fast automatisch. Aber er meint es nicht böse.«

»Ich wünschte, er hätte recht«, sagte Nina. »Ich wünschte es wirklich.«

57

T-02:11:08 Wie üblich waren die Bahnsteige der U-Bahn-Station Nijubashimae im Zentrum Tokios am späten Nachmittag rappelvoll. Akito Watanabe spürte, wie sein hellblaues Uniformhemd vom Schweiß immer feuchter wurde. Er kam schnell ins Schwitzen, besonders in solchem Gedränge. Das hatte auch mit seiner Körperfülle zu tun, die ihm allerdings bei diesem Gelegenheitsjob auch gute Dienste leistete, denn er war ein Oshiya, ein »Drücker«, der zu Stoßzeiten die zuletzt einsteigenden Pendler in die überfüllten Züge stopfte, damit sich die Türen schließen ließen.

Akito mochte den Job nicht besonders, aber er brauchte das Geld. Er war eigentlich eher ein Einzelgänger und fühlte sich in Menschenmengen nicht sonderlich wohl. Er saß gerne in seinem winzigen Zimmer in einem heruntergekommenen Mietshaus anderthalb Stunden außerhalb des Tokioter Stadtzentrums und widmete sich seinem Hobby, dem Shodō, der japanischen Form der Kalligraphie. Die Harmonie, die aus der Bedeutung und der äußeren Form der Wörter entstand, beruhigte und entspannte ihn. Viele hatten ihm schon gesagt, dass seine Schriftzeichen eine große Dynamik und Ausdruckskraft besäßen, und ihn ermutigt, sie einmal öffentlich auszustellen. Doch Akito war solche Aufmerksamkeit unangenehm. Er malte nicht für ein Publikum, er malte für sich selbst. Shodō war wie ein meditatives Zwiegespräch mit seinem tiefsten Inneren, das er mit seinen Gedanken nicht direkt erreichen konnte.

Er sah auf die Anzeige. Noch drei Minuten, bis der nächste Zug der Chiyoda-Linie eintraf, die vom Bahnhof Kita-Ayase im Norden bis nach Yoyogi-Uehara im Westen führte. Drei Minuten, in denen noch mehr Menschen aus den umliegenden Hochhäusern hierher auf die ohnehin schon übervollen Bahnsteige strömten. Die meisten Menschen hatten ausdruckslose Gesichter und nahmen das Gedränge mit stoischer Gelassenheit hin. Wenn man in der Innenstadt Tokios arbeitete, musste man sich daran gewöhnen.

Ein dumpfer Knall ließ die Menschen zusammenzucken und die Köpfe drehen. Auch Akito sah sich erschrocken um, bemühte sich aber, gelassen zu wirken. In einer kritischen Situation achteten die Menschen vor allem auf das Verhalten der Bahnbediensteten, das hatten sie Akito im Einführungslehrgang beigebracht. Die größte Gefahr in einer U-Bahn-Station ging nicht von Taschendieben, betrunkenen Schlägern oder den berüchtigten Perversen aus, die das Gedränge nutzten, um Frauen unsittlich zu berühren, nicht einmal von Feuer oder einem Sprengstoffanschlag. Das schlimmste Szenario war eine Massenpanik während der Hauptverkehrszeit, und diese konnte schon durch einen nichtigen Anlass wie eine harmlose Rempelei ausgelöst werden. Ruhe und Besonnenheit waren daher die erste Pflicht in jeder unvorhergesehenen Situation.

Als Akito und seine Kollegen ruhig blieben, legte sich die Anspannung in der Menge etwas. Das Geräusch eines herannahenden Zuges war zu hören. Akito drehte den Kopf in Richtung des Tunnels. Doch als der Zug in die Station rollte, sah er sofort, dass etwas nicht stimmte. Die Bahn fuhr viel zu langsam, und der vorderste Wagen blieb in der Mitte des Bahnsteigs stehen, mehrere Meter von Akito entfernt, sodass ein Teil des Zuges noch im Tunnel steckte. Auch öffneten sich die Türen nicht automatisch. Es musste sich um einen Stromausfall handeln.

Menschen drückten trotzdem gegen die Eingänge, starrten ins Innere des Zuges. Schreie gellten, Unruhe entstand, dann ein Tumult, als diejenigen, die vom vorderen Teil des Bahnsteigs in Richtung des Zuges strömten, auf andere trafen, die mit aufgerissenen Augen in die Gegenrichtung drückten. Wildes Geschrei ertönte. Akito glaubte, die Worte »tot« und »Giftgas« zu hören.

Ruhe bewahren, ermahnte er sich selbst. Vor seinem geistigen Auge erschienen die Schriftzeichen für das Wort *Shizukesa*, Gelassenheit, und er stellte sich vor, wie er sie mit raschen Schwüngen seines Pinsels malte.

Nun strömten immer mehr Menschen zu den Ausgängen. Ein dichtes Gedränge entstand, als sie auf diejenigen trafen, die von der Arbeit kamen und mit dem Zug nach Hause fahren wollten. Akito wusste, dass er nichts tun konnte, um die Situation zu verbessern – herumzubrüllen oder zu versuchen, die verängstigten Menschen aufzuhalten, war sinnlos. Also suchte er in der Menge nach Menschen, die vielleicht Hilfe brauchten. Er erblickte eine alte Frau, die mit großen, verwunderten Augen dastand, während sie von den fliehenden Menschen angerempelt wurde. Wenn sie umfiel, was jeden Moment geschehen konnte, würde sie womöglich totgetrampelt werden.

Rasch bahnte er sich einen Weg und stellte sich mit seiner Körperfülle schützend vor sie.

»Bitte verlassen Sie den Bahnsteig«, sagte er ruhig.

»Was ... was ist denn passiert?«, fragte die Frau.

Akito hatte keine Ahnung.

»Ein technisches Problem«, behauptete er. »Kein Grund zur Sorge. Bitte gehen Sie ruhig nach oben.«

Die Schreie um ihn herum wurden immer lauter. Jemand rempelte ihn von hinten an. Akito spürte, wie die Panik der anderen auf ihn übergriff. Er brauchte all seine Willenskraft, um sie niederzukämpfen. Schließlich wandte er sich in Richtung des Zuges um. Vielleicht brauchten die Passagiere Hilfe.

Immer noch strömten Menschen von den Treppen zu den Gleisen, schienen nicht zu begreifen, dass diejenigen, die ihnen entgegenkamen, vor irgendetwas flohen. Manche liefen zu dem Zug, drückten vergeblich auf den Türknopf, blickten ins Innere des Waggons, rissen die Augen auf und rannten in die Gegenrichtung.

Einer von Akitos Kollegen, ein älterer Mann namens Hiroto, stand kreidebleich neben einer der verschlossenen Eingangstüren.

»Was ist denn los?«, fragte Akito über das Geschrei der Leute hinweg.

Hiroto antwortete nicht. Er sah aus, als würde er gleich ohnmächtig.

Also bahnte sich Akito einen Weg zum Zug und warf einen Blick durch eines der Fenster. Die Wagenbeleuchtung war ausgefallen, sodass man das Innere nur undeutlich erkennen konnte. Im Waggon waren nur wenige Menschen, was für diese Zeit äußerst ungewöhnlich war. Niemand stand. Alle saßen oder lagen auf den Bänken. Eine junge Frau lehnte am Fenster und starrte ihn an, Mund und Augen aufgerissen, als sei sie erstaunt.

Geschockt zuckte Akito zurück. Sie waren alle tot!

Er war erst sechs gewesen, als die Ōmu-Shinrikyō-Sekte 1995 ihre Giftgasanschläge auf die Tokioter U-Bahn verübt und dreizehn Menschen getötet sowie über tausend verletzt hatte. Trotzdem kannte er natürlich die Geschichte, so wie jeder U-Bahn-Angestellte. Die Assoziation lag nahe: U-Bahn-Waggons voller Toter ohne erkennbare äußere Verletzungen. Doch es gab auch Umstände, die nicht ins Bild eines Giftgasangriffs passten: der Knall, der Stromausfall und die Tatsache, dass alle Insassen der Bahn nahezu gleichzeitig gestorben zu sein schienen. Offenbar hatte niemand die Notbremse gezogen oder versucht, ein Fenster einzuschlagen. Es wirkte, als seien sie völlig überrascht worden.

Akito, der seit seiner Kindheit ein Fan der Mangaserie *Detektiv Conan* war, wurde plötzlich ganz ruhig. Während um ihn herum noch immer das Chaos tobte, versuchte er, die Fakten mit einer logischen Erklärung in Einklang zu bringen. Was er sah, schien ihm am besten zu einem plötzlichen, sehr starken Stromschlag zu passen, der gleichzeitig sämtliche Waggons der Bahn erfasst und die Menschen auf ihren Sitzen wie auf elektrischen Stühlen hingerichtet hatte. Er verstand allerdings zu wenig von Elektrotechnik, um zu beurteilen, ob so etwas überhaupt möglich war.

Allmählich leerten sich die Bahnsteige. Akito ging weiter am Zug entlang, wobei er darauf achtete, das Metall der Waggons nicht zu berühren. Vielleicht hatten Menschen im hinteren Zugteil überlebt und waren dort eingeschlossen.

Doch als er den Anfang des Tunnels erreichte, erlebte er einen zweiten Schock: Der Wagen am Ende des Zuges, nur ein paar Schritte tief im Tunnel, stand schräg, und er war nur etwa halb so lang wie ein normaler U-Bahn-Waggon, denn die hintere Hälfte fehlte einfach.

Angetrieben von einem seltsamen Wissensdrang und ohne sich um die warnenden Rufe seiner Kollegen zu kümmern, stieg Akito vom Bahnsteig herab auf das Gleisbett und lief in den Tunnel. Da er keine Taschenlampe dabeihatte, konnte er nicht viele Details erkennen. Doch es war offensichtlich, dass die hintere Hälfte des Zuges mit einem glatten Schnitt sauber abgetrennt worden war, als hätte ihn jemand mit einem riesigen, ultrascharfen Katana zerteilt. Vom hinteren Zugteil fehlte jede Spur.

Fassungslos starrte er auf die Szene, bis ihn jemand an der Schulter packte und ihn in unfreundlichem Tonfall aufforderte, zur Befragung mitzukommen.

Während er im Polizeirevier darauf wartete, vernommen zu werden, kritzelte er wieder und wieder mit Kugelschreiber die Kanji-Symbole für das Wort Hakai – Zerstörung.

58

T-02:00:26 Sparrow marschierte den staubigen Weg entlang, der zum Eingang des Haupthauses der Ranch führte, die ein Dutzend Meilen abseits der Interstate 25 auf halbem Weg zwischen Albuquerque und El Paso lag. Als er noch zwanzig Meter entfernt war, öffnete sich die Tür, und ein breitschultriger Mann mit sonnenbrauner Haut, kurz geschorenem Haar und Tattoos auf Unterarmen und Hals trat grinsend heraus. Hinter ihm lugten schüchtern zwei Kinder aus der Tür – ein etwa sechsjähriger Junge und ein zwei oder drei Jahre älteres Mädchen.

»John!«, rief David Fisher, umarmte Sparrow und klopfte ihm auf die Schulter. »Bist alt geworden, Mann!«

»Und du siehst aus, als würdest du hier draußen vor Langeweile sterben«, gab er zurück.

»Das stimmt. Das Einzige, das man hier abknallen kann, sind Kojoten, und die dummen Viecher schießen nicht mal zurück.«

Trotz seines Äußeren und seiner martialischen Sprüche kannte Sparrow seinen früheren Kameraden als sanften, nachdenklichen Mann, der lieber zweimal überlegte, ehe er die Waffe hob, auch wenn er es schon in Afghanistan mit den Dienstvorschriften nicht immer so genau genommen hatte. Der Eindruck bestätigte sich in der zärtlichen Art, wie er seinen Kindern den Kopf tätschelte.

»Erinnert ihr euch noch an Onkel John? Nein, ihr wart noch zu klein, als er das letzte Mal hier war. Jimmy hat noch in die Windeln gemacht.«

»Hab ich gar nicht!«, protestierte der Junge.

»Hast du wohl!«, neckte ihn das Mädchen. »Ich hab's ja gesehen!«

»John! Wie schön!« Fishers Frau Daisy erschien jetzt und umarmte Sparrow. Obwohl sie fülliger geworden war, als er sie in Erinnerung hatte, sah sie blendend aus.

»Komm doch rein«, sagte Fisher. »Was gibt es denn so Wichtiges, dass du es nicht am Telefon besprechen wolltest?«

Sparrow warf einen Blick auf die Kinder. »Können wir irgendwo ungestört reden?«

»Klar, komm mit.« Er führte Sparrow zu einer Scheune, in der Futter für die Rinder lagerte. Der Duft von Heu, gemischt mit dem Aroma von Staub und trockenem, in der Sonne glühendem Holz, weckte Kindheitserinnerungen.

»Bist du noch im Geschäft?«, fragte Sparrow ohne Umschweife.

»Du meinst, Waffenschmuggel? Denkst du etwa, ich könnte bei den heutigen Milch- und Fleischpreisen allein von der Viehzucht leben? Was brauchst du?«

»C4.«

Fisher starrte ihn einen Augenblick ernst an.

»Wen zum Teufel willst du in die Luft jagen, John? Du mischst doch jetzt nicht in den Bandenkriegen mit, oder? Damit will ich nichts zu tun haben. Hab keinen Bock, dass irgendwer einen Rachefeldzug gegen mich startet, weil du seinen Onkel umgebracht hast und sie den Sprengstoff zu mir zurückverfolgen. Ein Maschinengewehr jederzeit. Von mir aus auch 'ne Bazooka. Aber C4 ist nicht meine Baustelle.«

»Keine Angst, ich will niemand töten. Ich muss nur für ein paar Stunden eine Stromleitung lahmlegen.«

»Du willst einen Blackout erzeugen? Warum?«

Sparrow sah ihn ruhig an. »Vertrau mir, Dave. Es würde zu lange dauern, dir zu erklären, worum es geht, und wenn ich es täte, würdest du mich für verrückt erklären. Aber ich verspreche dir, ich werde niemanden zu Schaden kommen lassen. Ich muss nur verhindern, dass ein paar Leute einen ziemlich großen Bockmist bauen.«

»Indem du ein paar Strommasten fällst? Was denkst du, wie lange es dauert, bis die das repariert haben? Einen Tag, vielleicht zwei?«

»Ich brauche nur ein paar Stunden.«

»Scheiße. Mir gefällt das nicht. Wenn ihr irgendeinen großen Raubüberfall plant ...«

»Kein Raubüberfall.« Sparrow seufzte. »Also schön, ich erzähle dir, worum es geht. Es gibt eine geheime Forschungseinrichtung, die von Allied Industries betrieben wird. Dort planen sie ...«

»Allied Industries? Warum sagst du das nicht gleich? Nachdem die vor drei Jahren unseren lokalen Energieanbieter gekauft hatten, haben diese Arschlöcher mir von einem Tag auf den anderen die Strompreise fast verdoppelt, und jetzt soll ich auch noch für die Erneuerung der Leitungen bezahlen! Die wissen genau, dass ich hier draußen keine Alternative habe, und nutzen das schamlos aus. Von mir aus kannst du deren Konzernzentrale gleich mit in die Luft jagen!«

»Du hilfst mir also?«

»Klar.«

»Das Problem ist nur, ich brauche das Zeug schnell.«

»Wie schnell?«

»Bis morgen.«

Fisher runzelte die Stirn. »Hm. Das könnte knapp werden. Aber ich versuch es. Was denkst du, wie viel du brauchst?«

»Zwei Kilo wären gut. Und zehn Detonatoren mit Timern.«

»Okay. Ich muss ein bisschen telefonieren.«

»Es gibt noch ein Problem. Ich habe nicht genug Bargeld, um dich sofort zu bezahlen.«

»Wie viel hast du denn?«

»Knapp tausendfünfhundert Dollar.«

»Das reicht locker. Jedenfalls für den John-Sparrow-Sonder-Freundschaftspreis. Tu mir nur den Gefallen und jag dich nicht selber in die Luft, okay?«

»Keine Angst.«

»Okay. Ich fahr kurz zum Telefonieren. Du kannst so lange schon mal mit Daisy und den Kindern den Grill anwerfen.«

»Soll ich mitkommen?«

»Besser nicht. Meine Partner mögen es nicht, wenn jemand zuhört, während wir sprechen.«

Nachdem sein Freund weggefahren war, ging Sparrow in die Küche. Daisy bot ihm eine Limonade an, doch sie wirkte kühl.

»Ich dachte, du kommst uns einfach so besuchen«, sagte sie. »Wusste nicht, dass ihr Geschäfte macht.«

»Tut mir leid, Daisy. Aber glaub mir, ich wäre nicht hergekommen, wenn es nicht absolut notwendig wäre.«

Sie sah ihn an, und Tränen glitzerten in ihren Augen. »Als ... als du gekommen bist, hab ich für einen Moment gedacht, du kannst ihn ... du kannst ihn vielleicht dazu bringen, dass er damit aufhört. Auf dich hätte er bestimmt gehört. Diese ... diese *Geschäfte* werden ihn irgendwann umbringen. Das weiß ich einfach.«

Sparrow blickte beschämt auf sein Limonadenglas. Bis jetzt war ihm gar nicht in den Sinn gekommen, dass er seinen Freund in Schwierigkeiten bringen könnte. Corporal David Fisher hatte schon bei der Army mit allem Möglichen gedealt – Medikamente, Ersatzteile, Munition und Treibstoff hatten auf der Liste der Dinge gestanden, die er kurzfristig besorgen konnte. Er hatte es mit seinen zahllosen Kontakten irgendwie geschafft, die Lücken im ineffizienten Nachschubsystem der Army zu schließen und davon zu profitieren. Sparrow hatte nicht alles gefallen, was er machte, aber Fisher war einer der zuverlässigsten und mutigsten Kämpfer in seiner Einheit gewesen, außerdem ein cleverer Taktiker, dessen Ideen ihnen mehr als einmal wichtige Vorteile im Kampfeinsatz gebracht hatten. Deshalb hatten selbst seine Vorgesetzten diese nicht ganz legalen Aktivitäten gedeckt.

Nach der Entlassung hatten sie lockeren Kontakt gehalten, sich ein paar Mal gesehen. Sparrow war sogar Trauzeuge bei der Hochzeit mit Daisy gewesen. Er hatte nicht gewusst, dass sie die Waffengeschäfte ihres Mannes missbilligte.

Der Herr verlangt von uns allen Opfer, John.

»Daisy, ich … ich schwöre dir …«

»Hör auf damit. Ich will keine Ausflüchte hören. Versprich mir nur, dass du ihn aus der Schusslinie hältst, wenn die Sache schiefgeht.«

Sparrow nickte. »Ich verspreche es.«

Etwa eine Stunde später kam sein Freund zurück. Sparrow fing ihn ab, als er aus dem Wagen stieg.

»Geht klar«, sagte Fisher. »Ein Kurier kommt morgen Vormittag. Wir treffen ihn in El Paso. Du übernachtest natürlich bei uns.«

»Ich weiß nicht, ob das Daisy recht wäre …«

»Heult sie schon wieder rum, weil sie Angst hat, dass mich irgendwelche Drogendealer umbringen? Du solltest sie hören, wie sie jammert, wenn das Geschäft nicht so gut läuft und wir die Rechnungen nicht bezahlen können.«

»Wenn das hier vorbei ist, werde ich versuchen, dir zu helfen«, sagte Sparrow, ohne die geringste Idee zu haben, wie er dieses Versprechen einlösen sollte.

Fisher schüttelte den Kopf. »Lass mal. Du hast deine eigenen Sorgen, John. Wie geht es Alexandra eigentlich?«

Sparrows Blick verdüsterte sich. »Wie immer«, sagte er nur.

»Hat … hat diese Sache was mit ihr zu tun?«

»Indirekt.«

»Dann wünsche ich dir umso mehr Glück, Mann!«

Sie gingen ins Haus.

»John übernachtet heute hier«, sagte Fisher beiläufig.

Daisy protestierte zwar nicht, warf ihm aber einen kühlen Blick zu.

59

T-02:05:15 Die Türklingel läutete. Überrascht sah Victor auf die Uhr: halb sieben am Morgen. Es kam selten vor, dass ihn jemand zu Hause besuchte, und schon gar nicht um diese Zeit. Er war bereits länger wach, hatte auf dem Bett gelegen und gebetet. Rasch streifte er sich die Priesterrobe über und blickte durch den Türspion. Eine ungute Ahnung befiel ihn, als er die zwei Männer vor der Tür sah.

Herr, steh mir bei, bat er, bevor er die Tür öffnete.

»Reverend Victor Kessler?«, fragte einer der beiden.

»Ja?«

Der Mann hielt ihm eine Dienstmarke vor die Nase.

»Special Agent James Miller, Federal Bureau of Investigation. Ich muss Sie bitten, mit uns zu kommen.«

»Darf ich fragen, worum es geht?«

»Wir müssen Sie als Zeugen befragen.«

»In welcher Angelegenheit?«

»Kommen Sie bitte mit, Reverend. Sie werden keines Vergehens beschuldigt, aber Sie sind ein wichtiger Zeuge in einer Sache, die die nationale Sicherheit betrifft. Sollten Sie sich weigern, mit uns zu kommen, werden wir eine gerichtliche Vorladung erwirken.«

Victor seufzte. »Schon gut. Das ist nicht nötig.«

Er folgte den beiden zu einem unauffälligen Wagen. Einer der Männer setzte sich ans Steuer, der andere platzierte sich neben Victor auf dem Rücksitz, als wolle er einen möglichen Fluchtversuch verhindern. Schweigend fuhren sie zu einem flachen Bürogebäude in der Stadt. Das Wappen des FBIs prangte neben dem Eingang. Wenigstens erwies sich Victors Sorge, die Männer könnten von Morris beauftragte Schergen mit gefälschten Dienstausweisen sein, als unbegründet.

Er wurde in einen kleinen, fensterlosen Besprechungsraum geführt. Einer der Männer verließ den Raum, der andere blieb bei ihm, sagte jedoch nichts. Nach ein paar Minuten öffnete sich die Tür erneut, und ein untersetzter Mann mit Schweißflecken unter den Achseln trat ein.

»Special Agent in Charge Simon Krassnick«, stellte er sich vor. »Danke, dass Sie gekommen sind, Reverend.«

»Hatte ich denn eine Wahl?«

»Sie sind Zeuge, kein Verdächtiger. Aber wir hätten Sie zur Befragung vorgeladen, wenn Sie nicht freiwillig mit den Kollegen gekommen wären. Insofern haben Sie recht.«

»Worum geht es denn eigentlich?«

»Kennen Sie einen John Sparrow?«

»Ja. Was ist mit ihm?«

»Reverend, wir kommen schneller voran, wenn Sie einfach meine Fragen beantworten. Wann haben Sie zuletzt mit ihm gesprochen?«

Victor zögerte nur einen Sekundenbruchteil. »Am Sonntag. Er kam zu mir in die Kirche.«

»Was wollte er?«

»Er hat die Beichte abgelegt.« Victor verschränkte die Arme vor der Brust.

Krassnick musterte ihn einen Moment schweigend. Dann nickte er.

»Reverend, wir haben Hinweise darauf, dass Sparrow einen

Anschlag auf eine Einrichtung plant, die von großer Bedeutung für die Sicherheit der Vereinigten Staaten ist.«

»Für die Sicherheit?«, fragte Victor in sarkastischem Tonfall.

Krassnick runzelte die Stirn. »Sie wissen, von welcher Einrichtung ich rede?«

»Mr Krassnick, alles, was ich weiß, ist, dass ich in meiner Kirche eine Leiche gefunden habe. Und zwar die Leiche einer Frau, die noch lebt. Bei der Leiche wurden Gegenstände gefunden, die beweisen, dass es sich tatsächlich um dieselbe Person handelt. Und ich habe *Hinweise* darauf, dass es noch mehr solcher rätselhafter Vorfälle gibt.«

Krassnick überging den Sarkasmus. »Was für Hinweise?«

»Nichts, was ich Ihnen sagen könnte. Nur so viel: In dieser Einrichtung, von der Sie sprechen, wird gerade ein Experiment vorbereitet, das möglicherweise den Weltuntergang verursachen wird. Und zwar übermorgen, um genau 11.45 Uhr.«

Krassnick zog eine Augenbraue hoch. »Können Sie das bitte näher erläutern?«

»Ich bin kein Physiker. Aber offenbar ist es möglich, so etwas wie einen Tunnel durch die Zeit zu erzeugen. Genau das versuchen die Wissenschaftler in Ihrer sogenannten Einrichtung. Doch dieses Experiment wird außer Kontrolle geraten. Obwohl es erst in naher Zukunft stattfindet, spüren wir die Auswirkungen bereits heute.«

»Sie wollen mir erzählen, dass eine Leiche aus der Zukunft in die Vergangenheit transportiert wurde? Mit einer Zeitmaschine?«

»Ich bin Priester, Mr Krassnick. Alles, was ich weiß, ist, dass es Leute gibt, die glauben, an der Schöpfung herumpfuschen zu können, und damit eine Katastrophe auslösen werden.

Möglicherweise steht die Wiederkunft Christi tatsächlich kurz bevor, wie es meine Gemeindeschwester Angela Smith behauptet. Ich weiß es nicht. Aber ich glaube nicht, dass dieses KALA-Experiment Gottes Wille ist. Es muss gestoppt werden, bevor es zu spät ist!«

»Hat John Sparrow Ihnen dieses Märchen erzählt?«

»Haben Sie nicht zugehört? *Ich* habe die Leiche gefunden. *Ich* habe mit der lebendigen Mrs Messante gesprochen. *Ich* habe ihren doppelten Ehering gesehen, die zwei Führerscheine, die beiden Geldscheine mit identischer Seriennummer!«

Krassnicks Gesicht verfinsterte sich. »Wollen Sie damit sagen, dass Sie es waren, der Sparrow beauftragt hat, einen Anschlag gegen eine staatliche Einrichtung zu verüben? Weil Sie glauben, dass Armageddon bevorsteht?«

»Ich habe niemanden mit irgendetwas beauftragt.«

»Wo ist John Sparrow jetzt?«

»Das weiß ich nicht.«

»Was hat er Ihnen über seine Pläne gesagt?«

»Was Mr Sparrow und ich besprochen haben, bleibt zwischen uns und Gott.«

»Sie verweigern die Aussage und berufen sich dabei auf das Beichtgeheimnis?«

»Ja, das tue ich.«

»Ich verstehe. Gut, Reverend, Sie können gehen. Wenn Sie möchten, fährt Sie einer unserer Mitarbeiter zurück zu Ihrer Wohnung.«

»Danke, das ist nicht nötig.«

Victor stand auf und wandte sich zum Gehen. An der Tür drehte er sich noch einmal zu dem FBI-Mann um.

»Mr Krassnick?«

»Ja?«

»Ich weiß nicht, was man Ihnen erzählt hat. Aber John Sparrow ist kein Terrorist. Er versucht, eine Katastrophe zu verhindern. Überprüfen Sie meine Aussage. Reden Sie mit Consuela Messante, der alten Dame, deren Leiche unvermittelt auftauchte, obwohl sie noch lebt. Lassen Sie sich das Portemonnaie zeigen, das bei ihrer Leiche gefunden wurde und dem, das sie immer noch täglich bei sich trägt, aufs Haar gleicht, und die beiden Zehndollarnoten mit identischen Seriennummern. Dann finden Sie raus, was es mit dem von Neil Grafton durchgeführten Projekt KALA auf sich hat. Und wenn Ihnen irgendetwas an der Zukunft dieses Landes liegt, Mr Krassnick, dann *stoppen Sie es!* Sie haben dafür noch etwas mehr als achtundvierzig Stunden Zeit.«

Krassnick blickte ihn stumm an, als überlege er, ob er Victor wirklich gehen lassen oder ihn lieber gleich in die geschlossene Psychiatrie einweisen lassen sollte.

Victor verließ das Gebäude und marschierte zur nächsten Bushaltestelle. Ob seine Ansprache irgendetwas bewirkt hatte, bezweifelte er. Aber vielleicht hatte Gott ja auch für Special Agent in Charge Krassnick eine Rolle in seinen Plänen vorgesehen. Er bedauerte nur, dass er die arme Mrs Messante mit hineingezogen hatte, die jetzt möglicherweise vom FBI in die Mangel genommen werden würde. Aber auch sie war natürlich ein Teil des großen Plans, und sie wusste es. Sie würde ihm vergeben, da war er sicher.

60

T-01:01:30 Am nächsten Tag brachen Sparrow und David Fisher nach einem ausgiebigen Frühstück auf und fuhren in getrennten Autos nach Süden. Nördlich von El Paso hielten sie an einer Raststätte. Sparrow tankte und ging einen Kaffee trinken, während sich David mit seinem Kurier traf. Etwa eine Dreiviertelstunde später kam er zurück. Von seinem Platz in der Raststätte aus beobachtete Sparrow, wie er eine unscheinbare Werkzeugkiste in Freddys unverschlossenen Lieferwagen lud, dann in seinen eigenen Wagen stieg und davonfuhr, ohne ihm auch nur einen Blick zuzuwerfen.

Wahrscheinlich war diese Vorsicht übertrieben, doch Sparrow wartete noch eine Weile, bevor er die Raststätte verließ. In dem Werkzeugkasten lagen unter ein paar alten, öligen Lappen mehrere in Plastikfolie eingewickelte Päckchen, die aussahen wie Knetgummi, außerdem mehrere Rollen festes Klebeband, Drähte, ein Dutzend Zündkapseln und mechanische Timer. Sogar an eine Zange zum Abschneiden und Abisolieren der Drähte, eine abblendbare Stirnbandleuchte und ein Teppichmesser für das Klebeband hatte David gedacht. Auf einem kleinen, gefalteten Zettel stand in handgeschriebenen Druckbuchstaben *Viel Glück*.

Sparrow machte sich auf den Weg die Interstate 25 entlang Richtung Norden. Einer vagen Ahnung nachgebend nahm er nicht den kürzesten Weg über Albuquerque, sondern bog in einer Kleinstadt namens Socorro von der Interstate ab und folgte dem Highway 60 Richtung Westen, um dann kurz vor der Grenze zum Bundesstaat Arizona nach Norden abzubiegen. Dieser Umweg kostete ihn mindestens zwei Stunden, doch Zeit hatte er genug. Als er Farmington am späten Abend erreichte, hielt er an, um einen Burger zu essen – möglicherweise die letzte Mahlzeit seines Lebens –, und kaufte ein paar Flaschen Mineralwasser und Schokoriegel. Dann fuhr er ein kurzes Stück nach Osten und folgte schließlich dem Highway 550, der in südlicher Richtung zurück nach Albuquerque führte.

Als er die Stelle erreichte, an der eine Stromleitung den Highway überquerte, war die Sonne längst untergegangen. Er fuhr etwa zwei Meilen weiter und bog dann auf einen Sandweg ab, der vermutlich zu einer der zahlreichen Erdgasförderstationen in dieser Gegend führte. Er parkte den Wagen in einer flachen Senke, wo er vom Highway aus nicht sichtbar war. Dann packte er den Inhalt des Werkzeugkastens in seinen Rucksack und marschierte zu Fuß Richtung Norden.

Hier in der Wüste, fernab von den Lichtern der Zivilisation, war der Himmel eindrucksvoll. Der Mond war noch nicht aufgegangen, doch das Licht von Abermilliarden Sternen, das vom hellen Wüstensand reflektiert wurde, reichte aus, um seinen Weg zwischen dürren Sträuchern und gelegentlichen niedrigen Kakteen zu finden. Einmal hörte er vor sich das warnende Rasseln einer Klapperschlange, doch es war ein Leichtes, dem Tier auszuweichen.

Eine Stunde später erreichte er die Stromleitung. Die Masten glänzten im Licht des Halbmondes, der inzwischen über den felsigen Hügeln im Osten am Himmel stand.

Ein leises, allmählich anschwellendes Sirren ließ ihn erstarren. Instinktiv duckte er sich in ein ausgetrocknetes Bachbett. Das Geräusch zog über ihn hinweg und wurde leiser. Eine Kameradrohne? Er suchte den Himmel ab, konnte aber nichts erkennen. Besser, er beeilte sich.

Er kletterte an den Gitterstreben des nächstgelegenen Masts empor und brachte an zwei der vier Ecken eine Sprengladung an. Das Zerteilen des Sprengstoffs, das Einstecken der Zündkapseln und die Befestigung an den Eisenträgern waren geradezu lächerlich einfach. Das größte Risiko lag im Anschluss der Timer, die das elektrische Signal abgaben, das die Zündkapseln auslöste. Ein Fehler hierbei konnte den Sprengstoff vorzeitig zur Explosion bringen, was vermutlich bedeutet hätte, dass sein Körper über eine Fläche von fünfzig Quadratmetern verteilt worden wäre.

Er arbeitete konzentriert und sorgfältig, während er gleichzeitig auf das sirrende Geräusch der Drohne achtete. Doch nur das Zirpen der Zikaden und das entfernte Bellen eines Kojoten waren zu hören. Den Timer stellte er so ein, dass er die beiden C4-Ladungen um neun Uhr morgens zur Explosion bringen würde.

Als die Sprengladungen befestigt waren, kletterte er vom Mast herunter und folgte der Stromleitung Richtung Westen. Er ließ vier Leitungsmasten aus und brachte am fünften erneut zwei Sprengladungen an, bevor er weitermarschierte.

Gerade als er einen weiteren Mast erkletterte, um auch hier zwei Ladungen zu platzieren, hörte er wieder das sirrende Geräusch. Verdammt! Wenn das wirklich eine Kameradrohne war, würde, wer immer sie überwachte, ohne Zweifel sehen, wie er in ungefähr drei Metern Höhe an den Mast geklammert hing. Er stieß sich ab, traf hart mit seiner verletzten Schulter am Boden auf und rollte sich ab, so gut er konnte.

Reglos blieb er liegen, während das Sirren über ihn hinwegzog. Wenn er Glück hatte, würde er vielleicht mit den Schatten der dornigen Büsche verschmelzen und für das Kameraauge unsichtbar bleiben.

Es gab einen gewaltigen Knall. Ein grelles Licht zerriss die Nacht und ließ den Strommast in bläulichem Glanz erstrahlen. Sparrow zuckte zusammen. Hatte er beim Einstellen eines der Timer einen Fehler gemacht? Doch das Licht verschwand nicht sofort wieder, wie es bei einer C4-Explosion zu erwarten gewesen wäre, und es kam auch nicht aus der Richtung der anderen Strommasten im Osten, sondern aus dem Norden. Sparrow rappelte sich auf, beschirmte seine geblendeten Augen mit der Hand und versuchte, die Ursache des Leuchtens zu erkennen. Nach ein paar Sekunden hatten sich seine Augen so weit an die Helligkeit gewöhnt, dass er etwas sehen konnte: Eine senkrechte, grelle Lichtsäule schien in ein paar hundert Metern Entfernung in den Nachthimmel zu ragen. Der Himmel über der Säule erstrahlte in hellem Blau. Einige dünne Federwolken waren zu erkennen. Es dauerte einen Moment, bis Sparrow begriff, dass er keine Lichtsäule sah, sondern eine Art gigantisches Fenster, durch das er in eine taghell erleuchtete Wüste sehen konnte.

Abrupt und ohne jedes Geräusch erlosch das Licht, und Sparrow sah für einen Moment gar nichts mehr, bis sich seine Augen wieder an die Nacht gewöhnten. Er blickte sich um. Alles war wie zuvor – der Mond, die Sterne, das Zirpen der Zikaden. Er schauderte, als ihm klar wurde, dass die seltsame Erscheinung denselben Grund haben musste wie der Absturz des Flugzeugs in Nevada und das Auftauchen der Leiche in Reverend Kesslers Kirche. Für einen Moment hatte er in die Zukunft gesehen.

61

T-01:07:05 »Hast du eigentlich Angst vor dem Tod?«, fragte Nina, während sie den Wagen auf der A7 Richtung Süden steuerte, auf dem Weg nach Würzburg zu ihrem Vater.

Nach der Absage der *Reflektor*-Redaktion gestern waren sie niedergeschlagen zu Ninas Wohnung gefahren und hatten ein paar Stunden geschlafen. Um sich abzulenken, hatten sie danach einen Bummel durch die Innenstadt und die Hafencity gemacht, doch während Nina Paul das Rathaus, die Speicherstadt und die Elbphilharmonie zeigte, hatte sie immer wieder daran denken müssen, dass all das vielleicht schon übermorgen nicht mehr existierte. Abends waren sie in einem kleinen italienischen Restaurant in der Nähe von Ninas Wohnung essen gegangen. Als der Kellner ihre Spaghetti Aglio Olio brachte, hatte sie an den letzten Besuch bei ihrem Vater denken müssen. Damals waren sie in einem italienischen Restaurant in Würzburg essen gewesen, und sie hatte dasselbe, einfache Gericht bestellt. Plötzlich war sie von dem Bedürfnis überwältigt worden, zu ihm zu fahren.

Nachdem ihre Mutter vor Jahren an Krebs gestorben war, hatte er erneut geheiratet. Nina mochte seine zweite, deutlich jüngere Frau Iris nicht besonders, weshalb der Kontakt zu ihrem Vater eingeschlafen war. Umso mehr hatte sie sich plötzlich gewünscht, noch einmal mit ihm zu sprechen, sich noch einmal an ihn lehnen zu können, dieses tiefe Gefühl der

Geborgenheit und Sicherheit zu spüren, das er ihr als Kind immer gegeben hatte, auch wenn er angesichts der bevorstehenden Katastrophe genauso hilflos war wie sie. Natürlich hatte sie ihm nichts von den Ereignissen erzählt, als sie ihn angerufen und ihren Besuch angekündigt hatte. Sie hatte lediglich angedeutet, dass der plötzliche Tod eines ihrer Interviewpartner sie sehr mitgenommen hatte.

Als sie Paul gefragt hatte, ob er nicht auch jemanden habe, mit dem er die letzten Stunden seines Lebens verbringen wolle, hatte er sofort mit »Ja« geantwortet.

»Und wer ist das?«

»Du. Wenn dies die letzten Stunden meines Lebens wären, wäre ich froh, sie mit dir verbringen zu dürfen.«

Sie war sprachlos gewesen und hatte Tränen in den Augen gehabt, doch er hatte gegrinst.

»Was ... was ist mit deinen Eltern?«, hatte sie wissen wollen. »Möchtest du nicht ... noch einmal mit ihnen sprechen, bevor ...?«

»Meine Eltern sind getrennt«, hatte er geantwortet. »Der Typ, mit dem meine Mutter zusammen ist, ist ein Arschloch, und mein Vater trinkt zu viel. Nein, ich kann mir was Besseres vorstellen, als die nächsten Tage mit den beiden zu verbringen. Schließlich habe ich später noch genug Gelegenheit dazu. Ich weiß nicht, wann ich sterben werde, aber übermorgen jedenfalls nicht, da bin ich ziemlich sicher.«

Sein unbeugsamer Optimismus hatte ihr Mut gemacht, obwohl ihr kritischer Verstand sagte, dass es bloß Wunschdenken war. Nach dem Essen hatten sie sich geliebt, lange und zärtlich. Für Nina hatte es sich wie ein Abschied angefühlt. In der Nacht hatte sie lange wach gelegen und versucht, ihr Schluchzen zu unterdrücken, um ihn nicht zu wecken.

Jetzt, bei Tageslicht, erschien ihr der Gedanke, dass die Welt morgen aufhören sollte zu existieren, auf einmal vollkommen absurd wie ein böser Traum. Ein Schutzmechanismus ihres überlasteten Gehirns wahrscheinlich: Wenn man es nicht verarbeiten kann, am besten einfach verleugnen.

»Angst vor dem Sterben vielleicht«, beantwortete Paul ihre Frage. »Aber vor dem Tod? Nein. Ich glaube, Epikur hat gesagt: Was geht mich der Tod an? Wenn wir existieren, ist er nicht da, und wenn er da ist, existieren wir nicht mehr. Wovor sollte man also Angst haben?«

»Dann glaubst du also nicht an ein Leben nach dem Tod oder an eine Wiedergeburt oder so was?«

»Nein. Die Idee mit dem Leben nach dem Tod kommt doch bloß daher, weil wir Menschen die Zeit nicht richtig verstehen. Wir haben das intuitive Gefühl, dass die Vergangenheit irgendwie ›weg‹ ist, während die Zukunft ›noch nicht da‹ ist, und das macht uns Angst. Aber aus physikalischer Sicht ist die Zeit im Prinzip dasselbe wie der Raum. Wir sind gerade irgendwo auf der Autobahn. Wir sind weder in Hamburg noch in Würzburg. Aber deshalb hören diese Städte doch nicht einfach auf, zu existieren, oder? Man könnte sagen, tot zu sein ist wie nicht in Hamburg zu sein.«

Nina musste trotz ihrer trüben Stimmung lachen. »Diesen Satz solltest du dir schützen lassen und an das Hamburger Stadtmarketing verkaufen.« Sie wurde wieder ernst. »Dann ist tot zu sein also dasselbe wie nirgendwo zu sein?«

»Nein, eben nicht. Wenn du die Zeit wie den Raum betrachtest, dann ist dein Leben nach dem Tod nicht ›weg‹, sondern ›woanders‹, wobei dieses ›woanders‹ natürlich nur aus der Perspektive derjenigen, die dann leben, Sinn ergibt. Du bist und bleibst in deiner Zeit, und diese Zeit, die wir beide jetzt erleben, wird in gewisser Hinsicht immer da sein, nur eben nicht erreichbar für die Menschen, die nach uns kommen. Es ist so ähnlich wie im Mittelalter, als es noch keine Autos gab und Würzburg mehrere Tagesreisen von Hamburg entfernt war. Die meisten Leute in Würzburg wussten vielleicht, dass es da im Norden eine große Stadt gibt, aber sie hatten keine Möglichkeit, jemals dorthin zu gelangen. Umgekehrt war es genauso. Aber den Würzburgern ging es vermutlich nicht besser oder schlechter als den Hamburgern. Sie waren eben nur woanders.«

»Ich weiß nicht«, sagte Nina. »Was du sagst, klingt irgendwie logisch, aber mein Bauchgefühl sagt mir, dass der Tod etwas Bedrohliches ist. Er macht mir Angst.«

»Natürlich tut er das. Wir haben einen Überlebensinstinkt, ohne den unsere Spezies längst ausgestorben wäre. Aber die Instinkte sagen uns gerade in der heutigen Zeit oft das Falsche. Je mehr wir über das Universum erfahren, desto weniger hilft unsere Intuition. Was Einsteins spezielle Relativitätstheorie über die Natur der Zeit aussagt, widerspricht jeder Alltagserfahrung. Aber es stimmt ohne jeden Zweifel.«

Sie passierten die Ausfahrt Kassel-Nord. Es war eine unheimliche Vorstellung, dass irgendwo hier auf dieser Autobahn vor einigen Wochen plötzlich aus dem Nichts ein Auto aus der Zukunft aufgetaucht war und einen schweren Unfall verursacht hatte, jedenfalls, wenn die Beschreibung in Ichtings Abschiedsbrief der Wahrheit entsprach. Wie konnte es sein, dass der Verkehr hier längst wieder rollte, so als sei nichts Ungewöhnliches geschehen? Nina suchte eine Weile nach Spuren eines größeren Unfalls, konnte jedoch nichts entdecken.

Sie erreichten das Reihenhaus, in dem sie den größten Teil ihrer Kindheit verbracht hatte, am frühen Nachmittag. Ninas Vater arbeitete bei der Würzburger Stadtverwaltung, aber er hatte heute früher Feierabend gemacht, um sie begrüßen zu können.

Nachdem Nina Paul vorgestellt hatte, setzten sie sich ins Wohnzimmer. Iris, die nun seit fast zehn Jahren hier lebte, in Ninas Augen aber immer noch »die Neue« war, hatte immerhin genug Feingefühl, sie eine Weile allein zu lassen.

»Was ist denn los?«, fragte ihr Vater unverblümt. Er hatte noch nie gerne um den heißen Brei herumgeredet.

Nina schluckte. »Es ist ... nichts. Ich bin nur ein bisschen fertig. Ein ... Interviewpartner hat sich kurz nach der Aufzeichnung meines Videos umgebracht, und ...«

Er musterte sie kritisch. »Und jetzt denkst du, du bist daran schuld?«

Sie schüttelte den Kopf. »Nein. Nein, das ist es nicht. Es ist nur ... es geht mir eben nahe. Ich mochte ihn.« Sie rang sich ein Lächeln ab. »Durch ihn habe ich Paul kennengelernt.«

Sie erzählte von ihrer ersten Begegnung, und Paul ergänzte ein paar Details zu seinem Job am CERN. Doch Nina spürte die sorgenvollen Blicke ihres Vaters, der sie viel zu gut kannte, um nicht zu wissen, dass sie noch nicht alles zur Sprache gebracht hatte.

Eine Weile rang sie mit sich – was brachte es, ihn mit ihrem schrecklichen Wissen zu belasten? Doch dann fiel ihr Blick zufällig auf die kleine Sammlung silbergerahmter Fotos auf einer Kommode. Dort standen Bilder ihres Vaters mit seiner neuen Frau und ihren beiden Töchtern aus erster Ehe, die mittlerweile studierten und mit denen Nina nie viel Kontakt gehabt hatte. Doch dazwischen fanden sich Fotos aus glücklicheren Zeiten: Nina als Baby im Arm ihrer strahlenden Mutter, Nina als kleines Mädchen, einen West-Highland-Terrierwelpen namens Bob auf dem Arm, Nina zusammen mit ihrer Mutter und einem Mann im Plüschhasenkostüm, aufgenommen in einem Freizeitpark, und ein Porträt ihrer Mutter, als sie jünger gewesen war als Nina jetzt.

Wenn die Zeit wie der Raum war, dann existierten diese Momente jetzt immer noch, waren nie wirklich vergangen und doch unerreichbar für sie. Was würde sie darum geben, diese Kluft zu überwinden und in die Vergangenheit zu reisen, um ihre Mutter noch einmal in ihre Arme zu schließen, ihr süßes Parfüm zu riechen, ihre sanfte Stimme zu hören, die Hand zu spüren, die zärtlich durch ihr Haar strich!

Sie brach in Tränen aus. Ihr Vater nahm sie in den Arm. Eine Weile ließ er sie einfach nur weinen.

»Was immer es ist, das dich belastet, glaub mir, ich bin stark genug dafür«, sagte er, nachdem sie sich wieder beruhigt hatte.

Sie sah ihn an, sah die Sorge und Liebe in seinen Augen, suchte nach den passenden Worten, fand keine.

Paul kam ihr zu Hilfe.

»Hans Ichting, der Physiker, den Nina kurz vor seinem Tod interviewt hat, war mein Freund«, sagte er. »Er hat sich umgebracht, weil er glaubte, den Weltuntergang verursacht zu haben.«

»Er war ... verrückt?«, fragte Ninas Vater sofort.

»Nein«, sagte Nina. »Ich wünschte, es ... es wäre so. Aber er ... hatte wohl leider recht.«

Sie erzählte die ganze Geschichte. Zu Anfang kamen ihr die Worte noch mühsam über die Lippen, wurde jeder Satz von Schluchzern unterbrochen. Doch irgendwann ging es leichter, und je länger sie redete, desto mehr spürte sie, wie gut es tat, diese Last auf ihrer Seele mit anderen zu teilen.

Ihr Vater hörte aufmerksam zu, doch er reagierte nicht bestürzt oder verzweifelt, wie Nina befürchtet hatte. Andererseits war es auch nicht so, dass er ihr nicht glaubte.

Einmal sagte er: »Ach ja, dieser Unfall. Die A7 war fast den ganzen Tag gesperrt. Eine Mutter mit einem kleinen Kind hat ihn verursacht, stand in der Zeitung. Soll angeblich am Steuer eingeschlafen sein. Und du denkst wirklich, diese Frau fährt morgen früh dort entlang und wird dann in die Vergangenheit geschleudert?«

Nina sah ihn verblüfft an. Sie hatte nicht erwartet, dass er die Zusammenhänge so schnell verstehen würde. Sie nickte.

»Es ist die einzige Erklärung für das, was geschehen ist.«

»Als deine Mutter starb, dachte ich auch, die Welt würde enden«, sagte er. »Glaub mir, ich habe oft genug mit dem Gedanken gespielt, ihr auf die andere Seite zu folgen, falls es überhaupt eine andere Seite gibt. Wärst du nicht gewesen, ich hätte es wahrscheinlich getan. Ohne sie zu leben, schien mir unerträglich. Aber die Welt hat nicht geendet. Es hat lange gedauert, aber ich habe gelernt, ein neues Leben zu führen. Ich fühle immer noch diesen Schmerz, wenn ich an sie denke, und das tue ich jeden Tag. Dennoch bin ich glücklich mit Iris. Ich weiß, ihr beide versteht euch nicht besonders, aber für mich ist sie genau die Richtige, und ich glaube, ich bin es auch für sie. Was ich damit sagen will: Das Leben geht weiter, auch wenn es einem oft genug ausweglos erscheint.«

»Aber ... aber was, wenn nicht?«, fragte Nina mit bebender Stimme.

Er zuckte mit den Schultern. »Wenn morgen wirklich die Welt endet, dann ist das eben so. Wenn ich dich richtig verstanden habe, werden wir nichts davon merken. Es wird einfach passieren, so als wären wir Figuren in einem Buch, und derjenige, der es liest, klappt es zu und legt es aus der Hand. Aber es kommt doch nicht darauf an, wie lang ein Buch ist. Es kommt darauf an, was drinsteht. Entscheidend ist, was wir in dieses Buch geschrieben haben, was wir mit unserem Leben gemacht haben, bis unsere Geschichte endet. Wenn ich an deine Mutter denke, dann war ihr Buch leider viel zu kurz, aber es war wunderschön, und in meiner Erinnerung kann ich immer wieder darin lesen.«

Nun hatte auch er Tränen in den Augen. Es rührte Nina, dass er sie immer noch so liebte.

»Das mit dem Buch unseres Lebens ist ein sehr schönes Bild«, bemerkte Paul. »Und ich bin überzeugt, dass unsere Geschichte noch nicht so bald endet. Nicht morgen jedenfalls.«

»Wer weiß das schon«, sagte Ninas Vater. »Vielleicht gelingt es diesem Amerikaner ja doch noch, das Experiment zu stoppen und den Lauf der Geschichte zu verändern.«

62

T-00:19:35 Es klingelte an der Wohnungstür. Victor seufzte und legte das Buch beiseite, in dem er gerade gelesen hatte – eine Biografie Martin Luthers. War es wieder das FBI? Möglicherweise hatten die noch Fragen, nachdem sie gestern mit Mrs Messante gesprochen hatten. Also hatte sein Gespräch mit diesem Krassnick vielleicht doch etwas bewirkt. Allerdings bezweifelte er, dass es noch viel nützen würde. Es waren weniger als zwanzig Stunden bis zu dem Moment, an dem Mrs Messantes Uhr stehen bleiben würde. Er stand auf, zog sich rasch an und öffnete die Tür. Doch es waren keine Ermittler, sondern dieser Morris, der am Sonntag in der Kirche aufgetaucht war. Er war in Begleitung eines kräftig gebauten dunkelhäutigen Mannes mit Glatze. Victor schalt sich innerlich, weil er nicht vorher durch den Türspion gesehen hatte.

»Guten Tag, Reverend«, sagte Morris. »Wir müssen Sie bitten, mit uns zu kommen.«

»Warum?«, fragte Victor. »Ich habe dem FBI schon alles erzählt, was ich erzählen kann.«

Morris' Augen verengten sich. »Dem FBI?«

»Ja. Die haben mich gestern verhört. Wenn Sie etwas wissen wollen, fragen Sie dort nach. Und jetzt entschuldigen Sie mich bitte, ich habe zu tun.«

Der kräftige Mann machte einen Schritt vor, sodass Victor

gezwungen war, rückwärtszustolpern. Er packte Victor am Arm.

»He, was soll das …«

»Machen Sie keine Schwierigkeiten, Reverend, dann sind Sie in einer Stunde wieder zu Hause«, sagte Morris.

»Sie können doch nicht …«

»Doch, das können wir«, sagte Morris ruhig. »Wir sind nicht die Bösen, falls Sie das glauben. Aber wir sind auch nicht das FBI. Unsere Dienstvorschriften sind etwas … lockerer. Aber wir wollen Ihnen nichts antun. Wir benötigen lediglich ein paar Informationen über John Sparrow. Er plant vermutlich eine Straftat, und es ist unsere Aufgabe, das zu verhindern.«

»Ich kann Ihnen nichts sagen, Mr Morris.«

»O doch, das können Sie!«

Morris nickte seinem Begleiter zu. Dieser packte Victor von hinten, umklammerte ihn und drückte ihm ein Tuch auf Mund und Nase, das einen medizinischen Geruch verströmte. Victor wurde schwarz vor Augen.

Als er wieder zu sich kam, befand er sich in einem fensterlosen Raum, der dem Befragungsraum des FBI ähnelte. Er saß fixiert auf einem Stuhl. Arme und Beine waren mit Kabelbindern an Stuhlbeine und Armlehnen gefesselt. Um sein linkes Handgelenk war ein breites, schwarzes Plastikarmband befestigt worden. Ihm war übel und schwindelig von der Betäubung. Sein Kopf fühlte sich seltsam an, so als habe er eine enge Mütze auf. Womöglich war auch das eine Nachwirkung des Betäubungsmittels. Vor ihm stand ein Tisch mit einem Computermonitor. Auf der anderen Seite saß ein bärtiger Mann, der in einen eigenen Monitor starrte, ohne Victor anzusehen. Morris stand neben ihm.

»Ah, hallo, Reverend«, sagte Victors Entführer. »Es tut mir leid, dass wir zu drastischen Maßnahmen greifen mussten, aber uns läuft die Zeit davon, wenn Sie verstehen, was ich meine. Wie geht es Ihnen?«

Victor erwiderte nichts. Er wusste, was kommen würde: Sie würden ihn erst bedrohen und dann foltern. *Herr, gib mir die Kraft, standhaft zu bleiben, so wie Jesus, unser Herr, standhaft geblieben ist unter Folter und Kreuzigung.*

»Sie müssen nicht antworten, Victor«, sagte Morris. »Wir können sehen, was in Ihrem Kopf vorgeht.« Er grinste. »Wunder der Technik. Wir beginnen jetzt mit der Kalibrierung.«

Auf dem Monitor vor Victor waren plötzlich Bilder zu sehen, die rasch wechselten: ein Kätzchen, ein Sonnenuntergang am Strand, ein Teller mit Spaghetti, eine aufgeschnittene Zitrone.

»Was soll das?«, fragte Victor, während weiter irgendwelche sinnlosen Bilder über den Bildschirm flimmerten.

»Schauen Sie einfach hin«, sagte Morris. »Mehr müssen Sie nicht tun.«

Bilder von Menschen erschienen. Ein Bild des Gekreuzigten. Eine Kirche. Der Papst. Ein Ausschnitt aus einem Fresco von Michelangelo – Adam und Eva neben der Schlange. Eine nackte Frau. Ein pornografisches Bild, bei dem ein Mann eine sündhaft bekleidete Frau von hinten nahm. Ein Bild, auf dem zwei Männer beim Sex zu sehen waren. Rauchende Ruinen in einem Kriegsgebiet. Eine verstümmelte Leiche. Ein vergammeltes Stück Fleisch, auf dem Maden herumkrochen.

Victor starrte Morris an, der ihn genau zu beobachten schien.

»Glauben Sie etwa, diese Bilder würden mich schocken?«

»Schauen Sie auf den Monitor, Reverend.«

»Die Kalibrierung ist abgeschlossen«, sagte der Mann auf der anderen Seite des Tischs. »Wir können anfangen.«

»Gut, leg los«, erwiderte Morris.

Der Strom der Bilder wurde schneller. Gesichter wechselten in so rascher Folge, dass Victor sie kaum erfassen konnte. Einmal glaubte er, John Sparrow zu erkennen, doch ehe er sich sicher sein konnte, war das Bild schon wieder verschwunden.

Irgendetwas ging hier vor. Victor begriff, dass der Mann hinter dem Computer seine jeweiligen Reaktionen auf die Bilder erfasste. Vielleicht war das Gefühl der Enge auf seinem Kopf doch nicht nur eingebildet. Er blickte an sich herab und sah ein Kabelbündel, das neben seinem Stuhl auf den Boden hing und unter dem Tisch verschwand.

»Reverend, wenn Sie nicht auf den Monitor sehen, halten wir die Show einfach an, bis Sie wieder hingucken«, erklärte Morris. »Sie haben es also in der Hand, wie lange das Ganze dauert.«

Tatsächlich sah Victor aus dem Augenwinkel, dass die Bilderfolge gestoppt hatte. Ein Mädchen war gerade zu sehen, das Sparrows Tochter entfernt ähnelte.

Er sah wieder hin, mehr aus Neugier als aus Gehorsam. Augenblicklich begannen die Fotos wieder über den Bildschirm zu flimmern. Zwischendurch blitzten immer wieder ekelhafte Sexszenen oder auch schöne Naturbilder auf. Die Fotos von Menschen wurden von Gebäuden und technischen Anlagen abgelöst. Dann folgten Fotos von Waffen, Explosionen, Geldscheine, schließlich diverse Fahrzeuge.

Herr, steh mir bei.

Die rasche Bildfolge endete abrupt. Stattdessen waren nun immer dieselben Bilder zu sehen, die in langsamer Folge mehrmals nacheinander angezeigt wurden: ein Foto von John Sparrow, Bernardinos Haus, ein Porträt des Physikers, ein Stromleitungsmast, das Bild einer Explosion.

Fassungslos starrte Victor auf die Bilder. Diese Bastarde hatten seine Gedanken gelesen! Es war, als hätten Morris und sein Gehilfe Victors Schädel aufgestemmt und in seinem Gehirn gewühlt wie in einem Karteikasten. Victor fühlte sich beschmutzt, als sei er vergewaltigt worden. Hilflose Wut stieg in ihm auf. Welch Blasphemie! Wie konnten sie es wagen, derart in den geschützten Raum seines Kopfes einzudringen? Nur Gott durfte seine intimsten Geheimnisse kennen!

Morris trat hinter ihn und löste etwas von seinem Kopf. Der Druck auf die Kopfhaut ließ nach und wurde durch ein Kribbeln ersetzt. Aus den Augenwinkeln sah Victor eine Art Netzhaube, die mit dem Kabelstrang verbunden war.

»Vielen Dank, Reverend«, sagte der Mann mit unverhohlenem Zynismus. »Sie haben uns sehr geholfen. Danke, dass Sie an unserem Test teilgenommen haben. Danke auch für das Unterzeichnen der Einverständniserklärung.« Er hielt ein Dokument hoch, das Victors Unterschrift trug. Sicher gut genug gefälscht, um es schwierig zu machen, gegen Morris juristisch vorzugehen.

»Ach, übrigens, Reverend«, ergänzte Morris in einem aufgesetzt freundlichen Ton, »Sie sollten vielleicht mal mit einem Psychiater sprechen wegen Ihrer unterdrückten Homosexualität.«

63

T-00:12:15 Bis zu diesem Moment hatte Sparrow tief in seinem Inneren noch Zweifel gehabt. Trotz aller Beweise hatte ein Teil von ihm gehofft, dass sich am Ende alles als ein großes Missverständnis herausstellen würde oder dass die Sache mit der Zeitung und den doppelten Gegenständen Teil eines ausgefuchsten Schwindels war. Doch die Erscheinung hatte diese Zweifel zunichtegemacht und ihn in seinen Grundfesten erschüttert. Ihm wurde zum ersten Mal bewusst, wie gewaltig die Kräfte waren, die die Wissenschaftler unter Grafton freisetzten. Die Lichterscheinung war nur ein kleiner Nebeneffekt dessen gewesen, was noch kommen würde.

Er fühlte sich plötzlich winzig und unbedeutend wie eine Ameise, die auf einer Bahnschiene entlanglief, auf der ein Tausend-Tonnen-Güterzug heranbrauste. Zu glauben, dass er eine solche Macht aufhalten konnte, war absurd. Bernardino hatte recht gehabt: Es war bereits geschehen. Er konnte nichts mehr tun.

Das Knattern eines Hubschraubers riss ihn aus seinen Gedanken. Waren sie wegen der Lichterscheinung hier oder seinetwegen? Für eine Sekunde erstarrte er, unschlüssig, was er tun sollte. In die Dunkelheit zu fliehen war vermutlich das Vernünftigste. Doch wenn sie ihn durch die Kameraaugen der Drohne gesehen hatten, würden sie wissen, weshalb er hergekommen war. Sie würden die Sprengladungen finden und unschädlich machen, selbst wenn er ihnen entkam. Und sie würden ihm keine zweite Chance geben.

Es gab nur eine Möglichkeit: Er musste einen der Masten jetzt sofort sprengen. Mit etwas Glück würde die Reparatur lange genug dauern, um das Experiment zumindest zu verzögern und damit den Ablauf der Ereignisse zu ändern – falls das überhaupt noch möglich war.

Er kletterte den Mast hinauf und befestigte hastig zwei Sprengladungen an den Streben, während das Dröhnen der Rotoren immer lauter wurde. Grelles Licht flammte um ihn auf, und im ersten Moment dachte Sparrow, es habe sich ein weiteres Fenster in die Zukunft geöffnet. Doch es war der Lichtkegel eines Suchscheinwerfers, der ihn erfasst hatte. Vor Schreck rutschte ihm der Timer aus der Hand, an dem er gerade die Drähte der Zünder hatte befestigen wollen, und verschwand in der Tiefe.

Hastig kramte er einen weiteren Timer aus dem Rucksack hervor, als eine Lautsprecherstimme erklang: »Klettern Sie sofort von dem Mast, und bleiben Sie mit erhobenen Händen stehen!«

Der Herr verlangt von uns allen Opfer, John.

Sparrow ignorierte die Anweisung. Er stellte die Zeitverzögerung auf eine Sekunde ein und versuchte, mit zitternden Händen die Drähte mit den beiden Polen zu verbinden. Es gelang ihm, das zweite abisolierte Ende des Kupferdrahts in die winzige Öffnung des Timers zu führen, bevor ihn ein heftiger Schlag an der Schulter traf. Er wurde zur Seite geschleudert, konnte sich nur mit Mühe an der Strebe festhalten. Seine rechte Körperhälfte schien in Flammen zu stehen, sein rechter Arm fühlte sich bleischwer an, sodass er ihn kaum noch anheben konnte.

Er dachte an seine Tochter, sah vor sich, wie sie an der Glaswand stand, beide Hände an die Scheibe gepresst, sodass er seine über ihre legen konnte und sie nur noch wenige Millimeter trennten.

Verzeih mir, Alexandra.

Er streckte den Arm aus, während ein zweiter Schuss dicht neben seinem Kopf vom Mast abprallte und einen winzigen Metallsplitter löste, der sich in seine Wange bohrte. Seine Hand fand den Timer, ertastete den linken Knopf mit der Beschriftung *Start* und drückte zu.

Ein grelles Licht war das Letzte, was er wahrnahm.

64

T-00:00:12 Victor kniete vor dem Altar und betete. Das hatte er die ganze Nacht ununterbrochen getan. Er hatte für die Seelen der Menschen seiner Gemeinde gebetet, für John Sparrow, der ganz allein versuchte, das Schicksal der Welt zu ändern, sogar für Morris, dessen Seele sich Satan längst bemächtigt hatte. Und er hatte für sich selbst gebetet, hatte um Verzeihung gebeten für seine Zweifel, für die vielen Fehler, die er gemacht hatte, und dafür, dass er Angst hatte – schreckliche Angst vor dem, was kommen würde.

Immer noch war sein Gottvertrauen offensichtlich nicht groß genug, um sich voller Zuversicht in sein Schicksal zu ergeben. Eine Zeit lang hatte er geglaubt, seinen Weg zu Gott wiedergefunden zu haben, doch die Art, wie Morris seine intimsten, geheimsten Gedanken offenbart hatte, hatte ihn tief erschüttert. Wie konnte Gott das zulassen? Wie konnte der Schöpfer den Menschen erlauben, die Seele derart zu beflecken?

Die Antwort auf diese Frage kannte Victor immerhin: Gott würde es nicht zulassen. Er würde dem Ganzen ein Ende setzen, hier und jetzt. Die Menschheit hatte oft genug gegen Seine Gebote verstoßen, doch nun war sie endgültig zu weit gegangen. Es war offensichtlich, dass nicht nur dieser ekelhafte Morris über die Technik verfügte, um Gedanken zu lesen. Sicher setzten die Geheimdienste das längst ein. Irgendwann würde es zur Routine gehören, dass jedes Smartphone die Gedanken seines Besitzers las. Und dann war es mit dem freien Willen, dem ursprünglichsten und wichtigsten Element des Menschseins, endgültig vorbei.

Es war unvermeidlich: Die Menschheit würde so oder so aufhören, zu existieren. Wenn nicht durch ein katastrophales Experiment, dann dadurch, dass sie sich mehr und mehr der Kontrolle durch Maschinen unterwarf. Die Menschen würden ihre Freiheit aufgeben, ihre Seelen und damit auch Gott. Sie hatten ein großes Geschenk bekommen, eine ganze Welt, die sie gestalten konnten. Doch was hatten sie daraus gemacht? Den Planeten verwüstet, alle Seine Gebote des friedlichen Zusammenlebens mit Füßen getreten, sich selbst in die Abhängigkeit von den Götzen des Konsums und des Entertainments begeben. Was machte es schon für einen Unterschied, auf welche Weise die Menschheit nun zugrunde ging? Es war auf jeden Fall selbst verschuldet.

Vor diesem Hintergrund erschien es Victor fast wie eine Gnade, dass das Ende kurz und schmerzlos sein würde. Doch er konnte nicht anders, als den schrecklichen Verlust zu bedauern. Er hatte so viel Gutes erlebt: die Barmherzigkeit der Menschen in seiner Gemeinde, die sich für Arme und Kranke einsetzten, die Größe des alten Mr Fallon angesichts des Todes, die Tapferkeit von Alexandra Sparrow, die niemals mehr einen Spaziergang unter freiem Himmel machen oder mit anderen Kindern spielen würde. Auch all das war nun vorbei.

Er blickte zum Gekreuzigten auf. Das gequälte Gesicht verschwamm in Victors Tränen. Das große Opfer Jesu war letztlich umsonst gewesen. Die Kirche hatte bei ihrem Auftrag, die Menschheit zu retten und zur Erlösung zu führen, kläglich versagt.

Das Quietschen der Eingangstür ließ ihn zusammenzucken. Wenn es dieser Morris wagte, noch einmal einen Fuß in dieses Haus Gottes zu setzen, würde Victor gleich gegen mehrere Gebote verstoßen und den Mann mit Gewalt hinauswerfen!

Doch als er sich mit dem Ärmel die Tränen abwischte und sich umdrehte, sah er nicht Morris langsam den Mittelgang entlang schreiten, sondern Mrs Messante. Sie setzte sich auf ihren gewohnten Platz und sah auf ihre Armbanduhr.

»Es ist gleich so weit«, sagte sie.

Ein jäher Lichtstrahl der Hoffnung durchschnitt Victors Trübsinn. Natürlich! Warum war er nicht eher darauf gekommen? Er selbst konnte den Lauf der Dinge verändern! Alles, was er tun musste, war, zu verhindern, dass Mrs Messante im entscheidenden Moment auf ihrem Stuhl saß! Dann konnte sie nicht von dort in die Vergangenheit geschleudert werden, und alles würde, alles musste sich anders entwickeln! Er war kein Physiker, aber die Logik diktierte, dass nur eine winzige Abweichung im scheinbar festgelegten Lauf der Ereignisse nötig war, um wieder alles möglich zu machen, die Zukunft zu öffnen, ihre Unbestimmtheit wiederherzustellen.

Er sprang auf und eilte zu der alten Dame.

»Mrs Messante, Sie müssen die Kirche verlassen. Sofort!«

Sie sah ihn ruhig, aber entschieden an. »Nein, Reverend.«

Er starrte sie an. »Verstehen Sie denn nicht? Sie sind der Schlüssel zu allem! Wenn Sie in dem Moment, in dem das Ereignis geschieht, nicht auf diesem Stuhl sitzen, können Sie auch nicht in die Vergangenheit geschleudert werden. Es ist eine einmalige Chance, die Zukunft zu verändern!«

»Victor, Sie sind es, der nicht versteht. Es ist Gottes Wille, dass es geschieht. Er hat mir den Moment meines Todes offenbart. Das ist eine große Gnade. Ich hatte Zeit, mich darauf vorzubereiten. Ich bin jetzt bereit, vor ihn zu treten.«

»Aber es geht hier nicht nur um Sie, Consuela!«, rief er aufgebracht. »Wenn Sie auf diesem Stuhl sitzen bleiben, wird die Welt enden! Nicht nur Sie werden sterben, sondern auch alle Menschen, die Sie lieben. Sie haben die Wahl – Sie können sich in Ihr Schicksal fügen oder es selbst in die Hand nehmen. Gott hat Ihnen einen freien Willen gegeben. Ich flehe Sie an, nutzen Sie ihn!«

Die alte Dame nickte. »Das tue ich bereits. Deshalb bin ich hergekommen. Ich habe meine Entscheidung längst getroffen, Reverend. Mein Schicksal liegt nun in Gottes Hand.«

Verzweifelt überlegte Victor, was er tun sollte. Er war wesentlich kräftiger als Mrs Messante. Er konnte sie einfach von ihrem Stuhl zerren. Doch alles in ihm rebellierte gegen den Gedanken, Hand an die alte Frau zu legen. Andererseits, wenn er damit die Welt retten konnte, war es dann nicht seine Pflicht, das zu tun?

Die Tür quietschte erneut. Elise Harris trat ein, eine beleibte schwarze Mutter von acht Kindern, die wie Mrs Messante zur sonntäglichen Kaffeerunde gehörte. Sie nickte Victor zu und ging zu ihrem Stammplatz. Bevor sie sich setzte, betrat das nächste Gemeindemitglied den Raum und dann noch eines, bis sich der ganze harte Kern eingefunden hatte. Nur Angela Smith fehlte.

Es stand außer Frage, dass Victor Consuela Messante nicht vor den Augen der anderen von ihrem Stuhl zerren konnte. Wie betäubt setzte er sich auf den leeren Platz neben ihr und barg sein Gesicht in den Händen.

»Haben Sie Vertrauen, Reverend«, sagte sie und ergriff seine Hand.

Mit Tränen in den Augen sah er sie an, überwältigt von der Größe ihres Glaubens, gegen den sein eigener so erbärmlich wirkte. Er drückte ihre Hand und nickte.

Stille trat ein. Das Sonnenlicht, das durch die bunten Fenster fiel, erzeugte eine feierliche Atmosphäre, obwohl keine Kerzen brannten und keine Blumen auf dem Altar standen.

Victor hatte plötzlich das Gefühl, dass der Raum heller wurde. Er spürte etwas – eine Präsenz, die Anwesenheit von etwas Großem, Überwältigendem, Gütigem. Eine tiefe Ruhe erfüllte ihn und vertrieb die Angst aus seinem Körper. Er richtete sich auf seinem Platz auf und sah sich um. Die anderen Gemeindemitglieder hatten die Hände gefaltet und saßen dort, jeder in sein eigenes stummes Gebet vertieft. Auch Mrs Messante murmelte leise vor sich hin.

Stolz und Dankbarkeit erfüllten Victor. All diese Menschen waren im Angesicht des Endes hier zusammengekommen, um gemeinsam mit ihm vor den Schöpfer zu treten. Wieder musste er Tränen wegblinzeln, doch es waren keine Tränen der Verzweiflung mehr, sondern Tränen der Rührung. Er schloss die Augen.

Herr, Dein Wille geschehe!

Zeit verging, während Victor wartete. Er versuchte, sich auszumalen, wie es sein würde, wenn plötzlich die Zeit endete und er unvermittelt vor den Schöpfer trat, doch seine Fantasie reichte dafür bei Weitem nicht aus.

Um sich herum hörte er Räuspern, das Rascheln von Kleidung. Consuela Messante neben ihm wurde unruhig. Er schlug die Augen auf und sah, wie sie mit gerunzelter Stirn auf die Uhr sah. Er blickte auf seine eigene Digitaluhr: 11:47 Uhr und 12 Sekunden.

Mit wachsendem Erstaunen sah er, wie die Sekundenanzeige weiterlief, eine Sekunde nach der anderen zählte, Zeit, die es eigentlich nicht geben durfte.

Ein Gedanke durchzuckte ihn: Was, wenn er sich irrte? Mrs Messantes Uhr, die einzige Quelle der Information, wann genau das Ereignis stattfand, ging vielleicht falsch! Er beugte sich vor, und sie hielt den Arm so, dass er die Uhrzeit erkennen konnte: Zehn vor zwölf.

»Es scheint, als wären wir beide nicht besonders gut darin, Gottes Willen zu erkennen, Victor«, stellte sie fest. »Jetzt bin ich schon zum zweiten Mal lebendig zu meiner eigenen Totenfeier erschienen!«

Victor musste lächeln. Er erhob sich und schritt langsam den Mittelgang entlang auf den Altar zu. Vor dem Kreuz kniete er nieder, verbeugte sich und sprach ein kurzes Gebet der Dankbarkeit. Dann trat er hinter den Altar, breitete die Arme aus und rief voller Inbrunst: »Lasset uns beten!«

65

T+00:12:26 Ein Sonnenstrahl, der durch das Fenster in der Dachschräge fiel, weckte Nina. Sie blickte sich um. Nichts erinnerte mehr daran, dass dies einmal ihr Jugendzimmer gewesen war. Dort, wo früher das Bücherregal gestanden hatte, befand sich jetzt ein einfacher Schrank. Ihr Schreibtisch war durch eine Kommode ersetzt worden. Selbst die Wände hatten eine andere Farbe, ein blasses Blaugrau. Es war, als hätte sich Iris alle Mühe gegeben, die Spuren von Ninas Anwesenheit in diesem Haus zu tilgen.

Doch all das bedrückte sie kein bisschen – im Gegenteil. Es war richtig, die Vergangenheit hinter sich zu lassen und nach vorne zu schauen, in eine Zukunft, die zwar ungewiss war, aber ohne Zweifel immer noch vorhanden.

Sie drehte sich um. Paul lag nackt neben ihr auf der Schlafcouch und schnarchte leise. Sie hielt ihm die Nase zu.

Er schnaufte, schlug erschrocken die Augen auf. »He! Was …« Er sah sich um. »Wow! Das war also doch kein Traum!«

»Was?«

»Na das … die Dinge, die wir gestern Abend gemacht haben, du weißt schon.«

»Was für Dinge?«, fragte sie grinsend.

»Warte, ich zeig's dir!«

Er packte sie, zog sie zu sich, wälzte sich auf sie und umfasste ihre Handgelenke, sodass sie sich kaum noch rühren konnte. Sie spürte seine Lust. Seine Augen versenkten sich in ihre. Eine Zeit lang verharrten sie so.

»Ich hatte recht!«, sagte er.

»Ja, hattest du.«

»Ich liebe dich!«

Sie grinste. »Ja, das tust du!«

Später lagen sie atemlos nebeneinander.

Als Nina aufstehen wollte, hielt er sie fest. »Warum die Eile? Wir haben doch Zeit. Wir haben alle Zeit der Welt!«

66

T+18:18:31 Hauptkommissar Detlev Jürgensens Finger zitterten leicht, als er die Maus bewegte und das YouTube-Video erneut startete. Er hatte es bereits dreimal angesehen, doch er war sich immer noch nicht ganz sicher, was er davon halten sollte.

»Willkommen bei Ninas Welt, dem Blog, das hinter die Kulissen schaut«, sagte die junge Frau auf Englisch. Sie stand vor einer Art Glaskasten, der Jürgensen an einen überdimensionalen Käfig für Laborratten erinnerte. Ein Mädchen saß darin auf der Bettkante.

»Heute bin ich in der Saint-Jerome-Privatklinik in Albuquerque, New Mexico«, erklärte die Videobloggerin. »Hier lebt Alexandra Sparrow. Sie muss ihr ganzes Leben in diesem Glaskasten verbringen, denn sie leidet unter einer Immunschwächekrankheit, die bislang nicht heilbar ist. Allerdings gibt es eine neue, experimentelle Therapiemöglichkeit, die jedoch ziemlich teuer ist. Alexandra hat ihren Vater verloren, und wie ihr wisst, gibt es in den USA kein bezahlbares Krankenversicherungssystem mehr. Also möchte ich alle, die dieses Video gut finden, bitten, auf den Link unten im Kommentar zu klicken und einen kleinen Betrag zu spenden. Doch das ist nicht der eigentliche Grund für dieses Video. Ich werde euch heute die Wahrheit über Alexandras Vater John Sparrow erzählen. Nach offizieller Darstellung der US-Behörden ist er ein Terrorist, der bei einem Anschlag auf das Stromnetz starb. Doch in Wahrheit ist er ein Held, der sein Leben geopfert hat, um uns alle zu retten. Es wird vielen von euch schwerfallen, mir zu glauben. Aber hört mir einfach zu und bildet euch dann ein eigenes Urteil.«

Die Kamera schwenkte zu einem Mann in schwarzer Kleidung, der neben dem Glaskasten stand.

»Zuerst möchte ich euch jemanden vorstellen, der nicht nur ein guter Freund von Alexandra ist, sondern auch eine wichtige Rolle dabei gespielt hat, den Wahnsinn zu stoppen, der fast die Erde zerstört hätte. Bei mir ist Reverend Victor Kessler, Priester in der Albuquerque Church of the Holy Revelation. Reverend, würden Sie unseren Zuschauern bitte erzählen, was sich am fünfundzwanzigsten September in Ihrer Kirche ereignet hat?«

Jürgensens Englisch war nicht das beste, sodass er hin und wieder auf die deutschen Untertitel angewiesen war, um zu verstehen, was gesagt wurde. Doch die frappierenden Übereinstimmungen der Geschichte, die der Priester erzählte, mit jenem rätselhaften Unfall bei Kassel, der zu der falschen Todesnachricht geführt hatte, waren nicht von der Hand zu weisen. Und so verfolgte er ein weiteres Mal gebannt das Interview mit dem Geistlichen sowie den anschließenden Besuch bei der alten Dame, die angeblich ihre eigene Leiche gesehen hatte.

Als ein Physiker namens Paul Breaker erklärte, wie es sein konnte, dass dies Vorboten eines Ereignisses waren, das dank der tapferen Tat eines Einzelnen nie stattgefunden hatte, verstand Jürgensen auch beim vierten Anschauen kein Wort. All das Gerede über Parallelwelten und aufgehobene Kausalität wäre ihm aber wohl auch dann zu hoch gewesen, hätte er das

Englisch perfekt verstanden. Schließlich war er Polizist, kein Physiker. Seine Aufgabe war es, zu bewerten, ob das Video, dessen Link die Videobloggerin ihm geschickt hatte, brauchbare Hinweise enthielt, die vielleicht zur Aufklärung des mysteriösen Unfalls auf der A7 beitragen konnten. Mit den technischen Hintergründen sollten sich dann die Spezialisten des hessischen LKAs beschäftigen.

Natürlich konnte der doppelte Geldschein, der in dem Video gezeigt wurde, gefälscht sein, und einen amerikanischen Führerschein zu duplizieren war erst recht keine Kunst. Bloß weil das Video bereits über zehn Millionen Mal angeschaut worden war, musste es noch lange nicht wahr sein. In der heutigen Zeit der Fake News war es verständlich, dass etliche Kommentatoren es für eine Falschnachricht hielten. Doch Jürgensen hatte gute Gründe, die Geschichte ernst zu nehmen.

Er warf einen Blick auf die dünne Aktenmappe neben seinem Dienst-PC. Nach der peinlichen falschen Todesnachricht hatte er mit den Kollegen in Kassel telefoniert, die jedoch darauf bestanden hatten, dass kein Fehler passiert war, und ihm Fotos des Unfallwagens und eine Kopie des sichergestellten Ausweises der Fahrerin geschickt hatten. Daraufhin hatte er den Staatsanwalt informiert, der eine Ermittlung gegen das Ehepaar Willmers wegen des Anfangsverdachts auf Urkundenfälschung eingeleitet hatte. Jürgensen hatte das Ehepaar vernommen, jedoch nicht den geringsten Anhaltspunkt gefunden, der diesen Verdacht erhärtet hätte. Die beiden waren offensichtlich genauso verwirrt wie er. Also war das Verfahren eingestellt worden, und der Staatsanwalt hatte die Sache an seinen Kollegen in Kassel übergeben, denn offenbar war die Fahrerin des Unfallwagens mit gefälschtem

Ausweis und falschem Kennzeichen unterwegs gewesen, aus welchem Grund auch immer. Doch die Identitäten der toten Frau und des Kindes hatten bis jetzt nicht ermittelt werden können.

Eine Erinnerung aus seiner Kindheit kam Jürgensen in den Sinn. Sein Vater, der ebenfalls Polizist gewesen war, hatte ihm oft Sherlock-Holmes-Geschichten vorgelesen. Eines seiner Lieblingszitate lautete: *Wenn Du das Unmögliche ausgeschlossen hast, dann ist das, was übrig bleibt, die Wahrheit, wie unwahrscheinlich sie auch sein mag.* Die Geschichte in dem Video war unwahrscheinlicher als alle noch so haarsträubenden Abenteuer des berühmten Detektivs. Doch sie erklärte alle Fakten, die Jürgensen vorlagen. Sie erklärte auch den seltsamen Anruf dieses Physikers vor ein paar Wochen. Jürgensen hatte bis zum Anschauen des Videos nicht gewusst, dass sich Ichting kurz darauf umgebracht hatte, aber der Mann hatte am Telefon sehr aufgeregt geklungen.

»Nun kennt ihr die Wahrheit«, endete das Video. »Diejenigen von euch, die mir glauben, bitte ich, es zu teilen. Denn John Sparrow hat mit seiner mutigen Tat zwar das Experiment unterbrochen und damit höchstwahrscheinlich den Weltuntergang verhindert. Doch aufgeschoben ist bekanntlich nicht aufgehoben. Auch wenn das FBI angeblich Ermittlungen gegen Neil Grafton eingeleitet hat, könnten er oder andere versuchen, das Experiment doch noch durchzuführen. Ihr müsst mir helfen, zu verhindern, dass ein paar arrogante Wissenschaftler, geldgierige Unternehmer und machthungrige Politiker noch einmal unsere Zukunft aufs Spiel setzen. Das Projekt KALA muss endgültig gestoppt werden, und es muss ein globaler Bann gegen vergleichbare Experimente erlassen werden. Der Tod von John Sparrow darf nicht umsonst gewesen sein! Und vergesst bitte nicht, für seine Tochter Alexandra zu spenden – es ist das Mindeste, was wir tun können, um ihm zu danken. Ich werde euch auf dem Laufenden halten, wenn ich etwas Neues erfahre. Bis zum nächsten Mal!«

Jürgensen streckte die Hand nach dem Telefonhörer aus, zögerte. Dann holte er tief Luft und wählte eine Nummer.

»Willmers?«

»Hier ist Hauptkommissar Jürgensen. Entschuldigen Sie bitte die Störung.«

»Sie schon wieder? Was wollen Sie denn noch von uns?«

»Ich … ich wollte bloß wissen, ob es Ihrer Frau und Ihrem Sohn gut geht.«

»Was? Natürlich geht es den beiden gut. Warum fragen Sie das?«

»Es könnte sein, dass wir noch einmal auf Ihre Frau zukommen müssen. Wegen eines DNA-Abgleichs.«

»DNA-Abgleich? Was soll der Blödsinn? Ich habe Ihnen doch schon gesagt, dass meine Frau keine Zwillingsschwester hat. Nicht mal eine ganz normale Schwester.«

»Es ist bloß Routine.«

»Ich weiß wirklich nicht, was dieser ganze Quatsch soll!«, regte sich Willmers auf. »Warum lassen Sie uns nicht endlich in Ruhe?«

Jürgensen seufzte. Vermutlich war er im Begriff, einen Fehler zu machen. Wahrscheinlich würde Willmers ihn für verrückt erklären, womöglich eine Dienstaufsichtsbeschwerde einreichen. Aber irgendwie hatte der Mann auch ein Recht darauf, zu erfahren, was tatsächlich passiert war.

»Es gibt da ein YouTube-Video, das Sie sich ansehen sollten, Herr Willmers. Dann verstehen Sie vielleicht, warum ich

Sie noch einmal belästigt habe. Das, was in dem Video gesagt wird, muss nicht stimmen, aber mit einem DNA-Abgleich könnten wir die Geschichte relativ leicht überprüfen.«

»Ein YouTube-Video? Das ist der Grund, weshalb Sie uns nicht in Ruhe lassen?«

»Sehen Sie es sich bitte an, Herr Willmers. Geben Sie ›Ninas Welt John Sparrow‹ in die Suche ein. Sie finden es sofort, das Video ist mehr als zehn Millionen Mal angesehen worden. Ich melde mich wieder. Und bitte entschuldigen Sie die Störung.«

Er legte auf, dann wählte er die Nummer des Staatsanwalts. Irgendwie würde er ihn dazu bringen müssen, einen Vergleich der DNA der Leiche aus dem Auto mit der von Julia Willmers zu beantragen, und falls dieser positiv war, auch noch die DNA des Kindes abzugleichen. Er erwog gar nicht erst, das Video anzusprechen. Stattdessen würde er zum ersten Mal in seiner Karriere einen dienstlichen Vorgesetzten anlügen und behaupten, er habe den Verdacht, dass Julia Willmers bei ihrer Aussage, keine Schwester zu haben, gelogen haben könnte.

Während das Freizeichen ertönte, seufzte Jürgensen. Sollte er wirklich seine Karriere riskieren? Wegen eines YouTube-Videos und einer absurden physikalischen Theorie?

Doch wenn diese Nina Bornholm in dem Video die Wahrheit gesagt hatte, war sein Opfer lächerlich gering im Vergleich zu dem, das der Vater des kranken Mädchens gebracht hatte. Er war beileibe kein Sherlock Holmes, aber er hatte sein Leben als Polizist dem Ermitteln der Wahrheit gewidmet. Und wenn der DNA-Vergleich die Identität des Unfallopfers mit Julia Willmers ergab, hatte er alle anderen möglichen Erklärungen ausgeschlossen – dann musste das, was Nina Bornholm erzählt hatte, wahr sein.

Was immer das für die Zukunft der Menschheit bedeuten mochte.